研究叢書36

現代中国文化の軌跡

中央大学人文科学研究所 編

中央大学出版部

まえがき

高層ビルの建築ラッシュで中国はどの都市もいま急激に変貌している。首都北京の中央部に残された古い町並みの胡同（フートン　裏通り）をあてもなく歩いていると、高速環状線のすさまじい車の騒音や新規オープンの洒落たブティックとはかけ離れた異空間にいることを実感する。いつしか自分の影が胡同に長く伸び、土塀の小窓から恐ろしく聞き取りにくい北京土語が飛び出す。

我々の研究テーム「多様化する現代中国文化」は、一九九九年度に研究員九人で発足した。この研究期間の五年間は二〇世紀から二一世紀へと移る時期にあたっており、中国社会はどの位相、どの地域、どの側面をとっても、甚だしい変化のただ中にあった。たとえば、北京の交通手段一つとっても、自転車とぎゅう詰めバス一辺倒から様変わりした。東京のかつての変化の何倍かの速度で変わっている。それにつれて、道を行く人々の顔の表情も、ものを買うときの物腰も、確実に変わった。以前の牧歌的なゆったりとした感じは急速に薄れてきている。マスメディアは幾重もの商業化の波に洗われて、従来の党の宣伝としての機能を巧みにかわし始めているようにみえる。それは夥しい情報量と全球化（グローバリゼイション）の巨大なうねりと無関係ではありえない中国の、極めて現代的な課題あるいは一つの回答であるといえるだろう。そして、日中双方のマスコミではいま「政冷経熱」などということばが駆けめぐっている。

だが、一方、激変の中にあって頑として変わらぬものがあるのも事実である。

その名が示す通り、「多様化する現代中国文化」は研究員の個々の多様な問題意識に基づいて五年間、この巨大な対象と向き合ってきた。それは小説、詩、演劇、評論などの文学領域だけではなく、非言語の領域を含んだ表象の、長い歴史と独自の特性を有する現代中国文化が織りなす躍動感漲る世界と向き合うことであった。変わるものと変わらぬものは、一つのことばが本来もつ表示義の信頼性に疑問符を投げかける。それは、ことばの外へ向かうことを促し、さらに奥深くことばの内へ切り込むことを必要とした。

ここに収められた九本の論考の放射する光は、もちろんこの巨大な対象の全てを照らし出しているわけではない。だが、中国という一見単純にみえながら途方もなく複雑な重層する文化の、あるものは誰の目にも映る全体の表層を、あるものは今は肉眼では見えない地底に息づく水脈を、互いに遠望したり接近したり交差したりしつつ、照らし出しているものとおもう。

研究会チーム
多様化する現代中国文化
責任者　渡　辺　新　一

二〇〇四年九月

目次

現代中国文化の軌跡

中国文字改革論争の過去と現在
――漢字をめぐるナショナリズムの変遷――

讃井唯允

一　文字改革運動の発端

福建の人、盧戇章（一八五四―一九二八年）の著『一目了然初階（中国切音新字厦腔）』自費出版（一八九二年）はその後の一〇〇年間にわたる中国人による自覚的な文字改革運動の幕開けとなった。その後、辛亥革命（一九一一年）に至る二〇年間に二八種類もの新しい文字が考案されている。[1]

この時期の文字改革運動は「切音字」運動と称される。それはこの頃考案された文字の多くが声母と韻母を組み合わせる伝統的字音表示法、漢字二字による反切を符号化し組み合わせた民族形式の表音文字だったからである。

盧戇章はアモイ方言をこの「切音字母」によって表記することを提案したのであるが、アモイ方言に限らず中国の各方言にはもともと漢字では表記できない方言語彙がある。しかし、彼が「切音字」を考案したのは、これが主要な理由ではない。盧戇章が切音字を考案したのは、同書自序を分かりやすく要約すれば、次のような理由による。

国家が富強となるための基礎は科学である。
科学を振興するためには教育を普及させなければならない。
教育を普及させ科学を振興するためには表音文字が必要である。
表音文字ならば言文が一致し、字画が簡単で学びやすい。
漢字習得に費やす十数年を数学、物理、化学などの勉強にふりむける。
そうすれば、国家はおのずと富強になる。(2)

盧戇章のこのような考えは、日本の明治初期の「かなのくわい」(一八八三年結成)、「日本ローマ字会」(一八八五年結成)などの「かな文字運動」あるいは「ローマ字運動」の背後にある思想と酷似している。しかし、同じではない。日本のこれらの運動の主唱者たちは、日本語表記を「かな」にするか、「ローマ字」にするかの違いはあっても、どちらも「漢字を廃止せよ」と声高に叫んだのに対し、中国のこの時期の文字改革論者たちは「漢字廃止」を目指して新しい文字を考案していたわけではないからである。

初期の切音字は方言表記のために考案されたものが多かったのであるが、その後しだいに官話(共通語)表記のためのものが多くなる。北京官話を表記するための切音字のなかで、もっとも大きな影響力をもったのが王照著『官話合声字母』(一九〇〇年創製、翌年日本・東京で出版)である。王照(一八五九―一九三三年)は戊戌変法の失敗によって日本へ亡命した人物として知られるが、日本の文字改革運動から大きな影響を受けている。しかし、日本のかな文字論者やローマ字論者のように漢字廃止論者になったわけでない。

王照の考えによれば、「読書する力があり、読書する暇のある者は、やはり一〇年かけて漢文の書を学ぶのが良い」のであって、漢字の傍らに合声字母をあたかも日本語表記の「振り仮名」のように添えておけば、漢字の読み方を容易におぼえることもできる。「合声官話字母」は漢字を読む助けになるだけでもよいのであって、それが漢字にとって替わる文字になる必要はなかった。つまり、彼が「官話合声字母」に求めた文字としての地位は、せいぜい日本語の振り仮名とほぼ同等程度の地位にすぎなかったのである。(3)

王照は日本に亡命した政治犯の身分であったが、一九〇三年密かに帰国し北京に「官話字母義塾」を設立し、門人の王璞を教師にたて官話字母を教授させた。(4) 切音字を「振り仮名式」、つまり漢字の注音に用いてもよいという王照のこの考え方は、後の「注音字母」(一九一八年公布)へと発展して行く。そして、辛亥革命の後、王照と王璞は「注音字母」の制定や「国語」普及の一翼をになうことになる。

二　進化論思想の受容

東アジアが西洋近代文明の波に洗われ、この地域に近代科学が普及しはじめる過程において、学問的仮説にすぎない理論が一つの「真理」として人人の頭に刷り込まれていく。当時、「科学的真理」として最も流行した学説の代表がまず進化論であり、次がマルクス主義思想であった。

進化論は、近代中国の思想史の中で、最も大きな影響力を持ち続けた思想体系の一つである。進化論を体系的な思想として最初に中国に紹介した書物が、厳復(一八五四―一九二一年)著『天演論』(一八九八年)であることはよく知られている。『天演論』がT・H・ハックスリー著『進化と倫理』を翻訳する形式をとっているものの、訳者が訳注をまじえて中国に紹介しようとした進化論が、実はハックスリーの進化論ではなくハーバート・スペンサーの進化論であったことも、すでに常識としてよく知られている。(5)

ハックスリーとスペンサーの進化論は共通の思想的側面をもっているものの、両者には顕著な相違点がある。

ハックスリーは社会進化のプロセスと生物進化のプロセスは異なるものと考える。ハックスリーによれば、人間の倫理は進化するものであって、その倫理が社会の進化に作用するので、人間社会の進化においては生物界の「優勝劣敗」や「適者生存」の原理は働かないと考える。これに対し、スペンサーはダーウイン生物進化論をそのまま社会の進化に演繹する社会ダーウィニストであった。彼の進化論では、「生存競争」による「自然淘汰」が宇宙の創造から国家、社会、人間の運命を支配する「一元的原理」であると主張される。したがって、スペンサーの学説を極論すれば社会的弱者は淘汰されたほうが社会の進歩にとって望ましいという論理展開に至る危険を孕む。

ところで、進化論を最初に日本に導入したのは、明治一〇年（一八七七年）に来日した生物学者エドワード・S・モースと、その翌年来日したアーネスト・F・フェノロサであるとするのが定説である。この二人の学者は東京帝大における動物学や哲学、政治学などの講義を通して日本人学生に進化論を講じた。モース来日の前、明治九年（一八七六年）には、すでにアメリカ留学で熱烈なスペンサー主義者となっていた外山正一が東京帝大で社会学と哲学を講じはじめていた。いずれにしても、日本への進化論導入は中国の『天演論』より二〇年も先行していたことになる。

東京帝大から彼らの講義の影響によって多くの熱烈な進化論者が育ち、明治時代には日本語による進化論の著作がさかんに出版されるようになる。これら日本語で書かれた進化論の多くは、ただちに中国人留学生によって中国語に翻訳され中国で出版された。

初代東京帝大総長となった加藤弘之も熱烈なスペンサー主義者になった一人である。加藤の著書は倫理、法律、人権、いずれについてもスペンサーの社会進化論的立場から説かれているが、加藤のような社会進化論的言説について、多くの日本人は当時の日本がおかれている国際的状況から「なるほど加藤の言う通りだ」と感じていた

ようである。加藤の著作も当時中国語に翻訳紹介された日本の進化論の一つである。(6)

中国人による進化論受容の過程においては、古雅で難解な厳復の訳文『天演論』も勿論当時の知識人に対して大きな影響力をもったが、日本語からの平易な中国語訳進化論も中国における進化論流通を一層促進したものと思われる。ちなみに、「進化」という現代中国語の語彙自体も日本語としての翻訳語彙からの借用である。

進化論の「生存競争」、「優勝劣敗」、「自然淘汰」などの諸原理は、中国人にとって国家や民族が避けて通ることのできない「客観的真理」としてたちあらわれ、当時の知識人に中国文明の「後進性」を深く自覚させる契機となった。加えて、日清戦争（一八九四—九五年）における敗北、「日本にすら負けた」という衝撃は、現状のままの中国では、進化論の「優勝劣敗の公式」によって、遅かれ早かれ国家も民族も滅びてしまうに違いないという危機感を生じさせた。では、民族の危機的状況はどうすれば打開できるのか、多くの進化論的言説が民族滅亡の危機意識を煽り立てる中で、中国の近代ナショナリズムが醸成されていくことになる。

三　言語進化論と文字進化論

一八六三年、ドイツのアウグスト・シュライヒャーという著名な比較言語学者が『ダーウインの進化論と言語学』という著作を発表した。彼の学説によれば、言語は自然有機体であって生物と同じように進化していくものであり、世界の諸言語の三つの類型はそれぞれの言語が到達した三つの発展段階に対応する。すなわち、屈折語である印欧諸語は言語進化の最高段階、膠着語である日本語・朝鮮語などはその下位の段階、孤立語である中国語は原始的な形を保つ進化にとりのこされた最下位の言語ということになる。(7)

シュライヒャーの学説を「言語進化論」の嚆矢とすれば、最初に「文字進化論」を唱えたのは誰か、それは今のところ明らかではない。古くは、フランスのルソーが『言語起源論』(一八一七年)において三種の文字形式と世界諸民族の三つの発展段階を結びつける説を唱えている。彼によれば、漢字はやや遅れた発展段階「野蛮な民族」に対応し、アルファベットはもっとも進んだ発展段階の「政府に統治された民族」に対応するものとされる。(8)

明確に進化論的立場をとる英国の民俗学者エドワード・クロッド(一八四〇—一九三〇年)は『アルファベットの物語』(一九〇九年)という彼の著書の中で、文字進化の段階を四つの段階、すなわち、①記憶補助の段階 ②絵画文字の段階 ③表意文字の段階 ④表音文字の段階、この四つのステージに分けている。(9)クロッドは中国の漢字について、「中国は進化を停止した地域であり、その文字は約二〇〇〇年のあいだ原始時代の段階に停滞している」と解説している。また、文字ではなく中国で話される言葉についても解説を加えて、「中国語は表現力に乏しい劣った言語」であると述べている。

この英国人の書物は中国語に翻訳され、当時中国人のあいだでも広く読まれていたようである。(10)クロッドの言説を「文字進化論」と呼ぶとすれば、中国語はその「言語」も「文字」も進化論的にもっとも劣ったものと断罪されたことになる。このような言説を読んで、当時の中国の知識人や青年たちはどのような反応を示したのであろうか?

現在では信じる者は殆どいないであろうと思われる「言語進化論」や「文字進化論」を、当時の彼らは荒唐無稽な謬論として笑いとばすこともできなかったし、また中国を侮蔑する偏見として憤ることもできなかった。彼ら自身、「まったく、その通りだ」と感じてしまったのである。当時の二人の青年の反応を見てみよう。

傅斯年(一八九五—一九五〇年)

要するに、中国の文字の起源は極めて野蛮、その形状は極めて奇異、覚えるのに極めて不便、用いるのに極めて不経済、まことに「ぶきっちょ」で「いいかげん」な妖怪変化の文字、世界一不便な道具だ。漢字を神聖なものとして崇拝する奴なんて世界一の馬鹿者だ。

（『新潮』第一巻三号、一九一九年）(11)

魏建功（一九〇一―一八〇年）

言語は絶えず進化し、文字もまた絶えず進化する。我々は進化の趨勢に逆らうことはできない。それゆえ、漢字は廃止すべきだと言わざるをえないのである。

（『国語週刊』第八期、一九二五年）(12)

傅斯年は「漢字は野蛮な時代に造られた文字をそのまま現代まで使っている文字だから、野蛮でないはずがない。だから漢字は表音文字に取って替わるべきであるし、またそれは可能なことでもある。だから漢字は廃止すべきだ」と主張する。すなわち、ヨーロッパ人の「文字進化論」の言説を素直にそのまま受け入れたのである。

魏建功は「中国の文字は象形・指事・会意にはじまり、次に形声が生まれ、最後に仮借の段階に進化し、中国の文字はすでに半音符の時代に到達しており、もう一歩進めばむろん純音符の時代となる。つまり、完全な表音文字の時代がくる。だから、我々は進化の法則にしたがって漢字を廃止しよう」と主張する。魏建功は後に著名な言語・文字学者に成長し中華人民共和国の国家機関である文字改革委員会の委員をつとめることになる。彼は二〇代の青年時代にすでに文字進化論の学徒であったし、七九歳で亡くなるまで進化論主義者であり、かつマルクス主義者でもあった。

四　近代ナショナリズムの醸成と国語統一運動

近代国家の形成とともに誕生するのが「標準語」もしくは「国語」の概念である。中国語としての「国語」の用例は王照『官話合声字母・凡例』が初出のようである。おそらく、日本語のナショナル・ランゲージの翻訳語「国語」からの借用だと思われる。

清朝の最高学府京師大学堂の総教習呉汝綸は一九〇六年に日本を視察した後、張百熙宛書信の中で「北京音で国語統一を実現したい、王照の「官話字母」を国語統一のための道具にするつもりである」と述べているそうである。(13)

清朝政府崩壊前夜の一九一一年八月、中央教育会議において「統一国語辦法案」が決議される。しかし、政府はほどなく辛亥革命によって瓦解する。ただし、清朝は滅亡するものの「国語を統一すべし」という理念は、事実上そのまま民国政府の政策として引き継がれる。

一九一二年八月、南京臨時政府は早くも臨時教育会議を開催し、「先ず漢字読音の統一に着手し、国語教育を実施する」方針を定める。

一九一三年五月、教育部管轄下の組織「読音統一会」は呉稚暉（一八六六―一九五三年）を議長、王照を副議長とする会議を開催、六千五百余字の「国音」を定め、「注音字母」と呼ぶ符号で表記した。（この「注音字母」は章炳麟考案の切音字「紐文韵文」に修改を加えた符号であるが、この後数度の修正・増減が加えられて現行の「注音符号」になった。）

この「国音」の音韻体系は清朝の官定韻書『音韻闡微』の保守的な音韻体系を基準にして定めた音で、いわば南北折衷型の体系になっている。この「国音」は現実にその体系で話す地域が中国のどこにも存在しないという奇妙な標準音の体系だったのである。この人工的標準音は後に廃止され、「老国音」と俗称されるようになる。当時は、北京官話と北京土話を区別し、北京官話を基礎にして北京音を「標準音」にすべきだという考えは、北京以外の人間にとって不公平だと考えられていた。政府教育部は「国民学校」の国語教科書を白話文に改め、「国音」（老国音）で教えるよう訓令を発する。ところが、この訓令を実践しようとしてみてはじめて、この人工的標準音で教育する教師を育てること自体ほとんど不可能であることに気づくことになる。

一九二四年になってはじめて北京音を標準音とすることになり、その「標準音」は「新国音」と俗称されることになる。ここにおいて、国語統一の基礎ができあがり、後はスタンダードな白話文の「国語」教科書がありさえすれば、それを「新国音」で教える初等教育の実施が可能になったわけである。つまり、国語統一運動はやっと軌道に乗ったのである。

ところで、この時期に国語統一運動に実際にたずさわった人人は、一方ではそのほとんどが進化論主義者であり漢字廃止論者であった。呉稚暉、魏建功、銭玄同（一八八七—一九三九年）、黎錦熙（一八九〇—一九七八年）など、当時いずれも過激な漢字廃止論を発表している。たとえば、銭玄同は一九一八年に「孔学を廃せんと欲すれば、まず漢文を廃せざる可からず、一般人の幼稚、野蛮、頑固なる思想を駆除せんと欲すれば、なお先ず漢文を廃せざる可からず」と言っているし、[14]黎錦熙は「注音字母が単に漢字の読み方を示す符号ではなくて将来漢字の代用品になるよう希望する」とのべている。[15]

黎錦熙の言説は「注音字母」普及の最終目標はあくまでも「漢字廃止」にあると公言しているようにも見える。また、一九二六年、国語統一籌備会の銭玄同、黎錦熙、趙元任（一八九二—一九八二年）らは、数人で私的に考案した「ローマ字による国語表記法」を公表した。このローマ字表記法の特徴は声調ごとにローマ字綴りを変化させることによって声調を表示し、声調符号を使わない点に特徴があり、「国語ローマ字」と称される。「国語ローマ字」考案者たちの意図も、漢字にとって替わるべき新しい文字体系を提案したつもりであった。銭玄同は北京大学で講演し、「我々が国語ローマ字を提唱するのは、中国の文字を根本的に改造する必要があると思うからである」と述べている。(16) この言説は漢字廃止のために、「国語ローマ字」を提案しているのだと公言していることになる。

ところが、中国の大多数の者にとって、また実は漢字廃止論者自身も、即時漢字を廃止することなど、現実問題としては実現不可能な夢物語だと考えていたのではないかと思われる。文語文を表音文字で書いても、たいていは判読不能の判じ物の文章になってしまうではないか。漢字廃止のまえに、まず言文一致の標準的な「国語」を建設することが先決問題である、このことは誰の目にも明らかなことだった。初等教育の実践者としての政府教育部当局としては、学校教育において漢字と注音字母を利用して「国語教育」をし「国語」を普及させることが急務であった。

しかしながら、「漢字廃止」が声高く叫ばれている当時の世の中では、「注音字母」の導入にすら抵抗があった。「もしも、ほんとうに漢字が廃止されてしまったら中国はどうなるか」という危惧を払拭できなかったためである。

一九三〇年一月、国語統一籌備会主席であった呉稚暉は、「政府は漢字廃止を企図している」という世間の疑念を解くため、「注音字母」の名称を「注音符号」に改めてはどうかと、同会の同僚である黎錦熙らに相談した。同年四月、「注音字母は漢字注音に用いるための符号であって文字ではない、日本語の振り仮名のようなものである。誤解を解くために名を実に合わせ、注音字母の名称を注音符号に改める」という趣旨の政府訓令が発せられるに至る。(17)

これより先、一九二六年非公式に公表された「国語ローマ字」も一九二八年に政府から正式に公布される。政府布告には「国語ローマ字は漢字注音のためのものであって、国語統一に役立てるものである」と明記される。つまり、この布告はわざわざ「国語ローマ字は注音字母と同じ役目の符号であり文字ではない、政府は漢字を廃止するつもりはない」という約束をしているのである。

注音字母は学校教育に導入され一定程度普及し定着したが、もう一方の国語ローマ字は学校教育にすら入り込むことができなかった。一部の知識人のあいだで実験的に用いられたにすぎない。(18)

五　マルクス主義の呪縛とラテン化新文字運動

マルクス主義思想は古い社会制度を暴力的、人為的に淘汰しようとする思想である。言い換えれば、古い社会制度の崩壊を歴史的必然として、その自然淘汰を座して待つのではなく、人為的、暴力的に進化させようという能動的な意志をもつイデオロギーである。その意味では、マルクス主義はいわば進化論の延長線上にある思想の一つと言ってもよいであろう。

近代中国に進化論とマルクス主義が相前後して到来し、それらは当時の進歩的な知識人・青年たちの支配的な思想として流行した。言語進化論・文字進化論とマルクス主義がドッキングするとき、「漢字を廃止して表音文字化すべし」という信念もしくは呪縛はより一層強固なものとなる。

三〇代の若さで早世した中国共産党員瞿秋白（一八九九―一九三五年）の文字改革論を見てみよう。

……しかし、具体的な中国の言葉について言うならば、それは比較的遅れた文字であり、比較的遅れた言語であると言わざるを得ない。

……中国の言語が遅れているのは、経済が遅れているからであり、すべての社会関係が簡単で野蛮であるために、中国人が物・事・時間の関係について精確な概念をもてないでいるからである。だから中国の言語は貧しいのである。名詞は十分なだけ無く、形容詞はうすっぺらで、動詞の概念はあいまい、とりわけ精密な前置詞が欠けている。前置詞が欠乏しているせいで言語の中で（単語の意味の）方向をあらわす能力が非常に薄弱になっている。とりわけ目立つのは、中国語のいわゆる実詞である名詞、動詞、形容詞などはそれらの概念を変化させて抽象的な意味を表すことができない。（たとえば、動詞を名詞として用いたり、名詞を動詞として用いたりする方法が中国語では非常に拙劣である。）中国の文字が象形制度、半象形制度や謎々のような判じ物、いわゆる「会意・仮借」の制度に停滞しているのも、これまで経済発展が停滞していたせいなのである。

……中国の言語や文字が遅れていることを認めるのは少しも恥ずべきことではない。逆に「思い上がって」、中国の文字は進んだ文字であると誇張し、表音文字制度に反対し、表音文字制度の実行可能性を疑う、それは一切の困難を克服して現在の中国民衆の真の活きた言語の進化に適応しようとする勇気がないことにほかならない。それこそ真に恥ずべきことである。

……中国現代の言語発展の状況では、すでに表音制度採用が必須であり、徹底的な文字革命、すなわち完全なる漢字廃止が必須である。そうしてはじめて、漢字の一切の束縛を脱して進歩することができ、中国語が日に日に豊かになり、文学においても一切の科学においても、現代の社会生活に適応することができるのである。[19]

ロシア語に精通していた瞿秋白にとっては、ソ連は革命の理想郷、典型的な屈折語であるロシア語は輝かしい進んだ文明の言語であり、ロシア語と対極的な特徴をもつ中国語は表現力に欠ける劣悪な言語に感じられてならなかったのである。ここに、シュライヒャー「言語進化論」の呪縛の力がいかに大きなものであったかを見てとることができる。

瞿秋白がモスクワに滞在していた頃のソ連におけるマルクス主義言語理論では、言語や文字を含む一切の文化は上部構造であって、下部構造である土台が変化すれば、それに応じて上部構造は必然的に変化する、したがって言語も文字も変化すると考えられていた。この理論に反対する学術的討論は、一九五〇年六月に有名なスターリン論文(「マルクス主義の言語学における諸問題を論ず」)がプラウダ紙上に発表されるまで一切許されなかったのである。(20)

一九二八年、このような政治風土の下、中国共産党員である瞿秋白、蕭三、呉玉章(一八七八―一九六六年)とソ連の学者たちがモスクワの中国労働者共産主義大学付設中国問題研究所において、文字改革の研究を始めた。一九二九年、瞿秋白は「中国ラテン式字母草案」を作り、一九三〇年には「中国ラテン化の字母」を発表した。まもなく瞿秋白は中国に帰国し、残留した中国共産党員とソ連の学者たちが修正を加え、一九三一年にソ連の「全ソ新字母中央委員会」の批准を受け、同年九月ウラジオストックで極東の中国人労働者二〇〇〇人を集めて「中国新文字第一次代表大会」をひらき、ラテン文字すなわちローマ字による北方方言の綴り方の規則などを決定した。要するに、「国語ローマ字」とは異なる新しい中国語ローマナイズの方式を決めたのである。

一九二六年、民国政府が正式に公布した「国語ローマ字」は前述のごとく音節の綴りのなかに声調の区別を組み込むローマナイズの方式である。共産党のラテン化新文字運動ではその独自の思想にもとづき民国政府の「国語統一運動」に反対していた。新文字代表大会で決議されたラテン化新文字は、「国語」ではなく「北方方言」をローマナイズし、かつ方言の声調の区別を表示しないという特徴をもっていた。共産党が「国語統一運動」に反対したのは、当時のソ連のマルクス主義言語理論の影響による。『スターリン全集』第十三巻には、次のようなレーニンの言葉が載っているそうである。

社会主義が全世界の範囲で勝利し、社会主義が強固なものとなり日常生活に深く浸透した時には、各民族の言語は必然的に一つの共通の言語に融合するはずである。その言語はロシア語でもドイツ語でもない新しい言語になるであろう。(21)

中華人民共和国成立後、政府の文字改革指導者となる呉玉章は、このレーニンの言葉を敷衍して次のように述べている。

これはつまり社会主義が全世界の範囲で勝利し安定した後、必ずや国際的な新しい言語と文字が出現するということである。それはロシア語、ドイツ語、英語あるいはフランス語などでもなくて、さまざまな進歩した言語と文字を融合させたものであって、方塊の漢字ではない。(22)

ラテン化新文字で声調の区別を表示しないのは単に文字表記を簡単にするためだけではない。当時のラテン化運動にたずさわるマルクス主義者にとっては、中国語が単音節語的であったり、声調によって意味を区別する声調言語としての特徴は中国語の後進性を示すものにほかならなかった。瞿秋白によれば、各地の民衆の活きた言葉はすでに多音節語が優勢になっており、各地の方言をラテン化新文字で書いているうちに、おのずと一つの共通語「普通話」が形成され、将来完成する「現代普通話」は「多音節語で語尾があるローマ字で書かれる言葉」に進化しているはずなのである。(23) そのような進化した言語の文字に「国語ローマ字」のような声調表示は必要ない、むしろ中国語の進化のさまたげになると考えたのである。

マルクス主義者の多くは能動的、実践的な政治運動をする人々である。ラテン化新文字運動は中国全土に展開され、各地に運動を推進する「新文字学会」が設立され、各地の方言のラテン化方案が作られはじめる。新文字運動が開始されてまもなく、魯迅（一八八一―一九三六年）は『門外文談』、『漢字とラテン化』、『中国語文の新生』『新文字について』など、共産党の新文字運動を積極的に支持する文章をさかんに書き始める。魯迅は一九三四年に「……だから、漢字は中国の勤労大衆の体に巣食う結核でもある。病菌が内部に潜伏している。まっさきにその病菌をとりのぞかなければ、結果として勤労大衆自身が死ぬだけである」と言い、漢字を呪詛しつつ、魯迅自身も現実に結核菌に侵され、一九三六年に病没することになる。(24)

一九三六年五月、当時の文化界の進歩的人士の連名による「我々の新文字推進に対する意見書」という「新文字」を支持する声明文が発表される。魯迅、蔡元培、陶行知、巴金、茅盾、陳望道、胡風、胡縄、郭沫若など当時の著名な文化人を網羅したかに思われる六百八十八名がこの声明文に署名している。(25)国民党政府がラテン化新文字に反対している中での署名活動は一種の政治的立場の表明をせまる政治運動にほかならない。したがって、これらの多くの文化人たちが、果たして魯迅の魂の叫びのごとく漢字を呪詛し、ラテン化新文字を積極的に支持していたかどうかについては、なお一考の余地がありそうである。

六　新中国の文字改革論争

中華人民共和国成立直前、一九四九年八月二五日、呉玉章は書信の形式で毛沢東に指示を仰いだ。彼はこの書信で建国後の「文字改革の三原則」と「当面着手すべき三つの工作」について具体的な提案をしたのである。(26)

文字改革の三原則

一、科学化、国際化、大衆化の原則にもとづき、中国の文字を表音文字にあらためる。文字はラテン化するのが良いと考える。

二、各地方、各民族は表音文字で方言を書いてもよい、同時に比較的普遍的で最も広く通用する北方話を標準語として統一する方向へ向かわせる。

三、各種漢字の簡体字を整理する。

当面の工作

一、経常的な研究活動。

二、全国で重点地区を選び、新文字を試行する。大衆団体がそれを主催し、政府が積極的に援助する。

三、新文字、漢字、簡体字を合体させた字典を編纂する。

この提案は一九三一年ウラジオストックの中国新文字第一次代表大会で決議した「中国漢字ラテン化の原則と規則」の焼き直しにすぎない。これを見ると、過去二〇年に渡るラテン化新文字運動は共産党の華々しい歴史記述にもかかわらず、政治的プロパガンダばかりで実際には何の実も結んでいないのだということがわかる。ラテン化新文字が大衆の間に根を下ろしたことは、いまだかつて一度もなかったのである。ここで再び運動を展開して、こんどこそ政治権力をにぎった共産党の政治的圧力で、全国的に実験区を設定しラテン化を実施に移そうではないかと提案しているのである。

毛沢東は呉玉章の書簡をただちに郭沫若（一八九二－一九七八年）、馬叙倫（一八八四－一九七〇年）、沈雁冰

（一八九六—一九八一年）に転送回覧し意見を求めた。彼らの返信によれば、呉玉章にとっては意外なことに、「文字改革の三原則に基本的に同意する。ただし、新文字の試行は時期尚早である。また、各地区方言のラテン化は言語の統一発展のさまたげとなる。ラテン化と国語運動は一つの事柄として進めるべきである」という回答であった。(27)

当時すでに七一歳の呉玉章に残された時間は長くはない、ライフワークとして手がけてきたラテン化を一日も早く実現させたい、中華人民共和国成立を目前にして、老人のはやる気持ちは抑えられなかったであろう。そして、この返信をみて大いに失望してしまったに違いない。そして、自分たちの二〇年間のラテン化運動はまったくの無駄だったのかという思いが去来したかも知れない。

新中国の一九五二年、中国文字改革研究委員会（馬叙倫主任、呉玉章副主任）が成立した。成立大会席上の講演で、呉玉章はまず過去の文字改革に対する「誤った認識」に対して自己批判を行った。「誤った認識」とは、①文字が上部構造であり、階級性があると考えたこと、②民族の特性と習慣をみくびって、漢字はすぐにも表音文字に代替できると考えたこと、③どのように現実に歩調を合わせ、歴史に適応するかについて真剣に検討しなかったこと、この三点である。

これは呉玉章のかつてのマルクス主義者としてのラテン化新文字運動の精神を全部否定するものである。しかし、共産主義社会における自己批判の言説ほど当てにならないものはない。それが本心からの発言なのかどうかは往々にして不透明である。この自己批判もその後の彼の行動とは矛盾しているように見える。

ともあれ、国家の行政と普通教育を実践する当事者となった共産党政府としては、かつてのように「ラテン化、漢字廃止」の夢物語を語っているわけにはいかなくなる。もっと現実的にならなければならないと考えたであろう。

馬叙倫主任は成立大会の講演で、今日よく知られている「毛沢東指示」を伝達した。その「毛沢東指示」とは次のような内容である。

文字は必ず改革し、世界の文字に共通の表音の方向に進まなければならない。そして、文字の形式は民族形式であるべきで、字母と方案は現在の漢字にもとづいて制定しなければならない。(28)

つまり、毛沢東は「将来文字を表音化しなければならない、ただし、その表音文字は民族形式でなければならない」と指示したことになっている。この「毛沢東指示」は実に奇異で理解に苦しむものである。なぜなら、毛沢東が共産党のラテン化新文字運動の歴史と精神を知らないはずがないからである。ちなみに、一九五五年一二月共産党中央が招集した「知識分子問題会議」で文字改革に言及して数年前の「指示」を忘れたかのように、毛沢東自身が「(民族形式ではなくて)将来はラテン文字を採用するのがよい」と発言している。(29)

ともあれ、毛沢東の一時の気まぐれか、もしくは特殊な政治状況による発言かも知れないが、当面は「毛沢東指示」に従って民族形式の表音文字を造ることになる。そうなると、かつての「切音字」運動の集大成としての「注音字母」を無視するわけにはいかない。この不可解な指示によって文字改革研究委員会は、しばらくのあいだ「民族形式の表音文字」について研究をつづけることになる。当然「注音字母」とその改良も、そのような文字候補の中の一つであった。

黎錦煕は当時「委員会がまず着手すべき仕事は既存の「注音字母」を推進することであり、注音字母を民族形式拼音字母第一式にすべきだ」という考えを持っていた。つまり、国語統一運動の時と同じように注音字母を識字教育に利用して「普通話」の普及をはかるべきだと考えたのである。実は、黎錦煕には日記をつける習慣があったが、彼は口で漢字廃止を叫ぶだけでなく、自分で日記をつけるときには最初は注音字母で、後に国語ローマ字で書きつづけていた。ところが、表音文字だと確かに書くのは速いが、後で読み直すとなると恐ろしく非能率で漢字を読み取る時間の一〇倍にもなりかねない、果たして表音文字が中国語にとって、ほんとうに適当なのかどうか悩んでもいたのである。[30]

一九五三年七月、黎錦熙はそのような自分の意見を書信で馬叙倫主任と呉玉章副主任に具申した。その手紙の中には「すでに毛沢東の同意の書簡を得ている」と書いてあったそうである。[31] しかしながら、黎錦熙の提案に従うとすれば、それはかつての国民党政府の国語統一運動と同じことであって、現に台湾で国民党政府が実施している国語政策と同じことになってしまう。

一九五四年、国務院直属の行政機関の一つとして中国文字改革委員会が設立されてから、文字改革の状況が変わりはじめる。呉玉章が主任に、胡愈之（一八九六―一九八六年）が副主任に任命される。胡愈之は一九三三年頃から上海の中国左翼世界語者（エスペランチスト）聯盟のメンバーとして共産党のラテン化新文字の宣伝と普及の仕事にたずさわり、漢字廃止運動をしてきた活動家である。いわば、呉玉章と胡愈之はともにラテン化新文字運動の政治活動家としての人生を送ってきた人物なのである。そして、中国文字改革委員会は単なる「研究」のための委員会ではなく、「権力」を行使できる行政機関になった。この頃から文字改革運動はラテン化推進派が主導権をにぎる。ローマ字による「拼音方案」が公然と検討されるようになる。それとともに、新中国の文字改革はかつてのラテン化運動路線の再発足を思わせる方向に着々と進んでいくことになる。

共産党が政権をにぎると、自由に意見を述べられなくなるのが常である。しかし、時にはラテン化に反対する声が公表されることもある。

ラテン化新文字は基本理論が不備で、無政府主義の誤りを犯しており、既存の文献を継承できず、言語を窒息させる誤りを犯し、空想主義の誤りを犯している。

（李仁「表音文字には類符が必須である」、『中国語文』一九五五年六月号）

このような新聞や雑誌上の文字改革委員会ラテン化工作に反対する厳しい意見は、往々にして反対意見を批判し封じ込める目的で掲載されている。決して個人の自由な意見の表明ではない。李仁の場合も例外ではない。すぐさま、任言信（＝周有光）の「ラテン化新文字運動を歪曲してはならない」という李論文を批判する文章が『中国語文』一九五五年七月号に載せられる。周有光はもちろんラテン化推進派の文字改革委員会の委員である。同じくラテン化に批判的な古文字学者唐蘭（一九〇一―七九年）の論文「マルクス主義と中国文字改革の基本問題について」は唐蘭を批判する五篇の論文とともに『中国語文』一九五六年一月号に同時に掲載された。新中国の文字改革論争は反対意見を持つ者に対して、まるで包囲攻撃をしかけるが如き状況を呈するようになった。

一九五七年に「反右派闘争」がはじまると、中国文字改革委員会の方針に反する言説を吐くものは「右派分子」として批判され、政治的迫害をうけるようになる。この時期から反対意見を表明する勇気がある者はほとんどいなくなる。

そして、文字改革委員会で作成された新しい中国語ローマナイズの方式は「漢語拼音方案」と名づけられ、一九五八年一月全国人民代表大会に上程され批准されるに至る。

七　ピンイン公布をめぐる欺瞞性

現在の中国の学校教育では、「漢語拼音方案」（以下「ピンイン」と略称）は小学校一年生のはじめの数週間教えられるだけである。ピンインの規則は複雑で難しく、あまり生徒の身につかないのが現状のようである。ともあれ、国語教科書では横書きの漢字の上に「振り仮名」式にピンインを添え漢字の読み方を示す。国語教科書の「振り仮名」式ピンインでは、英文のようにセンテンスの冒頭や固有名詞を大文字で書き始めることもなく、また単語ごとに分かち書きにすることもない。さらに、純粋な軽声字をのぞいて、すべての漢字のピンインに声調符号が付加される。つまり、現行の学校教育におけるピンインはかつての注音符号をローマ字に置き換えたものにすぎない。中国の小学生にとって、ピンインは文章をつづるための独立した文字ではなく、漢字の発音符号にすぎない。ピンインが正式に公布されるまでの学校教育では注音符号を利用していたので、それ以前に小学校教育をうけた中国人は今でも注音符号をよく覚えているようである。

では、ピンインを制定したのは単にそれまでの注音符号をローマ字に置き換えるためだけだったのだろうか、これしきのことに政治的迫害者を出すほどの激しい論争と運動を展開したのだろうか？そうではなかったはずである。

一九五八年一月政治協商会議全国委員会において、周恩来総理は『当面の文字改革の任務』と題する報告のなかで、「漢語拼音方案」（ピンイン）は漢字に注音をし、普通話を普及させるためのものである、漢字にとって替わるための表音文字ではない、このことははっきりと説明しておかなければならない」と明言している。そして、「漢字の前途がどうなるのか、漢字自身が形を変えることになるのか、それとも表音文字に取って替わられるのか、ローマ字になるのか、それとも別の形式の表音文字になるのか、遠い将来どうなるかわからない問題に今あわてて結論を出す必要はない」という趣旨の付言をして、あたかも漢字廃止を憂慮する政治協商会議の委員を安心させようとしているかのようである。[32] 現行の国語教科書では、周恩来の約束通りピンインは確かに注音符号の役割を果たしているだけである。

これより先一九五六年三月、中国文字改革委員会主任呉玉章は政治協商会議全国委員会常務会議において「漢語拼音方案（草案）について」と題する報告をおこない、次のように述べている。

拼音方案の主要な内容は字母表と字母の読み方と書き方です。拼音方案をもつことによって、将来この拼音方案をもとに拼音文字方案を作ることができます。しかし、拼音方案と拼音文字方案とは、あくまでも別の物です。たとえば、注音字母も一種の拼音方案ですが、拼音文字方案ではありません。なぜなら、注音字母は単独で文字として使用することができないからです。今、会議の討論に提出しているのも、このような一種の拼音方案なのです。[33]

呉玉章の分かりにくい説明をほかの言葉で言い換えれば、「拼音方案」とは「漢字の発音表記のためだけに用いるアルファベット」、「拼音文字方案」とは「漢字なしで単独で文章表記をするためのアルファベット」ということになる。どちらもローマ字のアルファベットなのである。「拼音方案」と「拼音文字方案」、中間に「文字」の二字が有るか無いかだけの違いで、説明を聞く者を煙に巻くしかけになっている。一方のローマ字はもう一方のローマ字にもなりうる。しかも、文字改革委員会内部では、すぐさまピンインで文章表記できるようにするための研究がはじまる。このような動向を見れば、政府は将来の「ラテン化」実現のためにこそ、今ピンインを公布し普及させようとしていると疑うのが自然である。

一音節ごとのピンインの綴りでも標点符号をつければ、読みやすくはないが、それだけで独立した文章表記として成立しうる。事実、中国語と同様の単音節語的、孤立語的言語で、しかも同様の声調言語であるベトナム語のローマナイズは、この方式が国定の文章表記になっている。中国文字改革委員会では単語ごとの分かち書きなどを完成した段階で「拼音文字」として公布する方向を目指しているのである。

一九五八年のピンイン公布と相前後してすでに正書法の研究が盛んに行われはじめ、三〇年後の一九八八年には「漢語拼音正詞法基本規則」として結実し公布される。われわれ中国語教師は現在この正書法によるピンインの初級テキストで中国語を教えているのである。つまり、外国人対象の中国語教育の場では、ピンインはすでにたんに「注音」の役割だけではなく、「拼音文字」としても使用されているのである。

しかし、中国でピンインを公布し普及させるためには、ピンインが「漢字廃止のための方案ではない」ことを約束せざるをえない政治的、文化的状況があった。このことは「注音字母」の普及をはかるために、その名称をわざわざ「注音符号」に変更して国民の理解を得ようとした一昔前の状況によく似ている。中国政府は実は現在でもなおピンインは「注音にしか使用しない」と繰りかえし強調している。その一方では、すでに単語を綴るための正書法を開発し「拼音文字」公布の実現を目指している。

したがって、周恩来をはじめとする政府当局者のピンインを導入するための説明は、悪い言い方をすれば、「漢字を廃止して欲しくない」国民を安心させるための一種の詐欺行為であるとも言えよう。一九六〇年代はじめに小学校に入学した中国の友人によれば、政府の表向きの約束とはうらはらに、小学校の教師は生徒に向かって「君たちが大人になるころ、漢字はもう廃止されている。その代わりにピンインの時代がやってくる。この偉大なピンインの時代を迎えるため、今からしっかりピンインを勉強しよう」と教えていたそうである。政府当局の約束が欺瞞にすぎないことは民衆には見抜かれていたのである。

八　ラテン化論から一語双文制論へ

文化大革命が終焉を告げた後、七〇年代後半あたりから「ピンイン教育の強化」がさかんに叫ばれるようになる。そして、中国文字改革委員会のピンインの「拼音文字化」をめざす動きがより鮮明になって行く。(34)一九八一年七月、「全国高等院校文字改革学会」成立大会が開催される。中国文字改革委員会秘書長の倪海曙(一九一八—八八年)が学会の会長に就任する。彼は前年に出版された学会の不定期叢刊誌『語文現代化』創刊号主編でもある。当時六三歳であった会長は成立大会で次のように講演している。

次のように言う者がいる、今はただ「漢語拼音方案」(ピンイン)があるのみで、「漢語拼音文字方案」はまだできていない。その方案がなければ、拼音文字化はできない。まるで、「漢語拼音方案」(ピンイン)と「漢語拼音文字方案」が別の物のように思っているらしい。これは大きな誤解だ。国家が「漢語拼音方案」(ピンイン)を制定し普通話の普及をはかっているのは、すなわち拼音文字化の最も基本的な条件を創造していることにほかならない。このことは五十年代からすでにはっきりしている拼音文字化の基本方針なのである。当時、(文字改革委員会内部の)「拼音方案委員会」が起草した方案はもともと「漢語拼音文字方案」だったのだ。一九五八年公布する直前に改称して「漢語拼音方案」(ピンイン)にしたのである。(35)

この「文字改革学会」は中国文字改革委員会傘下の組織で、全国の大学関係者に呼びかけてピンイン教育を強化し、拼音文字化を促進することを目的としている組織のようである。『語文現代化』創刊号(一九八〇年)には、すでに拼音文字化の前提となる正書法に関する周有光の「漢語拼音正詞法基本規則要点」が掲載されており、「漢語拼音文字方案」公布のための条件づくりが進みつつあるという雰囲気が醸成されて行く。中国文字改革委員会副主任の王均は当時「小学校各科目のすべての教材を「漢語拼音文字」で作成し小学生を漢字から解放してやるべきだ」という過激な主張をしている。(36)

王均の主張はラテン化論者、漢字廃止論者の立場からみれば、しごく当たり前の主張と言うべきであろう。なぜなら、たとえ中国語ローマナイズの正書法が確立され、ローマ字表記が完全に可能になったとしても、初等教育の段階から生徒に強制しないかぎり、漢字廃止は実現不可能だからである。ちなみに、韓国の場合、朴正煕大統領の独裁的権力による行政文書、教科書からの漢字追放があったからこそ、事実上の漢字廃止が実現しているのである。

上述のような状況のはじまりは、人民日報が一九七七年一二月に「第二次漢字簡化方案（草案）」で提案されている新たな二四八種の簡化字を試用しはじめた時期と連動している。翌年の三月、実に不可解なことが起こる。「草案」起草の当事者であるはずの中国文字改革委員会の委員二二名が連名で国家機関に書簡を送り、「草案」の簡化字を採用しないよう要請しているのである。国家機関とは政治協商会議と全人代の秘書処である。二二名の委員の中には胡愈之、周有光、王力など影響力のある有力な委員がふくまれている。このことから、当時の委員会の内部が分裂していたのだということがわかる。「第二次簡化方案」を試用にまでこぎつけたのは、急進的な一部の委員の独走だったのである。

新たな漢字簡化にすら反対の委員が、王均のように過激なラテン化論を主張することは到底ありえないであろう。長年にわたって正書法開発に貢献してきた周有光は一九八〇年に次のような発言をしている。

人々は往々にして表音文字の採用と漢字の廃止を連動させ、表音文字を採用するなら、漢字は廃止しなければならないと考える。このような考えは現実にそぐわない。漢字の廃止は必要でもなければ可能でもない。表音文字は漢字と分業をして、表音文字の文は漢字の文と併用すべきである。(37)

この時点での周有光は「漢字廃止は現在すでに不可能である」と認識し、中国語では漢字による文章表記とローマナイズによる文章表記の二種類を並存させ、用途に応じて分業させればよいと考えているのである。ただし、この頃の周有光は依然として文字進化論の信奉者である。彼によれば、「文字には三つの発展段階の基本法則があり、表音文字の段階への発展は文字史上もっとも重要な飛躍である。そして、その飛躍は機械化、自動化、高速化において、その偉大な意義を更にはっきりと示している」ということになる。(38) しかしながら、周有光はもはや「だから、漢字を廃止してローマ字にすべきだ」とは主張していない。せいぜい、「漢字よりローマ字のほうが機械化に便利だ」と言っているにすぎない。かつて、文字進化論がもたらした漢字劣等論は単に「漢字では機械化が難しい」という点にまで極小化されてしまったのである。ところが、八〇年代、九〇年代の電子計算機の革命的発展は、漢字情報処理の「機械化、自動化、高速化」という最後の難関までクリアーしてしまった。

中国語の文字表記の体系は二種類あってもいいではないか、漢字の表記体系とローマ字による表記体系を公認して、この二種の体系に自由競争させればよいというのが、最近の所謂「一語双文制」の主張である。強固な信念を捨てないでいる進化論主義者は、「やや長期間にわたる並存と競争の結果、おのずと漢字による古い表記体系が自己の使命を終え、新しいローマ字にその地位を譲ることになるであろう」と考える。たとえば、北京師範大学の言語学教科書『語言学概要』(北京師範大学出版社、一九八七年)がそうである。

ちなみに、日本では「日本ローマ字会」が現在も存続しており、現在の会長である梅棹忠夫先生は中国の「一語双文制論」とよく似た発言をしている。「(日本語のローマ字表記と漢字かなまじり表記を競争させれば)、どちらが勝つか、火を見るよりも明らかです。ローマ字が勝つにきまっているのです」と言っている。梅棹氏は文化勲章の受賞者であり、日本の高名な民族学者である。高度な知性の持ち主でも、もはや文字進化論の呪縛は解きがたいようである。[39]

日本のローマ字運動は一民間団体の運動であり、何をどのように主張しようと自由だし、無視してもさしつかえない。大多数の日本人は今やこの団体の存在すら知らないかもしれない。しかし、中国の場合は国家の行政機関(当初は文字改革委員会、一九八五年以降は国家語言文字工作委員会に改称)が膨大な人力、財力、物力を投入して展開している政府の改革運動である。この改革運動が何をどうしようとしているのか、国民が注目するのは当然のことである。

九　漢字優越論の台頭

「文化大革命」と称される一〇年にわたる動乱は一説には数百万人とも言われる夥しい犠牲者を出して終わりを告げた。文革が終焉を告げるとともに、マルクス主義思想は大きく傷つき、共産党の威信は低下した。それとともに、人人はイデオロギーに囚われずに自分で思考する自由を一定程度ではあるが獲得するようになる。すでにスタンダードな普通話が確立されているこの時期には、ラテン化運動の意義を支える思想であった言語進化論や文字進化論は中国人にとっては、すでにもはや納得できない、また受け入れがたい思想になっていた。漢字はほんとうにローマ字より劣っており、中国語はローマ字で書くのにふさわしい言葉なのだろうか？「そうは思わない」という人人の常識が、やがて学術論文として発表されるようになる。

一九八一年、『北京師範大学学報（社会科学版）』第五期で段生農著「漢字ラテン化質疑」が発表され、ついで翌年『文字改革』一九八二年第一期において「漢字ラテン化の必要性初探」が掲載される。段生農の論文はいずれも漢字ラテン化の必要性と可能性を否定する論文である。主要な論点をまとめるとつぎのようになる。

○文字の主要な職能は閲読にあり、文字としては字形と字義の統一がもっとも重要であり、字形と字音の統一は副次的な問題である。漢字はこの点極めて大きな優越性をもっている。

○文字の形式は言語の特徴によって制約を受ける。表音文字は語形変化の特徴をもつ言語がやむなく採用せざるをえない文字形式である。

○言語と文字は民族文化を体現するものであり、一定の安定性と継続性をもっている。

○漢字はどんな表音文字に比べても優越性をもっている。よって、漢字を政治的力によって推進したり打倒したりする必要や理由はない。

中国文字改革委員会の政策に批判的な段生農の論文が、文革後に復刊された最初の『文字改革』誌に掲載されたのは、もちろん同氏の論文を批判するためである。共産党的な批判のやり方は文革前とあまり変わっていないように見える。

その翌年には「漢字は学びやすく、使いやすい」という主旨の華東師範大学心理学教授の論文が発表される。曾性初著「漢字好学好用証」（『教育研究』一九八三年第一期、第二期）である。「筆画が繁雑で字数が多く、学習が困難で使うのに不便」と思われている漢字が、実際にはそうではなくピンインよりはるかに習得しやすい優れた文字だという結論を、小学生を対象とした心理学的実験によって導き出した論文である。ピンイン習得の難しさはわれわれ中国語教師には常識としてよくわかる。ローマ字を採用するにしても、たとえばベトナム語ローマ字のように、せめて中国語音韻体系に合わせて字母が幾つか追加してあれば初学者は現在のようには苦労しないはずである。

「漢字は中国語にふさわしい優れた文字、ピンインよりも学びやすく使いやすい文字である」、この事実を承認することは実は大きな政治的問題を孕む。解放後に文字改革専門の行政機関を設け、膨大な人力、財力を投入し、反対派を迫害してまで進めてきた共産党の政策はいったい何だったのかということになるからである。そして、現在の国家語言文字工作委員会の存在理由さえ疑われてしまうことになりかねない。

民衆にとってピンインの実用価値は早くから疑わしいと思われてきたが、このままでは国家の教育政策すらゆらぎかねない。当時の中国文字改革委員会としては、このような状況を容認することはできない。そこで、改めてわざわざピンイン擁護の論陣を張ることになる。一九八三年二月一〇日付人民日報には、呂叔湘の「ピンインが最も良い方案だ」、王力・周有光の「ピンインの効果を更に一層発揮させよう」というピンイン宣伝の記事が掲載される。ピンイン公布から二五年もたってから、更にあらためてピンインの実用価値を宣伝しなければならない。それはピンインが当局の宣伝ほどには定着していないことを示している。

一九九一年一〇月、あるテレビ番組の試写会が催され、幸い好評を得て中央電視台で放送される予定になっていた。が、放送直前になって突然中止されるという事件が起こった。その番組とは「北京国際漢字研究会」と「江西師範大学」、「江西電視台」共同制作の『神奇なる漢字』というタイトルの「漢字を讃える」内容の番組である。[40]「北京国際漢字研究会」は漢字優越論を主張する定期雑誌『漢字文化』（社会科学文献出版社）を刊行し、国家語言文字工作委員会とは敵対的な関係にあるらしい民間の団体である。国家語言文字工作委員会は一九九二年一月に「専門家」を招集し、このテレビ作品を批判する座談会を開いている。放送禁止にしておいて批判する

というやり方はいかにも共産党の国らしい不健康な匂いが感じられるが、ともあれ批判の内容は次のようなものである。(41)

○漢字を神聖化し、漢字の機能と効用を誇張している。
○多くの結論と問題提起が非科学的で事実に合わない。
○文字改革の成果を否定し、文字改革工作者を諷刺している。
○宣伝基調が現行の国家の方針・政策に一致しない点がある。

しかし、テレビ番組の台本を読んでみたかぎりでは、内容が科学的か否かについては議論の余地があるものの、他の禁止理由は理解しがたい。推測にすぎないが、「漢字を讃える」こと自体が国家語言文字工作委員会にとっては諷刺していると感じられるのではないだろうか。なぜなら、「漢字を讃える」ことは即ち暗に「ピンインはもともと不要だった」という主張を含意し、それが「国家の文字改革の成果」を否定してしまうことになってしまうからである。

漢字優越論の台頭にともない揺らぎはじめたのはピンインの地位だけではない。国家の文字改革のもう一つの柱としての一九五六年に発布された簡体字の地位にも疑問がはさまれるようになる。簡体字は公式の漢字の字体として定着しているが、現在の中国では「繁体字の大回潮」と呼ばれる現象が起こりはじめている。映画、テレビ、広告、商標、商店の看板など至る所に繁体字が氾濫しはじめたのである。「繁体字でもいいではないか、繁体字こそ国際的で民族の文化を継承するものである」という主張、これも解放後に実施してきた国家の文字改革政策の成果を根こそぎ否定する言説となる。危機感を抱いている政府は一九九二年七月一日から「人民日報（海外版)」の繁体字を簡体字に改めた。政府によれば、この措置は「海外の華人に更に一層簡体字を学習させ使用させるよう推し進め、大陸に存在する用字混乱の現象を糾し、言語と文字の規範化、標準化の促進に積極的な役割を果たすためである」という。(42) 漢字表記とローマ字表記を並存させ分業させるのならば、繁体字表記と簡体字表記を並存させ、用途に応じて分業させるという政策が提案されてもよさそうであるが、国家語言文字工作委員会は現在のところ繁体字を「掃蕩」する作業に熱心なようである。

一〇　新しいナショナリズム——中華思想の復活

漢字優越論は往々にして「中国語表記の文字としての優劣を論ずれば」という議論の前提条件を逸脱して、単なる世界の諸文字の比較優劣論になってしまいがちである。「漢字は世界で最も優れた文字だ」という言説は現在の中国ではもはや珍しくない。このような中国人としての誇り、もしくは驕りに満ちた言葉は、ある意味でかつての「進化にとりのこされた最も劣った文字が漢字だ」と決めつけた文字進化論的言説に対する一種のリバウンド現象であろうと思われる。このような典型的な言説を紹介してみよう。中国の哲学者であり宗教学者である任継愈は次のように述べている。

文字の価値と生命は幾つかの条件しだいである。
①精確な表現機能をもっている。
②比較的幅広い多数の使用者がいる。
③その文字によって記載される文化思想の資料が豊富で、価値のある文学科学の著作がある。

④文字構造が合理的で学ぶのに便利である。
⑤現代の情報通信に用いるのに便利である。
……漢字はこれらすべての条件を満たすことができる。

……印欧諸語の文字と文法は格変化、性の区別など原始的な慣習から解放されておらず、四番目の条件に合致しない。

……漢字の文字構造の優越性は他の国際的な文字の比ではない。中華民族の文化的潜在能力は経済的、科学的潜在能力とともに一斉に迸り出る、それは遠い将来のことではない。中華民族の文化を運ぶ道具としての漢字も、やがて世界の人民の前にその斬新な姿を現すことになるであろう。(43)


現在のダイナミックな経済発展、科学技術の発展、国際的地位の向上は中国の人人に自信をもたらし、「世界の中心は中国になりつつある」という一種の中華思想を復活させつつあるように見える。かつて、中国文明の後進性を自覚することによってはじまった近代ナショナリズムは今や大きく変貌しようとしている。国家の衰亡や興隆はもともとその国の文字の優劣とはほとんど関係がない。現在の中国の繁栄理由の一端を漢字の優越性に求めるのは、かつての「文字進化論」と同様に不幸な結果をもたらしかねない危うい思想である。一国の文字に関する議論は常に人人の頭を熱くさせ、興奮させる。しかし、文字の問題は政治闘争の具にすることなく、純粋に「文字学」の問題として冷静に考えるべきであろう。

（1）周有光『漢字改革概論（修訂本）』文字改革出版社、一九六一年、二七頁参照。
（2）『一目了然初階』自序：窃謂国之富強、基于格致、格致之興、基于男婦老幼皆好学識理。其所以能好学識理者、基于切音為字、則字母与切法習完、凡字無師能自読。基于字話一律、則読于口遂即達于心。又基于字画簡易、則易于習認、亦即易于捉筆。省費十余載之光陰、将此光陰専攻于算学、格致、化学、以及種種之実学、何患国不富強也哉。

（3）周有光、前掲書、三一頁参照。

（4）周有光、前掲書、三〇頁参照。

（5）高柳信夫「『天演論』再考」（『中国哲学研究』東京大学中国哲学研究会、第三号、一九九一年）。

（6）この時期に日本の進化論の中国語訳は十数種類の著作が出版されている。加藤弘之の著作だけでも、次の三種が出版されている。楊蔭杭訳『物競論』作新訳書局、一九〇二年。訳者不詳『道徳法律進化之理』広智、一九〇三年。楊廷棟訳『政教進化論』出洋学生編輯所、一九一一年。

（7）Die Darwinische Theorie und die Sprachwissenschaft,（Weimar, 1863）.

（8）Jean-Jacques Rousseau, Essai sur l'origine des langues, où il est parlé de la mélodie et de l'imitation musicale,（日本語訳）小林善彦訳『言語起源論 旋律および音楽的模倣を論ず』、現代思潮社、一九七〇年。

（9）Edward Clodd, The Story of the Alphabet, 1909。中国語訳初版の出版社、刊行年不詳。林柷敔訳『比較文字学概論』（人人文庫）、台湾商務印書館、一九六七年による。

（10）伯潜「漢字的進化――由衍形傾向衍声」（『東方雑誌』第二十一巻第四号、一九二三年）。（再録）李中昊編『文字歴史観与革命論』北平文化学社、一九三一年、八一―八八頁。この論文では、クロッドの著書を引用しつつ文字進化論を展開する。

（11）傅斯年「漢語改用拼音文字的初歩談話」（『新潮』第一巻三号、一九一九年）。（再録）『傅斯年全集』第一巻、湖南教育出版社、二〇〇三年、一六〇―一七九頁。

（12）魏建功「従中国文字的趨勢論漢字――方塊字――的応該廃除」（『国語週刊』第八期、一九二五年）。（再録）李中昊編、前掲書、二二九―二三八頁。

(13) 費錦昌編『中国語文現代化百年記事（一八九二―一九九五）』語文出版社、一一頁参照。

(14) 銭玄同「中国今後之文字問題」（『新青年』第四巻第四号、一九一九年）。

(15) 黎錦熙「高元国音学序」一九二二年。（再録）李中昊編、前掲書、一九七―二一二頁。

(16) 銭玄同「歴史的漢字改革論」（『新生』第一巻第八期、一九二六年）。（再録）李中昊編、前掲書、二一三―二二七頁。

(17) 費錦昌編、前掲書、四七頁参照。

(18) 趙元任はその後渡米して、アメリカ言語学会の会長となる。彼の英文による中国語研究の名著『国語字典』と『中国話的文法』は漢字と国語ローマ字が併記されている。

(19) 瞿秋白『瞿秋白文集』(二)、人民文学出版社、一九五三年、六四九―六五八頁。

(20) 当時のソ連言語学界の独裁者N・J・マール（一八六四―一九三四年）の言語理論では、「民族言語というものは存在しない、存在するのは階級言語だけである。どの社会にも搾取者と被搾取者の二層の文化があるのと同じように、どの言語も混合過程で生まれて、二つの共存する言語を含んでいる」と考えた。中国のラテン化論者はこのマールの言語理論をもとに、「先ず中国の各地の方言をラテン化しても、おのずと方言が融合して中国の共通語が生まれるはずだ」と考えたのである。

(21) 呉玉章「新文字与新文化運動」（『新文字論叢』一九四〇年）。（再録）呉玉章『文字改革文集』中国人民大学出版社、一九七八年、八四頁参照。

(22) 呉玉章、前掲書、八四頁。

(23) 瞿秋白、前掲書、六四九―六五八頁。

(24) 魯迅「関于新文字」（一九三四年執筆）（『且介亭雑文』、三閑書屋、一九三七年）。（日本語訳）「新文字について」（『魯迅全集』8、学習研究社、一九八四年）一八三―一八五頁。

(25) 「我們対于推行新文字的意見」（『中国語言』一九三六年五月十日）。（再録）李敏生『漢字哲学初探』社会科学文献出版社、二〇〇〇年、三六三―三七一頁。
(26) 費錦昌編、前掲書、一一五頁参照。
(27) 費錦昌編、前掲書、一一五頁参照。
(28) 費錦昌編、前掲書、一五五頁参照。
(29) 費錦昌編、前掲書、二一九頁参照。
(30) 黎錦熙『国語新文字論』(師大文史叢刊第一期抽印本)、一九四九年。(再録)『文字改革論叢』文字改革出版社、一九五七年、一二頁。
(31) 費錦昌編、前掲書、一七五頁参照。
(32) 周恩来『当前文字改革的任務』人民出版社、一九五八年。
(33) 呉玉章、前掲書、一一八―一三一頁。
(34) 「ラテン化」が「漢字廃止」を含意しがちなので、政府サイドの人間は「拼音文字化」もしくは「拼音化」という用語を使用することが多くなる。
(35) 『語文現代化』第五輯(全国高等院校文字改革学会成立大会特輯)、上海知識出版社、一九八一年。
(36) 『語文現代化』前掲誌、七二頁。
(37) 周有光『語文風雲』文字改革出版社、一九八〇年。
(38) 周有光、前掲書(一九八〇年)
(39) 梅棹忠夫『日本語の将来――ローマ字表記で国際化を』(NHKブックス)、日本放送出版協会、二〇〇四年。
(40) 「神奇的漢字」(電視系列芸術片)(『漢字文化』一九九二年第一期。)(再録)李敏生、前掲書、三三二―三四一頁。
(41) 「『神奇的漢字』座談会紀要」(『語文建設』一九九二年第四期(未見))。蘇培成『二十世紀的現代漢字研究』、書海出版社、二〇〇一年、六〇四頁の紹介記事による。蘇培成は漢字優越論に反対の立場から叙述している。
(42) 費錦昌、前掲書、五四二頁参照。

(43)　李敏生、李涛『昭雪漢字百年冤案——安子介漢字科学体系』社会科学文献出版社、一九九四年、五―九頁。李敏生の二著の内容はいずれも典型的な過激な「漢字優越論」の言説で満たされている。

文明戯の映画化について

飯塚　容

一　はじめに

文明戯は伝統劇と話劇の中間形態の劇種で、「早期話劇」とも呼ばれる。二〇世紀の初め、日本に留学していた演劇を愛好する学生たちが、当時の「新派」劇などの影響を受け、帰国後、上海を中心に始めた新しい演劇、原則として歌唱を伴わないモダンな芝居を指す。文明戯の流行は社会的要因と上演母体内部の問題のため、意外に長続きせず、一九一四年のいわゆる「甲寅の中興」をピークに、急激に下降線をたどった。

短命に終わった文明戯の演目のいくつかは、その後、映画化によって再び脚光を浴びている。文明戯の映画化は二〇世紀の中国における二つの重要な芸術ジャンル、演劇と映画の関係性を考える上でも大変興味深いテーマだろう。

ところが従来、一般に文明戯は「通俗的」というマイナスイメージで捉えられ、主要な研究対象にならなかった。中国で文明戯研究が本格的に始まるのは一九八〇年代に入ってから、その成果が形になって現れてきたのはここ一〇年のことである。(1)一方、映画史研究の分野でも、文明戯の影響は悪しきものとして捉えられてきたよ

うだ。(2)

以下、具体的に文明戯作品の映画化の経緯を検証し、演劇と映画の間にその草創期から存在した浅からぬ因縁を確かめたい。

二　張石川と鄭正秋

文明戯映画化の中心人物は張石川（一八九〇―一九五三年）と鄭正秋（一八八九―一九三五年）である。(3)

この二人が最初に手を組んだのは一九一三年、亜細亜影戯公司での映画製作だった。亜細亜影戯公司はアメリカ籍のロシア人・ブラスキーが上海に設立した中国初の映画製作会社として知られる。ブラスキーから経営を引き継いだアメリカ人・イシールは中国人顧問として、張石川を招いた。そこで映画製作を任された張石川が最初に撮ろうと考えたのが、当時流行の文明戯の演目だった。自らも文明戯の上演に関わった経験があるようだが、彼はその方面により詳しく、脚本も書き、俳優としても劇評家としても実績のある友人・鄭正秋に援助を求めた。

鄭正秋が脚本を書き、張石川が監督をつとめた『難夫難妻』は中国初の劇映画となった。内容は封建的婚姻がもたらす不幸を描いたもの。出演したのは文明戯の俳優で、女役も男が演じたという。上映場所も文明戯の上演が行われていた「上海新新舞台」だった（一九一三年九月二九日封切）。

これですっかり映画製作に興味を覚えた張石川は、当時、上海の映画館で人気を集めていたアメリカの喜劇映画に注目し、それに類するものを次に製作したいと考えた。一方、あくまで文明戯の上演にこだわりを持っていた鄭正秋は、間もなく亜細亜影戯公司を離れ、文明戯の劇団「新民社」を組織する（一九一三年八月）。メンバーは、朱双雲、汪優游、徐半梅、王无恐、李悲世、張治児ら。彼らは家庭劇の上演を得意とした。主要な演目に、

『悪家庭』『珍珠塔』『家庭恩怨記』『空谷蘭』『馬介甫』などがある。間もなく張石川は、これに対抗するように「民鳴社」を組織した（一九一三年一一月）。メンバーは許痩梅、陸子美、鍾笑吾、蕭天呆、査天影ら。特に一九一四年三月に顧無為が加わって『西太后』を上演してからの民鳴社は人気を博し、新民社とともに最盛期の文明戯を支えた。主要な演目に、『西太后』『三笑姻縁』『刁劉氏』『双鳳珠』『珍珠塔』などがある。一九一五年一月に至って、新民社は経営能力に勝る民鳴社に吸収合併された。

張石川の民鳴社のメンバーたちは、同時に亜細亜影戯公司の専属俳優でもあった。昼間は香港路にあった露天の撮影所で映画を撮り、夜は民鳴社の舞台に立って文明戯を演じた。また、彼らの映画は、民鳴社公演の幕間や余興に上映されたともいう。文明戯と亜細亜影戯公司の映画の密接な関係がうかがえる。

一九一四年に亜細亜影戯公司が第一次世界大戦の影響などで活動を停止するまでの間に、張石川は『活無常』『五福臨門』『殺子報』などの短篇喜劇映画を撮った。これらの作品の多くは中国伝統劇に題材を取り、それに外国の喜劇映画の味付けをしたものだった。中国テイストと西洋テイストの合体は、そのまま文明戯の特色でもある。一連の短篇映画の中には、当時の文明戯の一場面を収めた記録映画『滑稽新劇』も含まれていた。

一九一六年、張石川は管海峰とともに新たな映画製作会社「幻仙影片公司」を設立する。ここで彼が撮った映画が舞台劇の映画化、『黒籍冤魂』だった。(4) アヘン中毒の悲劇を描くこの作品は、許復民が清末の小説家・呉趼人の小説に基づいて舞台化したもの。一九〇八年に夏月珊、馮子和、潘月樵、毛韻珂、夏月潤、孫菊仙らが丹桂園で、「時装京劇」として初演した。この年の冬、夏月珊らが「戯曲改良」の拠点として創設した新舞台では人気のレパートリーとなり、一九一六年時点でも、なお再演が続いていたらしい。題材から言っても、上演形式（歌唱の部分がきわめて少ない）から言っても、かなり文明戯に近い。もともと、文明戯と改良戯曲の境界線はかなり曖昧なのである。鄭正秋はこの作品の意義を認め、詳細な筋書きを『図画日報』に掲載（一九〇九年）、のちに単行本として刊行している（文明書局、一九一一年九月）。じつは一九一三年、張石川が亜細亜影戯公司で最初に撮ろうとしたのも、この『黒籍冤魂』だった。新舞台の夏月珊らとの協議が不調に終わり、またイシールがアヘン商人の反発を恐れたために断念し、鄭正秋の書き下ろし作品『難夫難妻』に変更されたという経緯がある。

幻仙影片公司の『黒籍冤魂』は張石川が監督をつとめ、張利声、徐寒梅、査天影、洪警鈴、黄小雅、黄幼雅、馮二狗らが出演した。その多くは民鳴社のメンバーだという。また、張石川自身も、生涯でただ一度、この映画に俳優として出演している。内容はほぼ舞台劇に忠実だったようだ。脚本の良さ、撮影技法の向上などにより、この作品は好評を得た。しかし、資金繰りがうまくいかず、このあと張石川はしばらく映画界から遠ざかることになった。

一九二二年三月、彼は再び映画界に復帰する。鄭正秋、周剣雲、鄭鷓鴣、任矜蘋とともに、また新たな映画製作会社「明星影片公司」を設立したのである。明星はまず、一連の喜劇映画を撮った。チャップリンが上海にやって来たという設定の『滑稽大王遊滬記』、もと大工の八百屋が医者の娘との恋を成就させるまでを描く『労工之愛情』（別名『擲果縁』）、チャップリンとロイドを真似たトリック・スターが大暴れする『大鬧怪劇場』の三本で、いずれも監督・張石川、脚本・鄭正秋のコンビ。これらは商業主義第一を唱える張石川の主張に沿った作品だった。このうち、『労工之愛情』はフィルムが現存する最も古い劇映画のひとつで、当時の演技の実態が確認できる。(5)

同じコンビの第四作『張欣生』（別名『報応昭彰』）は文明戯からの脚色と言われているが、実情はなかなか複雑らしい。朱双雲『初期職業話劇史料』（重慶独立出版社、一九四二年六月）によると、一九一九年、張石川らは民鳴社の名義を復活させ、笑舞台で上演活動を再開した。この年の秋、上海では猟奇的な事件が多発したので民鳴社はこれに目をつけ、『蒋老五殉情記』『凌連生殺娘』『閻瑞生』(6)などの実録ものを続けて上演し、当たりを取ったという。一九二一年に至って再び経営が悪化した民鳴社は新たに、財産目当てで父親を殺した張欣生の話を上演するつもりで、この事件の判決を待ったが間に合わず、ついに一九二二年五月に解散宣言を出したのだった。張欣生事件の判決後、張嘯林、浦金栄、陳埩葆らが受け継いだ笑舞台は、この話を『張欣生殺父』として上演している。一方、民鳴での舞台化を果たせなかった張石川は、映画でこの題材を取り上げた。この映画の売りは「刺激的で残酷な場面の数々」にあったようだが、それがかえって観客の反感を買い、上映禁止処分を受けてしまった。

このような事態を受けて張石川は軌道修正を余儀なくされた。そこで彼が、「教育的要素を備えた社会劇」という鄭正秋の主張に歩み寄って撮ったのが、『孤児救祖記』だった。財産の独り占めを狙う親類の策略で屋敷を追われた寡婦の遺児が、紆余曲折の末に幸福を得るまでを描く。道徳倫理を訴えると同時に、感動的な人情話になっている。張石川はこの作品の主役に、それまでまったく演技経験のなかった（つまり、文明戯出身ではない）王漢倫（一九〇三―七八年）、王献斎（一九〇〇―四二年）を起用した。『孤児救祖記』が「文明戯の誇張された演技形式を抜け出している」(7)「全体に映画的な色彩が強まり、新劇的な動きが減っている」(8)と評価される所以だろう。しかし、作品内容そのものは、むしろ新民社や民鳴社が得意とした家庭劇に近いように見える。また、孤児役に扮した鄭小秋（一九一〇―八九年）は早くから子役として父・鄭正秋とともに舞台に立ってきた俳優で、これ以降、数多くの明星作品に出演することになった。

『孤児救祖記』の成功に力を得た明星は、同傾向の「社会派」作品を続々と製作した。寡婦の再婚を阻む社会の封建制を告発する『玉梨魂』（徐枕亜の小説からの脚色）をはじめ、『苦児弱女』『誘婚』（別名『愛情与虚栄』）『好哥哥』などである。このうち、『誘婚』の脚本は周剣雲、あとはいずれも鄭正秋が担当している。

この間、ほとんどの作品に出演していた主要メンバーの一人、鄭鷓鴣が一九二五年に急逝、代わってアメリカ帰りの洪深（一八九四―一九五五年）が新たに脚本家、監督として参加するという大きな陣容の変化があった。文明戯出身の鄭鷓鴣に代わって、近代的な話劇の創始者である洪深が加わったことの意味は大きいだろう。ただし、それによって明星の作風がガラリと変わることはなかった。一九二五年の後半に製作されたのは、張石川と鄭正秋が中心となって築き上げてきた路線に沿った作品、『最後之良心』『小朋友』『盲孤女』『上海一婦人』『可憐的閨女』『空谷蘭』『早生貴子』だった。このうち、『早生貴子』は洪深が監督をつとめている。また、『可憐的閨女』と『空谷蘭』の脚本が包天笑（一八七六―一九七三年）であることも、注目に値する。包天笑はこの年、脚本家として明星に招かれた。明星の「家庭劇」路線は包天笑が一枚加わったことによって、ますます充実したように思える。その後、包天笑はトルストイの『復活』を脚色した『良心復活』、自作の短編小説『一縷麻』を脚色した『掛名的夫妻』などのシナリオを明星に提供した。

三　文明戯の『空谷蘭』

『空谷蘭』は、文明戯時代の「新民」「民鳴」の代表的演目だった作品である。(9) 文明戯の映画化を考える場合、その典型例になり得るだろう。以下、この作品の文明戯上演から映画化にいたる経緯をたどってみよう。(10)

『空谷蘭』はまず、小説として中国に紹介された。その種本は黒岩涙香（一八六二―一九二〇年）の翻訳小説『野の花』である。『野の花』は明治三三年（一九〇〇年）三月一〇日から一一月九日まで『万朝報』に連載され、のちに扶桑堂から単行本が出た（「前篇」は明治四二年一月、「後篇」は明治四二年五月）。イギリス小説からの翻訳らしいが、そのオリジナルについては諸説あり、現時点では特定できない。

『野の花』を『空谷蘭』と改題して中国に紹介したのが、包天笑だった。『空谷蘭』は一九一〇年三月二日から一二月一八日まで、二三四回にわたって、上海の新聞『時報』に連載された。のちに有正書局から、上下二冊本(全三二回)が刊行されている。

文明戯の『空谷蘭』を上演した劇団は新民社および民鳴社である。では、包天笑と新民、民鳴はどこで接点を持ったのだろう。包天笑の自伝『釧影楼回憶録』(香港・大華出版社、一九七一年六月)には「春柳社及其他」の一章があって、天笑は当時の文明戯との関わりを記しているが、ここでは新民、民鳴および『空谷蘭』には触れていない。鄭正秋の名は、きわめて否定的な文脈の中で出てくる。天笑の友人・黄遠庸(一八八五―一九一五年)が北京から上海を訪れ、新劇を見て『時報』に劇評を書いた。これが酷評だったので、腹を立てた劇団は報復のため、芝居に黄遠庸とわかる人物を登場させ、「小官僚、小政客」と罵倒した。その仕掛け人が鄭正秋だというのだ。一方、『釧影楼回憶録続編』(香港・大華出版社、一九七三年九月)の「我与電影(上)」では、次のように述べている。

張石川、鄭正秋らは「民鳴社」を興して、一種の新派劇を専門に上演していた。音楽がなく、歌舞も伴わない。上海の人々はこれを「文明戯」と称した。これが小説『空谷蘭』と『梅花落』を芝居の材料にしたのである。当時、私はあまり気にとめず、勝手にやらせておいた。

これまた、素っ気ない書き方である。では、『空谷蘭』はまったく無断で舞台化されたのかというと、そうでもないらしい。天笑と新民社のかかわりを示すものとして、『初期職業話劇史料』の以下の記述がある。

顧無為は民鳴社に加入してすぐ、民鳴社のために『李蓮英』を創作上演した。「旗装戯」は初の試みだったので、興業成績が大変よく、新民社にも多大な影響が及んだ。ちょうど、『民国日報』の編集人葉楚傖、『時報』の主筆包天笑が揃って新民社の脚本創作の仕事に参加し、天笑は『西太后』を創作上演して対抗するよう主張した。優游は「我々は人の後塵を拝して旗装戯をやるよりは、新生面を開いて古装戯をやった方がよい」と言った。正秋は天笑の提案を受け入れず、『武松』『花木蘭』『貂蟬』などの古装戯を創作上演した。『西太后』は、民鳴社が『李蓮英』に続いて上演することになった。

「旗装戯」は清代を背景とする芝居、当時としては同時代に近い劇。これに対して「古装戯」は、いわゆる時代劇である。顧無為は当時の名優で、鄭正秋は当初彼を新民社に迎えようとしたが、役柄が競合する王无恐の反対などがあって、民鳴社に逃げられたという経緯がある。汪優游は当時、新民社の主要メンバーだった。いろいろと難しい人間関係があったようで、ここからも包天笑が鄭正秋に不快感を持ったであろうことがうかがわれる。ともあれ、この頃（おそらく一九一四年）天笑が新民社の脚本創作に加わったのは事実だろう。別の資料、義華「六年来海上新劇大事記」[11]にある次の記述は、これに合致する。

（一九一四年）二月、（湖南へ行っていた）汪優游らが新民に戻り、再び「弾詞」劇で上海人と相まみえたが、興業的にはやや下降線をたどった。そこで目先を変えて、新小説から新劇を創作上演することにし、『空谷蘭』『梅花落』などが相次いで出現した。

「弾詞」は民間芸能の一種。文明戯の演目には、これに材を得たものも多かった。このあと新民社は五月下旬から八月初めまで、漢口へ出張公演に出かける。そこでも『空谷蘭』は好評を博したようだ。『初期職業話劇史料』には、こうある。

新民社の漢口公演は五、六、七月の酷暑の時期だったにもかかわらず、ずっと人気が衰えなかった。そのころの漢口の習慣では、夜の部は五時に開幕する。私の記憶によると、『空谷蘭』上演の日には午後一時に客を入れ始め、四時にはもう門を閉めた。その盛況ぶりがうかがえよう。

文明戯の『空谷蘭』は、完全な形の脚本が現存しないが、『伝統劇目彙編・通俗話劇』第六集（上海文芸出版社、一九五九年二月）に方一也口述本がある。以下、これによって劇構成を確認してみよう。

第一幕第一場
　陶正毅は娘の陶紉珠と内戦のこと、亡妻のこと、戦争に出ている長男・時介のことなどを話している。そこへ時介の友人で子爵の紀蘭蓀が訪れ、時介の戦死を伝える。傷心の正毅を慰めるため、蘭蓀はしばらく滞在することになる。舞台暗転。蘭蓀は時介の遺言通りに自分と結婚してくれと紉珠を口説く。二人の結婚が決まる。

第一幕第二場（幕外）
　紀母（青柳夫人）と姪の柔雲は蘭蓀の帰りを待っている。紀母は柔雲と蘭蓀の結婚を願い、柔雲もそれを望む。そこへ蘭蓀が帰宅し、紉珠との結婚話を持ち出す。紀母は家柄などを理由に反対するが、蘭蓀は聞き入れない。

第二幕第一場
　結婚式を挙げ、挨拶にやってきた紉珠は、紀母と柔雲にひどいあてこすりを言われる。来賓たちも、田舎者で礼儀を知らない新婦をバカにする。

第二幕第二場（幕外）
蘭蓀夫婦に子供・良彦が生まれた。その世話係として、女中・翠児を雇う。
第三幕第一場
女性客たちは徐々に紉珠の人柄の良さを知り、柔雲の口車に乗ったことを後悔する。
第三幕第二場（幕外）
柔雲は蘭蓀の耳に、紉珠の悪口を吹き込む。
第四幕第一場
いたたまれなくなった紉珠は、実家に帰ることにして、翠児とともに屋敷を出る。
第四幕第二場（幕外）
駅。紉珠が良彦の写真を取りに戻った間に、紉珠の服を着てハンドバッグを持った翠児が汽車にひかれて死ぬ。かけつけた蘭蓀は、紉珠が死んだものと思い込む。
第五幕第一場
柔雲の口車に乗って紀母は、蘭蓀と柔雲を再婚させようとする。初めは拒否していた蘭蓀も、母の涙に負けて承知する。
第五幕第二場（幕外）
紀夫妻の始める学校の教師を雇うため、田先生が面接をする。春海夫人、蘆澤娘なる奇妙滑稽な人物のあと、幽蘭夫人（実は紉珠）が登場。田先生は、幽蘭夫人を紀夫妻に推薦する。
第五幕第三場（幕外）
幽蘭と良彦は、先生と生徒という形で再会する。柔雲に実の子ができたため、良彦はいじめられている。

第六幕第一場
良彦は母を思うあまり病気になり床につく。幽蘭が付ききりで看病。柔雲はひそかに薬をすり替えにきて、幽蘭に見つかる。
第六幕第二場（幕外）
薬を奪い合って格闘する幽蘭と柔雲。幽蘭は自分が紉珠であることを明かす。柔雲は馬車で逃走し、事故を起こす。幽蘭は、柔雲が良彦を殺そうとしたことを紀母に話す。そして、柔雲亡きあとは自分が子供の面倒を見ると言う。
第七幕
紉珠の写真に向かって詫びる紀母を見て、幽蘭は正体を明かす。蘭蓀も真実を知り、良彦は母の胸に飛び込む。

「幕外」とは当時の文明戯でよく使われた「幕外戯」というもので、一時的に閉めた幕の前で演じられる。この間に幕の中では、次の場面のセットを用意する。第五幕第二場の面接シーンにドタバタがあるところが、いかにも文明戯らしい。
舞台の『空谷蘭』を知るには、もうひとつの手がかりがある。范石渠編『新劇考』（上海・中華図書館、一九一四年六月）に収める『空谷蘭』の筋書きで、こちらは劇構成が『伝統劇目彙編』版とはかなり異なる。まず、幕数が全三〇幕と極端に多くなっている。これは初期の文明戯によく見られる傾向で、「幕」とは実のところ場の区切りに過ぎない。背景の変更を伴う「分幕」を意味するわけではないのだ。幕数が多くなったのは、原作の内容をなぞることに終始したためと思われる。実際、ここに示される筋立てはほとんど小説そのままで、いかにも構成が稚拙である。おそらくは、この筋書きが初期形態で、上演を重ねるうちに『伝統劇目彙編』版のような形に整理されていったのだろう。

では、新民、民鳴による実際の舞台は、どんな様子だったのか。欧陽予倩は「談文明戯」(12)の中で『空谷蘭』の梗概を紹介したあと、次のように分析する。

この芝居の筋立ては偶然性と作為的な波乱が多く、何の思想性もなく、芸術性も低い。ただ夫婦と母子の心理描写に感動的なところがあって、当時の一般小市民の口に合ったため、わりあい客の入りがよかったのだ。

一九五〇年代という時点での回顧なので、少々評価は厳しい。興味深いのは、これに続く演技分析である。

この芝居の何人かの俳優、例えば凌憐影の紉珠、汪優游の柔雲、王无恐の蘭蓀にはそれぞれ特色があり、それぞれ印象的な役作りをしていた。とりわけ汪優游は、資産家の教養ある口の達者な、聡明で辛辣な娘を独創的に演じた。観客の中には何度もその演技を見る者もあれば、その台詞の中の警句をそらんじる者もあった。

このほか、同時代の批評として以下のものがある。

痩鵑「誌新民社第一夜之空谷蘭」「誌新民社第二夜之空谷蘭」(13)
鈍根「新民舞台之空谷蘭」「観新民舞台之空谷蘭」(14)
野民「新民社民鳴社之空谷蘭」(15)
鉄柔「新民社之前後本空谷蘭」(16)

これらによると、実際の舞台は前編、後編に分かれ、二日間にわたって演じられることが多かった。

瘦鵑の劇評は、新民社の初演（一九一四年四月二五、二六日）について述べたもので、欧陽予倩と同様に、憐影の紉珠、无恐の蘭蓀、優游の柔雲の演技を高く評価している。特に、紉珠と良彦の別れと再会のシーンは秀逸で、観客の涙を誘っていたという。良彦役は幼児期を明玉（无恐の実子）が、成長後を雪梅が演じた。

鉄柔の劇評も初演のものらしい。徐半梅（一八八〇―一九六一年）が女教師に扮し、教師面接の場面で活躍した。先に見た劇の筋書きで予想されたように、このシーンは観客の笑いを取る目的で設定されていたのだろう。徐半梅は喜劇役者として活躍したほか、小説家としても知られる。包天笑とは共同で翻訳をやるなど、昵懇の間柄だったから、新民社と包天笑の縁を取り持ったのは彼かもしれない。

教師面接の一幕は、大いに笑わせてくれた。半梅の演じた蘆澤娘は、大きな図体で厚化粧、その形状だけでおかしい。口を開くと新奇な言葉を連発する。しかもその声は甲高く、立ち居振舞いはかしこまっている。笑い声が満ち、拍手がとどろいたのも無理はない。幻身の春山夫人は、村のインテリらしい口調で、孔明の出師表の一説を暗唱する。その抑揚、朗唱の妙が、また大笑いを誘った。

幻身は、女形で知られる王幻身のことであろう。また、薬風（鄭正秋）は老弁護士（陶正毅）に扮していた。鈍根は再演（一一月八、九日）の劇評だが、瘦鵑とほぼ同じ内容。ただし、徐半梅は勲功爵、鄭正秋は青柳夫人に扮したと述べている。

野民の劇評は、新民、民鳴の合併記念公演（一九一五年一月一九日）について述べている。この日は前後編を通しで上演したため、前半が簡略化されていたようだ。紉珠役は前半の憐影に代わって、後半は陳大悲が演じた。また、後半の良彦役は体格のいい査天影が演じたため、とても子供には見えなかったという。

このほか、春柳劇場も『空谷蘭』を上演したという説があるが、確認できない。また、女子新劇が一九一五年、小舞台（笑舞台）で『空谷蘭』を上演した。林如心が紉珠、朱天紅が蘭蓀、李痴仏が柔雲を演じている。[17]

四　『空谷蘭』の映画化

映画の『空谷蘭』については、『釧影楼回憶録続編』の「我与電影（上）（下）」に比較的詳しい記述がある。

（一九二四年の）ある日、鄭正秋が私の新聞社へやってきて、こう言った。「明星公司が先生に映画のシナリオを書いてもらいたいというので、私がお願いに上がりました」

映画のシナリオに関しては素人だからと言葉を濁した天笑に対して、鄭正秋は次のような具体的な提案を持ち出した。

「明星公司の仲間は、こう考えています。先生が毎月一本のシナリオを書いて下されば、毎月報酬として百元差し上げる。とりあえず、一年契約ということでどうか。シナリオの方は、慌てるに及びません。まずは先生の長編小説『空谷蘭』と『梅花落』をちょっと整理していただいて、簡単な筋書きを作って下されればいい。我々としてはぜひ、この二つの小説を映画にしたいのです。差し支えないでしょう？」

好奇心旺盛な天笑はこの仕事を引き受け、七日間のうちに『空谷蘭』と『梅花落』の脚色を完成させた。当時の明星の二大女優、張織雲（一九〇四―?）、楊耐梅（一九〇四―六〇年）の出演も決まった。『空谷蘭』（一九二五年製作、上下二集、サイレント、モノクロ）のスタッフ、キャストは次の通りである。

監督　張石川　　撮影　董克毅
出演　張織雲（紉珠、翠児の二役）　楊耐梅（柔雲）　朱飛（紀蘭蓀）
　　　黄筠貞（青柳夫人）　宋懺紅（陶父）　鄭小秋（良彦）

『中国無声電影劇本』（中国電影出版社、一九九六年九月）、『中国電影大辞典』（上海辞書出版社、一九九五年一〇月）、『中国影片大典　一九〇五―一九三〇』（中国電影出版社、一九九六年一〇月）が紹介するこの映画の粗筋は、小説および文明戯と多少の異同がある。まず、紀蘭蓀は杭州の名門の子弟で、嘉興の陶時介とともにアメリカに留学、時介が異国で急病死したため、帰国後、遺品を携えて嘉興の陶父と紉珠を訪ねる、という設定になっている。ここに至って『空谷蘭』は完全に西洋物の翻案から脱し、中国の物語となった。杭州、嘉興という風光明媚の江南の地を背景に選んだことで、映画は新しい魅力を持ったのである。包天笑によると、杭州西湖におけるロケは、張石川の次のような主張によって実現した。

「映画は芝居と異なる。芝居は舞台という制約があり、すべて屋内で演じられる。映画は、撮影所に家を作りセットを置くよりも、屋外の適当な場所でのロケを多くした方がよい」

俳優たちの多くは杭州が初めてとあって、大いに喜んだ。このロケには、天笑も同行したという。

上映された『空谷蘭』は、予想以上の大ヒットとなった。興行収入は一三万元を超え、サイレント時代の最高記録を達成し、明星の財政的基盤を確かなものにした。また、主演の張織雲はこの映画で一躍人気女優となり、一九二六年八月に上海新世界で開催された「電影博覧会」の投票で、映画界の初代女王に選ばれたという。[18] 包天笑は、この映画の成功の要因が張石川の演出の才と広告宣伝の効果にあったと分析している。[19]

その後、明星は一九三四年に『空谷蘭』をトーキーでリメイクした。監督・張石川、撮影・董克毅は変わらない。出演は胡蝶、高占非、宣景琳、厳月嫻、鄭小秋ら。再製作の意図について、張石川は次のように述べている。

我々はいつも脚本の払底に悩んでいる。これは、まぎれもない事実である。そこで我々は『空谷蘭』のリメイクを思いついた。なぜなら、この脚本は時代の制約を受けないからだ。以前すでにサイレントを撮ったが、いまトーキーを撮り直しても差し支えない。ドラマの効果は倍増するだろう。

……サイレントの『空谷蘭』は多くの名場面で魅力を引き出せなかった。トーキーになれば、それが十分に伝わる。たとえば、良彦が母の写真の前で泣く場面、紉珠・蘭蓀夫妻のいさかいの場面、柔雲が病床の良彦の前で大騒ぎする場面、そして宴席での歌唱などは、いずれも音が入ることで、望ましい効果が得られる。[20]

一九三〇年代に入ってからは、いわゆる「左翼映画」を中心に数々のヒット作を生み出した明星影片公司だが、国民党政府による思想弾圧が強まり、その路線を放棄せざるを得なくなった。そこで、かつての夢よもう一度でリメイクされたのが、思想的な面で問題のない『空谷蘭』だった。脚本にも多少手を入れ、主演には胡蝶、高占非というトップ・スターが起用された。

ところで、同じ一九三四年には、もうひとつのリメイク版が撮られている。天一影片公司の『紉珠』（サイレント、モノクロ）である。脚本は于丁勲、その他のスタッフ、キャストは以下の通り。

監督　邵酔翁、高利痕　　撮影　周詩穆

出演　范雪朋（陶紉珠、翠児）　陳秋風（紀蘭蓀）　葉秋心（柔雲）

朱天虹（紀母）　魏鵬飛（陶正毅）　崔恩（良彦）

天一影片公司は一九二五年に設立された。主催者の邵酔翁（一八九八—一九七九年）は文明戯の出身である。一九二三年、民鳴を解散したあとの張石川とともに和平社を組織し、笑舞台で文明戯を上演した。一年後に張石川が抜けてからは、和平社および笑舞台を一人で支えたという経歴を持つ。(21) それにしても、同じ年にリメイクの競作が出るというのは稀なことだ。『空谷蘭』の魅力はこの時点でも、なお失われていなかったと言える。

五　『梅花落』の場合

『空谷蘭』と並んで新民、民鳴で上演された包天笑原作の文明戯作品に『梅花落』がある。これももとは外国小説で、天笑訳は最初『時報』に連載されたのち、単行本（全二冊、一六回）が有正書局から刊行されている（一九一〇年）。日本語からの重訳とも言われるが、詳細はわからない。新民社の初演は『空谷蘭』より早く、一九一四年三月一日から四日だった。この作品の内容構成については、『新劇考』が詳しい。以下はその大略である。

第一幕

イタリアの貴族・穆徳身侯爵の娘・円珠は幼くして身寄りを亡くし、葛蘭蓀という悪い男に騙されて、カフェやバーで歌を歌わされている。葛蘭蓀は船主・李爾敦の所持金を狙い、これを殺害。そのすきに円珠は逃走する。

第二幕

李爾敦の友人・李爾巽は川から上がった李爾敦の遺体を確認。外国へ行って探偵学を身につけ、仇を討つことを誓う。

第三幕

男爵・常勃徳は妻を亡くして、やもめ暮らし。甥の克朔を養子にしているが、克朔の素行が悪いので怒って追い出す。

第四幕

雪の山中で行き倒れた円珠。彼女の歌う「梅花落」を耳にした常勃徳に救われる。常勃徳は学費を出して、円珠を音楽学校に入れてやる。

第五幕

家を追い出された克朔は、友人の柯林森に相談。柯林森は常家の侍者を通じて、常勃徳と円珠が結婚するという情報を得る。

第六幕

常勃徳は円珠と結婚。一方、克朔は詫び状を書いて許され、屋敷に戻る。

第七幕

屋敷を訪れた柯林森は、常勃徳夫妻の仲を裂くため、わざと円珠と親しそうにして見せる。

第八幕

柯林森は、名門の娘でかねてから常勃徳に思いを寄せる氷娘を利用しようと考える。氷娘は円珠を公園に誘い出す。

第九幕

柯林森は公園で円珠と二人でいるところを常勃徳に見せ、疑念を抱かせる。

第一〇幕

柯林森は常勃徳が落馬したと偽って円珠を荒野の古塔に連れてきて、一夜を過ごす。葛蘭蓀が、この一部始終を見ている。

第一一幕

常勃徳は円珠に腹を立て、家産はやはり克朔に譲ると言い出す。氷娘はここぞとばかり、常勃徳に円珠との離婚を勧める。

第一二幕

屋敷を出た円珠は、李爾敦の伯父で、常勃徳の友人でもある李公佐を訪れ、事情を話す。

第一三幕

柯林森と克朔が密談し、常勃徳殺害を計画。葛蘭蓀が、これを嗅ぎつける。

第一四幕

屋敷に忍び込んだ柯林森は、常勃徳の杯に毒を入れる。たまたま訪れた李公佐が、これを飲んでしまう。駆けつけた李爾巽は円珠の仕業だと早合点し、法廷に訴える。

第一五幕

葛蘭蓀は柯林森に、犯罪の事実を知っていると告げる。柯林森は事が成就したら、分け前を与えると約束する。

第一六幕

李爾巽は円珠を告訴、李爾敦殺害も彼女が怪しいと言う。円珠は未決囚として、監獄に入れられる。

第一七幕

葛蘭蓀が面会に来て、無実を証明できるのは自分だけだと言って、金を要求する。また、葛蘭蓀は、円珠の実父がまだ健在で、いまは北極探検に出かけていると告げる。

第一八幕

李公佐は命を取り留めたものの、障害が残った。李公佐と常勃徳はスイスへ旅行。氷娘も同行する。柯林森は回春薬だと偽り、氷娘に毒薬を渡して常勃徳に飲ませる。

第一九幕

次第に痩せてきた常勃徳は、毒を盛られたことに気づき、氷娘を疑う。

第二〇幕

入獄時に妊娠していた円珠は娘・明玉を出産した。円珠は証拠不十分で釈放される。

第二一幕

氷娘は無実を証明しようとして例の薬を飲み、死んでしまう。

第二二幕

明玉を連れてさまよう円珠は、港町で慈善家の顧重賓に助けられる。事情を聞いた顧重賓が調べると、北極探検船が港に停泊していた。その船の持ち主はイタリア人の侯爵・穆徳身である。

第二三幕

円珠は劇場で歌を歌いながら、引き続き父を探す。
第二四幕
円珠の歌は好評で、パリの某劇場に招かれる。たまたま李公佐とともにパリを訪れた常勃徳が、これに気づく。
第二五幕
常勃徳は、円珠が明玉と暮らす別荘に来て謝罪し、復縁を懇願する。円珠が劇場へ出かけた間に葛蘭蓀がやって来て、明玉を連れ去る。
第二六幕
円珠が明玉の写真を持って探偵事務所を訪ねると、老探偵は引き出しからウリ二つのもう一枚の写真を取り出す。かつて円珠が葛蘭蓀に連れ去られたとき、父親が捜索願いに来て置いて行ったものだった。
第二七幕
葛蘭蓀は明玉をイタリアの田舎の漁師の家に監禁。パリの仲間を通じて、常勃徳に身代金を要求した。そこにちょうど、探検から帰った穆徳身侯爵が通りかかり、娘によく似た明玉を見かける。
第二八幕
葛蘭蓀が逮捕される。
第二九幕
穆徳身侯爵が探偵のもとを訪れ、明玉の一件のことでお互いに合点がいく。二人は漁師の家へ駆けつける。
第三〇幕
葛蘭蓀の逮捕を知った侯爵と探偵は、明玉を救い出す。
第三一幕

克朔は、常勃徳と円珠の復縁を知り、柯林森に相談する。
第三二幕
常勃徳と円珠のもとに明玉が帰ってくる。侯爵も一緒に訪れ、円珠との再会を果たす。
第三三幕
李公佐、常勃徳らの宴席。酒に毒が入っていることが発覚。柯林森と克朔が、その場で捕らえられる。
第三四幕
柯林森と葛蘭蓀は死罪となる。克朔は無期徒刑。円珠と常勃徳はロンドンの屋敷に帰る。

これもまた幕数が多い。「連台戯」と呼ばれる続き物で、数日に分けて演じられる形式だったのだろう。初演のときは四集ずつ四日間、計一六集という構成だった。

なお、『新劇雑誌』第一期（一九一四年五月）の秋風輯「劇史」にも、『梅花落』の簡単な紹介がある。ここでは、「葛蘭蓀」は「葛爾孫」、「穆徳身」は「穆徳爾」と記されているが、おそらく誤植だろう。「この劇は欧米各国で有名な哀情劇だが、その筋書きには我が国では通用しない部分もある」という注記が付されている。

上演の様子については、初演を見た周痩鵑の劇評[22]と笠民の劇評[23]がある。

周痩鵑は、円珠役の凌憐影の演技を高く買う。特に第一夜では酒場や雪原で歌われる歌、第二夜では柯林森を痛罵する様、第三夜では法廷での狂態、第四夜では音楽会における熱唱を評価している。王无恐の常勃徳、汪優游の柯林森、陳素素の氷娘、張治児の克朔、傅秋声の葛蘭蓀、鄭薬風（正秋）の李公佐も適役だったという。明玉を演じた子役にも、いたく感動している。

笠民も凌憐影の雪中の歌、結婚の場の演技をほめる。王无恐の威風堂々とした様、甥を厳しく叱る場面についても、賛辞を惜しまない。汪優游の役が波臨頓、張治児の役が那克脱となっているのは誤記だろうか。

なお、別系統の文明戯として、春柳劇場も『梅花落』を上演している。一九一四年九月一六日が初演[24]。広告文によると、「春柳による脚色」で全一〇幕。原作は同じ包天笑の小説だが、「一晩で完結」するという。ただし、九月二五、二六日の再演は前編、後編に分かれていた。

話を『梅花落』の映画化に移そう。先に引用した『釧影楼回憶録続編』によると、明星公司の依頼を受けた包天笑は『空谷蘭』と同時に『梅花落』のシナリオも書いた。一九二七年に製作された『梅花落』のスタッフ、キャストは以下のようになっている（上中下三集、サイレント、モノクロ）。

監督　張石川・鄭正秋　　撮影　董克毅

出演　張織雲（円珠）　蕭英（常勃徳）　朱飛（常克朔）

王献斎（柯霊森）　宣景琳（氷娘）　王吉亭（葛蘭蓀）

張慧沖（岳爾生）　譚志遠（李大卓）　龔稼農（李敦）

『中国電影大辞典』および『中国影片大典一九〇五―一九三〇』の記述により、文明戯との異同を確認しよう。全体を通じての大きな変更点は、舞台を中国に置き換えていることである。イタリア、スイス、ロンドン、パリなどの地名も、北極探検も出てこない。李爾敦および李爾巽は、それぞれ李敦および岳爾生と名前が変わった。友人同士なのに名前が似通いすぎていて、兄弟かと誤解される危険を避けたのだろう。この二人は共同で海運業を営んでいるという設定である。李敦の叔父（伯父）も、李大卓と名前を変えた。氷娘は単なる尻軽女で、最初から常家の財産を狙い、柯霊森（柯林森）や克朔の陰謀に加担する。円珠の実父の名前は穆淡庵。幼いときに円珠を連れ去った葛蘭蓀は、穆家の下僕だったことがわかる。

『空谷蘭』の大ヒットを受けて、ほぼ同じキャストで製作された『梅花落』だったが、その興行成績は『空谷蘭』に遠く及ばなかった。

『梅花落』のリメイクは、一九四二年に大成影片公司が撮っている。シナリオと監督は屠光啓、出演は王熙春、賀賓、黄河、張琬という顔ぶれだった。大成影片公司は一九四〇年に設立された。映画製作の中心は朱石麟、桑弧、屠光啓である。

六　『貴人与犯人』から『姉妹花』へ

一九三〇年代、鄭正秋が明星公司で映画化した文明戯作品に『姉妹花』がある。数多い鄭正秋の映画の中でも代表作とされるもので、中国映画史上の価値も高い。ＶＣＤが発売されているので、映画そのものを確認できる。(25)また、元となる文明戯の内容を知る手がかりも多少残っている。以上の理由から、この作品もまた文明戯映画化のサンプルとして取り上げることが可能だろう。

文明戯の『姉妹花』は、別名『貴人与犯人』と呼ばれる。後者のタイトルで、『空谷蘭』と同様、『伝統劇目彙編・通俗話劇』第六集に方一也口述本が収められているので、まずはその梗概をまとめておこう。

第一幕

夫・林桃哥（漁師）の帰りを待つ趙大宝。大漁に喜ぶ林桃哥が帰宅し、大宝が妊娠したことを知って、さらに大喜びする。大宝の母・趙大媽も喜ぶが、桃哥の父・林老老は生活苦を憂う。

舞台暗転。趙大媽は、不正取引に手を出して上海へ行ったまま行方不明の夫と次女・二宝を思ってすすり泣く。これを慰める大宝。漁に出かけた林老老は兵隊に撃たれて負傷し、帰宅後に息を引き取る。

第二幕

軍閥と匪賊の戦乱を避けるために夜逃げした林桃哥一家は、伝を頼って済南へ行く。

第三幕

銭督辦（民国初期の軍政長官）の屋敷。その七姨太（七番目の妾、これがすなわち趙二宝）は男の子を生んだので、督辦も手がつけられないほどの横暴ぶり。その父（買辦商人となっている趙伯良）と官界の癒着も描かれる。

舞台暗転。銭紹業（督辦）、銭佩英（その妹）、七姨太が食事をしているところへ、趙伯良が訪れる。督辦は趙伯良を軍法処長に任命し、革命党を厳しく取り締まることにする。

第四幕

済南。趙大宝と林桃哥の間にはすでに二人の子供がいて、生活は楽ではない。桃哥は昼間の仕事のほかに、夜は新聞や革命の書籍を売ることにする。

舞台暗転。一ヵ月後、無理がたたって林桃哥は体をこわす。大宝は家計を助けるため、乳母として銭の屋敷へ行くことにする。

第五幕

七姨太と佩英が大宝を面接、採用を決める。三年間は家に帰れないので桃哥は反対するが、大宝の意志は固い。

舞台暗転。趙大媽が屋敷を訪れ、林桃哥が入院したことを告げる。大宝は七姨太に治療費の工面を申し出るが、拒否され殴られる。困った大宝は赤ん坊の金の「長命鎖」（子供の長寿を願って首にかける錠前形のペンダント）を盗もうとして、佩英に見つかる。騒がれたので、大宝ははずみで佩英を突き飛ばし、殺してしまう。駆けつけた趙伯良が大宝を連行する。

第六幕

趙大媽は趙伯良に会って、大宝を助けてくれと頼む。自らの地位と二宝の玉の輿を失いたくない趙伯良は応じず、金を渡して帰そうとする。事実を暴露すると言われて仕方なく、伯良は親子四人での面談に同意する。大宝は鬱憤をぶちまけ、一体どちらが犯罪者かと問う。憐れむべきは貧乏人、そして女だと涙にくれる大宝と趙大媽。二宝もこれを聞いて目が覚め、必ず姉を救い出すと言う。ただ一人まだ処長の椅子にしがみつく父親を残して、母娘三人は出て行く。

時代背景、物語の展開、テーマの設定、いずれを取っても文明戯の特徴がよく出ている。台詞に工夫があり、ユーモアも感じさせる。暗転が多用されるが、この部分は先述した「幕外戯」の形式で演じられた可能性が高い。映画化が有名なので、文明戯の作者も鄭正秋と思われ、実際にそういう記述もある。[26] しかし、鄭正秋の新民社はこの作品を一度も演じていない。『姉妹花』は春柳劇場の演目として、一九一四年四月二六、二七日に舞台に上がったのが初演のようだ。[27]『申報』の広告文によると、「この作品の原作はイギリスの小説で、日本人が舞台化して好評を得た。このたび本劇場の陸鏡若がそれに校訂と脚色を加え、『姉妹花』と名付けて上演する運びになった」のだという。陸鏡若（一八八五―一九一五年）は、言わずと知れた文明戯「春柳社」の中心人物である。春柳劇場は同年五月八日に、『姉妹花』を再演している。この日の『申報』広告文によれば、「前回は筋書きに不自然さがあり、幕数が多すぎて二夜連続の上演となったが、識者の歓迎を受けた」「今回は煩瑣な部分を削除し、一夜完結とした」という。その後も数回、再演があるようだ。

映画の『姉妹花』は一九三三年、明星影片公司によって製作された（トーキー、モノクロ）。スタッフ、キャストは以下の通り。

監督・脚本　鄭正秋　　　　　　撮影　董克毅
出演　胡蝶（大宝、二宝の二役）　鄭小秋（桃哥）
　　　宣景琳（母親）　　　　　譚志遠（銭督辦）

『中国新文学大系　一九二七―一九三七』第一七集（上海文芸出版社、一九八四年五月）に収める脚本、およびVCDを見ると、映画化はおおむね文明戯に忠実である。ただし、物語は一九二〇年代に設定され、革命色はかなり薄められた。第三幕の暗転後の場面や、第四幕の桃哥の内職の話などはない。

映画の『姉妹花』は空前の大ヒットとなった。上海での最初の上映で六〇日間のロングラン、再上映も四〇日、再々上映も一〇日以上に及んだ。そのほか、全国一八の省、五三の都市と香港、南洋諸島の一〇余の都市でも上映され、総収入は二〇万元という最高記録を樹立したのだった。

以下、『姉妹花』の宣伝戦略、作品評価をめぐる論争については先行研究、西谷郁「中国映画の最初の転換点――『姉妹花』論争について」（『九州中国学会報』第三九巻、二〇〇一年五月、九一―一〇六頁）があるので、これによって記述を進めたい。

西谷氏は以下のように述べる。

『姉妹花』の新聞広告は上映の数日前から大々的に行われた。当時明星影片公司は若手の左翼映画人を脚本委員会に招聘するなど、抜本的な経営方針の転換を図っていたが、改善成果はさほどみられず、『姉妹花』は、いわば社運をかけた作品として大々的に宣伝されたのである。例えば、明星影片公司は、京劇の大スター梅蘭芳の舞台を二月二三・二四日の二日間、『姉妹花』の上映とあわせて上演するという特別企画を開催するなどして、その大ヒットに拍車をかけた。こうして、一九三四年二月一三日、当時の大劇場封切館の一つである新光大戯院において公開された『姉妹花』は、四月一三日まで連続毎回満席記録を樹立した。『申報』の広告によれば、当時の上海の人口約三〇〇万人のうち一五分の一にあたる約二〇数万人の老若男女、「中外老幼全部」が劇場に足を運んだとされている。

以上のように、『姉妹花』は、当時の上海の最有力紙『申報』において、お正月映画として、積極的かつ大々的に広告戦略を推し進めることによって、かつてない大ヒットを記録することができたのである。こうした『姉妹花』の広告戦略は、あらたな映画興業戦略の方法として初めて定着し、中国映画に対するイメージを変化させたといえよう。

典拠はいずれも、当時の『申報』の記事である。この前段で西谷氏は、張石川と上海の秘密結社・青幇の頭目だった杜月笙（一八八八―一九五一年）および国民党政府とのつながりに触れ、こうしたネットワークがあったからこそ、明星影片公司の映画事業は成功したのだと述べている。

興業的には圧倒的勝利を飾った『姉妹花』だが、評価については賛否両論が起こった。西谷氏は、陳播主編『三十年代中国電影評論文選』（中国電影出版社、一九九三年一二月）に収める当時の評論を引用しながら、ラストシーンの解釈に議論の焦点があったと分析している。つまり、「ラストシーンが悲劇ではなく大団円であるため、いくら観衆に受け入れられようが、それは観衆心理に迎合した「旧派」映画人のやり方であり、左翼映画が目指すべき悲劇とは異なる」という批判的意見に集約されるのである。

こうした批判に対する鄭正秋自身の回答が、「『姉妹花』的自我批判」(28)だった。鄭正秋は「何が新しくて何が古いのか、何が高尚で、何が浅はかなのか、私には関係ない。私はただ、自分の良心に恥じないことを行うだけである」「私には十年以上の舞台経験があり、十年以上の字幕の経験がある。その経験から、私は真に迫った情のこもった台詞を書くことができるのである」と述べ、強い自負を示している。西谷氏のまとめに従うなら、「鄭正秋は、いかに効果的にメッセージを観衆に伝えるか、という観衆に対する映画の実践を第一の目標としていた」のである。

さて、このように国内で議論を呼んだ『姉妹花』は、リメイク版の『空谷蘭』とともに、当時の中国映画を代表するものとして、国際的に紹介された作品でもあった。

一九三五年、ソ連は映画事業の創業一五周年を記念して、モスクワで国際映画祭を開いた。中国から派遣された代表団は、「明星」「聯華」「華芸」「電通」の映画製作会社四社で組織され、団員は七名、合計八本の映画を携えて行ったという。[29] 明星影片公司からの派遣は周剣雲夫妻と女優・胡蝶で、『姉妹花』『空谷蘭』『春蚕』[30]『重婚』[31]を持って、二月に上海を発った。映画祭では聯華影片公司出品の『漁光曲』が中国映画としては初めて国際的な「栄誉奨」を得たが、『姉妹花』『空谷蘭』も上映され歓迎を受けた。[32] 周剣雲らは帰途、ドイツ、フランス、イギリス、スイス、イタリアを歴訪して各国の映画人と交流、中国映画を初めてヨーロッパに紹介するという成果を上げて七月に帰国した。ドイツ、フランスでも、『姉妹花』と『空谷蘭』が上映され、高い評価を得たらしい。

なお、一九五三年に新大陸影業公司が製作した香港映画にも『姉妹花』がある。[33] 脚本は李晨風、監督は秦剣。「原著は同名舞台劇」「題名は胡蝶主演の映画から取った」とされるが、内容は大きく異なる。双子の姉妹が幼くして別れ、一人は貧しい両親に、一人は金持ちの養父母に育てられる。長じてこの姉妹は、偶然にも同じ男と恋をした。紆余曲折の末、男は金持ちの娘と結婚。その後、貧しい家の娘は女中として、その屋敷に奉公することになる。このあらすじからすると、明星版とは別物と考えるべきかもしれない。

七　おわりに

以上、『空谷蘭』『梅花落』『姉妹花』を中心に文明戯映画化の実情を探ってみたが、最後に若干の補足をしておきたい。

本稿では映画史上の意義、資料の蓄積という観点から、明星影片公司製作の三作に話を絞った。しかし、このほかにも他社作品で文明戯の影響を受けている映画は存在するだろう。特に、一九二六年に国光影片公司が製作した『不如帰』は、春柳社の代表的演目の映画化で注目される。『中国無声電影劇本』および『中国影片大典一九〇五―一九三〇』によれば、監督は楊小仲。脚本は陳趾青で、「徳富蘆花の同名小説から脚色」とある。出演は汪福慶、沈化影、厳工上、金学均ら。映画の筋書きと文明戯の脚本を比較すると、多少構成が異なるようだ。文明戯が小説からではなく、新派劇の脚本（柳川春葉脚色）に基づいているせいだろう。また、登場人物の名前がまったく違っている。原作→文明戯→映画の順で示すなら、川島武男→趙金城→方少珊、川島浪子→康幗英→姚孟嫻などである。とすると、文明戯との縁は薄いのかもしれない。[34]

一九二一年には、商務印書館活動影戯部製作の『猛回頭』がある。比較的有名な文明戯作品（原作は佐藤紅緑の『潮』）の映画化かと疑ったが、筋書きを確かめたところ、まったく無関係だった。

中国の映画界で特徴的なのは、演劇人の多くが映画人でもあることだ。張石川と鄭正秋がまずそうだったし、それに続く洪深、田漢、夏衍らも同様である。社会情勢が彼らをそう仕向けたとも言えるし、演劇と映画という二つのジャンルが互いに補完し合いながら、大衆娯楽として、また大衆啓蒙の手段として機能したとも言えるだろう。演劇と映画の因縁については、文明戯に止まらず、その後の時代についても検証を続ける必要がありそうだ。

（1）中国における文明戯研究については、瀬戸宏「中国早期話劇、その研究動向」（『未名』第一〇号、一九九二年三月）および瀬戸宏「文明戯研究の最近の動向――袁国興と黄愛華を中心に」（『中国文芸研究会会報』第二五〇号、二〇〇二年九月）、日本における文明戯研究については、飯塚容「日本における中国『早期話劇』研究」（『紀要』中央大学文学部、第一九四号、二〇〇三年三月）を参照。

（2）二〇〇四年三月に北京で開催された「中日文明戯学術研討会」における報告、白井啓介「影戯交融――略論文明戯表演方式如何灌入早期電影」は、この領域を扱った初めての論考として注目される。白井氏は、初期の映画に見られる文明戯の影響を通俗きわまりないものと捉える従来の見方に疑問を呈している。

（3）以下、張石川と鄭正秋の映画界を中心とする活動についての記述は、以下の資料による。
程季華主編『中国電影発展史』北京、中国電影出版社、一九六三年二月初版、一九九八年八月新版。

森川和代編訳『中国映画史』（前掲書の邦訳）東京、平凡社、一九八七年一〇月。

何秀君口述「張石川和明星影片公司」（『文史資料選輯』第六九輯、中国文史出版社、一九八〇年三月）二一一―二六六頁。

酈蘇元、胡菊彬『中国無声電影史』北京、中国電影出版社、一九九六年一二月。

劉思平『張石川従影史』北京、中国電影出版社、二〇〇〇年五月。

（4）この作品については、黄菊盛「『黒籍冤魂』従小説到劇本」（『清末小説から』第二二号、一九九一年七月）一二―一六頁を参照。

（5）広州俏佳人文化伝播有限公司の「早期中国電影」シリーズの一作としてＶＣＤが発売されている。注(2)で触れた白井論文は、この作品を検討対象のひとつとしている。

(6)『閻瑞生』は一九二一年、中国影戯研究社によって映画化された。
(7) 注(3)の程季華主編、前掲書、第一巻六二頁。
(8) 舎予「観明星摂製之孤児救祖記」(『申報』「自由談」、一九二三年一二月二六日)。
(9) 瀬戸宏「新民社上演演目一覧」(『摂大人文科学』摂南大学国際言語文化学部、第九号、二〇〇一年九月)一一七―一三四頁によれば、新民社の上演回数は一五回で、同劇団のベスト3に入る。また、瀬戸宏『民鳴社上演演目一覧』(翠書房、二〇〇三年二月)によれば、民鳴社の上演回数も二九回で、同劇団では六番目に多い。
(10)『空谷蘭』の小説、文明戯、映画については、飯塚容「『空谷蘭』をめぐって――黒岩涙香『野の花』の変容」(『紀要』中央大学文学部、第一七〇号、一九九八年三月)九三―一一五頁がある。以下の記述は、一部該論文と重複する箇所がある。
(11)『鞠部叢刊』(上海交通図書館、一九一八年一一月)所収。
(12)『中国話劇運動五十年史料集』第一輯(北京、中国戯劇出版社、一九五八年二月)所収。のち、『欧陽予倩全集』第六巻(上海文芸出版社、一九九〇年九月)にも収録。
(13)『申報』「自由談」、一九一四年四月二八日、三〇日。
(14)『申報』「自由談」、一九一四年一一月一一日、一二日。
(15)『申報』「自由談」、一九一五年一月二四日。
(16)『劇場月報』第一巻第一期、一九一四年一一月。
(17)『申報』一九一五年四月九日の広告、および『上海話劇志』(上海、百家出版社、二〇〇二年二月、一三七頁)による。
(18)『上海電影志』上海社会科学出版社、一九九九年一〇月、二八頁。
(19) だが、一部には否定的な批評もあった。陳源の「空谷蘭電影」(『西瀅閑話』所収、新月書店、一九二八年六月、三〇四―三一〇頁)である。陳源は、「この映画は欠点が比較的少ない」「撮影の技術は明らかに進歩している」と述べる一方、「このような脚本には、ほとんど何の意義もない」「原作が中国のものではないので、人情・風俗など多くの点で中国人の考え方に合わない」と厳しい見方をしている。

(20) 張石川「重摂『空谷蘭』経過」(原載『文芸電影』第一巻第三期、一九三五年二月)。注(3)の『張石川従影史』に付録として収める。

(21) 『初期職業話劇史』による。なお、欧陽予倩「談文明戯」によれば、鄭正秋もこの和平社に参加したという。

(22) 「志新民社第一夜之梅花落」「志新民社第二夜之梅花落」「志新民社第三夜之梅花落」「志新民社第四夜之梅花落」。それぞれ、『申報』「自由談」、一九一四年三月四日、五日、六日、七日に掲載。

(23) 注(16)と同じ『劇場月報』に収める。

(24) 瀬戸宏「申報所載春柳社上演広告(中)」(『長崎総合科学大学紀要』第二九巻第二号、一九八八年一一月、二〇九―二一七頁)に基づいて、『申報』の広告を確認した。

(25) 江西文化音像出版社の「中国経典電影」シリーズなど。

(26) たとえば、李晋生「論鄭正秋」(初出は『電影芸術』一九八九年第一・二期、のち『中国電影年鑑一九九〇』に収める)は、『姉妹花』は鄭正秋が彼の二幕の舞台劇『貴人与犯人』に基づいて脚色、撮影したものである」と記している。

(27) 瀬戸宏「申報所載春柳社上演広告(上)」(『長崎総合科学大学紀要』第二九巻第一号、一九八八年九月、一一三―一二一頁)に基づいて、『申報』の広告を確認した。

(28) 初出は『社会月報』創刊号、一九三四年六月。これも『三十年代中国電影評論文選』に収める。

(29) 注(3)の劉思平、前掲書などによる。

(30) 一九三三年製作。原作は茅盾の小説。脚本は夏衍。監督は程歩高。出演は蕭英、厳月嫻、龔稼農、鄭小秋ら。

(31) 一九三四年製作。脚本は王平陵。監督は呉村。出演は高占非、蕭英、厳月嫻、舒繡文ら。

(32) 小野信爾「周剣雲――一九二〇年代初期の上海知識人」(狭間直樹編『中国国民革命の研究』、京都大学人文科学

研究所、一九九二年三月、四五三―五〇八頁）によれば、「かれらの提げていった『姉妹花』『春蚕』などは会期に間に合わず、終了後に特別公開されるに止まった」という。

（33）『香港影片大全』第三巻（香港電影資料館、二〇〇〇年五月）および『図説香港電影史』（香港・三聯書店、一九九七年四月）を参照。

（34）馬絳士改編。初出は、注(11)の『鞠部叢刊』。のち、『伝統劇目彙編・通俗話劇』第二集、王衛民編『中国早期話劇選』（北京、中国戯劇出版社、一九八九年三月）に収録。

張楽平の漫画『三毛今昔』の今昔

材木谷　敦

一　はじめに

張楽平（一九一〇―九二）『三毛今昔』は、もともと一九五九年五月三〇日から七月一九日にかけて、『解放日報』において断続的に二二回掲載された漫画である。毎回がふたつの画面で構成され、ひとつは中華人民共和国建国後の状況を描く漫画（「今」）、もうひとつは『三毛流浪記』（以下「『流浪記』」）から選ばれた漫画（「昔」）を配し、旧社会と新社会とを対比して見せる。

筆者は以前、この『三毛今昔』について、『解放日報』[1]掲載時の状態に基づき、その意味や『大公報』上海版（以下、『大公報』[2]）に掲載されたオリジナルの『流浪記』との関係を中心に検討したことがある。[3]その過程で、『解放日報』掲載時の『三毛今昔』と現在入手可能な張楽平の漫画本に見られる『三毛今昔』とでは回数が異なる他、かなりの差異があるとわかった。しかし、その差異について検討することは、少年児童出版社から一九六一年に刊行された『三毛今昔』の最も古い単行本（以下、「一九六一年版」[4]）が未見だったため、不可能さもなくば無意味だった。

その後、一九六一年版を目睹する機会が得られたので、本稿では、『三毛今昔』について、『解放日報』掲載時と一九六一年版との差異を、そして一九六一年版と他の版本との差異を、検討してみたい。

二　『解放日報』掲載時と一九六一年版単行本の比較

『三毛今昔』は、『解放日報』では白黒だったと思われる。しかし、一九六一年版では「今」はカラーであり、「昔」は地が薄緑のモノトーンである。

『解放日報』では二二回だったが、一九六一年版では二六回となり、漫画やタイトルに差異が見られる。以下、各回について『解放日報』掲載時と一九六一年版との比較を試みる。

なお、番号は一九六一年版の掲載順である。ダッシュの前に一九六一年版の「今」「昔」それぞれのタイトル、ダッシュの後に『解放日報』での掲載順、掲載年月日、「今」「昔」それぞれのタイトルを示す。(5)

1　早起澆花／棚屋漏雨――『解放日報』掲載なし

一九六一年版で追加された漫画である。次のような内容である。

「今」／三毛が部屋の中で目を覚まし、勉強をした後、ベランダの花に水をやる。

「昔」／浮浪児の三毛が仲間の浮浪児とともにバラックのような場所で雨漏りをバケツで受けながら寝ている。

全体として、三毛の暮し向きがよくなったことを表現している。

この漫画が追加されたことにより、『解放日報』での初回分が一九六一年版の2となっている。最初に目覚めの場面を描くことで、一九六一年版の「始まり」のほうが『解放日報』でのそれよりも明確になっていると言える。

「昔」は『流浪記』第二二〇回「棚屋漏雨」として、一九四八年一〇月一六日付『大公報』に掲載されている。タイトルにも漫画にも変更はない。

2　斉声歓唱／減価競売――1（一九五九年五月三〇日）東方紅／万元身価

「昔」のタイトルと、「今」の漫画の細部とに変更がある。しかし、内容には変化がない。次のような内容である。

「今」／朝、幼児を連れた老人、母子、通りがかりの労働者などが、三毛の指揮により、「東方紅」を合唱する。

「昔」／男が児童の人身売買を行っている。それを見た三毛はより安い値段を書いた札を自分の首に下げて立つ。

「昔」のタイトルは、『解放日報』では『大公報』掲載時などの『流浪記』と同じである（「身代金一万元」）。変更された一九六一年版では、多少説明的になっているように見える（「値引き競売」）。ただ、中華人民共和国建国後、比較的早くに刊行された『流浪記』単行本である一九五九年版『三毛流浪記選集』（以下、「一九五九年版『流浪記』」(6)）でも、タイトルはやはり「減価競売」なので、出版時期の先後関係からすれば、一九五九年版『流浪記』までになされたタイトル変更が一九六一年版に反映していると考えるのが適当である(7)。

一九六一年版の「今」では、合唱を指揮する三毛の足元にカバンが描かれている。『解放日報』ではこのカバンが描かれていない。いずれにおいても、三毛はその前のコマでショルダーバッグを下げているので、一九六一年版のほうが内容上の整合性が高いと言える。

3　託児所裡／奶粉缶前——12（一九五九年七月八日）託児所裡／奶粉缶前

タイトルに変更はなく、漫画にも内容にかかわる変更はない。次のような内容である。

「今」／託児所を見学する三毛が、リヤカーで大量の瓶入りミルクが運び込まれる様子や、保母に世話してもらう大勢の子供たちの様子を、にこやかに眺めている。

「昔」／三毛と少年は、ゴミ捨て場で見つけた捨て子を、通りがかりの女に預けようとするが、嫌そうな顔で断られる。そこで託児所に預けようとするが、警官らしき人物に追い払われる。結局、ショーウインドウに缶入り粉ミルクが積まれた店の前に捨て子を置いて行く。

「昔」に描かれた粉ミルク缶の文字は、『解放日報』では「ＭＩＬＫ」であるのに対し、一九六一年版では「ＫＬＩＭ」である（図１）。ちなみに、『大公報』掲載時などの『流浪記』では「ＭＩＬＫ」[8]（図２）、一九五九年版『流浪記』などでは「ＫＬＩＭ」[9]である。一九五九年版『流浪記』までになされた変更が一九六一年版に反映していると考えるのが適当である。しかし、変更されたことの意味はよくわからない。[10]

4　飯前洗手／飢不択食——2（一九五九年五月三一日）愛国衛生／飢不択食

「今」は『解放日報』と一九六一年版とで異なる漫画が配されており、タイトルも異なる。しかし、「昔」が共通しているのでまとめてみた。

『解放日報』では次のような内容である。

「今」／三毛と子供たちがハエ退治をしたり、街頭の清掃活動をしたり、バスに向かって愛国衛生の広報活動を行ったりしていると、子供たちで組織された「慰労隊」が三毛らに飲み物を与える。

図 1　1961年版

図 2　『大公報』など

「昔」／夏場の食中毒に注意を促すビラを貼るための糊を、腹を空かせた三毛が食べてしまう。糊は腐敗しており、三毛は具合が悪くなる。ビラを貼る男は三毛のことを叱る。

一九六一年版の「今」は、三毛が子供たちと一緒に手を洗ってから食事をするという内容である。『解放日報』も一九六一年版も、三毛が飲食に不自由しなくなったこと、衛生条件が向上したことなどが読み取れる点で変わりがない。しかし、『解放日報』では、子供たちの社会活動への参加が印象付けられるのに対して、一九六一年版の子供たちはただ手を洗って食事をするだけであり、社会活動につながる要素は何もない。『解放日報』掲載時は、大人も子供も読んだというよりはむしろ大人の眼に触れる機会のほうが多かったはずなので、キャンペーン絡みの内容を描くことに意味があっただろう。しかし、単行本の直接の読者は子供である。そのため、一九六一年版では、よりわかりやすく、より教育的な内容に変更されたのだろう。

5　今日学校／営業小学――『解放日報』掲載なし

一九六一年版で追加された漫画である。次のような内容である。

「今」／広く整然とした校地に建つ大きな校舎に五星紅旗がはためき、児童は、座学の授業や体育の授業に出たり、何かの活動に参加したりしている。

「昔」／小学校の粗末な建物には縫製工場も入居している。運動場スペースも満足に確保されていない。校舎に掲げられた青天白日旗にはカラスが糞のようなものをかけており、旗竿は物干しに使われている。児童は狭い教室に押し込められて授業を受けている（図3）。

中華人民共和国建国後と建国前の学校とを対比することにより、教育の改善が表現されている。

「昔」は『流浪記』第四〇回「校舎全景」として、一九四八年七月二七日付『大公報』に掲載されている。「営業小学」とは、「昔」に描かれる学校の名前である。『大公報』では、三毛らがその小学校に入る直前の内容である第三九回のタイトルでもある。「今日学校」に対して「校舎全景」では間抜けなので変更されたと思われる。結果として「今」「昔」の対比が際立つ。

旗の上のカラスと旗竿の洗濯物は、『大公報』掲載時などの『流浪記』では描かれていない（図4）[11]。対比を際立たせる描き込みではある。しかし、一九五九年版『流浪記』も、この「昔」と同じ漫画を収めるので[12]、出版時期の先後関係や、一九五九年版『流浪記』に先立つ『解放日報』での『三毛今昔』にこの「今」「昔」の組み合わせが存在しなかったことなどからすれば、一九五九年版『流浪記』までになされた変更が『三毛今昔』に反映していると考えるのが適当である。

6　閲読不完／不准看書――21（一九五九年七月一八日）閲読不完／不准看書

タイトルにも漫画にも変更がない。次のような内容である。

「今」／三毛と子供たちは、民営図書館、児童図書館、新華書店、市立図書館の児童閲覧室など、いろいろなところで、大人の言うことを聞きながら、仲良く本を読む。夜になっても大勢の子供たちが電灯の下で本を読んでいる。

「昔」／夜、徒弟の三毛は先輩徒弟の持っている『光明世界』という本をこっそり借り、ひとり階段の電灯の下で読む。すると、親方が怒って電灯を消してしまう。

7　敬老愛幼／大雨之下――6（一九五九年六月一〇日）敬老愛幼／奚落之下

「昔」のタイトルに変更がある。しかし、内容には変化がない。

図 3　1961年版

図 4　『大公報』など

「今」／雨が降り、傘を持っていない三毛に対して、荷物を持った老人と若そうな男がそれぞれ傘に入るよう促す。老人の持つ傘のほうが大きいので、三毛は老人の傘に入れてもらい、老人に代わって荷物を持とうとする。

「昔」／筵を背負った汚い身なりの三毛を見て、スーツ姿の男がさも嫌そうな顔をする。雨が降り始め、三毛は筵を屋根に雨宿りする。三毛に嫌そうな顔をした男も雨宿りに来る。

「昔」は、『大公報』掲載時などの『流浪記』では「前倨後恭」（「最初は傲慢、後で丁寧」）である。そのタイトルが『解放日報』で変更され、一九六一年版でまた変更されたことになる。『解放日報』での変更（「馬鹿にした後で」）は、他者の善意を予期し得るか否かをめぐる「今」「昔」の対比を明確にする操作だろう。一九六一年版で変更されたタイトル（「大雨の下で」）は、言葉がわかりやすく、漫画内容について説明的である。

一九五九年版『流浪記』はこの「昔」に当たる漫画を収めない。ただ、管見の限り、『流浪記』各種版本では『大公報』掲載時と同じタイトルなので、一九六一年版での――そして『解放日報』での――タイトルは、『三毛今昔』固有のものである可能性がある。(13)

8　原物帰還／好意悪報――22（一九五九年七月一九日）物帰原主／全功尽棄

「今」はタイトルと漫画に変更があり、「昔」は『流浪記』の内の別の漫画が配されている。しかし、「今」の内容が似ているのでまとめてみた。

『解放日報』では次のような内容である。

「今」／おそらくは通学途中、カバンを持って走っている三毛が、ノートやペンを落としてしまう。三毛が途中で気付いて困っていると、子供たちが三毛のノートやペンを持って走って来てくれる。

「昔」／三毛と少年が鉄道の周囲に落ちている石炭屑を拾った後の帰り道、三毛の袋から石炭屑が少しずつ落ちてしまう。少年はそれを全部拾って自分の袋に入れる。

一九六一年版では次のような内容である。

「今」／三毛が落とし物のハンカチを見つけ、走ってその落とし主を追いかけると、カバンの中から文房具が落ちてしまう。少年少女が三毛の後から走って来て、三毛の落し物を三毛に差し出す。

「昔」／恰幅のよい紳士が財布を落とす。三毛が声を掛けても紳士は気付かない。三毛が財布を拾い上げると、紳士は自分の財布が三毛に取られたと勘違いしたのか、三毛から財布を取り上げ、三毛を蹴飛ばす。

一九六一年版では、「今」の落し物のエピソードがより複雑になっていると言える。また、配される「昔」が変更されたことにより、他者の善意を予期し得るか否かをめぐる「今」「昔」の対比がより明確になっていると言える。

「今」のタイトルは、『解放日報』でも一九六一年版でも似たような意味だが、あえて訳し分けるならば、前者は「物が持ち主のもとに戻る」、後者は「もとのままの物を返す」といった意味である。かかるニュアンスの差異による限り、一九六一年版「今」のタイトル変更は、対比を効果的にしており、教育的でもあると言える。

一九六一年版の「昔」は『流浪記』第三一回「不得好報」（「報われない」）として、一九四八年七月一七日付『大公報』に掲載されている。変更されたタイトル（「好意に仇」）は、より説明的である。一九五九年版『流浪記』はこの「昔」に当たる漫画を収めない。ただ、管見の限り、『流浪記』各種版本では『大公報』掲載時と同じタイトルなので、一九六一年版の「昔」のタイトル変更は、『三毛今昔』固有のものである可能性がある。[14]

9　春游遇雨／想去上海──『解放日報』掲載なし

一九六一年版で追加された漫画である。次のような内容である。

「今」／三毛と少女が昆虫採集をしていると雨が降り始める。三毛と少女はそこに通りかかった車に乗せてもらって街まで帰る。

「昔」／上海に行くことを思い立った三毛は、通りかかった車に乗せてもらおうとする。車の運転手は三毛を殴り倒し、三毛に泥水を浴びせながら車を発進させる。頭にコブを作った三毛はずぶ濡れになって取り残される。

「昔」は『流浪記』第一〇回「非分之想」（「分不相応な考え」）として、一九四七年六月二四日付『大公報』に掲載されている。一九六一年版で変更されたタイトル（「上海に行きたい」）はより説明的に見える。しかし、一九五九年版『流浪記』でも同じタイトルなので[15]、一九五九年版『流浪記』までになされた変更が一九六一年版に反映していると考えるのが適当である。

10　公社食堂／東緊肚皮──7（一九五九年七月二日）大家吃飽／東緊肚皮

「今」は『解放日報』と一九六一年版とで異なる漫画が配されており、タイトルも異なる。しかし、「昔」が共通しているのでまとめてみた。

『解放日報』では次のような内容である。

「今」／三毛と少女が、アヒルにエサを与えた後、農婦らしき女と一緒ににこやかに食事をとる。アヒルも三毛も少女も満腹して笑みを浮かべる。

「昔」／男が縄を取り出し、男とその息子と三毛は、その縄でめいめいの腹を縛り上げてから、淡々と食事を始める（より少ない量の食事で満腹しようとする工夫だろう）。

一九六一年版の「今」は、三毛が畑仕事や養豚を手伝った後、農夫らしき男をはじめ大勢のひとたちとともに食事をするという内容である。

「今」については、アヒルが笑ったりする『解放日報』よりも、農作業の様子を描く一九六一年版のほうが現実的であり、食事の場面も、男が現れる一九六一年版のほうが「昔」によく対応していると言える。ただ、想像になるが、大躍進政策の失敗による窮乏が生じていた当時、食事をして腹を膨らませた三毛を描くことに何かの無理や差し障りがあったために、一九六一年版のように変更された可能性もあるだろう。

11　歓度五一／游行示威――『解放日報』掲載なし

一九六一年版で追加された漫画である。次のような内容である。

「今」／三毛は子供たちとともに準備をしてメーデーのパレードに参加する。

「昔」／三毛が希望を抱きつつ上海に着くと、街頭でデモが行われるなど、混乱している。

「昔」は『流浪記』第二二回「淘金一夢」（「金もうけの夢」）として、一九四七年六月二六日付『大公報』に掲載されている。一九六一年版の「昔」のタイトルは、説明的なものに変更されている（「デモ行進」）。一九五九年版『流浪記』では「美夢幻滅」というタイトルなので、一九六一年版のタイトル変更は『三毛今昔』固有のものである可能性がある。(16)

『大公報』掲載時などの『流浪記』では、横断幕の描き文字が「反××」である（図5）。(17)これに対して、一九六一年版の「昔」の横断幕の描き文字は「反迫害」などである（図6）。一九六一年版と同じ漫画が一九五九年版『流浪記』にも見られるので、(18)一九五九年版『流浪記』までになされた変更が『三毛今昔』に反映していると考えるのが適当である。

図５　『大公報』など

図６　1961年版

12　人民公園／跑馬庁前——『解放日報』掲載なし

一九六一年版で追加された漫画である。次のような内容である。

「今」／三毛と少女が人民公園で楽しく遊んでいる。

「昔」／三毛が外人向けの競馬場に入ろうとして警備員に殴られる。

この「昔」は『大公報』掲載時の『流浪記』には見られず、また管見の限りでは中華人民共和国建国後に出版された『流浪記』各種版本にも見られない。一九六一年版のために描かれたものである可能性がある。

13　面貌全新／越洗越髒――5（一九五九年六月六日）今日的肇家浜／越洗越髒

「今」のタイトルに変更がある。しかし、内容に変化はない。次のような内容である。

「今」／上海の肇家浜路で（看板がある）、写生をする三毛が絵の具を少女に飛ばしてしまう。三毛が少女の衣服をきれいに洗ってやり、楽しげに写生を続けていると、周囲に子供たちが集まって来る。

「昔」／三毛が女に石鹸を借り、池に行き、汚れた服を自分で洗う。池の水は汚く、いくら洗っても服はきれいにならない。

一九六一年版の「今」のタイトルは、四字句となり、他の漫画のタイトルとよく整合している。また、上海市民を読者として想定していたであろう『解放日報』掲載時と異なり、各地の読者に読まれる単行本としては、地名のないタイトルのほうが適切であるように見える。

14　人人愛書／最後主顧――10（一九五九年七月五日）人手一冊／最後主顧

「今」のタイトルが変更されており、「昔」の漫画の細部に変更がある。

『解放日報』では、次のような内容である。

「今」／三毛と少女が、新華書店から雑誌『紅旗』『解放』を運び出し、街頭での販売活動に無報酬で参加する。ひとびとが集まり、雑誌は完売する。

「昔」／三毛は新聞売りを始め、他の新聞売りの少年たちと先を争って売りに走るが、完全に先を越され、新聞が思うように売れない。最後に、売れ残った新聞を街頭の豆売りに包装紙として売り払う。

『解放日報』の「昔」は、『大公報』掲載時などの『流浪記』と同じ漫画が配されている。そこでは、三毛が新聞を売るよりも先にひとびとが新聞を手に入れている様子が描かれており（図7）[19]、新聞が売れないのは三毛が出遅れたためであることになる。

　これに対して、一九六一年版の「昔」では、誰も新聞を手にしておらず、三毛の差し出す新聞を断る人物が描かれている（図8）。新聞が売れないのは、ひとが新聞を読もうとしなかったためであることになり、古い社会の文化的レベルの低さが意味される。「今」のタイトルが「売れ行き好調」といった意味のものから「誰もが書物を好む」といった意味のものに変更されたこともあり、活字媒体への関心をめぐる「今」「昔」の対比がより明確となっている。

図7　『大公報』など

図8　1961年版

ただ、一九六一年版の「昔」と同じ漫画が一九五九年版『流浪記』にも見られるので、[20] 一九五九年版『流浪記』までになされた変更が『三毛今昔』に反映していると考えるのが適当である。

15　不約而同／扶持老人——14（一九五九年七月一〇日）不約而同／扶持老人

タイトルにも漫画にも変更はない。次のような内容である。

「今」／老人が転んでいるのに気付き、三毛を含めて五人が助けに駆けつける。

「昔」／老人が転んでいるのを見ながら、ふたりの男が笑う。三毛はそのふたりに腹を立てながら老人を助け起こす。

16　熱愛人民／仗勢欺人——16（一九五九年七月一二日）熱愛人民／仗勢欺人

タイトルにも漫画にも変更はない。次のような内容である。

「今」／三毛と少女が街路樹に水をやるために大きなジョウロを運んでいると、警官が代わりに運んでくれる。その警官は、街路樹に水をやり始めた三毛と少女の向こうで、また他の誰かを助ける。

「昔」／三毛が空腹に耐えかねて街路樹の皮を剝いで食べていると、野次馬が集まり始め、三毛は警官に追い払われる。

17　慶祝六一／束手縛脚——3（一九五九年六月二日）共度佳節／同是児童

「今」「昔」それぞれのタイトルが異なる。しかし、内容には変化が見られない。

「今」／中華人民共和国建国後、六月一日の児童節。子供たちを中心とする大勢のひとびとが笑顔でひとつの方向に向かって歩く中、三毛は大人に肩車をされながら旗を振る。

「昔」／中華人民共和国建国前、四月四日の児童節。大道芸人の弟子である三毛は、見物する大勢の子供たちの前で、手足を縛られ、片手で大道芸人に持ち上げられて泣いている。

「今」の中で、何の記念日であるかを示す要素は、二箇所にある「六一」という描き文字だけである。『解放日報』では児童節の翌日に掲載されたので、「佳節」が何の記念日を指すかは、タイトルに日付を示すまでもなく、また細部を見るまでもなく、明らかだったはずである。一九六一年版は、単行本であり、原掲載時のタイミングと無関係なので、説明的なタイトルが望まれたのだろう。

『解放日報』の「昔」のタイトル（「同じ子供でも」）は、『大公報』掲載時などの『流浪記』と同じである。一九六一年版のタイトル（「手足を縛られて」）のほうがより説明的であると言える。

18　皆大歓喜／情不自禁――13（一九五九年七月九日）皆大歓喜／情不自禁

「昔」の漫画の細部に変更があり、それにより内容がやや変化している。

『解放日報』では、次のような内容である。

「今」／三毛は他の子供たちと映画『祖国の花』を楽しそうに観ている。

「昔」／他の子供たちと映画『苦児流浪記』を観ていた三毛は、おそらくは映画の内容を自分の境遇に重ね合わせたせいで、悲しくなり、泣き出してしまう。

『解放日報』の「昔」は、『大公報』掲載時などの『流浪記』と同じであり、三毛は一コマ目で映画館入場者の列に並んでおり、映画を観るに至った経緯は読み取れない（図9）[21]。

これに対して、一九六一年版では、映画館の前に座っていた三毛が、財布を落としたひとに注意すると、落と

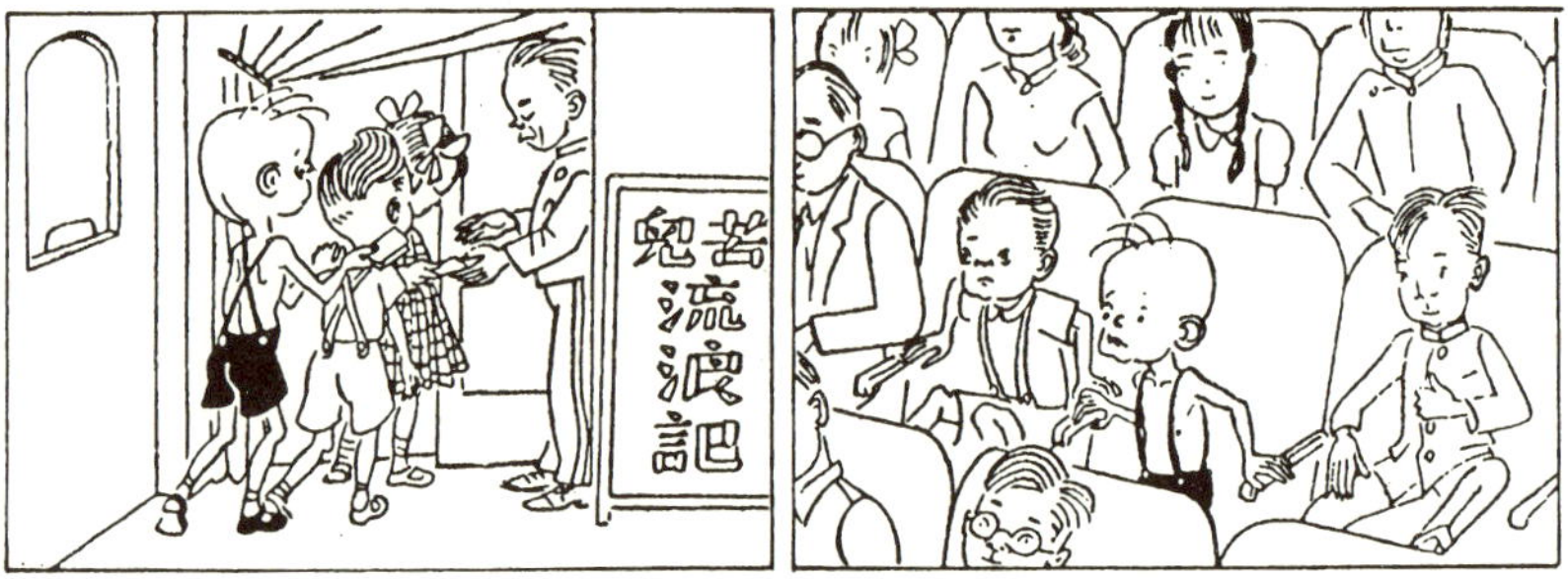

図9　『大公報』など

図10　1961年版

し主が三毛に金をくれたので、その金で映画を観るという内容になっており、映画を観るに至った経緯が示されている（図10）。

『大公報』掲載時を始めとして、『流浪記』では、三毛の居候していた家の夫人が、その家の子供と三毛に映画を観に行かせる経緯が描かれている。しかし、一連の内容から「昔」としてそのまま抜き出してしまえば、かかる経緯を読み取ることはできず、浮浪児である三毛が映画を観る不自然さが生じることになるので、一九六一年版では変更されたのだろう。

19　一臂之力／労而無功——17（一九五九年七月一四日）　一臂之力／労而無功

タイトルにも漫画にも変更はない。次のような内容である。

「今」／荷物を積んだリヤカーが坂道にさしかかる。三毛と少年はリヤカーを押して手伝い、手伝い終わるとにこやかに見送る。

「昔」／身なりのよい男女を乗せた人力車が坂道にさしかかる。三毛は人力車を押すが、下り坂に入ると逆に人力車に引っ張られる。

20　一隻蒼蝿／如此衛生――15（一九五九年七月一一日）不是蒼蝿／如此衛生

「今」は『解放日報』と一九六一年版とで異なる漫画が配されており、タイトルも異なる。しかし、「昔」がほぼ同じなのでまとめてみた。

『解放日報』では次のような内容である。

「今」／三毛は「七つの害を撲滅する」（原文「消滅七害」）というスローガンの書かれたビラの上に虫がいるのを見つけ、退治するために仲間を集める。子供たちがめいめい蝿たたきを持って駆けつけると、ひとりの少女がハエではなく蜜蜂（益虫）であることに気付く（その虫が蜜蜂であることが描き文字で示されている）。

「昔」／三毛は、収容された監獄の中で、ハエの大群がいることに気付く。壁の一箇所に群がるハエをひとりで追い払うと、「新生活　衛生に注意しよう」（原文「新生活　注意衛生」）と書かれたビラが現れる。

一九六一年版の「今」は、三毛が木の幹にハエを見つけ、ハエ叩きを取りに行って戻ると、少女が先にハエを退治していたという内容である（「一匹のハエ」）。ハエだと思われたものが蜜蜂だった（「ハエではない」）という話に比べると単純であり、その虫が蜜蜂であることを描き文字で示す必要もなく、結果としてわかりやすくなっていると言える。

『解放日報』の「昔」は、『大公報』掲載時などの『流浪記』とほぼ同様[22]、一コマ目に鉄格子が描かれている。

これに対し、一九六一年版では鉄格子が消去されている。この「昔」は、『流浪記』では三毛が収監された話の流れの一部である。ここだけを「昔」として切り取って見せると、鉄格子は唐突な感じを与えるので、一九六一年版では消去されたのだろう。

21　清潔衛生／炭画黒衣——20（一九五九年七月一七日）清潔衛生／炭画黒衣

「今」の漫画の細部に変更がある。しかし、内容に大きな変化はない。

『解放日報』では次のような内容である。

「今」／三毛は、「衛生に注意し　清潔・整頓を重んじる」（原文「講衛生　愛整潔」）というスローガンの書かれたビラが貼られた部屋でからだを洗った後、着替えを済ませ、靴を磨く。外に出ると、少年と少女が、顔を真っ黒にしながら炭で地面に落書きしている（少女も少女もしゃがんでおり、その背後に炭の入った箱のようなものがある）。三毛はふたりをたしなめる。

「昔」／三毛は上着を持っていない。裸でいると処罰されてしまうので、木製の車に積まれた炭をくすねて、からだに服を描き、警官の眼をごまかそうとする。

一九六一年版の「今」では、スローガンの書かれたビラが消去されており、炭が入っているのは木製の車であり、少年と少女の顔が汚れておらず、少女はしゃがんでいるが、少年は立っている。ビラの消去は、子供向けに文字の使用を避けたのだろう。木製の車は、「昔」との整合を図ったのだろう。少年と少女の顔が汚れていないのは、子供に読ませる漫画としての配慮だろう。少年と少女の姿勢の違いは、構図上の変化を付けようとしたものか。

22　到処是水／人渇水尽――4（一九五九年六月三日）協作運水／排隊等水

「今」は『解放日報』と一九六一年版とで異なる漫画が配されており、タイトルも異なる。また、「昔」のタイトルも異なる。しかし、「昔」の漫画が共通しているので、まとめてみた。

『解放日報』では次のような内容である。

「今」／女性に水汲みを頼まれた三毛が給水所まで来ると、少女が大きな水桶を載せた手押し車をひとりで押している。三毛はその手押し車に自分のバケツを載せ、少女と力を合わせて手押し車を押す。

「昔」／物干場で女に水汲みを頼まれた三毛が、公用の水道の順番待ちの列に並ぶ。夜まで待って順番が回って来た頃には、水が出なくなっている。

一九六一年版の「今」は、三毛が洗濯班のひとから洗濯物を受け取り、サービス班のひとからポットを受け取った後、「公社浴室」と表示された浴室でもうひとりの少年とシャワーを浴びるという内容である。

『解放日報』の「今」は、一コマ目の構図が「昔」とよく似ている他には、「昔」の内容のうち、「水汲み」という要素にしか対応していない。しかし、一九六一年版では、洗濯物受け取りの場面が「昔」の物干場の場面によく似ている他、ポットの受け取りが水の入手の容易さを意味し、シャワーの場面が水の豊かさを意味するなど、対比がより周到であると言える。

『解放日報』の「昔」のタイトル（「並んで水を待つ」）は、『大公報』掲載時などの『流浪記』と同じである。一九六一年版で変更されたタイトル（「のどは渇き水は尽き」）は、より説明的ではあるが、一九五九年版『流浪記』でも同じタイトルなので、[23] 一九五九年版『流浪記』までになされた変更が一九六一年版に反映していると考えるのが適当である。

23　廃物利用／意外発現――11（一九五九年七月七日）支援工業／意外発現

「今」のタイトルと、「今」「昔」のそれぞれの漫画の細部に変更がある。

『解放日報』では、次のような内容である。

「今」／三毛と子供たちは空き缶や廃材に刺さった釘などの廃品を集める。「工業生産を支援しよう」（原文「支援工業生産」）という旗を持った三毛の後に、廃品の積まれた手押し車を押す子供たちが続く。

「昔」／睨んでいる少年の横を通り過ぎて、三毛と少年がゴミ捨て場を漁ると、何かの包みが捨ててある。開けてみると捨て子だった。

一九六一年版の「今」では、旗の「工業生産を支援しよう」というスローガンが消去されている。タイトルも「廃物利用」と変更されたことにより、社会に対するメッセージとしての意味が消え、子供向けの教育的な意味（「ものを大切にする」など）が強くなっていると言える。

一九六一年版の「昔」の変更点は、睨んでいる少年が消去されていることである。『大公報』掲載時などの『流浪記』では、その睨んでいる少年と三毛らがケンカをした後の場面だが、話の流れと無関係にそこだけを切り取ると、その少年の存在が不自然であり、「今」「昔」の対比に関係がないので、一九六一年版では消去されたのだろう。

24　棉粮豊収／両個行列――9（一九五九年七月四日）両種行列

タイトルと、「今」の漫画に変更がある。

『解放日報』では、次のような内容である。

「今」／三毛と人民公社の生産大隊（先頭の人物が持つ旗にそう書かれている）のひとびとが、カマなどの農具を手に、一列になってにこやかに歩く様子と、人民公社の倉庫に大量の穀物を運び込む手押し車の行列を三毛が写生する様子が描かれている。

「昔」／身なりのよい男の後に三毛ら物乞いが辛そうに列を成す様子と、米価吊り上げのために米をプールしておく倉庫に大量の米を運び込む苦力の行列を三毛が眺める様子が描かれている。

一九六一年版の「今」は、三毛とひとびとがクワなどの農具を手ににこやかに歩く様子と、三毛が農作物を満載したトラクターに便乗する様子が描かれている。

『解放日報』にせよ一九六一年版にせよ、豊かで平等な「今」と貧しく不平等な「昔」を対比する点で、共通している。しかし、『解放日報』のカマが草取りや収穫を意味し得るのに対し、一九六一年版のクワが農作業の始まりを意味し得ることに着目したい。クワを持つひとびとと農作物を満載したトラクターは、それぞれ着手と結果という意味を読み得るので、「今」の内部の構成がより周到であると言える。また、「昔」の苦力に対応するものが手押し車ではなくトラクターになったことにより、「今」「昔」の対比が明確になっている。

タイトルの変更は、「今」「昔」まとめて「両種行列」だったものを、「今」「昔」それぞれ四字句として他の漫画との整合を図ったのだろう。全体として、一九六一年版のほうが洗練されていると言える。

25　大家温暖／不及樹木――18（一九五九年七月一五日）大家温暖／人非草木

「昔」のタイトルと漫画の細部とに変更がある。しかし、内容には変化がない。

「今」／三毛は、少年と一緒に街路樹のコモ巻き作業をする大人を手伝ううちに、すっかりからだが温まり、上着を脱いで作業を続ける。

「昔」／印刷店で徒弟として働く三毛が親方に命じられて酒を買いに行かされる。三毛は寒い季節なのにろくに着る服もなく、震えながら歩く。そのそばでは、ひとりの作業員が街路樹のコモ巻きをしている。『解放日報』の「昔」は、『大公報』掲載時などの『流浪記』と同じである（図11）[24]。しかし、一九六一年版では、作業員の被る帽子が異なる（図12）。これは、帽子の形を「今」のもの（図13）に似せることにより、整合性を高めようとしたものだろう。

なお、一九六一年版と同じ漫画は一九六三年版『三毛流浪記選集』（以下「一九六三年版『流浪記』」）にも収めるが[25]、一九五九年版『流浪記』では『大公報』掲載時と同じである[26]。一九六一年版での変更が一九六三年版『流浪記』に反映したのかもしれない。

一九六一年版の「昔」の変更されたタイトル（「木に及ばない」）は、より説明的であると思われる。一九五九年版『流浪記』、一九六三年版『流浪記』ともにタイトルは「人非草木」（「ひとは草木に非ず」）なので、一九六一年版のタイトル変更は、『三毛今昔』に固有のものである可能性がある[27]（そして、一九六三年版『流浪記』には反映しなかったことになる）。

26　歓聚一堂／一窓之隔――19（一九五九年七月一六日）歓聚一堂／一窓之隔

「今」の漫画に変更がある。しかし、内容に大きな変化はない。

「今」／三毛は公共食堂で食事をしながら、外を歩く少年とにこやかに挙手を交わす。

「昔」／大勢のひとびとが食事をしている建物の外で、三毛は寒さと飢えのせいで途方に暮れている。屋内のひとびとは三毛に眼もくれない。

異なるのは、食堂の看板に、『解放日報』の「今」では「居民食堂」とあり、一九六一年版では「第一食堂」

図11 『大公報』など

図12 1961年版

図13 「今」の帽子

とあることである(「第」が「弟」と描かれている)。

食堂名を示す描き文字が変更された理由はよくわからない。「居民食堂」が一般名詞である――そういう場所がどこにでも存在し得るように見える――のに対して、「第一食堂」が固有名詞と読める――そういう場所はどこにでも存在するわけではない――点からすれば、居民食堂(=公共食堂)が一九六一年の初め頃から各地で廃止されつつあったことと関係があるのかもしれない。しかし、一九六一年版には「公社食堂」というタイトルで人民公社の公共食堂らしき場所の様子を描く10のような漫画も存在するので、さしあたり何かの意味を特定することは難しい。

番外　一九六一年版に収めず――8(一九五九年七月三日)人勤猪肥/寧飢勿食

これは『解放日報』に掲載されただけで、一九六一年版に収めない漫画であり、次のような内容である。「今」/三毛が、人民公社で、食堂の残飯を集めて豚に与える作業に参加する(三毛が乗るリヤカーに積まれた桶に「人民公社」とある)。「昔」/三毛が女を押しのけてゴミ箱の残飯を漁る。女が痩せ衰えた幼児を連れているのを見て、三毛は手にした残飯を女に渡す。

この漫画を一九六一年版が収めない理由は、断言できないものの、いくつか想像することはできる。ひとつには、窮乏の様子とその窮乏の中での三毛の善意とを描く「昔」は、残飯を豚に与える豊かさを描く「今」との間で明確な対比を形成していない嫌いがあったせいだろう。今ひとつには、大躍進政策の失敗による窮乏のさなか、一般的には「事実上、当時は豚に与えるために余分な飼料を出すことなど全く無理」(28)で、『解放日報』の「今」には相当な無理があったであろうことも無視できない。10について想像したように、窮乏を過去として見せることに何らかの無理や差し障りがあったとも想像される。

三　一九六一年版単行本とその後の単行本の比較

『全国総書目』などによると、『三毛今昔』は、その後、一九六四年に同じ少年児童出版社から版型の小さい版本で刊行されている。未見だが、普及版であるらしく、一九六一年版と同じ内容であると思われる。より新しいものとしては、年代順に、四川少年児童出版社版『三毛迎解放』[29]所収のもの（以下、「四川版」）、連環版『全集』[30]所収のもの（以下、「連環版」）、少年児童出版社版『三毛今昔』[31]（以下「一九九六年版」）などが存在する。これらは全て白黒である。

これら新しい『三毛今昔』は、漫画の量と順序とだいたいの内容が、一九六一年版と同じである。しかし、一九六一年版と全く同じであるというわけではなく、漫画やタイトルに一部差異が見られる。以下、各版本間の比較を試みる。

次頁の表は、各版本間の比較表である。タイトルは、一九六一年版と異なる場合に太字で示す。また、「今」「昔」のそれぞれについて、漫画が一九六一年版のものと異なる場合にアスタリスクを付す。漫画の差異は、カスレの状態、トリミングの範囲、アミ掛けの有無や濃度、ベタと白抜きの転換など、一切無視した。

一九六一年版に最も忠実なのは、連環版であると考えられる（以下、これら二種を、特に区別する必要がない限り「一九六一年系」と呼ぶ）。連環版には、後述する10以外に一九六一年版との差異は認められず、一九六一年版になるべく手を加えない意図があったと想像される。一九九六年版、四川版は、それぞれ一九六一年系と異なり、別種の『三毛今昔』となっている。以下、差異のある組み合わせのみを取り上げることにする。

表

	1961年版	四川版	連環版	1996年版
1	早起澆花/棚屋漏雨	早起澆花/棚屋漏雨	早起澆花/棚屋漏雨	早起澆花/棚屋漏雨
2	斉声歓唱/減価競売	斉声歓唱*/減価競売	斉声歓唱/減価競売	斉声歓唱*/減価競売
3	託児所裡/奶粉缶前	託児所裡/奶粉缶前	託児所裡/奶粉缶前	託児所裡/**没人収留**
4	飯前洗手/飢不択食	飯前洗手/飢不択食	飯前洗手/飢不択食	飯前洗手/飢不択食
5	今日学校/営業小学	今日学校/営業小学*	今日学校/営業小学	今日学校/営業小学*
6	閲読不完/不准看書	閲読不完*/不准看書	閲読不完/不准看書	閲読不完*/**難得光明**
7	敬老愛幼/大雨之下	敬老愛幼/大雨之下	敬老愛幼/大雨之下	敬老愛幼/**前倨後恭**
8	原物帰還/好意悪報	原物帰還/好意悪報	原物帰還/好意悪報	原物帰還/好意悪報
9	春游遇雨/想去上海	春游遇雨/想去上海	春游遇雨/想去上海	春游遇雨/想去上海
10	公社食堂/束緊肚皮	**不愁温飽**/束緊肚皮	**豊衣足食**/束緊肚皮	**豊衣足食**/束緊肚皮
11	歓度五一/游行示威	歓度五一/游行示威	歓度五一/游行示威	歓度五一/**美夢幻滅***
12	人民公園/跑馬庁前	人民公園/跑馬庁前	人民公園/跑馬庁前	人民公園/跑馬庁前
13	面貌全新/越洗越髒	面貌全新/越洗越髒	面貌全新/越洗越髒	面貌全新/越洗越髒
14	人人愛書/最後主顧	人人愛書*/最後主顧	人人愛書/最後主顧	人人愛書*/最後主顧*
15	不約而同/扶持老人	不約而同/扶持老人	不約而同/扶持老人	不約而同/扶持老人
16	熱愛人民/仗勢欺人	熱愛人民/仗勢欺人	熱愛人民/仗勢欺人	熱愛人民/**禁吃樹皮**
17	慶祝六一/束手縛脚	慶祝六一/束手縛脚	慶祝六一/束手縛脚	慶祝六一/**同是児童***
18	皆大歓喜/情不自禁	皆大歓喜/情不自禁*	皆大歓喜/情不自禁	皆大歓喜/情不自禁*
19	一臂之力/労而無功	一臂之力/労而無功*	一臂之力/労而無功	一臂之力/**推車掙銭**
20	一隻蒼蝿/如此衛生	一隻蒼蝿/如此衛生	一隻蒼蝿/如此衛生	一隻蒼蝿*/如此衛生
21	清潔衛生/炭画黒衣	清潔衛生/炭画黒衣	清潔衛生/炭画黒衣	清潔衛生/炭画黒衣
22	到処是水/人渇水尽	到処是水*/人渇水尽	到処是水/人渇水尽	到処是水*/**排隊等水**
23	廃物利用/意外発現	廃物利用/意外発現*	廃物利用/意外発現	廃物利用/意外発現*
24	棉糧豊収/両個行列	棉糧豊収*/両個行列	棉糧豊収/両個行列	棉糧豊収*/両個行列
25	大家温暖/不及樹木	大家温暖/不及樹木	大家温暖/不及樹木	大家温暖/**人非草木***
26	歓聚一堂/一窓之隔	歓聚一堂*/一窓之隔	歓聚一堂/一窓之隔	歓聚一堂*/一窓之隔

2について

一九六一年系では「今」の「東方紅」という描き文字の「紅」が繁体字である。これに対して四川版と一九九六年版では簡体字である。

　この字体差は、漢字簡略化の歴史から説明することができるだろう。中華人民共和国では、一九五六年に「漢字簡化方案」が発表された後、一九六四年の「簡化字に関する連合通知」で偏旁の簡略化の要領が示され、また同年に「簡化字総表」が発表されている。四川版と一九九六年版の変更は、用字上の変更を描き文字にも適用したことに由来するだろう。

3について

一九九六年版だけ、「昔」のタイトルが異なり、『大公報』掲載時などの『三毛流浪記』と同じである。この古いタイトルは「誰も引き取らない」という意味なので、「今」「昔」の対比を形成する上では、一九六一年系などのタイトルのほうが適切である。

　ただ、一九九六年版の「昔」も、一九六一年系と同様、前述の粉ミルク缶の表面の描き文字が「ＫＬＩＭ」[32]となっているので、『大公報』掲載時の状態とは異なる。一九九六年版のこの回は、『流浪記』の何らかの版本に基づいて再構成された可能性がある。

5について

一九六一年系は青天白日旗の上にカラス、下に洗濯物が描かれている。四川版では、『流浪記』の第三九回「営業小学」として一九四七年七月二六日付『大公報』に掲載された漫画が「昔」として配されている（三毛と少年が学校に入ろうとすると、入り口で女が三毛と少年の頭越しに水を捨てるという内容である)。一九九六年版ではカラスも洗濯物も描かれておらず、『大公報』掲載時などの『流浪記』と同じである。

四川版が対比を壊してまで、他の漫画を「昔」として配した理由は、よくわからない。ただ、四川版の「昔」は、『大公報』掲載時や『流浪記』各種版本においては「営業小学」というタイトルなので、四川版が再構成される際、一九六一年版の「営業小学」というタイトルから、『流浪記』の同じタイトルの漫画と取り違えられた可能性もなしとしない(33)(前述の通り、一九六一年版の「昔」は、『流浪記』の「校舎全景」に基づいている)。

一九九六年版よりも一九六一年系のほうが、旧社会を戯画化する意味がより明確である。また、四川版の「昔」は校舎の全景ではないので、「今」「昔」の対比が明確さを欠く結果となっている。

一九五九年版『流浪記』でも一九六三年版『流浪記』でもカラスと洗濯物が描かれているので、一九九六年版のこの回は、『流浪記』の他の何らかの版本——『大公報』掲載時の状態に近いもの——に基づいて再構成された可能性がある。

6について

一九六一年系では「今」に描かれる図書館の看板の「館」という描き文字が繁体字である。これに対し、四川版と一九九六年版では簡体字である。また、一九九六年版の「昔」はタイトルが他と異なっている。

「館」の描き文字の字体差は、2の場合と同様の事情によるだろう。

一九九六年版の「昔」のタイトル(「光明を得難い」)(34)は、『大公報』掲載時などの『流浪記』と同じである(ちなみに、この漫画のタイトルは一九五九年版『流浪記』や一九六三年版『流浪記』(35)では一九六一年系同様「不准看書」——「本を読んではいけない」——である)。一九九六年版のこの回は、『流浪記』の他の何らかの版本に基づいて再構成された可能性がある。

7について

一九九六年版だけ「昔」のタイトルが異なり、『大公報』掲載時などの『流浪記』に見られるタイトルと同じである。一九九六年版のこの回は、『流浪記』の何らかの版本に基づいて再構成された可能性がある。『解放日報』で変更され、一九六一年系でも変更されたタイトルが、見かけ上は元に戻っていることになり、一九六一年系の意図が一九九六年版には反映されていないことになる。

10について

「今」のタイトルに差異があり、一九六一年版は「公社食堂」、連環版は一九九六年版と同じく「豊衣足食」(「衣食満ち足りて」。連環版と一九六一年版との差異はこれだけである)、四川版は「不愁温飽」(「衣食の心配がない」。「公社食堂」というタイトルの上にシールが貼られている)となっている。

この差異は人民公社をめぐる歴史から説明することができるだろう。一九六一年版の当時に存在した人民公社は、一九八二年頃から解体が始まり、一九八五年頃までに解体が完了したので、一九六一年版以外の各版本が刊行された時点では、解体中または解体後である。タイトルの変更は、かかる変化によるだろう。四川版のシールによる変更は、その意味で極めて興味深い。

11について

「昔」の横断幕の描き文字に、一九六一年系と四川版では「反迫害」とあるのに対し、一九九六年版では

「反××」とある。また、「昔」のタイトルが一九九六年版だけ「美夢幻滅」となっている。

横断幕の描き文字は、前述の通り、『大公報』掲載時などでは「反××」である。一九五九年版『流浪記』[36]や一九六三年版『流浪記』[37]では一九六一年版と同じ状態である。しかし、一九九六年版はこの変更を反映していないことになる。

一方、一九九六年版の「昔」のタイトルは、『大公報』掲載時などの「淘金一夢」ではなく、一九五九年版『流浪記』などと同じである。一九九六年版のこの回は、『流浪記』の何らかの版本に基づいて再構成された可能性がある。

14について

一九六一年系は、「今」の三毛らが持つ雑誌の表紙に誌名が描き込まれており（図14）、「昔」の中の人物は新聞を持っていない。四川版では「今」の雑誌は白表紙で文字が描かれておらず（図15[38]）、「昔」の人物は新聞を持っていない。一九九六年版では「今」の誌名が描かれておらず（図16[39]）、「昔」の人物は新聞を持っている。

一九六一年系の「今」の雑誌は、『紅旗』と『解放』である。『紅旗』（中国共産党中央委員会機関誌）は一九八八年に、『解放』（中国共産党上海市委員会機関誌）は一九六二年に、それぞれ停刊している[40]。一九九六年版の当時、これらの雑誌は出ていなかったので、一九九六年版ではタイトルが消去されたのだろう。四川版の当時、『紅旗』は続いていたが、『解放』は出ていなかったので、『解放』の誌名を消去することになり、不自然にならないよう『紅旗』の誌名も併せて消去したのだろう。

「昔」の人物については、新聞を持たないまま三毛の差し出す新聞を断るほうが、内容的に適当である。しかし、一九九六年版には一九六一年系の変更が反映されていない。一九九六年版のこの回は、『流浪記』の何らかの版本に基づいて再構成された可能性がある。

16について

「昔」のタイトルが一九九六年版だけ異なる（「樹皮を食べることを禁ず」）。これは、『大公報』掲載時などの『流浪記』のもの（「不准吃樹皮」――「樹皮を食べてはいけない」）と文言が異なるし、『解放日報』版のもの（「仗勢欺人」）[41]とも異なる。一九九六年版のこの回は、『流浪記』の何らかの版本に基づいて再構成された可能性がある。

図14　1961年版

図15　四川版

図16　1996年版

17について

一九六一年系と四川版の「昔」では「慶祝『四四』児童節」という描き文字があるのに対し、一九九六年版では「慶祝児童節」としかない。「今」「昔」を対比する上では、中華人民共和国建国前の児童節である四月四日を意味する「四四」を描き込むほうが適当である。

一九九六年版の「昔」はタイトルも他と異なる。『大公報』掲載時と同じなので、『解放日報』掲載後、一九六一年版でなされた変更が反映していないことになる。一九九六年版のこの回は、『流浪記』の何らかの版本に基づいて再構成された可能性がある。(42)

18について

一九六一年系の「昔」では、三毛は財布を落としたひとに注意したお礼として金をもらい、映画を観たことになっている。しかし、四川版と一九九六年版では、三毛は最初から映画館入場者の列に並んでいる。一九六一年系のほうが内容的に自然だが、一九九六年版にも四川版にも一九六一年版での変更が反映していないことになる。四川版と一九九六年版のこの回は、『流浪記』の何らかの版本に基づいて再構成された可能性がある。

19について

四川版は「昔」の漫画が、一九九六年版は「昔」のタイトルが、それぞれ一九六一年版と異なる。

四川版の「昔」は、三毛が、居候していた家の夫人から植木に水をやるように頼まれたところ、その家の男児がその植木の花を三毛にやるつもりで摘んでしまったという内容であり、『流浪記』第三六回「意料之外」(「思いもかけない」)として一九四七年七月二三日付『大公報』に掲載されている。「今」が車両の話であるのに、この「昔」は車両と全く関係がないし、男児の善意をめぐる行き違いが描かれていることから、単純に「よき今」「悪しき昔」の対比が成立するとは読みにくい[43]。

一九六一年系などの「昔」は、『大公報』掲載時「欲罷不能」(「やめようにもやめられない」)というタイトルだったが、管見の限りでも『流浪記』版本間でばらつきがある。或いは、四川版が何らかの『流浪記』版本に基づいて再構成されたとして、その際に、一九六一年版の「労而無功」(「骨折り損」)というタイトルでは『流浪記』から適切な漫画を見出せず(そのタイトルで「昔」に全く適さない漫画が『流浪記』には存在する)、結果として「意料之外」が選ばれたのかもしれない。

一九九六年版の「昔」のタイトル(「車を押して金を稼ぐ」)は、管見の限りでは『流浪記』各種版本に見られないものである。一九九六年版が『流浪記』の何らかの版本に基づいて再構成されたとして、ここでは漫画の内容や「今」「昔」の対比関係などから「昔」のタイトルが一九九六年版で新たに案出された可能性がある。

20について

「今」は、一九六一年系と四川版では虫が木に止まっている漫画であるのに対して(図17)、一九九六年版では虫が壁に止まっており、登場する少女は別人である(図18)[44]。一九九六年版の「今」がどのような経緯で描かれたのか、よくわからない。

「昔」は、一九六一年版では監獄の鉄格子が消去されているのに対し、四川版と一九九六年版では監獄の鉄格子が残っている。前述の通り、内容的には鉄格子の消去されているほうが自然である。四川版と一九九六年版のこの回は、『流浪記』の何らかの版本により再構成された可能性がある。

図17　1961年版

図18　1996年版

22について

一九六一年系の「今」では描き文字の「組」が繁体字であり、シャワー室の扉には「公社浴室」とある。四川版も一九九六年版も「組」は簡体字で、シャワー室の扉の描き文字は、四川版が「公社浴室」、一九九六年版が「公共浴室」となっている。

四川版と一九九六年版の「組」が簡体字であるのは、2や6の場合と同様の事情だろう。一九九六年版のシャワー室の扉の描き文字が「公社浴室」ではなく「公共浴室」であるのは、人民公社の解体と関係があるだろう。10で見たように、新しい『三毛今昔』ではいずれも「公社食堂」というタイトルが他のタイトルに変更されている。その意味では、連環版はともかく、四川版でも「公社浴室」以外の文字が描かれてしかるべきだが、ここでは変更されていない。

23について

一九六一年系の「昔」では前述の通り「少年」が消去されている。しかし、四川版も一九九六年版もこの少年を残している。この少年は「今」「昔」の対比に関係がなく、消去したほうが自然である。四川版と一九九六年版のこの回は、『流浪記』の何らかの版本に基づいて再構成された可能性がある。

24について

一九六一年系では「今」の人物が持っている旗に「生産隊」（原文は簡体字）という描き文字があるのに対し、四川版と一九九六年版では旗に何も描かれていない。この変更は、人民公社の解体に伴う「生産隊」の消滅と関係があるだろう。

25について

一九六一年系と四川版では作業員の被っている帽子が「今」と「昔」でよく似ているのに対し、一九九六年版では「昔」の作業員の帽子が異なる。一九九六年版は、「昔」のタイトルとともに、『大公報』掲載時などの『流浪記』の状態と同じである。一九九六年版以外のほうが、作業員の帽子がよく似ていることから「今」「昔」の対比がより効果的であり、タイトルの意味も説明的である。一九九六年版のこの回は、『流浪記』の何らかの版本に基づいて再構成された可能性がある。

26について

一九六一年系の「今」では食堂の看板が「第一食堂」で、三毛が食堂の中にいるのに対し（図19）、四川版では看板が「居民食堂」で三毛が食堂の外にいる別の漫画であり（図20）[45]、一九九六年版は看板が「第一食堂」とある点が異なるだけで四川版とほぼ同じ漫画である（図21）[46]。四川版や一九九六年版の「今」がいつどういう経緯で描かれたのか、よくわからない。

前述の通り、一九六一年版で看板の描き文字が『解放日報』掲載時の「居民食堂」から「第一食堂」に変更された理由は、よくわからない。これらの版本間で描き文字が異なる理由も、同じ程度によくわからない。

「今」「昔」の対比という点では、食堂の中に入った三毛と中に入ることができずにいる三毛を対比する一九六一年系のほうが効果的である。しかし、植え込みの描きかたなどは、四川版や一九九六年版などの「今」のほうが「昔」によく似せてあるとも言える。

四　おわりに

二での検討から、次のように言えるだろう。

前稿では、『解放日報』での掲載順序について、都市→農村→都市という場面の変化など、一定の意味を読んだ。しかし、一九六一年版における漫画の配列は『解放日報』での掲載順序とほとんど関係がない。一九六一年版では、1から6までは一日の時間の流れに即しているように見えるが、その他の部分の配列にはさして時間的な意味は認められず、また善意や生活程度の向上などといったテーマごとに配列が徹底しているわけでもない。

図19　1961年版

図20　四川版

図21　1996年版

結果として、一九六一年版には、三毛の生活スケッチという印象が強い。

タイトルの変更については、漫画の変更に伴うと思しいもの、四字句に統一するためと思しいもの、より説明的にしていると思しいものなどが見られた。最前者は漫画の変更と関係するのでそれと併せて後で述べるとして、四字句への統一は、漫画表現としての洗練を目指したことに、説明性の向上は、単行本であることに、また単行本の読者が主に子供であることを意識したことに、それぞれ由来すると思われる。

漫画の変更（とそれに伴うタイトルの変更）は、内容をより面白くすること、不自然さを解消すること、整合性を高めることなど、漫画表現としての洗練を目指したことに由来する部分、説明性や教育性といった子供向けの読み物としての必要に由来する部分などがあった。一方、『流浪記』単行本での変更が反映していると思しい部分や、社会状況に照らしての変更であると思しい部分も見られるので、漫画表現の論理や児童書の論理によってのみ変更がなされたとは言いがたい。

タイトルにせよ漫画にせよ、一九五九年版『流浪記』までになされた変更が一九六一年版に反映していると思しい部分が数多く見られたことは、注意に値する。そもそも、一九五九年版『流浪記』も含めて、中華人民共和国建国後に出版された『流浪記』各種単行本は、『大公報』掲載時と内容がかなり異なるものが見られる。その差異を検討することが今後の課題となるだろう。

三での比較からは、次のように言えるだろう。

一九六一年版に比較的忠実だった連環版を別として、四川版にせよ一九九六年版にせよ、一九六一年版の「単純な複製」でもなければ「多少修整した複製」でもなく、一九六一年版を踏まえつつ、『流浪記』の何らかの版本により再構成されたと考えられる。また、再構成に当たって、主に「今」について、社会の変化に合わせてタイトルや漫画の変更を施したものであると考えられる。結果、四川版も一九九六年版も、『解放日報』とも一九六一年版とも異なる『三毛今昔』となっており、『解放日報』掲載時と一九六一年版との差異から想像される一九六一年版の意図を充分に反映しているとは言えず、特に四川版は杜撰さが否めない。

作者・張楽平はどのように――そもそも――関与したのだろうか。一九九六年版は張楽平の死後に出版されているし、内容的に見ても、作者自身が編集に関与したとは考えにくい。四川版は張楽平の存命中に出版されている。しかし、張楽平は一九八三年頃から創作が困難になるほどのパーキンソン症候群を患ったようだし[47]、これはこれでやはり内容的に作者が編集に関与したとは考えにくいものがある。

しかし、実際はどうだったのか。そして、実際のところどのように編集されたのか。中華人民共和国における漫画単行本編集の実態を含めて考える必要があるだろう。

(1) 国立国会図書館所蔵のマイクロフィルムによる。
(2) 東京大学駒場図書館所蔵のマイクロフィルムによる。
(3) 材木谷敦「張楽平『三毛今昔』について」(『人文研紀要』中央大学人文科学研究所、第四八号、二〇〇三年)。以下「前稿」。
(4) 上海、少年児童出版社、一九六一年七月。中国国家図書館(北京)所蔵。
(5) 『解放日報』の「昔」に当たる『流浪記』の、『大公報』における掲載年月日は、前稿で特定したのでここでは触れず、一九六一年版に新たに収められた漫画の「昔」についてのみ、『流浪記』としての『大公報』における掲載年月日を示す。
(6) 上海、少年児童出版社、一九六一年五月(第一版第三刷)、一七頁。第一版は一九五九年九月。刷次による内容の差異がないと仮定する。
(7) なお、中華人民共和国建国前に刊行された『流浪記』単行本と、建国後最も早い単行本である上海人民美術出版

注(10)図　「KLIM」の例

社版『三毛流浪記選集』(一九五五年三月、以下「一九五五年版『流浪記』」)は未見なので、タイトル変更が一九五九年版『流浪記』で初めてなされたかどうかは、わからない。

(8)　ここでは『張楽平連環漫画全集』(北京、中国連環画出版社、一九九四年三月、以下「連環版『全集』」)所収『三毛流浪記』による(二七〇頁)。

(9)　前掲一九五九年版『流浪記』九五頁。

(10)　中華人民共和国建国後に描かれた三毛関係の漫画では、他にも粉ミルク缶の表面の描き文字が「ＭＩＬＫ」ではなく「ＫＬＩＭ」となっている例が見られる。上図は、一九五一年発表の『三毛的控訴』の場合である(『三毛解放記——張楽平連環漫画全集』南京、訳林出版社、二〇〇二年一〇月、一三七頁)。

(11)　前掲、連環版『全集』一五九頁。

(12)　前掲、一九五九年版『流浪記』二二頁。

(13)　注(7)で述べた通り一九五五年版『流浪記』が未見なので、「固有」である可能性が考えられるに過ぎず、断言することはできない。

(14)　前注を参照されたい。

(15)　前掲、一九五九年版『流浪記』八頁。

(16)　注(13)を参照されたい。

(17) 前掲、連環版『全集』一三八頁。
(18) 前掲、一九五九年版『流浪記』一〇頁。
(19) 前掲、連環版『全集』一八七頁。
(20) 前掲、一九五九年版『流浪記』二八頁。
(21) 前掲、連環版『全集』一七七頁。
(22) 前稿でも触れたように、『大公報』掲載時の『流浪記』ではビラに「注意衛生」としかない点が異なる。「新生活」という文字が描き足されたのは、民国時期の「新生活運動」を揶揄するためであるように見えるが、もともと原稿に「新生活」という文字が入っていて、それが『大公報』掲載時に削除された可能性も排除できない。
(23) 前掲、一九五九年版『流浪記』一一〇頁。
(24) 前掲、連環版『全集』二二〇頁。
(25) 上海、少年児童出版社、一九七八年五月（第一版第二刷）、五六頁。第一版は一九六三年一二月。刷次による内容の差異がないと仮定する。
(26) 前掲、一九五九年版『流浪記』五四頁。
(27) 注(13)を参照されたい。
(28) 熊月之主編『上海通史』第一一巻『当代政治』（陳祖恩、葉斌、李天綱著）、上海、上海人民出版社、一九九九年九月、一七八頁。
(29) 成都、四川少年児童出版社、一九八四年一〇月、一三七―一八九頁。
(30) 前掲、連環版『全集』四四九―四七六頁。
(31) 上海、少年児童出版社、一九九六年一二月。これと同じ内容の『三毛今昔』として、『張楽平連環漫画全集』（南京、訳林出版社、二〇〇〇年一〇月）、注(10)の『三毛解放記――張楽平連環漫画全集』（第一版は二〇〇二年五月）所収のものがある。

(32) タイトルが『大公報』掲載時などと同じで、「ＫＬＩＭ」となっている『流浪記』単行本としては、管見では、三聯書店（香港）版『三毛流浪記』（二〇〇〇年八月、以下「香港版『流浪記』」）がある（一七三頁）。これは「修訂版」だが、一九九六年六月に出ている第一版が未見なので、「修訂」の程度がわからず、したがって、一九九六年版『三毛今昔』との関係を特定することはできない。

(33) 同じ四川少年児童出版社の『三毛流浪記』（一九八四年一一月）は、一九六一年系の「昔」と同じ漫画を収める（三三頁）。したがって、例えば、四川版の「昔」に青天白日旗がそれとはっきりわかる形では現れないことから、青天白日旗を忌避したために異なる漫画を配したなどと考えることには無理がある。

(34) 前掲、一九五九年版『流浪記』五一頁。

(35) 前掲、一九六三年版『流浪記』五三頁。

(36) 前掲、一九五九年版『流浪記』一〇頁。

(37) 前掲、一九六三年版『流浪記』一〇頁。

(38) 前掲、四川版一六四頁。

(39) 前掲、一九九六年版二八頁。

(40) 『解放』の停刊については、『上海新聞志』編纂委員会編『上海新聞志』上海、上海社会科学院出版社、二〇〇〇年一二月、三三七頁。

(41) 例えば、前掲、連環版『全集』（三三一頁）、前掲、香港版『流浪記』（三三一頁）など、一九九六年版の「昔」と同じタイトルの『流浪記』も存在する。

(42) 「四四」という描き文字は一九五九年版『流浪記』にも一九六三年版『流浪記』にも見られるが、『大公報』掲載時などの『流浪記』には見られない。

(43) 「今」の三毛と少年は力を合わせて車を押すような協調性があるのに対してこの「昔」の三毛と男児は協調性が欠如しているという対比を読むことには、無理があるだろう。「今」の三毛と少年は同じ場所で同じ必要性を認識し、この「昔」の三毛と男児は異なる場所で異なる必要性を認識したに過ぎないからである。

(44) 前掲、一九九六年版四〇頁。

(45) 前掲、四川版一八八頁。

(46) 前掲、一九九六年版五二頁。

(47) 前掲、訳林出版社二〇〇〇年一〇月刊『張楽平連環漫画全集』第二巻所収「張楽平生平及創作年表」による。

台湾新文学建設論議（一九四八―四九年）について

陳　正　醍

一　はじめに

一九四八年春から翌一九四九年春にかけて、『台湾新生報』の副刊（文化面）「橋」を中心として、台湾文学の方向性に関する提言や議論、およびそれに付随して生じたいくつかのテーマをめぐる議論・論争が起こっている。本稿は、この「台湾新文学建設論議」について、その経緯と内容を把握するとともに、そこで論じられ示された観点のうち、台湾の「特殊性」ないし「中国」と「台湾」をめぐる意識について考察することを目的とする。

二・二八事件後の一九四八年に「橋」において台湾新文学建設論議が始められた背景には、台湾の文学活動とりわけ本省籍作家の文学活動の活性化という目標があった。論議に参加していた文学者たちの多くが、程度の差こそあれ共有していた認識は、活性化にとっての障碍が、多かれ少なかれ、日本統治の影響による言語上の阻隔や省籍意識の「溝」の存在などの、台湾の「特殊性」もしくは台湾の「現実」にあるという点であったと言える。台湾の「特殊性」に対する認識は、台湾の「中国大陸との違い」にかかわる意識を意味しており、それはまた、本省人と外省人との間の相互認識の問題と密接に関連していた。台湾が日本の植民地統治下に置かれていた期間の長さから、「差異」は当然存在していたし、光復後の本省人と来台外省人との間の摩擦・軋轢、なかんずく二・二八事件の体験から形成された双方の間に横たわる「溝」も、事実として存在していた。

「橋」を中心に進められた台湾新文学建設論議の中では、台湾での文学運動を展開するに当たって、台湾の「特殊性」ないし台湾の「現実」への特別な注意が必要であることが、提起されている。それは、様々な角度から、また多様な意味で取り上げられ、論じられた。「特殊性」の意義の掘り下げを重視する者もいれば、それほどの考慮を払わない者もあり、また「特殊性」を取り上げること自体を問題視する者もいた。台湾の「特殊性」を明示的に論じる場合もあれば、一見すると別の論題を扱っているような文章の中で、それとなくこの問題が示唆されている場合もあった。

そこで、本稿では、まず台湾新文学建設論議の概要を把握し、その上で論議の中で示された、台湾の「特殊性」をめぐる諸観点について検討し、同時にそれらから窺える「中国—台湾」観について考察を進めることにしたい。

台湾文学の歴史の中では、台湾の特殊性もしくは独自性についての認識、換言すれば、「中国文学」と「台湾文学」との関係にかかわる見解は、繰り返し議論されてきた問題である。一九三〇年代には「台湾話文」や「郷土文学」に関する論争が起こっているし、一九七〇年代以降は「郷土文学論戦」や「中国意識—台湾意識」をめぐる論争が発生している。そしてそれらの問題提起には、それぞれその時代の政治的社会的状況を反映した特色があった。三〇年代の論争は、台湾における「日本化」圧力の増大を背景にしていたし、七〇年代以降の論争の陰には、国連代表権の交替を始めとする国際情勢の変動などがあった。

一九四八年を中心とする台湾新文学建設論議の場合も、この時代の政治情勢・社会情勢を抜きにして語ることはできないであろう。この論議が一九四七年の二・二八事件後に起こっていることは、非常に興味深いものと言える。二・二八事件は往々にして、戦後台湾史を語る際に象徴的かつ絶対的な地位を与えられがちである。確かにこの事件に代表される、光復直後の台湾と「祖国」との不幸な出会いの衝撃は極めて大きく、その影響の一端は台湾新文学建設論議にも現れている。しかし、「橋」に集った文学者たちは、まさにそうした状況を克服して台湾における文学活動の活性化をめざそうと試みたのである。その意味で、台湾新文学建設論議を考察することは、しばしば一様な「暗黒」「閉塞」のイメージでのみ受け取られがちな二・二八事件以後の文化・思想状況についての理解を、いくらかでも深めるのに役立つものと思われる。

二　台湾新文学建設論議の発生と展開

1　発　端

台湾新文学建設論議の主舞台となった「橋」は、二・二八事件後の一九四七年八月に『台湾新生報』に開設された。「橋」の主編者歌雷は、本名史習枚、江西省出身で、上海復旦大学新聞学科卒業の経歴を持つ文学青年であった。「橋」という名称は、歌雷が副刊の担当を引き継いだ時に付けられたものとされる。彼の友人で台湾新文学建設論議の重要な関係者の一人でもあった孫達人の回想によれば、歌雷は、この副刊タイトルのデザインにまで大いに意を注いだとされる。(1) 彼がそれほどこだわりを持った「橋」という名称に、五〇年間の日本植民地統治によって懸隔が生じざるを得なかった台湾と中国大陸との間の文化的架橋としての意味が込められていることは、容易に読みとれよう。実際に、副刊編集者としての歌雷の関心事の一つは、「どのようにして本省の作家の投稿を発動するか」という点なのであった。(2)

当時の台湾における文学活動は、活発とは言えない状況にあった。その主因の一つは、言うまでもなく、日本語から中国標準語への使用言語の転換である。抗日活動家を中心に中国白話文の習得・使用の動きも見られたが、日本植民地時代を通して、台湾における言語環境は、次第に現代中国の文章語形成の進展から疎遠になって行った。

台湾光復後には中国語学習熱が一気に高まったが、一、二年という短期間に、多くの作家たちにとって、日本語でなら到達していた程度に「思い通り」の表現が可能となるほど急速には、中国語の習得は進まなかったと考えるのが自然であろう。そうした状況下で、しばらく残されていた新聞・雑誌の日本語欄が廃止されることになる。日本語使用の撤廃は、統治当局の施策に対する様々な不満、台湾省籍民と外省籍来台者との軋轢、二・二八事件の処理における束縛・抑圧等と相俟って、言論の手段を「奪われた」台湾中堅エリート層の一部に、多大な疎外感をもたらすことになる。新しい書き手はなかなか育たない一方で、既成の作家たちの活動も制約を受けていたのである。

歌雷が「本省の作家の投稿を発動する」ことに力を注ごうとした背景には、このような事情があった。歌雷は、中国語がぎこちないものは修正・加筆するという方策と、日本語での投稿も許容して自分たちで翻訳するという方策とによって、本省籍作家の参加を促そうとした(3)。

「橋」を通して結びついていた歌雷ら戦後来台の文学青年たちは、積極的に本省籍の作家との接触・交流をめざした。最初に対象となった作家は、楊逵であった。楊逵は小説「新聞配達夫」の中国語訳によって、これらの文学青年の一部にその名を知られていたのである。楊逵を通して、彼らはさらに、日本統治期の台湾の文学状況について知識を深めると同時に、他の作家たちとも知り合うようになって行く。このように台湾省籍の書き手の参加を重視し、門戸を開こうとしていた積極的な努力の中で、歌雷の編集する副刊「橋」を舞台に台湾の文学活動の方向性に関する議論が展開されることとなったのである。

一九四八年三月から八月にかけての台湾新文学建設をめぐる活発な意見の応酬は、歌雷と孫達人が中心になって企画した、「橋」副刊投稿者相互の交流を図った座談会に端を発している。「橋」の作者茶話会は、三月末に台北で催されたのを皮切りに、この年に何度か開かれている。これは、広く「橋」の編集に対する意見ないし批評を徴する趣旨の会合であったが、同時に、本省籍作家との結びつきの強化も重要な目的であったと考えられる。初回の茶話会には、楊逵や黄得時ら本省籍の作家も参加しており、また楊逵の寄稿「如何建立台湾新文学」が孫達人の翻訳により、座談会の開催に合わせて「橋」に掲載された(4)。さらに、引き続き開かれた第二回茶話会には、楊逵に加え、呉濁流、林曙光ら日本統治期に活躍していた台湾人作家が参加し、彼ら本省籍作家の意見が多数寄せられている。その後も、しばらくの間、林曙光、葉石濤、朱実ら台湾省籍作家の文章が次々と「橋」に掲載され、日本統治期における台湾文学の歩みが紹介されたり、光復後の彼らの抱える困難が訴えられたりした(5)。

こうした中で、台湾省籍作家の活動の沈滞状況とその原因に関する認識が示される。植民地時期からの作家であった林曙光は、台湾文学界で依然「空前の沈滞状態」が続いている原因について、過去の作家が筆を擱き、新進の作家がまだ興起していないことを挙げた(6)。また、楊逵も、「台湾文学界の消沈」の原因として、十数年来禁じられた中国語が疎遠に感じられることと、政治条件と政治的変動により不安を感じ、著作空間が制限されていることを指摘した(7)。茶話会に参加した他の本省籍作家の見解も、ほぼ同様であった。日本時代の台湾新文学が五四以来の中国大陸での新文学運動の影響を受けていた点、ならびに日本時代の台湾文学活動の賞揚が確認されたと同時に、光復後の活動の停滞を打破する必要性でも一致し、また、停滞の原因として、楊逵の指摘と同様、言語の転換および政治状況の変動に由来する不安感・恐怖感の存在が、共通して表明された(8)。

楊逵は現状の認識にとどまらず、その打開を図る必要性とそのための方策も提言した。楊の考えでは、台湾の作家たちが結束して活動できない原因は多々あるが、特に、困難な状況下で客観的条件のみに捕らわれて主体的条件を顧慮しない点が問題なのであった。そこで、彼は、あまりにも消極的であまりにも信念が欠如している主体面の弱点の反省を、自らを含めた本省籍作家に求める。楊逵は、光復から三年が経とうとしていながら死も同然の静寂状態にある台湾文芸界の「精神上の飢餓」の中で、かつて日本統治期に民族解放闘争の任務を担った文学の光輝の復活、また、光復当初に「祖国新文学の領域の中での台湾新文学の輝かしい花を咲かせよう」と意気込んだ情熱の再興を呼びかけたのであった。「省内外の隔たり」を除去し、中国新文学運動の一環としての台湾新文学を一致協力して再建する方策として、楊逵は、文芸に携わる者の団結、自主的な文芸団体による文芸誌・新聞の刊行、日本語で書かれた作品を翻訳して掲載する組織的な態勢づくり、「省内外」の作家と作品の交流の活発化、文学の人民大衆への接近、等を提案する。楊はまた、「橋」が試みた座談会の開催や本省籍作家に対する投稿奨励措置を歓迎し、彼の提案する方策の基礎となるものとして評価した。(9)

「橋」の座談会の中で開示された論題のもう一つの柱は、期せずして、台湾省籍作家が取り上げた第二の障碍とその克服という課題と重なりあっていた。

最初の茶話会が開催される直前、「橋」に「新課題、新時代——台湾新文芸運動応走的路向」と題する揚風の文章が掲載されている。その中で彼は、時代と社会の進展と共に進み、大衆に属するという、台湾新文芸運動を展開するに当たっての「総指針」のもとに、運動の具体的な進め方に関して、文芸統一戦線、文芸活動の場の開拓、大衆化、著作の自由の獲得という四つの課題を示している。

文芸活動の場の開拓と著作の自由の獲得の二点は、ともに著述環境の改善をめざした提言であった。前者に関しては、各紙の副刊の編集者が紙面拡大の努力をすべきことと、作家自身の力で定期文芸刊行物を出す努力をすべきことが提起された。これは、先述した楊逵の主張の中に盛り込まれていた文芸活動の態勢の整備や組織化という方策と通じている。一方、後者に関して揚風は、「筆禍」と言える事件が発生していることを指摘した上で、当局者に対して、文芸作品に対する許容度を広げ、「国家政府に背かない」範囲で新文芸運動の展開を奨励し援助することを要望するとともに、文芸活動家自身に向けては、当局に対して著作の自由を求める活動を起こすこと、それに際しての態度はごり押しではなく道理に基づいて勝ち取るべきことを提案した。(10) 既に見たように、光復後の台湾文学界の「沈滞」の原因の一つとして、政治状況が与える不安感が挙げられていたが、これは本省籍作家の前だけに立ちはだかる壁ではなく、外省籍来台者にとっても当てはまることであり、さらに広い視野で見るならば、国民党支配地域で反蒋介石政権の立場を取る人々すべてに共通のものだったはずである。揚風の主張は、こうした厳しい言論環境に対して、より積極的な姿勢で対処すること、自分たち自身が働きかけて状況を打開することを呼びかけるものであった。

一九四六年の李公僕・聞一多殺害事件に象徴されるように、国民党統治地区での反政府言論に対する攻撃は手段を選ばぬものであったし、台湾でも既に二・二八事件鎮圧の過程で、為政者に批判的な言論人が標的にされたことは人々の記憶に新しかった。『新生報』の「橋」副刊が茶話会を開いて台湾新文学の発展を促す働きかけを始めた直前の四八年二月にも、台湾大学中国文学系主任許寿裳の殺害事件が起きている。この事件に政治的背景が潜んでいたか否かは曖昧なままであったが、例えば、大学キャンパスでの教員・学生の活動や言論を監視する特務活動の存在も、もはや公然の秘密であった。(11)「橋」を舞台に展開された台湾新文学建設をめぐる論議は、こうした知識人に対する有形無形の圧力を意識しながら、進取の気性に富んだ青年世代の意欲を原動力として進められていたのである。

一九四八年春、中国全体の政治状況は折しも転機を迎えようとしていた。国共内戦の面では既に中共軍の反転攻勢の圧力が高まりつつあり、国民党内・国民政府内においては、憲法に基づく国民大会代表の選出をめぐる混乱や副総統選挙時の争いに象徴されるように、足並みの乱れが顕現していた。加えて、財政事情・経済状況は破綻の兆しを見せており、政権に対する民心の離反はもはや避け難いものになっていた。

「著作の自由の獲得」のみならず、揚風が提起した四課題の残りの二つ、すなわち、統一戦線の形成とその指針づくり、および大衆化の方向性の提起という、文学活動の大衆運動としての性格に力点を置いた主張も、あるいは、台湾・中国大陸を通じた反政府意識の瀰漫や反体制勢力の活動状況と直接間接に結びつくものであったかも知れない。揚に言わせれば、統一戦線は、一つには本省籍作家と外省籍来台者との協力であるが、もう一つの側面として、「台湾新文芸運動の統一的指針」を討議し、その指針のもとで「大連合」を結成して行くという意義がある。揚風の挙げる統一的指針は緩やかなもので、「落伍した・逆コースの・頽廃した文芸思潮の否認・棄却」という消去法的な表現に止まっているが、それと同時に他の項目で「大衆化」を強調しており、そこから彼のめざす方向が浮かび上がってくる。[12] 揚風・楊逵に続いて「橋」に掲載された史村子の「論文学的時代使命――芸術的控訴力」でも、文学・芸術が大衆の声を語るものであり、理不尽に対する訴え、強暴に対する訴え、暗黒に対する訴え、人類の精神に向かっての訴えなど、文学・芸術の人々に訴えかけ社会に働きかける役割が重視されなければならないことが強調される。[13] こうした文学の社会的使命の意識や文学活動の社会運動との結合という主題は、「橋」における台湾新文学のあり方をめぐる論議を貫く観点として据えられて行くことになる。

ところで、座談会と相前後して「橋」に掲載され、台湾新文学運動の建設を提起した揚風と楊逵の両者が共通して肯定的に言及していた文章があった。それは、「台湾新文学的建設」と題する欧陽明の論文で、「橋」には一九四七年一一月に掲載されている。この「台湾新文学的建設」は、日本植民地時代の台湾における文学活動の主流を、植民地支配に抵抗する抗日民族解放運動の一翼を担う台湾同胞自身の新文学運動であったと捉え、それが終始中国文学の戦闘的な分枝であったことを指摘する。台湾文学の過去の流れを踏まえて、欧陽明は、台湾新文学の建設が中国新文学の建設の一部分であり、さらに、「人民の世紀」たる今日、中国人民大衆の生活の現実、要求と興味に適応しなければならないと主張している。[14] 欧陽明が示した、台湾文学が中国全体の文学動向と一体化する趨勢にあるという枠組み、また人民大衆の要求に適合した文学の創作の必要性という観点は、いずれも「橋」の台湾新文学論議の担い手の多くが一致して賛同する方向性を指し示していたと言える。

注目すべき点は、この欧陽明の論考が、二・二八事件前の一九四六年一二月に一度発表されたことのある文章の改訂稿だったことである。[15] 最初の掲載紙『人民導報』は急進的思想の持ち主が多数関与していた、行政当局批判の言論で知られる新聞であった。[16] 二・二八事件の中で廃刊となった『人民導報』に発表された論が、一年後に再び姿を現したことは、既述したような当時の台湾文学の沈滞の中で、再度同様の問題提起が必要であったという状況を裏づけるものだとも見ることができるが、それは同時に、二・二八事件の衝撃にもかかわらず、それを乗り越えて文化運動を前進させようとする人々の、たゆまぬ努力を示しているものとも考えることができよう。現状の静寂と対比して「光復当初」の思いとして楊逵が用いた、上述の「祖国新文学の領域の中での台湾新文学の輝かしい花を咲かせよう」という言は、実は、この欧陽明の文章の結びの言葉からの引用であったのである。[17] 二・二八事件を挟んで、それ以前とそれ以後の状況が決して切断されてしまったのではないという側面は、一九四五年から一九四九年までの台湾の文学活動状況の全体的構図の把握にとって、看過されてはならない点であると言えよう。

さて、最初の茶話会以降、歌雷らの望む通り、台湾省籍者と外省籍来台者との間の「架橋」を構築し、文学者の力を結集しようとする試みは、順調に滑り出した。基調は団結と協力であり、「橋」の提起した本省籍作家の発動、台湾における文学活動の活発化という意図は、肯定的に受け止められていたと言える。こうした流れは、その後もしばらく引き継がれて行き、楊逵らの提案に呼応して、文芸団体の結成という次のステップへの進行を

呼びかける声も出てくる。(18)

しかし、そうした「橋」の進める努力と平行して、一方で「台湾新文学運動」の提起に対する様々な角度からの反響が生じるようになってくる。そうしたものの中には、「橋」を支える文学者たちの見解に対する異論も含まれ、それに対する反論が、「台湾新文学運動」の推進に基本的に同意していた文学者同士の意見の食い違いにまで発展することもあったのである。

2　論争化

最初に生じた論争は、「日本統治が残した害毒」をめぐる問題だった。一石を投じたのは、当時台湾大学に在籍していた彭明敏である。彭は、「建設台湾文学、再認識台湾社会」と題する投稿において、台湾新文学の建設に関する「橋」の論議の中で全台湾文学者の団結と発奮が提唱されていることを踏まえて、団結に当たっての妨げと考えられる心理上の障碍の問題を取り上げた。彭の考えでは、それは、半世紀にわたって日本の統治を受けてきた台湾の特殊な歴史に対する外省人の偏見に起因するものであった。(19)彭は、台湾新文学建設問題をめぐる発言や文章を直接批判したのではなかった。彼がやり玉に挙げたのは、「橋」に掲載された女性の地位をめぐる評論の中で、ある台湾人男性が妻子を捨てたために生じた訴訟の話題を取り上げた際の雷石楡の見解だった。雷が男性の態度を日本植民地統治の影響を受けた封建社会の特徴と断じたことを、(20)彭明敏は、台湾における社会現象の理解に際して「日本の影響」を盲目的に乱用する非科学的な姿勢の実例であると考えたのである。彭の見解では、こうした単純化され偏見に満ちた論法が、文学活動の前提かつ基礎たる台湾社会の正当な認識を妨げてしまう以上、その矯正なくしては台湾文学の建設という目標を達成することはおぼつかないのであった。彭明敏の批判に対して雷石楡が反論し、両者の間で応酬が起こったが、総じて言えば、論争はすれ違い気味であった。もともと彭明敏の指摘は、当該の個別事件が日本による植民地化の悪影響に該当するか否かという点にあったのだが、雷石楡は、そもそも「日本による植民地化の悪影響そのもの」を認めるか否かという方向に論点を移してしまったからである。彼らの議論に対しては楊逵らの見解も示されたが、実りある討論に発展しては行かなかった。

彭明敏の問題提起に続いて登場した「不協和音」は、阿瑞による「疾風怒涛運動」の提唱であった。阿瑞は、文学活動が社会的条件・歴史的条件の制約を受けることを認めた上で、それだからこそ逆に、ことさら地域性や歴史性の問題にこだわるべきでない、と論じた。彼は、あらゆる歴史の重圧を排除して精神の自由を求め、個性を開放し感情を尊重すべきであると主張する。従って、「台湾文学」という観念は、地域性を強要するゆえ創造性の妨げになり、狭い「郷土文学」に陥るために潜在的な蔑視の意識と自尊過剰による耽溺の心情とが生じやすい、として否定されるのであった。[21] この論は、「台湾新文学運動」の提唱者たちが暗黙裏に前提としていたと考えられる、「新文学運動は社会改革を指導する運動」だという意識[22]と対極の立場にあったと言えよう。阿瑞の論は、一方では、「疾風怒涛運動」の任務が中国では既に「五四」によって解決されており、時代はそれを越えて進んでいるという批判を招くとともに、他方では、個性開放という論点に賛同する雷石楡の支持を呼び、そこから、台湾新文学運動の旗印として「五四」を掲げるべきか否かという論議と、リアリズムとロマンチシズムとをめぐる論議とへ結びついて行った。この二つの論争の主たる担い手は、揚風と雷石楡であった。

「五四」の評価に関しては、阿瑞とは別に、もう一つの端緒があった。胡紹鍾の「建設新台湾文学之路」という文章が、それである。この文章で胡が説いているのは、言わば「五四の超越」の立場である。「五四」には五四当時の社会的背景があったが、その後の「進歩」に応じて、革命的精神を以て「五四」とは別の時代を創出すべきだ、というわけである。[23] 胡紹鍾が「五四」との相違を指摘する奥には、後節で見るように、どうやら別のねらいがあったようであるが、胡の文章に対して孫達人が「五四」精神を弁護する論を展開したことから、「橋」

での論議はもっぱら、「五四」以後の中国社会の変化に対する認識と、それに関連して現段階の文学運動が掲げるべき課題の設定をめぐって進められて行くことになる。孫達人は、「五四」以降、依然として半封建半植民地社会という性質に変化がない点を重視し、左翼作家連盟による「民族革命戦争の大衆文学」というスローガンの提起に言及し、「五四」精神の重要性を強調した。[24] 他方、揚風は、「時代の変化」を重視し、「五四」精神の重要性を強調した。他方、揚風は、「時代の変化」を重視し、「五四への回帰」を時代後れであると見なした。[25] ここからは、「橋」に集った青年文学者たちの中に、民族主義民主主義の重視か、より社会主義的傾向の強調かという、「反体制」勢力の政治意識に見える、あるいは統一戦線のスローガン提起における、観点の幅が存在していたことがわかる。

リアリズムとロマンチシズムとをめぐる論議で揚風と渡り合ったのは、雷石榆であった。雷は、ロマンチシズムについて、狭い観念を打ち破り「封建的資産階級思想」を取り除くというその価値を評価するだけでなく、ロマンチシズムの個人中心の思想を集団中心の思想に「引き上げ」、ロマンチシズムの精神の超越を科学的認識に「引き上げ」た、より高い人生観・宇宙観が求められる、と主張した。そして、新写実主義は、自然主義とロマンチシズム双方の総合であり、社会主義リアリズムは機械論的・通俗的思想との闘争の中で生じた、と指摘する。[26] これに対して、揚風は、新写実主義文学は、「大多数の人々が属する階級」のために奉仕するものであり、それゆえ、その旗印を掲げるならば「ロマンチシズムの個人中心」思想、「個人精神」は排除されなければならない、という立場を取った。彼の考えでは、ロマンチシズムという流派は、それを集団中心の思想や科学的認識に「引き上げる」だの「引き上げない」だのを論じる対象ではないのであった。[27]

「橋」を支える論客たちが、あるいは「五四」を、あるいは「リアリズム」をめぐって応酬していた六月、「橋」から打ち出された「台湾新文学運動」の提唱そのものに対して、攻撃が浴びせられた。攻撃の火の手は、まず国民党系通信社である中央社から発せられた。それは、台湾大学文学院長の銭歌川の「台湾新文学建設」についてのコメントであった。銭の見解は、文学の地域名による分類は、民族・言語・生活観念の相違が作風に影響することに基づくものである以上、言語が統一され思想感情も一致している中国国内に適用して、ある省の文学を建設すると言っても、分離の目標を設けることは不可能である、その意味で「台湾新文学建設」というスローガン自体にはいくらか用語上の問題がある、というものであった。[28]「用語に問題あり」という表現を含む見出しのもとでの銭歌川のコメントの配信は、「台湾新文学運動」に対する当局者の警戒感を反映していたと見ることができよう。事実、これに続いて、国民党台湾省党部の機関紙となっていた『中華日報』の副刊「海風」に、「台湾新文学」をめぐる努力を、政治的な分離主義運動と結びつけた形でのより露骨な批判が、一週間の間に四篇、相継いで掲載される。最初に登場した杜従の対話形式の文章は、冒頭から、「建設」を語る者が実は「破壊」を目論んでいるという認識を示した上で、「台湾新文学」という用語の陰に台湾に「中国の外に別の新文学を作ろうとする」意図が潜んでいるかのごとき疑いを暗示し、中国文学との対立や分離を「決して許さない」ことが主張される。段賓の名で掲載された同じく対話形式の文章には、さらに「少数の者が散布している毒素を撲滅」しなければならないという表現が現れていた。[29]

　銭歌川の見解に対して、「橋」には陳大禹、瀬南人の反論と、楊逵へのインタビュー「『台湾文学』問答」が掲載された。これらはいずれも、「台湾新文学建設」という名称の正当性を擁護しようとするものであった。

「『台湾文学』解題」を書いた陳大禹は、「台湾文学」や「台湾新文学」という名称が歴史的由来を持つ言葉であることから説き起こし、その提唱は決して「日本文学」や「中国文学」と対立させる意図ではなく、歴史的条件による台湾の「特殊性」に照らしてこれらの名称が使われる必然性があることを指摘した。[30]一方、後節で見るように陳大禹と瀬南人との間には台湾の「特殊性」をめぐる把握の仕方、もしくはその表現の仕方の上で食い違いが生じたものの、瀬も、台湾の自然環境・人文環境が他省とはいくらか異なることから、当然、台湾の環境に対応する台湾文学が成立すること、台湾文学建設の目的が、中国文学を構成する一部分として中国文学を発展させる点にあることを主張した。[31] 楊逵も、残念ながら本省籍者と外省籍者との間に隔たりがあることは事実であり、この「澎湖の溝（台湾海峡）」が大変深いこと、そして、台湾が中国の一省であるという考えを抱いているからこそ、この溝を埋めるために努力していることを指摘し、「台湾文学」という概念が必要であることを訴えた。[32]

楊逵は、「海風」に杜従の文章に対する反論も投稿し、「台湾新文学を如何にして打ち立てるか」という討論の提起者として、この問題提起の正当性を訴えた。それは、光復後三年が経とうとするのに台湾の作家たちの活動が沈滞している状況において、既成の作家を一つ所に結集すると同時に新進の作家の活躍も促すために、また、大陸から来台した作家たちが台湾の社会と民衆、台湾の作家たちとの接触に乏しく、台湾の現実の要求とかけ離れたものを書いているという状況のもとで、彼らの生活を台湾に根づかせ、台湾の民衆についての理解と台湾の作家たちとの協力を促進するために、欠かせない事柄だと強調したのである。そして、こうした討論、こうした運動が、「分離」や「対立」を意図したものでないことは言うまでもない点も付言している。[33] 楊逵の弁明にもかかわらず、杜従はなおも、「台湾文学」という「過去には栄えあるものであったが今では復活させる必要のない看板」を持ち出して「毒素の散布をカモフラージュする」「少数者」に対して、警戒を強める必要性を繰り返したのだった。[34] 先に述べた雷石楡や揚風らの、三〇年代以来の左翼文芸運動の用語を使った論争は、「橋」で繰り広げられた台湾新文学建設をめぐる論議に対するかかる嫌疑と警戒の中で進められていたのである。

さて、幅広い立場からの大小様々の波紋を引き起こした「橋」の台湾新文学建設をめぐる論議は、七月末から八月下旬にわたって分載された駱駝英の「論『台湾文学』諸論争」を以て、ひとまず総括されることになる。

この長編論文の中で、駱駝英は、まず、『新生報』副刊「橋」の座談会以来の論議を振り返って、その中で多くの作家たちが尽力してきたことは統一戦線形成の初歩的徴候であり、その中では無原則な争いも生じたが、主要な論者の方向性は一致している、と評価する。その上で、問題点についての論議に不十分な点があるとして、論争の主題に対する自身の見解を次のように披瀝する。（一）台湾の過去の文学の主流は反帝反封建の文学であ る。（二）台湾の具体的「特殊性」を軽視してもならないし、一面でそれが「普遍性」の具体的発現であるという点、すなわち中国全体に共通する「一般性」と結びついている点も抹殺してはならない。（三）中国は依然として半封建半植民地社会であるが、同時に五四時期以後の社会変化は無視できず、それは革命を指導する勢力の変化としても顕現している。その点を踏まえて考えると、「五四に戻ってやり直す」という主張は正しくないが、五四の優良な伝統の継承は必要である。（四）新写実主義とは、弁証法的唯物論と史的唯物論に立脚した芸術思想と表現方法であり、革命的ロマンチシズムと旧リアリズムとの総合である。そこでは、ゴーリキーが指摘しているように、ロマンチシズムから「生活に対する人間の意志」や「現実や現実のあらゆる抑圧に対する反抗心」の喚起という面が吸収されている。（五）雷石榆の述べた「ロマンチシズムに偏った創作方法」という表現は妥当ではないが、彼の基本観点は、現実に対する正確な認識を基礎とした上で革命的ロマンチシズムの革命精神を強調するものであり、問題ない。その限りでは、主観面の精神的能動性、自発性、創造性を強調する革命的ロマンチシズムを鼓吹することは、奨励されるべきである。（六）文芸作品中の人物の個性にしても、現実世界における人々の個性にしても、人民の大衆性あるいは階級性・集団性などと同一視しそれらの中へ解消しようとする揚風の見解は、正しくない。真の人間性とは、個性と集団性との統一なのであって、その獲得によってこそ個性の解放が本当に実現するのである。(35)

駱駝英の論は、基本的には「橋」を支えた主要な寄稿者の論点を整理し総括する性格を持っていたが、揚風、雷石榆らの文章にも増して、左翼文芸理論の立場を一層明示的に打ち出した点では、当時の台湾の言論環境においてかなり大胆な試みであったと見られる。

駱駝英の総括性の論に対しては、それが一般的理論の提示にとどまり、台湾という具体的環境において何をなすべきかという点については語られていない、という角度からの批判が寄せられた。この異議を提起した陳百感にとってみれば、駱駝英の論文はゴーリキーの言葉の紹介やソ連の文芸理論の解説に過ぎず、むしろ肝腎なのはそのような「高説」の開陳ではなく、台湾の現実に立脚した議論だと感じられたのである。台湾新文学は新写実主義に従うべきである点は疑いないが、より重要な課題であるその実践は、台湾人民の生活の場に入って行って創作することに他ならず、その意味で台湾新文学は「台湾的」かつ「人民的」なものでなければならないのであった。[36]

陳百感の批判を「理論と実践」の関係の問題として捉えた駱駝英は、理論の能動的な役割を軽視すれば実践は盲目的な行動に陥りがちであるという角度から反論し、陳は、自分が理論と実践をどちらも重視しているとして再反論を行った。一方、建国中学での駱駝英の教え子であった張光直が「何無感」のペンネームで書いた反論は、理論と実践の関係以上に、陳百感が提起した「台湾」要素の強調の側面に注目したもので、陳の論に対し、台湾を孤立させて大陸から切り離そうとする意識が見え隠れしているのではないか、という疑念を向けていた。[37]

駱駝英および何無感と陳百感との間の応酬を最後に、台湾新文学運動に関する論議は、活発な論争の様相を見せることがなくなる。駱駝英が予告した、「台湾新文芸の方向」と「如何にして台湾新文芸を打ち立てるか」という「より重要な問題」[38]についての論考も、世に問われることはなかった。主要な論点についての討議にほぼけりがついたことに加えて、おそらくは論議参加者の身辺に、論争の継続を許さない事情が生じた可能性が大いに考えられる。

駱駝英の場合は、病気を患っていたとも言われるが、それ以外にも、既にその言動ゆえに身の危険を意識しなければならなくなっていたものと思われる。そもそも四七年に彼が香港を経由して台湾に渡ってきたきっかけは、昆明で活動していた彼が国民党特務機関のブラックリストに載ったことであった。駱駝英の場合、地下党との関わりはなかったと言われるが、その急進的な言論や学生たちとの積極的な接触などから、警戒を受けていた可能性は強い。当時建国中学に在籍していた張光直の回想によれば、四八年秋のある日突然、駱駝英は、張ら数名の親しい学生を放課後に呼び集め、急遽上海に渡らなければならなくなった旨を告げ、当日深夜に基隆から出航したのだった。(39)

一方、論争の中で最後に駱駝英と渡り合った陳百感は、邱炳南（邱永漢）のペンネームだと言われるが、(40)彼の場合も、ちょうどこの頃、香港で活動すべく台湾を離れている。一九四八年夏、華南銀行調査課長の職にあった邱は、「台湾再解放連盟」による国連への請願書を起草するために密かに香港に渡り、一旦台湾に戻った後、一〇月末に再び香港に脱出している。(41)台湾新文学建設論議の展開は、言論環境が一層緊迫度を高める中で、政治情勢の急速な進展の強い影響を受けざるを得なかったのである。

3　終　局

「台湾新文学」に関する応酬の大半は一九四八年三月から八月に集中しており、四八年秋以降、「橋」には、台湾新文学建設をめぐる論考は散発的に現れるに止まった。一一月末に出された蔡瑞河の「論建立台湾新文学」は、現実の改革のために大衆の思想意識を融合する手段としての文芸の力を説き、引き続き大衆化された台湾文学の樹立を論じた。蔡は、中国語の積極的な使用を呼びかけるとともに、民衆の苦しみを訴えたり希望を代弁したりするような、より社会性の強い作品の必要性を唱えた。(42)理論上は夏までの議論の基調を継承しつつ、より大胆な実作の登場を促し、現実の大衆運動との結合を強く意識した主張であると言える。また、一二月には師範学院で文芸座談会が開かれ、そこで講演した歌雷の「台湾文学的方向」が翌年一月に「橋」に掲載されている。講演の中で歌雷は、現実主義の文学観を持つべきであることと、「個人と集団との対立」という「陳腐な観念」を打破し両者の統一を自覚して活動すべきことを説いた。[43]

リアリズムや大衆文学の呼びかけと同様、台湾の「特殊性」の位置づけについても引き続き関心が持たれ、論じられている。一九四九年一月には籟亮の「関於台湾新文学両個問題」が書かれ、台湾の「特殊性」と「全体性」に関する「二つの根本問題」があるとして、「特殊性」の存在を認めるかどうかという点と、その「特殊性」は完全に大陸と孤立して無関係であることを意味するのかどうか、すなわち「無聊な郷土文学」に陥ってよいのかどうかという点とを挙げる。彼の主張は、「特殊性」の存在は事実であるが、それは「全体性」と矛盾するものではなく、台湾文学は中国文学の一環であるというところにあった。[44] 三月には呉阿文の「略論台湾新文学建設諸問題」と題する文章が掲載され、やはり同様に「特殊性」と「全体性」の問題から説き起こし、現段階の台湾新文学運動が、日本統治期以来の「原始的妓女文化」を取り除く運動であるとともに、国内の「戦闘的民主主義文学友軍」と歩調を合わせて新写実主義文学を作り上げて行く運動である、と主張されている。特徴的な点は、その中で、「台湾独立」や「信託統治」を取り上げて批判し、文芸活動家がこれらの思想に対して筆という武器を取って突撃しなければならない、と論じていることである。[45]

一九四八年の秋から冬にかけて、内戦における国民党・国民政府側の旗色は決定的に悪くなっていた。四九年一月には蔣介石の「下野」、すなわち総統職を退く事態にまで至ったが、それに先だって蔣介石は「最後の砦」として台湾を選択し、その死守をめざして、腹心の陳誠を省政府主席に、息子の蔣経国を国民党台湾省党部主任委員に任命したのだった。台湾でも、中国共産党勢力の勝利を待望する青年・学生らの声が強まっており、その取締りを目論む当局との間の緊張は日増しに高まって行くことになる。

こうした中、台湾省執政当局は、民主運動・左翼勢力の押さえ込みを図る。二月には台湾への入境を制限する措置を取り、大学キャンパスへの取締りも強化する。そして、三月二九日の青年節に学生団体が大規模集会を開いたのを受けて、四月六日には活動家の一斉逮捕に踏み切った。(46)この「四・六事件」は、南京の代理総統李宗仁が中共側との和平交渉を進めている最中の出来事でもあった。『新生報』副刊「橋」も、四・六事件で大きな打撃を受けることになる。逮捕された台湾大学・師範学院等の学生の中に孫達人が含まれていただけでなく、同時に逮捕拘留されたジャーナリスト二名のうちの一人は、歌雷であった。また、楊逵もこの時逮捕された。「橋」で進められてきた台湾新文学建設のための歩みは、このような形で突然、終幕を迎えたのであった。

三　台湾の「特殊性」の認識をめぐって

「橋」における「台湾新文学」の論議に対しては、主として外部から、「台湾」という名称を使うことへの疑義が投げかけられている。「台湾」という言葉を使うには及ばないとするこの種の反応は、台湾に存在する何らかの「特殊性」を否認する、もしくはそれを有意義なものとは見なさない立場から出てくるものと考えられよう。代表的な例は、前節で取り上げた中央社配信の「用語に問題あり」という記事であるが、そこで報道されている銭歌川の見解は、日本統治下にあったという台湾の特別の事情を認めながらも、「中国文学」や「日本文学」と対立するような概念としての「台湾新文学」という呼称の使用を疑問視するものであった。(47)銭の観点の基盤には、「台湾」という名称を使うことが、そのまま、文化的単位としての「中国」と相互に排他的な、一定の文化的統一体を主張することにつながる、と見なす暗黙の前提があると言うことができる。こうした立場をより明白に語っているのは、『中華日報』の論客たち、すなわち杜従や段賓らの文章である。杜従は前節で紹介した通り、「台湾は中国に属するものであり、中国には中国文学がある。まさか台湾は中国の外に別に新文学を作ることができると言うのではあるまい」[48]と語っており、段賓も「台湾新文学」の提唱者たちは「文学を台湾で分離させ、中国文学との分離対立を鼓吹することを企図している」のだ、と決めつけている。[49]従って、今日の台湾の文芸問題は「中国文芸の普及活動の問題」以外ではあり得ない、と言うことになる。つまり、彼らは、「台湾は中国であり、中国から分離独立することは許されない」[50]という姿勢を、文学運動のあり方に投影しているわけである。

彼らの立場からは、基本的に、台湾に「特殊性」があるという認識は否定されねばならない。台湾に特色があるのは、中国の他の省や他の地域が特色を持つのと何ら変わりがなく、単なる「郷土的」色彩に過ぎない。[51]仮にそれ以外の「特殊性」があるとすれば、それは日本による植民地支配であるが、日本統治に対する反帝反封建反侵略の精神は、台湾のみならず中国全体にも当てはまり、決して台湾の特殊性を語る根拠にはならない。[52]光復後の台湾においては、中国全体の動向への合流のために、文学の使命は必然的に、その悪しき日本植民地統治の告発と克服、すなわち「日本人がここに残した害毒を洗い清めること」と「彼らの残酷さ暴虐さを記録すること」という二点になるのであった。[53]日本の植民地支配による負の遺産の一つとしての言語面での障碍とその克服の「困難」さは、中国の他の地域とは異なる特殊要因として一応認識されているものの、そうした障碍の重大さゆえに、中国文学と一体となることのみに集中しなければならないとされるのである。[54]

彼らが「台湾新文学建設」の提唱を否定的に見るのは、彼らの目に「分離・独立を促す」と映るこの動きの根底に、「皆が争う」状況を作り、「一つのものを分けて二つにする」「有害な要素が含まれたたくらみ」[55]があると捉えるからである。台湾の分離独立の否定と共産主義者の闘争手法に対する警戒との組み合わせは、本省人と外省人との間の溝の意識や二・二八事件の記憶に加えて、当時、二・二八事件後に逃亡して上海や香港で活動していた反体制活動家の組織が、台湾「自治」や「独立」のスローガンを掲げていた状況が背景となっていたかも知れない。台湾独立運動派は、既に「台湾再解放連盟」を結成して台湾の「国連による信託統治」や「独立」を唱えていた。また、反蒋介石政権という共通点を重視して彼らとの連合戦線を模索し続け、台湾の民主自治政府樹立後に中国民主連邦への参加という方針を提案していた一部の旧台湾共産党メンバーもおり、反体制派の政治主張にはなおいくらか混沌としたところがあった。そうした中で一九四八年六月には、香港に拠点を置いた統一戦線組織「台湾民主自治同盟」、台湾の中共台湾省工作委員会、上海在住の地下組織の幹部らが香港に集まり、組織面および路線上の混乱を収拾し態勢固めを図る会議を開催している。二・二八事件当時はまだ十分な対応能力を持っていなかった台湾内の共産主義勢力は、この頃まさに組織化が進められていた最中だったのである。[56]

既に述べたように、「台湾新文学」という呼称への攻撃に対して、「橋」を支える文学者たちは、この名称を使用する必要性・正当性を訴えることになる。そこでの第一の論点は、台湾の「特殊性」が現実に存在するという点の確認であった。

陳大禹が強調したのは、中国の他の地域と比較して台湾の最も目立った「特殊性」は、長期にわたる日本の植民地支配の影響によるものであり、その「現実」は否定できないことであった。陳は、漢族系台湾人と言語を共有する閩南（福建省南部）人であったが、その最も台湾に近い文化的背景を有しているはずの彼を以てしても「台湾人民の気質」との差異を感じることを挙げ、そうした現実の特殊性が文学の作風に影響を与えることを考えれば、台湾文学という言葉を使い得るのは当然だと考える。そして、台湾文学という言葉の使用によって、「中国文学や日本文学に対立する」ことになるという見方は言い過ぎである、と主張する。その上で、日本植民地時代の台湾文化界人士が民族的自覚を呼び覚まそうとした努力や、光復後の台湾における生活変革の問題に言及して、祖国・民族に内向する濃厚な意識の伝統と、毎日のように「我々は中国人である、我々は祖国を擁護する」と言わなければならない現実とに照らせば、そこには、中国の他の省とは遙かに異なっている台湾の特殊性があり、こうした台湾の現実に適切に対応して創作する文学活動が差し迫って必要とされている、従って、台湾文学という名称を使うことも必要なのだ、と指摘している。[57]

ここで陳大禹が語っている「『我々は中国人である、我々は祖国を擁護する』と言わなければならない現実」[58]という指摘が、どういう意味合いで用いられているのかは、わかりにくいところがある。可能性としては、台湾人が「日本化」されていてその表面的な雰囲気からは誤解を受けるために、そしてまた光復後の本省人・外省人間の文化摩擦の結果として、内心の中国人意識・祖国愛が理解されず、そのことをわざわざ口にする必要があるという、台湾人の立場を捉えての言とも考えられるし、同じく本省人と外省人もしくは当局との間の軋轢の背景があるために、台湾人の「忠誠度」に疑念を抱き、彼らに対して中国人意識・祖国愛を植えつけようとする、当局側の姿勢に焦点を当てた言と捉えることもできるからである。だが、いずれにしても、この「現実」は、当時の台湾社会の中に本省人・外省人間の心理的隔たりがあること、台湾が本当には「中国」の中に溶け込み得ていない状態であること、を反映しているものであるのは疑いない。

陳大禹の観点は、そうした溝が横たわる台湾の現実を、ありのままに受け止めることからの出発を重視している。「非中国性」の残存、あるいは「中国的な価値」への離反といった状況に対する価値判断を優先させて、現実を直視する姿勢を封じてしまってはならないと考えるのである。陳は、「我々は、台湾人に、いくらかでも自分らしいものを持っては行けないのだと感じさせるほどにまで、天下太平であるかのようにうわべだけを繕ってはならない」[59]と主張した。この評言に照らしてみれば、前述の『中華日報』の論客たちによる攻撃は、「特殊」というありのままの認識を語ることすらタブーと考え、「台湾」という言葉を使うだけで問題視してしまう、まさしく陳大禹の批判する心理的態度の現れだったと言える。

言語上また心理感情上の溝を悲しむべきことと評しながらも、陳大禹と同じく現実に存在するものとして直視する必要性、そしてその克服のために努力すべき必要性を指摘したのは、本省籍作家の楊逵であった。前節で触れたごとく、そうした必要性があるという特殊な事情を抱えているからこそ、「台湾文学」という独自の呼称は必要でありかつ適切なものと言えるのである。楊逵は、このような観点から、中国国内で各省は「言語が統一されて思想感情も一致している」という銭歌川の見解に異を唱え、台湾では残念ながらこの目標がまだ実現していない点で、他の各省とは異なっている、と指摘する。それは、清代以来の歴史過程に加えて、日本の統治下で台湾社会の生活環境が大きく変化し、それに伴い人々の思想感情も変化したことによるものであり、しかも、この隔たりを埋めるべき光復当初の失政によって、溝はかえって拡大してしまってさえいるのである。(60)

もちろん、このような事情ゆえに「台湾文学」という呼称を使うからといって、そこに、言語の不統一や思想感情の不一致という根拠に基づいて「分離の目標を設ける」ことを考えているわけではない、と楊逵は言明する。楊逵の考えでは、少しでも見識のある者は、「台湾は中国の一省であり、中国から切り離すことはできない」という観念を正当だと見なしており、だからこそ台湾と中国大陸との間に横たわる溝を埋めるために努力しているのである。したがって、「台湾新文学」は中国文学の一環であり、中国文学との間には対立関係があるのではなく、ただ「埋め終わっていない溝」が存在しているだけである。楊はさらに、中国文学と対立するような「台湾文学」があるとすれば、それは「信託統治派」・「日本派」・「アメリカ派」などが独自の旗を打ち立てる場合であろうが、そのようなものは人民の支持を得られる文学となり得ない、と付言する。(61)

楊逵が語っている「信託統治派」云々の表現は、先に触れたように、当時の政治情勢の中で出始めていた台湾の「国連信託統治」や「分離独立」を唱える動きを背景にした言である。台湾の「自治」を求めたり「独自性」や「特殊性」に言及したりすることが、ともすれば中国からの分離を目論む主張に直結され、タブー視される原因の一つは、このようなところにあった。楊はそうした状況を意識して、両者の論理的な差異を明確にするとともに、台湾の抱える特殊な問題に目を背けず、その解決に向けて努力する自分たちの「台湾新文学建設」の営為こそが、台湾の真の中国への復帰を実現して行く道であることを説いたのである。

陳大禹も楊逵も一様に、台湾の「特殊性」は無視できないという現実を指摘し、また、その由来として日本統治期の結果生じた「差異」を指摘していた。ただ、陳の論は特に「日本の植民地統治の影響」に力点を置く形になっており、そのことが、本省人作家である瀬南人の不満を招くことになった。瀬は、台湾文学の目標として「台湾の環境に適応する」点を挙げ、台湾の自然環境・人文環境が他の各省とはいささか異なっているために、「台湾文学」が形成されているのだ、という立論を行っていたが、彼の見解では、台湾の自然環境・人文環境の独自性は、決して日本統治に起因するものだけに止まらず、それ以前からの歴史過程・自然環境が関係しているのであった。瀬南人はさらに、陳大禹の「『我々は中国人である、我々は祖国を擁護する』と言わなければならない現実」という言い方にも疑念を表明する。瀬は、台湾人は抗日闘争の中で「我々は中国人である、我々は祖国を擁護する」といったスローガンを使っていたし、中国の他の省でも、東北の作家を始めとして同様のスローガンを使っていたと指摘して、現状の台湾に関して陳がこの側面を強調することは不適切であると考えたのである。[62]

瀬南人の立場は、台湾の歴史、台湾の社会、台湾の文化のすべてを、換言すれば台湾・台湾人という存在を、それそのものとして肯定する考え方であると言うことができよう。しかし、瀬の場合、それがそのまま、「中国」と敵対的であるとか「中国」と別個のものになるとか「中国」と無縁であるとかいった態度を意味するものではないことは、楊逵らと全く異なるところがない。そもそも彼は、「文学の地域名による分類」が、「民族・言語・生活観念の相違が作風に影響することに基づく」という銭歌川の見解に同意せず、それ以外の事情から固有の分類が可能であると考えていた。[63] 瀬はまた、自分たちの目標が、台湾文学を中国文学の一つの要素とし、中国文学をよりすばらしいものにし、世界文学のレベルに引き上げることにある、[64] と断言している。そして何よりも、光復直後の状況下で自ら中国語を使って執筆することができ、「橋」の呼びかけに協力して他の本省籍作家の文章を中国語に翻訳する作業も行っていたこの作家の個人的感覚からは、「台湾」をいくら強調したとしても、あくまで「中国」の枠組みをはずれるものではないことは、自明の理でしかなかったであろう。

四 「日本統治の影響」をめぐって

「台湾新文学」の建設を提起した楊逵らにとって、台湾の抱える特殊な「現実」の一つは、本省人・外省人間の違和感であると認識されていたが、そうした両者の相互認識のずれが顕現したのは、日本による植民地統治が残した害毒をめぐっての彭明敏と雷石楡との論争であった。

彭明敏の立場は、台湾社会がかなりの程度日本の様々な影響を受け同化されていることは認めながらも、台湾社会にはそうした日本統治による特異な側面以外にも、他の社会との共通点が存在しており、後者に属する問題までも「日本の影響」と捉えることは間違っている、というものであった。すなわち、過去の日本統治の歴史は台湾社会を理解する重要な鍵の一つであることは疑いないが、それは決して「万能薬」ではなく、乱用は慎まなければならないのである。[65]

彭の見るところでは、雷石楡の評論における論断には、次のような問題点があった。まず、「男性が女性を蹂躙する」事例として雷石楡が取り上げた当該離婚訴訟事件の中で表出した事象は、「日本の統治によって残された害毒」と言うよりは、中国一般の社会風習によってもたらされたと言うべきものである。その証拠として彭は、同種の事件は「光復以来」頻発するようになっており、加えて、中国国内でもより凶悪な事件が報じられていることを挙げる。次に、台湾における女性に対する虐待意識を「植民地的」と形容しているが、台湾で日常的に見られるそうした女性虐待の意識は「封建的」性格のものであって、それと「植民地」との間に何ら特別の関係を見出すことはできない。第三に、雷石楡は、日本の男性を論ずる時には女郎買いと妾を囲うことを一緒くたに扱って、彼らの姿勢を非難しながら、中国の男性を論ずる時には両者を区別し、「妾を養う場合に公然と責任を負う」態度を日本人と対比しているが、それは科学的正確性を欠く比較手法である。(66)

彭明敏の批判の要点が、台湾の社会問題に関して、雷が正当かつ厳密な根拠に基づかないまま「日本による影響」と判断し、中国社会全体にも共通する封建的特徴までも「日本」「植民地」というキーワードで解釈しようとしている態度にあることは、明白である。こうした、あらゆる現象を日本統治の歴史に結びつけてしまい、「まるで『これは日本の影響だ！』と叫びさえすれば、台湾社会全体を説明できると思っているかのよう」(67)な状況を、彭明敏は憂えていた。彭は、他にも、許寿裳殺人犯に対する裁判の起訴状で「日本による奴隷化教育の影響」が得々と説かれている例などにも触れ、台湾社会に対する認識における偏見の広がりを指摘する。彭が雷石楡の評論を取り上げたのは、雷の文章の中に示された見方が、そうした「一部の人々が本省社会に対して抱いている偏見」の典型的な発現だと見なしたからである。彭の観点では、こうしたステレオタイプの非科学的社会観からは、干涸らびた平板な文学作品しか生まれず、かかる状態は、本当に活気があり生命力に富んだ文芸の出現にとって致命的な障碍になるのであった。(68)

彭明敏の批判に対する雷石楡の反応は、「橋」に集った歌雷の仲間らが見せていたような謙虚さとは、ほど遠いものであった。例えば、上述した陳大禹と瀬南人との見解の食い違いに関する陳の釈明の文章は、語気も穏やかで、また、誤解を招いたのは自分の文章に舌足らずな点があったこと、また自分の台湾に関する認識がさほど深くないことを率直に認めた上で、自らの主張の意図をよく理解してもらおうとしている。(69)だが、雷はその反論の中で、全く逆に、彭明敏の文章は「台湾文学建設」についての優れた見解も適切な提案もなく、憤慨のこもった攻撃に過ぎないとして、「失望した」と語り、さらに、彭が断章取義によって自分を批判し、事実を歪曲していると述べて、対決姿勢を露わにしたのだった。[70]

雷石楡は、まず、自分の挙げた事例は、日本の倫理意識が「一部」の本省人男性を毒していることの例証であって、決して本省人男性の「全体」であるとは言っていない、と反駁する。[71] ここで雷は、先に挙げた彭明敏の「台湾社会全体」という言葉を、それが使われている文脈から切り離して理解し、自分の論は台湾男性「全体」に対するものではないから不当ではない、と語ったのである。前述の「まるで『これは日本の影響だ！』と叫びさえすれば、台湾社会全体を説明できると思っているかのよう」という彭の指摘の趣旨は、多様な要因を考慮すべき台湾の社会現象の解釈に当たって、ともすれば「日本」という単一の要因にのみ頼ろうとする傾向が見られる、という点にあるのは明らかである。しかし雷は、彭の非難が、あたかも雷が一事件によって台湾社会全体を説明しようとしているとする彭の誤解の上に行われているかのように捉えたのであった。二人の論争は、最初から脱線気味であった。

さて、当該の離婚訴訟事件に見られる男性側の態度が日本の倫理意識に毒されているという見解の正当性を擁護するために、反論の中で雷石楡が挙げたのは、以下の諸点である。第一に、雷が重視したのは、最初の評論で具体的に取り上げたように、男性側の弁護士が金銭と脅しで女性を屈服させようとした、その不道徳で無責任な言動にある。彼の言葉は、日本倫理意識の害毒を受けているばかりか、情理のない植民地の買弁性の典型である。次に、台湾は過去五〇年間日本の植民地となっていたために、台湾の現象は日本の現象と同一ではないとは言え、日本資本主義の影響それも強制的影響を最も直接的に受けている。さらに、日本が資本主義諸国の中では、天皇制イデオロギーを戴く奇形性を有しており、その奇形的意識が、日本の男性が特に女性を軽視する原因となっている。[72] そして、雷石楡は、彭明敏が指摘した三つの問題点に対して、（一）問題は、他に同様の事件があるかどうかではなく、当該事件の本質である。また、許寿裳殺害犯の残忍さも確かに「奴隷化教育」を連想させるものである。（二）社会意識は一定の社会生活の反映であり、過去の本省人は「植民地の生活」から逃れられなかった以上、必然的に日本人の女性観の影響から逃れられなかった。（三）まだ資本主義段階を経過しておらず過去の封建的悪習が残っている中国とは違って、日本は、資本主義下の「反封建」「進歩」という看板を掲げながら封建時代以上の矛盾を露呈している点を指摘したのである、と反論したのだった。[73]

こうした雷の論は、彭明敏が問題にした、当該の離婚訴訟事件における男性側の態度は、本当に、封建社会に共通の事象ではなくて、日本植民地統治の影響による台湾独特の事象と言えるのかという疑問に対する、十分な反証とはなっていない。雷自身の頭の中では、日本の倫理意識における男尊女卑の思想は極めて強く、それは日本資本主義の奇形的性格に由来するものである、そして、日本の植民地であった台湾には日本資本主義の影響が一番強いので、台湾における男尊女卑の思想は日本の倫理意識の影響を受けたものである、という論法に、何ら問題はないと考えていたかも知れない。しかし、日本資本主義の「奇形的性格」に関して天皇制イデオロギーに言及した際、雷石楡はそれと「中国の過去の封建意識」の受容との関連に触れており[74]、墓穴を掘る形となっていた。そして、何よりも、「台湾は日本の植民地だったから、日本の影響を受けている」という事実そのものを使って、当該の男性側の態度は「日本の影響を受けたもの（であって、他の要因によるものではない）」という命題を「証明」する形となっているのは、状況証拠のみに頼る印象論であると同時に、彭明敏が批判したステレオタイプの論法の繰り返しに過ぎなかったのである。

「台湾は日本の植民地だったから、日本の影響を受けている」という事実を極大化する発想には、言うまでもなく大きな危険性が潜んでいる。台湾人は「植民地の生活」から逃れられなかった以上、必然的に日本人の女性観の影響から逃れられなかったと主張した際、雷石楡は、日本の支配に反対した人々はもちろん例外であると付言するのを忘れはしなかったとは言え、彭明敏の再反論に対して回答した再々反論の中では、より強く、「皇民化」運動時にやむなく付き従った者もいれば競って自ら参加・提唱した者もいた点を指摘し、「日本ファシズムによる『害毒化』の企図」は、「誰もが受け入れたとは限らないが、結局は影響を受けることは免れなかった」と断定している。(75) この再々反論において雷は、許寿裳殺害犯の残忍さが日本のファシスト精神の影響によるものだと論じ、さらに抗日戦期の日本による侵略の凄まじさを具体的に描いてもいる。(76) 雷石楡の視野には、台湾を日本に割譲した「責任」は台湾人のみが負わせられるべきなのかどうかという問題はおろか、日清戦争直後の台湾における抗日武装闘争という史実すら入っていないかのようであり、直近十数年間の抗日戦争期の表面上の「立場」が決定的な要素と捉えられていたのである。

五〇年に及ぶ日本統治の結果、台湾・台湾人は、確かに「日本化」されていた。北京で生まれ育った台湾人である張光直は、後年の回想記の中で、光復後台湾に戻ってきた時のあらゆる面で「日本的」であった郷里の印象を生き生きと描いているが、そうした状況下で、外省人の心理に、本省人を「日本人」と見なし征服者としての優越感を抱く面があったと感じていたことも記している。(77) しかし、日本統治下の台湾では、日本の影響を強く受けていながら、意識の面では、心に秘めた「反日意識」を維持していると自任する者も少なからずいた。もっとも、「普通の」日常生活を送る台湾人は、たとえ内心「反日意識」を抱いていたとしても、日本語を使い日本語で考えることが習慣化した点を始めとして、日本文化の影響を強く受けており、そこには矛盾があったことは言うまでもない。そうだとしても、彼らにしてみれば、日本に対する内心の反発は正当な評価を受けることがなく、「日本植民地下で暮らしていた」、「日本化されている」という一面だけに基づいて判断されるのは、堪え難いことであった。それは、台湾に暮らしていたというだけで、中国人としての誇りをも含む全人格が否定されてしまうような事態だと感じられたことであろう。

後に「台湾独立運動」の指導者として有名になったにもかかわらず、彭明敏もまた、そうした胸中で日本に反発する意識を持った青年として、日本の敗戦を迎えたことは疑いない。彼は、日本植民地統治下の台湾人エリート階層に属していた両親から、「中国人」たることを誇りに思う感情を教えられ、「反日」的な心情を抱いた学生として育っていた。三高在学中に、守秘の約束下で自己の心情を語れという課題が出された時、彭は、日本の中国侵略を譴責し、日本人が中国人と台湾人を差別視していることを非難する文章を書いたほどだった。[78]

光復直後の台湾社会では、台湾が日本の統治下にあったことを表面上「考慮」した政策方針がなかったわけではないが、台湾人を「日本人」と同一視する一般の心理も根強かったように思われる。一九四六年に台湾省参議会でも問題視された、本省人は日本の「奴隷化教育」を受けてきたので、再教育をしなければならないという、省行政当局高官の発言も、そうした本省人観の現れであった。[79] 許寿裳殺人犯に対する起訴状の記述に見出して彭明敏が憤慨した「奴隷化教育」という説明手法は、光復直後から用いられていた、偏見に基づく皮相な論断の焼き直しに過ぎなかったのである。

台湾新文学建設論議の中で、既成の本省籍作家にとって光復後の文学活動の障碍となっていたのが言語の転換であったことは、既に述べた通りである。そうした中で、青年世代に属する彭明敏は、文学作品を創作するまでの力はなかったかも知れないが、光復後わずか二年余りの間に、標準的な中国語の文章を使って来台外省籍作家と渡り合えるほどの能力を身に付けていた。「日本語への依存」が日本統治下における台湾人の「日本化」の度合の指標の一つであったとするならば、彭明敏の中国語修得が意味しているのは、「日本化」からの脱却であり、その根底にある原動力の一つが彼の植民地時代からの秘めたる「反日意識」であったことは、[80] 疑う余地がない。

二・二八事件前後の政治に翻弄され、その衝撃から「中国人」に対する意識を大きく変えた父親の境遇も含めて、光復後の見聞と体験が、彭明敏の心情に少しも影響を及ぼさなかったとは思えない。それにもかかわらず彼は、言語問題に加えて自分たちの気持が「理解されない」ことを嘆いて、門を閉ざし筆を折った人々とは違って、現実の正当な理解と感情の行き違いの解消のために努力すべく、「橋」に期待を懸けて一石を投じたのであった。だが、期待は空しかった。彭明敏の問題提起は、逆効果となってしまったのである。

外省人であったとは言え、雷石楡の台湾との関わりは、決して薄いものではなかった。雷は広東省の出身であるが、一九三〇年代、日本留学中に台湾の文学者と知り合い、『台湾文芸』に寄稿したこともあった。戦後しばらく廈門の新聞社に勤めていたが、一九四六年四月に高雄に渡り、当地の新聞『国声報』の主筆兼副刊主任となる。四七年五月からは台湾大学法学院の副教授となり古典文を講じていた。その間、雷石楡は、台湾省籍の舞踊家蔡瑞月と知り合って結婚しており、演劇活動にも関わりを持つようになる。旧知の文学者らを含め、台湾の文化人との間に彼は良好な関係を築いていたと言える。[81]

彭明敏との論争の後、台湾新文学建設をめぐる論議において示された雷石楡の見解の中には、彼が外省人文学者の中でも比較的「台湾通」であった面が遺憾なく発揮されている、と言うことができる。そこでは、歌謡や伝説故事など台湾の民間文学の研究や、台湾の方言語彙の使用が提言されるとともに、中国語の習得に当たっては同一熟語の日中間での意味の相違に注意すべきことを、具体例を挙げて指摘してもいる。そして、何よりも注目されるのは、日本の統治の有害な側面の除去を主張するだけでなく、科学性や技術的組織力、広範な知識、世界文学遺産の移植といった、「日本資本主義」によってもたらされた有益な側面の受容と消化を呼びかけていることである。[82] 日本統治による近代化の促進を肯定的に捉えるこの主張は、彭明敏との応酬の中での態度とは対照的であった。

その一方で、雷石楡の文章には、言葉の端々に無意識のうちに、本省人と外省人との間の「壁」を絶対化・固定化して考える傾向が表出することがあった。それを嗅ぎつけたのは、同じく外省人であったと思われる揚風である。揚は、雷の、「外来の皮相な理論家」が振り回している世界の文学思潮や「理論」は、台湾ではとっくに知られている一方、「我々外省人」は、台湾作家が熟知している台湾の言葉もわからずその歴史や現実生活も知らないから、台湾文学の道は台湾の進歩的作家によって開拓されるべきだ、(83)という指摘に反応した。揚は、台湾語も中国語の系統の一つであるから、わからなければ学べばいい、外省人の中には閩南語や日本語に通じている者もいるし本省人も標準中国語を学習し始めているのだから、言語面でのお互いの努力によって言語の溝を埋めて行けると主張する。(84)すなわち、外省人文芸関係者と本省人作家とが手を携えてともに台湾の「文学の場」を開拓して行くべきことが提唱されている最中に、雷石楡は、両者を分け隔てるような立論を行っているとして批判したのである。この批判の中で、揚風は、「外省人」という言葉を用いる際に、わざわざすべて、雷石楡が使った通りに「我々」がかぶさった「我々外省人」の形にし、引用符つきで表現している。(85)こうすることによって、揚は、雷の心に潜む、抜きがたい本省人・外省人の区別立ての発想の問題点を浮き彫りにしようとしたと言えよう。確かに、台湾文学の担い手は主として台湾作家であるべきだという雷石楡の主張は決して間違っていないし、自分たちが台湾の歴史や現実を熟知していないという指摘は、彭明敏との論争の際の姿勢とは打って変わって一見「謙虚」な姿勢のように映る。しかしながら実際には、そこには、揚風ら自分以外の外省人を台湾の事情に疎い外来者として見下す態度が表明されているのと表裏をなして、台湾作家をも自分とは別個の集団に属する存在として一線を画す心理が隠れていることを、揚は鋭敏にも見抜いたのであった。

雷石楡が無自覚に抱いていた中国大陸人としての「優越感」は、彼が許寿裳事件に言及した際にも表出している。雷は許寿裳殺害犯と対比して「上海の泥棒」を引き合いに出し、「上海の泥棒はしばしば財布の中の証明書類を返す」と語り、許寿裳殺害犯の残忍さ・非人道性を示そうとした。(86)彭明敏の再反論の中で「天真爛漫な比較方法」(87)と失笑を買った雷石楡の主張は、もちろん粗雑な議論であるが、中国大陸と台湾との比較、そしてその奥に横たわる中国と日本との比較における、情緒的な固定観念の存在を物語るものと言えよう。彭明敏との論争に関する限り、雷石榆の議論は、一般的外省人の皮相な台湾人観と変わることのない、台湾の日本化という「心証」に寄りかかったものに終始してしまったのである。

雷の批判は、彭明敏が台湾の劣悪な現象を「批判しない」、直接間接に「日本によって残された害毒を隠しごまかしている」という非難にまでエスカレートした。それに対して彭明敏は、討論の主題が、ある観点が現実に照らして公平正確であるかどうかという現実認識の問題であって、道徳的価値判断にかかわる議論はしていないのだから、日本の残した害毒を「かばう」とか「かばわない」、あるいは「隠しごまかす」とか「隠しごまかさない」などといった評言は適切ではないことを訴えた。(88) 彭の弁明を待つまでもなく、雷の非難が論理性を欠いた、情緒的な論難であることは、言うまでもない。彭明敏は当該訴訟事件の主の「不道徳」は認めているし、また、日本帝国主義の「悪」も一般的に認めている。ただ、この事件に関しては、男性の「不道徳」を「日本の悪」とは結びつけず、中国社会にも共通する男尊女卑の「封建社会」の特質と考えているだけに過ぎないのであった。雷石榆は、彭が男性の不道徳を日本帝国主義の悪と「結びつけて考えない」ことを以て、そのどちらをも否認しており、台湾社会の欠点を暴こうとしない、というすり替えをしているのだと言えよう。

加えて、上述したような植民地時代からの彭明敏の対日本観に照らして見れば、日本の悪行を擁護し美化しているという非難ほど、彭にとってやり切れないものはなかったであろう。偏見の是正をめざして書いた文章が、かえって「心証」のみに基づいたレッテル貼りに利用されることは、堪え難かったに違いない。そして、そのようなレッテル貼りは、異見を持つ者がその本心を明かして討論に加わることを妨げるものであり、台湾本省籍作家の発動のための努力という「橋」が提唱した精神に背くものでもあったと言えよう。

楊逵は「『台湾文学』問答」の中で、彭明敏と雷石榆の論争に触れて、日本による厳しい統制下で台湾人民が組織化できず十分な力を持てなかったのであって、奴隷化教育の害毒を受けてそれが光復後にも影響しているという一部の外省人の見解は認識不足である、と断言している。そして、一部の台湾人の「台湾文化の方が高度」という夜郎自大の観点とともに、両者の心理感情の溝を埋めるための的確な文化交流が必要であるという点を、繰り返し訴えている。(89) 彭明敏と雷石楡の応酬は、ある意味で、楊逵がいみじくも語った「台湾海峡の溝は非常に深い！」(90) という感慨の重みを実感させる、格好の例となってしまったと言えるかも知れない。

五 「中国―台湾」関係の定位をめぐって

既述のように、「橋」に集って台湾新文学建設を提唱した文学者たちの代表的な見解においては、「台湾」と「中国」とは排他的な関係にあるのではなく、台湾文学は基本的に、中国文学の中に調和的に位置づけられていた。

とりわけ、「中国」要素の重視を意識する論者は、台湾と中国との関係を「特殊性」と「一般性」とを統一的に把握するという形で位置づけ、「台湾新文学」を打ち立てて行く際の枠組みとして行った。その際、「特殊性」と「一般性」の融合は、「台湾新文学」の提唱者たちがめざす将来の進歩的な新中国社会において実現するものとされる。このような見解の例としては、駱駝英の論や、それに異を唱えた陳百感の「台湾文学嗎?容抒我見」に対する何無感（張光直）の反論がある。何のこの反論は、陳が提起した「台湾的」性格の強調が、その側面だけを提起することによって、台湾を孤立させて大陸と切り離す主張の形に見えることに注目して、台湾が中国の一部であるという立場からの見解を示したものである。何によれば、台湾の人民文芸は「人民の中へ」入って「基礎工作」を進めるべきだと主張する陳は、「台湾文芸が『まさに』中国人民文芸運動の一環として闘争し克服し発展しているところだ」という点を忘れているのであり、「最初からやらなければ」ならないと言うのも、まさに台湾と大陸の文芸運動の一般性とを分断するものなのであった。彼は、台湾における文学運動の「具体的」「実践」とは、陳が主張するような台湾内だけでの孤立したものではなく、中国人民の文芸運動の動向との関連性を持った運動として把握されねばならず、「橋」で展開されている議論は、まさにそのような観点に立って進められている、と主張したのである。(91)

中国大陸の「進歩」勢力との連動を描きながら台湾の「特殊性」を中国の「一般性」もしくは「共通性」の中に定位する考え方は、台湾における中国共産党の組織・路線整理が終わり、「台湾独立運動」との明確な対決姿勢が現れてくるとともに、国共内戦における共産党の優勢がはっきりとしてくる、一九四八年末以降に顕著になっている。第二節で言及した籟亮や呉阿文の主張がそれである。籟亮は、当時、学生運動の強力な拠点の一つとなっていた台湾省立師範学院在籍の本省人学生、頼義伝のペンネームだとされる。(92) また、呉阿文の文章は、日本統治期から文芸に携わっていた若い本省人作家、周伝枝が執筆したものだと言われる。周伝枝は、光復後『人民導報』にも関与し、当時台湾・上海での活動を通して中共在台地下組織との関わりがあった。(93)

このような論調からは、二・二八の省籍対立意識を乗り越えた「中国―台湾」意識が、本省籍青年層にも浸透していたことが窺え、おそらくは中国共産党勢力の思想的影響力が日増しに高まっていたことが感じられる。その一方で、何無感が、陳百感の文章の行間に「台湾独立」の微妙なにおいを嗅ぎとったように、彼らによるこの問題の力説は、「台湾」の独自性の主張に対する潜在的な共感が、論理的な整理解決を繰り返し必要とするほどの根深さを持っていることへの、留意や警戒を意味していると考えることができるかも知れない。

陳百感の文章は明らかに、何無感が感じ取ったように、「中国」との関わりについての積極的な姿勢はなく、その中で「台湾の現実」を強調する形となっており、台湾だけを孤立的に扱っているように受け止められる。しかしながら、彼の論は、「台湾的」という範疇内での具体的意見の提起を重視すると同時に、文学問題に対する一般的理論枠組みとしては、「抗戦後のわが国文芸界の『民族形式』論戦の成果」が貴重な材料を提供してくれるとも述べている。[94] さらに、駱駝英の反論に対する返答の中では、「巨人」の「『民族形式』というスローガン」に呼応して、「あちら」すなわち中国大陸の文芸運動は既に大きな成果を収めているが、「こちら」ではまだ実践の深度が足りないがゆえに成果が上がっていないという認識を示し、そのために台湾においては、理論を具体的な「実践」に溶かし込んで行くことが求められるのだ、とも指摘している。[95] そして、自分が「台湾的」を強調するのは、「台湾を世の中からかけ離れたものと見なしているわけではなく」、「台湾の読者に受け入れられやすい」ように活動を具体的で深く掘り下げたものにするためだと弁明した。[96]

陳の文章全体として、台湾的特徴の強調や台湾の現実の重視は明白であるが、同様に疑いがないことは、毛沢東の文芸理論に賛同し、かつその実践を主張している姿勢である。そしてまた、「あちら」と「こちら」との分界の意識を持ちながらも、同時に「わが国文芸界」の思想動向を注視している。台湾内での独自の努力を求めながらも、同時に中国大陸で生起している奔流と結びつくはずの流れを生み出そうとしているかのような、玉虫色の見解は、もちろん、既に見たような「台湾の特殊性」に対する過敏な言論環境も影響していたではあろうが、なおも流動的に見える台湾をめぐる政治動向に対する姿勢を映し出していたのかも知れない。

陳百感が「台湾独立運動」陣営で活動し、その後その立場を放棄した邱炳南（邱永漢）のペンネームとされる点を参考にすれば、ちょうどそのころ廖文毅らの「台湾独立運動」に関与し始めていた彼の立場から見て、この文章にもそうした思いが込められている可能性がある。状況的要素を用いて解釈すれば、政治的見通しとしては中国大陸の動向の最終的決着、「連邦制」の展望など未知数の要因を抱えながらも、「民族形式」を柱とする毛沢東文芸理論への賛意には、台湾という「独自の民族」の場においてこの理論が具体的に実践され発展して行く、という意図が密かに込められていたと見ることもできなくはない。

「台湾の現実」を重視するという点では、前節で取り上げた彭明敏も陳百感とほぼ同様の観点を示していた。彭の論も、台湾と中国の関係のあり方への明示的言及はないが、文中からは、一部の来台外省人を含めた「中国」内の劣悪な現象に対する嫌悪感を窺うことができる。特に、「日本統治によって残された害毒を隠しごまかす」ものという雷石楡の論難に対して、そのようなレッテル貼りがこれ以上起こって欲しくないと抗議したくだりで、彼は台湾を「このきれいな孤島」と表現している。[97] この言を発した時、彭明敏は、あるいは、自分の父親が感じた「中国」「中国人」に対する失望に通ずる、ある種のやり切れなさと憤慨を抱いていたのかも知れない。

陳百感や彭明敏の文章の他にも、彼らのような正面切っての議論ではなかったものの、「中国」との距離感の理解の上で注意を向けるべき論はある。その一つが、「橋」での「台湾新文学」に関する論議の開始直後、彭明敏と雷石楡との論争が行われた時期に掲載された胡紹鍾の文章である。「建設新台湾文学之路」と題されたこの文章は、既述のごとく、「橋」の討議参加者たちには、言わば「五四の超越」の主張として理解され、その後の論議の発端の一つとなった。しかし、胡紹鍾が「五四」との相違を指摘する奥には、どうやら、自らの社会に応じた「自主的な地方性の文学」の建設という主張が存在しており、そのことこそが彼の論の主眼であったようにも見える。

胡紹鍾の文章は、文意のわかりにくい箇所が多く、おそらくは中国語習得途上にあった本省人青年の手による投稿であったと思われる。胡は現在の台湾文学が「既に間違った道を歩んでいる」と指摘する。それは、かつて日本時代にも犯した誤りであり、「国家をはっきりと認識せず」、「模倣を知るだけで余りにも自主精神を欠いた」、「日本時代の台湾の民族性」だとされる。そして、今後の台湾文学は、決してそのような「植民地文学の色彩」を帯びるようではならない、と論じている。彼の考えでは、文学は社会性を持ったものであるから、自分たちは自主性地方性を有する文学を打ち立てなければならず、「他の社会性の文学が、我々の生存する社会を支配してはならない」のであった。[98]

胡の文章はここで、社会性に基盤を置かねばならないという点から、「五四」精神の継承の問題に転じて、現在はもはや五四時代とは異なる段階に進んでいると論じた後で、再びもとの「植民地文学」「我々自身の生存する社会」「我々の地方性の文学」の議論に戻るのである。そして、胡は、「民族の生存は自主的」、「民族の思想は自由だ」と指摘した上で、再度「自主的な地方性の文学」に言及し、台湾という地方には、その人民社会があり、その社会意識があり、その文学思潮があるべきだ、と主張する。[99]

この文章の冒頭で、胡紹鍾は「祖国への復帰」という言葉を使っていながら、全体の論旨としては、現状の台湾においては抑圧されている「自主性」、すなわち「台湾」的特質に立脚した新台湾文学建設を訴えているのは、疑いない。「祖国中国」を胸に抱くという大前提のもとで読むならば、蔣介石政権による支配を打破し、「人民」の立場を反映した文学建設を呼びかけているものと捉えることができるが、あるいは、「祖国」復帰そのものすらをも「間違った道」と認識し、その「誤謬」を越えて、「地方」を極大化し「中国」的要素を全面的に否定する意図が込められていたと受け取ることも不可能ではない。

さらに、胡紹鍾の文章と同様に、「個性の解放」を主張し「五四」精神や「ロマンチシズム」をめぐる論議の発端となった阿瑞の文章も、中国と台湾との関係の観点から見ると微妙なニュアンスを帯びた論であると言える。阿瑞は、台湾新文学の建設のためには、過去の歴史によってもたらされた障碍が取り除かれなければならない、と論じる。彼によればその障碍とは、一つには、日本植民地統治によって植えつけられた、権威性のもとで抱く「仮装された感情」および「偽装された理性」という心理的問題であり、いま一つは、民族の特殊な生活感情や思想が表される、民族の歴史的産物としての固有の言語が奪われた問題である。[100]そのために自分たちの本当の心情・思想が表現できなくなっているという認識から発して、阿瑞は「時間的空間的制約」に拘泥しない、個性を解放し感情を尊重した文学の創造を訴えたわけである。特に彼は、言語の障碍を「台湾文学の貧困の最大の原因の一つ」と捉え、台湾文学の革新はまず言語革命から着手すべきであると主張する。すなわち、「自分たちの言語で自分たちの思想を表現する」ことが目標とされねばならないわけである。そして、阿瑞は、この目標の達成は「時間の問題であり」、「決して不可能なことではない」と述べるのであった。(101)

阿瑞の文章には、「民族」、「自分たち」という概念が出てくるにもかかわらず、それが一体どのような範囲の集団を指しているのかは、明らかにされない。奇妙なことに、彼は、独自の観点から「台湾文学」という「狭い概念」を否定してはいるが、さりとて、「台湾新文学」に関する同時期の他の論者たちの文章とは全く異なり、「中国」や「祖国」といった言葉も使用していない。考えようによっては、阿瑞にとってそれはわざわざ語る必要のない自明のことであったとも受け取れるが、他方では、「中国」という観念は全く眼中にないかのように、「世界文学の一環をなす」という前途のみが明瞭に語られているのである。(102)あるいは阿瑞は、「時間的空間的制約」を嫌い「自己」を重視する発想に照らしてみれば、政治的単位としての「中国」「台湾」という問題などは超越した、無政府主義者にも似た観点を抱いていたのかも知れないが、いずれにしても彼の論は、「中国」との距離感が見えてこない、謎めいた文章であったと言える。

実際のところ、阿瑞が「自分たちの言語」と言った時、それが「中国標準」の言語なのか「郷土台湾」の言語なのかという問題は、台湾の文学者たちにとって、決して小さくない論議の焦点であった。この問題は、一九三〇年代に「台湾郷土文学」論争の中で提起され、郭秋生・黄石輝らは、台湾の大衆により密着した言語として「台湾話文」による文学を提唱し、他方、廖毓文・朱点人らは中国標準の白話文の使用を主張した。(103)この論議は、日本による植民地統治が長期にわたり中国語使用制限の圧力が強まるとともに、中国の国民革命と国家統一の行方が未知数である状況を背景とした議論であった。

三〇年代のこの「台湾話文」と「中国標準白話文」とをめぐる論争は、「橋」における「台湾新文学」論議に先行して書かれた欧陽明の「台湾新文学的建設」の中で取り上げられていた。欧陽明自身は、「中国標準白話文」を選択する立場を「おおむね正確」だと捉えており、揚風、楊逵もともにその観点を肯定している。[104] こうして、「橋」にかかわる人々にとっては、言わば「解決済み」の事柄であったからかも知れないが、その後の「台湾新文学建設」論議の中では、大衆に密着した「方言」の適度な活用という次元でしか、この言語の問題は関心を集めていない。むろん、阿瑞にとって「自分たちの言葉」が中国標準語であることは自明の前提であったという可能性も大いにあるが、いずれにしても、彼の論の中に含まれていた潜在的課題は、その後の「橋」の中では、特に論議の対象には発展しなかったのである。

「橋」を中心とする「台湾新文学」の論議の中で投げかけられた、必ずしも「中国」との結びつきを強調しない主張は、おそらくは、本省人・外省人間ないし台湾・中国大陸間に横たわる「深い溝」の現実を映し出していたと言えるだろう。帰属意識における「中国」と「台湾」の関係の定位の多様性と不安定さは、おそらくは、近い将来の「中国」像をどのように描くかに左右されるところが大きかったであろう。腐敗した政府・官僚の印象を覆す、希望に満ちた「新中国」に思いを馳せ、その台湾への早期の波及を確信する人々は、台湾の「特殊性」を安定的に中国の「一般性」の中に位置づけることができたであろうが、逆に、なにがしか「一般性」の中に解消しきれない結ぼれに左右され続けていた人々は、自分たちの生活する社会の中での先決問題に心を奪われ、「新中国」の早期の到来に対してはさほど楽観的な見通しを持っていなかったかも知れない。それでもなお、心理的態度の如何にかかわりなく、この時点での台湾は政治的・経済的になお中国大陸と往来の保たれていた状況にあり、外部要因による中国大陸と台湾との分断の可能性に賭けていた場合を除けば、多くの人々が理解していた当時の現実の「地図」の上では台湾と中国大陸とが一体であったという事実は、その後の長期にわたる分断状況に慣れた目からは見落とされてしまいがちな点だと言えよう。その意味で、一九四九年に学業を終えたある台湾の大学生が、二・二八事件後に先輩から聞かされた「学ぶのは台湾、使うのは大陸」というアドバイスに触発されて、仕事を求めて上海に行き、思いがけずそのままずっと台湾に戻れなくなってしまったという事例[105]は、示唆的である。「学ぶのは台湾、使うのは大陸」という表現には、自分たちの文化・学識の水準の「高さ」を誇る台湾人の自負心が秘められていることも見逃せないが、同時に、中国大陸との結びつきを当然視する感覚が前提となっていなければ、発せられない言葉だからである。

さて、「台湾」と「中国」との関係を「特殊性」と「一般性」もしくは「共通性」と捉える論の中に、微妙な感覚の相違が存在していたことも、注意を要する点である。この「特殊性」と「一般性」の位置づけに関しては、ともすれば、後者すなわち「中国」の基準として「中国大陸」が措定されがちな傾向があるからである。

言うまでもなく、台湾の「特殊性」を否認する立場、もしくは「特殊性」の存在を認めても、それは撲滅されるべき否定的なものに過ぎないという立場からは、唯一の価値もしくは上位の価値たる「中国」、中国大陸において形成されてきた「中国文学」が、規範として台湾に与えられなければならないものとされる。『台湾文学』という名称を嫌悪した論者の一人、段賓の文章では、大陸と台湾との文学交流において、大陸からは「優秀な作品」を紹介し「中国文学の過程」を示すのに対し、台湾から大陸に紹介されるのは、大陸の人々に台湾の事情を理解させる「特色のある郷土文学」である、と描かれる。そして、そのような文学交流がなされなければ、「井の中の蛙の世界はひどく惨めだ！」というわけなのである。[106]こうした素朴な「中国」優位論にあっては、往々にして「中国」は「中国大陸」と同義であり、心理的には「台湾」は最初から「中国」の外に置かれており、これから「中国化」されなければならない異質な対象と捉えられていると言うべきである。こうした見解は、実は、台湾の「特殊性」を絶対化する観点と裏表の関係にあったと言えよう。

中国大陸文化を「上位」に置く発想が、台湾における文化活動の成果に自負を抱く人々の反感を招いたことは言うまでもない。そうした反発心理が端的に現れた例として、「辺境文学」という言葉に対する瀬南人の反応を挙げることができる。それは、「台湾文学」という名称に対する疑問の声に答える文章の中で「台湾文学」を「辺境文学」と同等視した陳大禹の見解を、瀬南人が批判したものである。陳がこのように述べたのは、「台湾文学」という言葉が中国文学と対立する意味で使われているのではなく、中国大陸の「辺境文学」と同じように、やはり中国文学の一部である点に変わりはないことを示そうとする意図のもとであった。しかし、瀬南人は、「せいぜい」「辺境文学」と「同一視される」[107]ものに過ぎないという陳の表現を、台湾文学を貶すものであると受け取り、日本統治期の台湾文学のレベルが決して低くはなかったことを力説して、反論したのであった。[108]瀬南人の反発は、むろん、「辺境文学」という言葉の中に蔑視意識があると考えたからであり、彼のように台湾の中国への帰属を当然視する立場にあっても、台湾に対する中国大陸からの「差別」に対しては、敏感であったことがわかる。それはまた、陳大禹が気づいたように、瀬南人自身も、「辺境文学」を中国文学の「正統」から外れるものと見なす意識を共有しており、その尺度から台湾文学と辺境文学との同等視を嫌ったものでもあった。[109]

中国文化の価値的「中心」を絶対視し、「周辺」に対してその普及がなされて行くという観念は、「台湾」と「中国」を「特殊」と「一般」との統一の中で捉える立場にも、しばしば影響を与えている。価値的「中心」が中国大陸（の進歩勢力）にあるという考えは、往々にして、それがそのまま「一般性」「普遍性」として認識され、「中国」概念もまた「中国大陸」と等値だと見なされがちだったからである。先に見た何無感の論でも、「一般性」は「大陸」に具わっているものとされる。もちろん、何の立場から言えば、それは単なる「大陸」ではなく、大陸の「進歩」勢力を意味しているわけであるが、そこでは、台湾の進歩勢力もまた「一般性」の一翼を担っているという観点が貫かれず、台湾は「特殊」として、「一般」を具現する中国大陸と対置されるに止まってしまうのである。となれば、結局は、「特殊性と一般性の統一」の内実も、「大陸の一般性の台湾での特殊化の問題」(110)としてのみ捉えられてしまう危険性があったと言えよう。

それに対して、台湾における「中国」の文学・文化の発展が、中国大陸で発展した文学・文化の一方的な移植・普及であってはならないことを説く声は、理論的な枠組みの形としてではなく、台湾作家との交流を心から望む気持の自然な現れとして、「橋」の茶話会の席で歌雷の口から発せられていた。歌雷は、現状における台湾新文学の持つ「特殊性」を概括した後で、その中には、今後の発展過程において、新しい道を追求し改善されて行くべきものと、これまでの伝統を維持し発揚されて行くべきものがあることを指摘する。その点を踏まえた上で、書面語の学習に関して、台湾の文芸活動家が中国語の白話文をあまねく学習し進歩をめざすという一面だけではなく、国内文学の言語面の運用と台湾特有の語彙の融合を進める側面があることを指摘している。すなわち、中国文学の言語としての「中国語」は、既成のものが規範として一方的に台湾に押しつけられるのではなく、台湾の作家たちも自分たちの創作を通して「中国語」の形成発展に寄与して行く性格のものとして捉えられている。したがって、その融合の過程での本省人・外省人の文芸活動家のあり方は、相互の学習と創造であって、決して「一方通行の普及の要求ではない」とされるのである。(111)

「橋」に集った文芸を愛好する外省人青年の中には、歌雷と同様に、台湾に対する先入観・偏見から比較的自由であると同時に、「中国文化」や「中国文学」を均質的で不変な単一の実体としてではなく、多様で変動する合成された概念として捉えている人々がいた。彰化で行われた「橋」主催の座談会の報告をした蕭荻は、台湾での文芸活動の発展が、主としてこの土地で生活している台湾作家の努力にかかっていることを前提としながらも、外来の作家・文学者たちが台湾に「根を生やす」必要性をも指摘する。蕭は、外来の文学者たちが台湾で置かれている状況を、抗日戦期に華北から西南地域に移った文学者たちの境遇の類推で捉え、その土地の人々と接触しその土地の言葉を取り入れ、またその土地の民謡や風土を研究した、彼らの活動にならって台湾文学の発展に貢献して行く道を示唆したのである。蕭荻の考えでは、中国における新文学運動はまだ十分な栄養と育成の環境が得られていないのであり、どの地方の文学者も共通の困難と苦悶を抱えており、そのことこそが、皆が協力し合うべき、かつまた協力が可能となる磁場であり導火線となっているのであった。そのような意味で、台湾新文学の問題とは、同時に中国新文学を作り上げて行く問題でもある、とされるのである。[112] 自然な形で表明された彼らのこのような見解は、概念として示されてこそいなかったが、台湾の「特殊性」と中国の「一般性」との行き届いた重層的理解の現れであったと言えよう。

六　おわりに

一九四九年の四・六事件は、その後のより厳しい統制の序曲であった。五月一日には台湾全省戸口総検査が開始され、同月二〇日には全省に戒厳令が敷かれて集会、結社、デモ行動などが禁じられた。四九年春ごろに台湾に渡ってきた作家柏楊の自らの体験に基づく回想によれば、当時は中共側のラジオ放送を聞いていただけで逮捕拘留されるほどであったと言う。[113] 戦後台湾史を特徴づける四〇年間近くに及ぶ長期の戒厳令は、この時に始まったのである。同時に、反体制勢力の中国大陸との間の往来と連絡を断ち切るために、既に実施されていた入境制限に加えて、台湾からの出境に対しても制限が加えられた。台湾の中国大陸からの新たな「分離」「分断」の第一歩は、皮肉なことに、国民党政権による台湾「防衛」の施策によって踏み出されたのであった。一九四九年末の南京政府の台湾への避難の後、翌一九五〇年の中共台湾省工作委員会の摘発、朝鮮戦争の勃発によって、風前の灯であった蒋介石政権は息を吹き返し、台湾海峡にはより一層深い「溝」が築かれることになる。台湾の反体制勢力が展望していた解放軍の渡台、全中国の「解放」という道筋は、一転して遠い夢へと変わらざるを得なかった。

台湾における文学活動の沈滞に活力を注入しようとした「橋」の試みは、その基盤でもあり、またある意味ではその隠れた目標でもあった、社会改革のうねりの急速な接近と、その後の余りにも急激で苛酷な反動の到来とによって、十分な成果を上げる前に頓挫せざるを得なくなった。「橋」での「台湾新文学」建設論議が開始された当初に揚風が示した「統一戦線」の特殊台湾的側面、すなわち本省人作家と来台外省人作家との協力、さらには文学を通じての相互理解の推進も、ようやくこの課題の重さと複雑さが示され始めたに過ぎなかった。「中国」要素との関係における台湾の将来像に関しても、理論的な枠組みあるいは具体的な提言の中でその重層的な把握が示されたとは言え、そのような意味での「台湾性」が直ちに自然な形で表出できるようになったわけではなかった。とりわけ、十分に議論が尽くされないままに終わった「日本」を媒介とする台湾への偏見の問題は、「溝」の深さを感じさせるものであったと言えよう。「溝」を埋めるために必要な時間と環境が与えられることのないまま、歌雷らが着手した「架橋」の試みは封印されてしまったのである。

（1）孫達人「《橋》和它的同伴們」（曾健民主編『噤啞的論争』人間出版社、一九九九年）、四頁。『台湾新生報』そのものは、台湾省政府の機関紙である。二・二八事件後、省政府は「開明的」な魏道明が主席となっていたが、『新生報』については、総編集長を始め大半が特務機関「軍統」の関係者であるとする同時代の香港での報道（一九四八年八月）もある（蘇新『未帰的台共門魂』時報文化、一九九三年、二一六頁）。政府・国民党に批判的なジャーナリストは、そうした環境の中で活動していた。

（2）前掲書、五頁。

（3）前掲書。実際に、孫達人が日本語から訳した楊逵の文章などが「橋」に掲載されている。

（4）座談会の記録は「橋的路」としてまとめられている。楊逵の文章は茶話会に先立って書かれ、三月二九日の「橋」に掲載された。それぞれ、陳映真・曾健民編『1947—1949　台湾文学問題論議集』人間出版社、一九九九年（以下、『論議集』）所収。

（5）林曙光「台湾文学的過去、現在与将来」『論議集』六七—七一頁。葉石濤「一九四一年以後的台湾文学」『論議集』七三—七六頁。朱実「本省作者的努力与希望」『論議集』七七—七八頁。そのうち、朱実の文章は林曙光の翻訳によるものであった。

（6）林曙光「台湾文学的過去、現在与将来」『論議集』七〇頁。

（7）「如何建立台湾新文学——第二次作者茶会総報告」『論議集』五八頁。

（8）「如何建立台湾新文学——第二次作者茶会総報告」『論議集』五七—六五頁。

（9）楊逵「如何建立台湾新文学」『論議集』四三—四四頁。

（10）揚風「新時代・新課題——台湾新文芸運動応走的路向」『論議集』三九—四一頁。

（11）彭明敏『自由的滋味——彭明敏回憶録』台湾出版社、一九八四年、六七頁。また、孫達人前掲文、一三頁。

（12）揚風前掲文、三九—四〇頁。

（13）史村子「論文学的時代使命——芸術的控訴力」『論議集』四七—四八頁。

（14）欧陽明「台湾新文学的建設」『論議集』三三—三八頁。

（15）趙遐秋・呂正恵編『台湾新文学思潮史綱』人間出版社、二〇〇二年、一七三頁。なお、『人民導報』掲載時の署名は、「巴特」となっているとされる。

（16）『人民導報』については、以下の文献に関連の叙述がある。藍博洲「《人民導報》三君子」（藍博洲『沈屍・流亡・二二八』時報文化、一九九一年）一六三—三一二頁。蘇新「蘇新自伝」（蘇新前掲書）六三—六五頁。同「王添灯先生事略」、同書一一三—一一七頁。

(17)『論議集』三八頁。欧陽明の文章について、楊逵は「橋」ではなく、『南方週報』に掲載された三訂稿の「論台湾新文学運動」、一九四七年一二月、に基づいて言及している。『論議集』四三頁、および趙遐秋・呂正恵編前掲書、一七四頁参照。
(18)田兵「台湾新文学的意義」『論議集』一〇三―一〇四頁。
(19)彭明敏「建設台湾文学、再認識台湾社会」『論議集』七九―八一頁。
(20)雷石楡「女人」『論議集』二四九頁。
(21)阿瑞「台湾文学需要一個『狂飆運動』」『論議集』八七―九〇頁。
(22)田兵前掲文、一〇四頁。
(23)胡紹鍾「建設新台湾文学之路」『論議集』一〇一―一〇二頁。
(24)孫達人「論前進与後退『建設新台湾文学之路』読後」『論議集』一〇五―一〇七頁。
(25)揚風「五四文芸写作――不必向『五・四』看斉」『論議集』一二一―一二三頁。
(26)雷石楡「台湾新文学創作方法問題」、「形式主義的文学観――評揚風的『五四文芸写作』」、「再論新写実主義」。
(27)揚風「新写実主義的真義」。この問題に関する揚の主張は、この文章の他、「『文章下郷』」、「五四文芸写作」、「従接受文学遺産説起」に示されている。
(28)中央社「所謂『建設台湾新文学』銭歌川説有語病　展開文学運動則有必要」『論議集』二四五頁。
(29)杜従「所謂『建設台湾新文学』台北街頭的甲乙対話」、段賓「所謂『総論台湾新文学運動』台北街頭的甲乙対話」『論議集』二一九―二二二頁、および二二三―二二五頁。この他、「海風」には、夏北谷「令人啼笑皆非」、および後述する楊逵の反論に対する再反論として、杜従「『以鑼鼓声来湊熱鬧』」が掲載された。
(30)陳大禹「『台湾文学』解題　敬致銭歌川先生」『論議集』一三七―一三八頁。
(31)瀬南人「評銭歌川、陳大禹対台湾新文学運動意見」『論議集』一三九―一四〇頁。瀬南人は林曙光のペンネームであるとされる。

(32)　楊逵「『台湾文学』問答」『論議集』一四一―一四二頁。
(33)　楊逵「現実教我們需要一次嚷」『論議集』二二九―二三〇頁。
(34)　杜従「『以銅鑼声来湊熱閙』」（『海風』六月二十九日）『論議集』二三一―二三三頁。
(35)　駱駝英「論『台湾文学』諸論争」『論議集』一六九―一八四頁。駱駝英は、一九四七年秋ごろに香港を経由して台湾に渡り、台北の建国中学で国文を教えていた羅鉄鷹のペンネームである。雷石楡とは抗日戦争末期の昆明で知り合っており、来台時にも雷と連絡を取っていたと言われる。
(36)　陳百感「台湾文学嗎?容抒我見」『論議集』二三九―二四三頁。
(37)　何無感「致陳百感先生的一封信」『論議集』一九一―一九四頁。
(38)　駱駝英前掲文、一八四頁。
(39)　許南村「『兵士』駱駝英的脚蹤」（曾健民主編前掲書）六七―六九頁、および張光直『蕃薯人的故事』聯経出版事業公司、一九九八年、五一―五二頁。
(40)　石家駒「一場被遮断的文学論争――関於台湾新文学諸問題的論争（一九四七～一九四九）」『論議集』二四頁。
(41)　邱永漢『わが青春の台湾　わが青春の香港』中央公論社、一九九四年、一〇七―一二三頁。邱のこの回想記では、台湾新文学建設論議への関与についての言及はない。
(42)　蔡瑞河「論建立台湾新文学」『論議集』一九六頁。
(43)　歌雷「台湾文学的方向」『論議集』二〇三―二〇四頁。
(44)　籟亮「関於台湾新文学両個問題」『論議集』一九七―二〇〇頁。
(45)　呉阿文「略論台湾新文学建設諸問題」『論議集』二〇五―二一〇頁。
(46)　四・六事件については、張光直前掲書、五五―七九頁、孫達人「《橋》和它的同伴們」、一〇―一三頁、などに詳しい。
(47)　中央社「所謂『建設台湾新文学』銭歌川説有語病　展開文学運動則有必要」『論議集』二四五頁。

(48) 杜従「所謂『建設台湾新文学』台北街頭的甲乙対話」『論議集』二二〇頁。
(49) 段賓「所謂『総論台湾新文学運動』台北街頭的甲乙対話」『論議集』二二四頁。
(50) 夏北谷「令人啼笑皆非」『論議集』二二七頁。
(51) 杜従「所謂『建設台湾新文学』台北街頭的甲乙対話」二一九―二二〇頁。
(52) 杜従「『以鑼鼓声来湊熱鬧』」『論議集』二三二頁。
(53) 夏北谷前掲文、二二七頁。
(54) 杜従「『以鑼鼓声来湊熱鬧』」『論議集』二三三頁。
(55) 前掲書、二三一頁。
(56) 陳芳明『謝雪紅評伝』前衛出版社、一九九四年再版、四三九頁。荘嘉農（蘇新）『憤怒的台湾』新観点叢書版、一八一頁、二〇七―二一〇頁など。
(57) 陳大禹「『台湾文学』解題　敬致銭歌川先生」『論議集』一三七―一三八頁。
(58) 前掲書、一三八頁。
(59) 前掲書、一三八頁。
(60) 楊逵「『台湾文学』問答」『論議集』一四一―一四二頁。
(61) 前掲書、一四一―一四三頁。
(62) 瀬南人「評銭歌川、陳大禹対台湾新文学運動意見」『論議集』一三九―一四〇頁。
(63) 前掲書、一三九頁。
(64) 前掲書、一四〇頁。
(65) 彭明敏「建設台湾文学、再認識台湾社会」『論議集』七九頁。
(66) 前掲書、八〇頁。
(67) 前掲書、七九頁。

(68) 前掲書、八一頁。
(69) 陳大禹「瀬南人先生的誤解」『論議集』一四五—一四六頁。
(70) 雷石楡「我的申弁」『論議集』八三頁。
(71) 前掲書、八三頁。
(72) 前掲書、八三—八四頁。
(73) 前掲書、八四—八五頁。
(74) 前掲書、八四頁。
(75) 雷石楡「再申弁」『論議集』一〇〇頁。
(76) 前掲書、九九頁。
(77) 張光直前掲書、三四頁。もっとも、逆に見れば張自身は「北京化」された台湾人だったことになる。
(78) 彭明敏前掲書、五三、六七頁。
(79) この論議については、鄭梓『本土精英与議会政治——台湾省参議会史研究（1946—1951）』鄭梓発行、一九八五年、三二—三五頁を参照。
(80) 彭明敏前掲書、六四頁。
(81) 台湾時代の雷石楡については、藍博洲「放逐詩人雷石楡（一九四六—一九四九）」（曾健民主編前掲書）七四—一〇八頁。
(82) 雷石楡「台湾新文学創作方法問題」『論議集』一一一頁。
(83) 雷石楡「形式主義的文学観——評「揚風的『五四文芸写作』」『論議集』一三五頁。
(84) 揚風「新写実主義的真義」『論議集』一五一—一五二頁。
(85) 前掲書、一五一—一五二頁。
(86) 雷石楡「我的申弁」『論議集』八四頁。

(87) 彭明敏「我的弁明」『論議集』九二頁。
(88) 前掲書、九一頁。
(89) 楊逵「『台湾文学』問答」『論議集』一四四頁。
(90) 前掲書、一四二頁。
(91) 何無感「致陳百感先生的一封信」『論議集』一九二—一九三頁。何は、張光直のペンネームである。張の父親は、作家張我軍。張光直は北京に生まれ育ち、中国語教育を受けていたため、当時の本省籍の高校生としては抜群の文章力を持っていた。
(92) 趙遐秋・呂正恵編前掲書、一七八頁。
(93) 前掲書、一八二頁。周伝枝、別名周青は、ジャーナリスト。雷石楡とも親しく、ともに歌舞劇団を組織し活動していた。台湾での活動が危険になった一九四八年夏に上海に逃げており、「橋」への寄稿は、上海から持ち込まれた可能性が高い。当時の周の活動に関しては、藍博洲「従紡織廠童工到進歩記者——工人作家周青的脚踪」（藍博洲前掲書）一二三—一四六頁。
(94) 陳百感「台湾文学嗎？容抒我見」『論議集』二四〇頁。
(95) 陳百感「答駱駝英先生」『論議集』二三五頁。
(96) 前掲書、二三六—二三七頁。
(97) 彭明敏「我的弁明」『論議集』九三頁。
(98) 胡紹鍾「建設新台湾文学之路」『論議集』一〇一頁。
(99) 前掲書、一〇二頁。
(100) 阿瑞「台湾文学需要一個『狂飆運動』」『論議集』八八頁。
(101) 前掲書、八八頁。
(102) 前掲書、九〇頁。

(103) 陳少廷『台湾新文学運動簡史』聯経出版事業公司、一九七七年、六〇―七七頁。
(104) 欧陽明「台湾新文学的建設」『論議集』三五頁。揚風「新時代、新課題――台湾新文芸運動応走的路向」『論議集』三九頁。楊逵「如何建立台湾新文学」『論議集』四四頁。
(105) 藍博洲「為了一片更大的天地――士林協志会成員潘淵静的追尋」(藍博洲前掲書)一〇九頁。
(106) 段賓「所謂『総論台湾新文学運動』台北街頭的甲乙対話」『論議集』二二四―二二五頁。
(107) 陳大禹「『台湾文学』解題　敬致銭歌川先生」『論議集』一三八頁。
(108) 瀬南人「評銭歌川、陳大禹対台湾新文学運動意見」『論議集』一四〇頁。
(109) 陳大禹「瀬南人先生的誤解」『論議集』一四六頁。
(110) 何無感「致陳百感先生的一封信」『論議集』一九二頁。
(111) 「如何建立台湾新文学――第二次作者茶会総報告」『論議集』六二―六三頁。
(112) 蕭荻「瞭解、生根、合作」『論議集』一一四―一一六頁。
(113) 柏楊『柏楊回憶録』遠流出版公司、一九九六年、一九七―一九八頁。

本稿は、二〇〇二年度中央大学特定課題研究「『二二八事件』後の『台湾新文学』をめぐる論議について」の研究成果の一部である。

日中定型小詩の可能性
——いわゆる「漢俳」をめぐって——

渡辺新一

一　はじめに

新しい文芸用語に、漢俳という語がある。日本で刊行された書物では、たとえば「漢字俳句。日本の俳句に習って、漢字を五、七、五に並べた短い詩。日本文学関係者の一部を中心に詠んでいる」といった説明がなされている。[1]

漢俳はどのような経緯で生まれたのだろうか。

八世紀の唐の高僧鑑真が計五回の失敗ののち盲目になりながら来日を果たして唐招提寺を開いたのは有名な話である。その鑑真像は来日一二〇〇年を記念して（正式には一二二七年）、文化大革命終焉後ほどない一九八〇年四月に唐招提寺の森本孝順長老に伴われて揚州の大明寺に里帰りした。そのとき中国でも鑑真の偉業とその里帰りに関する行事が様々に催された。そんななかで、一六八八年に芭蕉が唐招提寺を訪れたときに詠んだ「若葉して御目の雫拭はばや」（『笈の小文』所収）の句が紹介され、それに関わって日本の俳句に関する記事が紹介された。ちなみに、「若葉して」の句は「新葉滴翠、何当払拭尊師泪」という李芒の訳で紹介されている。[2]おそらく、俳句が中国の全国紙に紹介されたのは初めてのこととおもわれる。このとき、中国仏教協会会長であった趙樸初は鑑真の里帰りが終わって日本に戻るさい、五七五字からなる漢語でかかれた小詩を三首発表した。趙はこのとき初めて日本の俳句という形式を習い、季題をいれ、漢字の平仄を入れて作ったという。(3)

次はその中の一首。

看尽杜娟花　　看尽くしたり杜娟の花
不因隔海怨天涯　　海を隔てるがゆえに天涯を怨むにあらず
東西都是家(4)　　東も西もみな家なればなり

日本の俳句の要件に押韻は入っていないが、ここでは句末の〈花〉〈涯〉〈家〉が韻をふむ。また春の季語のツツジ「杜娟」も入れてある。五七五音であることから、漢語でかかれた俳句、といえないことはない。

二　漢俳という名の起こり

鑑真の里帰りのあった年の五月末から六月初めにかけて、俳人の大野林火を団長とする第一回俳人協会訪中団一八人が中日友好協会の招きで中国を訪れ、北京・無錫・蘇州・上海をめぐった。(5)これは俳人としておそらく初めての代表団訪中だった。

北京での歓迎座談会の席上、中日友好協会副会長の趙樸初が、俳句の五七五に倣って漢語でかかれた三首を日本側に示した。

いまその中の三首目を引く。

緑陰今雨来
山花枝接海花開
和風起漢俳

緑陰に　今雨来る
山花枝接し　海花開く
和風　漢俳を起こす

これが、漢俳という語が用いられた初めと言われている。句末の〈来〉〈開〉〈俳〉が韻をふみ、「緑陰」は俳句でいう季題（夏）となっている。

漢語を用いて書かれた俳句という意味の漢俳はこうして生まれた。畢朔望がこれに次韻で応じて、いわば応酬詩というかたちとなった。

その後、漢俳は少しずつ発表されて今日に至っている。同年の『人民文学』誌上には、回族の詩人の沙蕾が「風」「雲」「火」と題する五七五字形式の三首の俳句を載せた。(6) 俳句と題してはいるものの、あきらかに漢俳といっていい。翌年には詩歌専門の全国誌『詩刊』八月号に「漢俳試作」と題して、趙樸初、林林、袁鷹の漢俳がそれぞれ五首ずつ、また『人民日報』八月八日にも「漢俳試作」と題して趙樸初、鍾敬文が五首ずつ、林林四首、公木、陳大遠、袁鷹が三首ずつ、それぞれ発表した。どれも五七五字からなり、ほぼ例外なく韻をふみ、季題ももっている。平仄もそろっているものが多い。この『詩刊』と『人民日報』には編者による付記がつけられ、この時点におけるおおまかな漢俳の定義が次のようになされている。

漢俳（漢式の俳句）は中国詩人が日本の俳句詩人との文学的交友のなかで生まれた新しい詩体である。日本の俳句の十七音（五、七、五）の形式を参考にして、韻脚を加え、三行十七字の短詩をなす。絶句、小令あるいは民歌に近い。短小で洗練され、（ことばは）文語でも口語でもよく、情景描写と感情吐露に適し、（内容は）浅くても深くてもよく、吟じても詠んでもよい。（中略）ここに発表した漢俳は、一つの試行であり、一つの始まりである。

「小令」とは、唐代から始まり宋代で盛んになったメロディにのせて詠ずる「詞」の短いものをいうが、清代の『塡詞名解』には五八字以内を「小令」と称したとする記述がある。(7) だが、厳密な区分ではない。ここでは十六字で構成される「十六字令」を意識していると思われる。「十六字令」は一句が不規則な字数の四句からなり、韻をふむ短詩形で、毛沢東の作品でも有名である。(8) 二年後の一九八二年に俳文学会訪中代表団が北京を訪れたさい、陳敬容が日本の俳句は中国の小令ではないかとおもう、と発言したのも、(9)「十六字令」という形式が知識人のあいだで意識されていたことを物語っていよう。

この漢俳という語が生まれ、いくつもの試作が発表された一九八〇―八一年当時は、中国当代詩史からみると、北島、顧城、舒婷らの当代詩がようやく『詩刊』に登場し始めたときにあたる。かれらは自己の存在を唯一のよりどころにして社会や歴史に対峙した。主として旧世代のいわゆる人民文学派からの批判がさかんになされ、これに対して当代詩を擁護する側からの反論がおこなわれていた（いわゆる「朦朧詩論争」）。そんなときに、日本の俳句がひそかに中国詩壇に漢俳という詩体を生んだのであった。

三　俳句漢訳受容史

1　前史―解放前

日本語で俳句をものした中国人には、羅蘇山人[10]、葛祖蘭[11]がいた。また、台湾生まれの朱実（瞿麦）[12]、黄霊芝[13]らもいる。周作人の長男の周豊一が俳句を趣味とし、日本語で作句していたことも思い出される。[14]現在も日本語で作句する中国人は相当いるとおもわれる。[15]母語環境が日本語である中国人もふくめて、すべて日本語でかかれた俳句は、文芸ジャンルとしては等しく俳句と考えるべきだろう。ちょうど、漱石の例をだすまでもなく、日本人が中国語でかいた詩は漢詩であるのと同じように。

まず、俳句がどのように中国に紹介され、受け入れられていったのかをみておきたい。

押韻や平仄といった煩雑な規則をもつ唐詩の存在を考えるまでもなく、中国は伝統的に詩が文芸の中心をなしてきた。だが、文語でしか作れないその格律詩が極めて一部の人のものでしかないことは明瞭だった。詩をつくり詩を鑑賞すること、文語で書をかき鑑賞することはともに社会的な身分と深く結びつき、社会構造そのものとなっていた。二〇世紀に入って、文語から口語へという運動が単なる表現媒体の変更にとどまらず、深く社会的な変革運動と連動し、中国現代史に画期的な意味を持つに至ったのが、一九一九年の五四文化運動だった。それは反帝・反植民地運動に連なる民族的自立を促しただけではなく、従来の伝統文化への覚醒をともなうものだった。西欧思想の紹介が、広範囲に、急激におこなわれたのは当然のことだったといえる。その紹介は、茅盾などの例外はあるものの、欧米や日本への留学生たちが担った。

文語から口語への運動の嚆矢は、アメリカ留学中の胡適が一九一七年に自由口語詩を発表したことにあるといわれる。[16]そして、その後、三、四行の短い小詩が流行したことがあった。たとえば、一九一九年には、その後独自の新詩の世界を切り開いた康白情と兪平伯が、試みに短い詩を作ってみようと話し合っている。[17]兪平伯によれば、短詩という形式は一点集中の描写である〈写景〉に適していると考えられた。かれらの脳裏には、〈歌謡〉や〈楚詞〉などの一句または二句でなりたつ文芸ジャンルがあった。

一九二〇年代初頭はたしかに短詩の流行と呼べるものがあった。タゴールの影響をうけたと自ら語っている謝冰心の詩集『繁星』や『春生』のほかにも、劉大白、王統照、宗白華などがさかんに短い詩をかいたし、汪静之、潘漠華らの河畔詩派といわれる人も、周作人のいう「一行から四行までの新詩」[18]の短さという形式だけを求めるのならこれに含めていいのかもしれない。長く日本に留学した郭沫若の初期の作品にも三行詩「鳴蟬」がある。[19]

当時の小詩流行について、周作人はつぎのようにいっている。「中国の新詩は様々な面でヨーロッパの影響を受けているが、小詩だけは例外のようである。なぜなら、小詩の源は東洋にあるからだ。東洋にはまた二つの流れがある。つまり、インドと日本である。」[20]

また、ほぼ同時期に佩弦（朱自清）も、流行している短詩にふれて、こうのべた。「こうした短詩の源は、わたしの知るところでは二つある。一つは周啓明君（周作人のこと：引用者注）の訳した日本の詩歌であり、二つはタゴールの『飛鳥集』に収められた短詩だが、前者の影響がとても大きい。ただ、影響しているのは詩形だけであって、まだ意境と風格の影響までは及んでいない」[21]

周作人のいうインドの流れとは、ベンガル語の詩人ラビンドラナート・タゴールの詩集の影響をさす。タゴールは一九一二年に詩集『ギーターンジャリ』を英訳出版し、翌年にノーベル文学賞を受賞した。その作品は、一九二一年から全面的に新文学の根城となった『小説月報』誌上に、「雑訳太戈尔」として鄭振鐸によって翻訳連載、紹介された。同年に詩集『繁星』を出した女流詩人の謝冰心は、一九一九年の冬にタゴールの作品集『迷途之鳥』を愛読していたことを、その「自序」で書いている。一方、日本の流れとは、日本の短歌や俳句の影響をさす。一九〇六年から一九一一年まで足かけ六年にわたり日本に留学した周作人は、日本文学に対して終生並々ならぬ関心を抱いていた。一九二〇年から日本の詩や短歌、俳句、川柳、狂言を翻訳紹介し、さらに評論、講演などでもとりあげた。特に、俳句には強い関心をいだいていたらしく、当時さかんであったフランスの俳諧についての紹介文もかいている。(22)

俳句がなぜ受け入れられたかを、周作人は端的に述べている。「俳句は叙事には適さないが、一地の情景や一時の情調を表現するには極めて優れている。(中略) 我々がこの忙しい生活の中でふと胸に浮かんではすぐに消え去る一瞬の感覚を哀惜するこころがあり、それを表現したいと思うなら、数行の小詩は最高の道具といえる」(23)

周作人が当時さかんに俳句の翻訳を試みたのは、俳句本来のもつ優れた点「一地の情景や一時の情調を表現する」を、中国にひろく紹介しようとするものだった。その翻訳姿勢は、直訳体である。たとえば、中国でも最も多くの訳例があるとおもわれる芭蕉の「古池や蛙飛びこむ水の音」を、周作人はこう訳した。

古池——青蛙跳進水裏的声音(24)

この句は、切字「や」があることによって、上五と中七・下五がいわば対立をはらんだ構造をつくっている。古池があり、そこに佇んでいると蛙が目の前で飛び込んだ、すると水の音がひびきまた静寂がもどった、といった時間軸による凡庸な解釈を、この「や」は文字通り切断しているのである。作人の漢訳の「——」は、切字の働きを漢訳にだそうとした苦心のあとであろう。一応、二九字形式をとっているが、意味上後半の九字は四五にわかれている。周作人はその後、単行本所載のさいは「古池呀——青蛙跳入水裏的声音」と改めた。[25] これは、「呀」を加えることによってさらに切字の効果を訳出し、また「進」を「入」にあらためることによって、「音」との押韻を避けようとしたものだろう。ここで押韻をすると、上五にあたる「古池呀——」でせっかく切字の効果をねらったものが、相殺されてしまいかねないと考えたのではなかろうか。

だが、こうした直訳体の俳句漢訳は、大多数の読者には文学作品として味わいのないものにうつっていた。この周作人訳については、同じ日本留学帰りの成仿吾がその直訳体のもつ欠点をあからさまに挙げて、批判した。成仿吾は、俳句の要諦は音節の関係を使って文字以外の情調を暗示することだとして、次のような漢訳をしめした。[26]

蒼寂古池呀、小蛙児驀然跳入、池水的声音

この訳は、日本語の五七五字を漢語にもあてはめたものとわかるが、成仿吾によれば原句の「２２１、３２２１２」という音節を残したものだという。この音節分析は、当時日本語の五音と七音のリズムのあり方を研究していた土居光知の考えを下敷きにしていた。土居の音節論は、二音が一拍をなす音歩説に基づいている。すなわち、日本語は意味的リズムだけではなく音律的リズムがあり、五音は三音歩を、七音は四音歩を有するという解釈の上になりたっていた。三音の語は基本的に停音という概念を導入して、「２＋（１＋停音）」の二音歩となることによって、基本的にはどの五音や七音も二音の音歩からなる環を成して四拍子をつくる、という。[27] 成仿吾が一九二三年の時点で、日本語のリズム分析から俳句の要諦に迫る契機をふくむ土居の二音一拍四拍子の音歩説に着眼していたのは、慧眼というほかない。だが、成仿吾の意識のなかには、当時の文学研究会系に対する創造社系の狭隘な新文学ヘゲモニー争いがあったためか、作人訳に対する対案訳を提示することで満足してしまい、日本語の五七五字を漢語の五七五字に移すことで終わってしまった。つまり、仿吾には、俳句はどう漢訳しうるか、という問いかけはなかったのである。俳句は「文字以外の情調を暗示すること」が大切だとしながら、上述のように「蒼寂」や「驀然」という語を入れてしまったため、この漢訳は興ざめの感を免れない。

小詩の流行はほどなく衰微していった。詩歌の源泉は他の芸術と同様に生活にあり、一九二〇年代半ば以降の中国社会を「一行から四行まで」という短い詩形で語るには、詩人の側の覚悟が追いついていかなかったことが、根本にあっただろう。また、朱自清がいうように、いかにも容易に濫作し、「一針見血」といった短詩のもつ戦闘性を失っていったといえるかもしれない。これを俳句本来のもつ独自な意味からいえば、暗示、省略、イメージの重層性、間《ま》、といった俳句の切れ味を支える術を、中国語にどう取り入れることができるか（できないか）、といった問題意識があまりないまま、その短さだけを移そうとしたともいえよう。

2　俳句をどう漢訳するか

五七五の俳句は最短の詩形の一つとして、現在ひろく世界にひろまっている。五七五の形式は、たとえば英詩のばあいどのように生かされているのだろうか。

英詩は弱強拍（あるいは弱弱強拍など）を一拍としてリズムを刻む。ＨＡＩＫＵはその拍の五拍・七拍・五拍として書かれる（そうではないばあいもあるが）。英詩は行末に韻をふむことによっても、韻文としてのかたちをつくることができる。つまり、三行詩としてかくこと、できるだけ脚韻をふむこと、がＨＡＩＫＵの条件になっているといえる。(28)

日本語は英語のような弱強や長短といった二項対立的要素をもとにリズムを刻むことは極めて不得手である。日本語の詩歌の音律が五音と七音の積み重ねからなっているのは、一定の音節数の繰り返しがリズムを刻んでいるということだろう。（なぜ五音であり七音であるかという当然の疑問は、いまはおく）漢語のばあいは、絶句や律詩など五言や七言が音律の基礎をなすほかに、脚韻や音の高低昇降に基づく平仄があるから、韻文をつくる条件は表面的には日本語よりも整っているといえる。だが、音数が韻文の基本的な主要な要素となっている点で日本語と同じ音節的韻律の言語と考えられる。

漢語の五七五字でかかれた短詩は、はたして〈漢俳〉という名の俳句と考えていいのだろうか。俳句は、五七五漢字に訳すことが、可能なのだろうか。

俳句漢訳のもんだい点を文革後いち早く指摘したのは、中国社会科学院文学研究所東方文学研究室主任の李芒だった。李芒は文革後まもない一九七九年に「和歌漢訳問題小議」(29)をかいて、和歌や俳句を漢訳するときの問題点をふまえ、原文にできるだけ近い漢訳をするための提案を次のようにおこなった。

（一）用語と造句は、唐詩宋詞の形式と語彙を用いるのが適当。
（二）古めかしすぎる用語も、また現代口語自由詩に訳すのも避ける。
（三）句数と字数は統一しない。内容に即して、五言、七言、四言あるいはそれらを組み合わせ、多種多様がいい。

（一）は、漢詩の伝統を考えて可能な限り平仄と押韻を心がけるべきだ、という主張につながる。また、（二）は、銭稲村が一九五六年に訳した『漢訳万葉集』の訳文が『詩経』時代のもので大変分かりにくいことをふまえたもの。また、現代口語自由詩に訳すべきではないという点は、一年後にかかれた「和歌漢訳問題再議」(30)で、卞立強の意見を採り入れて撤回している。

主として（三）に関しては、その後、二〇世紀初頭からの翻訳論の是非もふくめて、多くの議論をよんだ。翻訳はいかにあるべきか、という一般的問題と、日本の和歌や俳句の漢訳はいかに可能か、という個別的問題が、重なって提出されたのである。そこには、厳復が主張した翻訳の要の〈信達雅〉論から始まり、魯迅と瞿秋白の翻訳論争、胡適、梁実秋、林語堂、傅雷、茅盾、銭鐘書、卞之琳らの翻訳論が参考に供された。また、議論の過程では、日本語の文学としての俳句のもつ味わいを実感的にわかっている日本人の側からの提案（後述）もあった。

いま、俳句漢訳の問題に限って『日語学習与研究』や『日語知識』誌上の論争をみてみると、かなの五七五字形式をいかに漢訳するべきか、という問題を中心に議論されている。おおまかな分類をすれば、以下のようになろうか。（（一）〜（四）は李芒の分類による(31)）

（一）日本語の五七五の音数をそのまま漢字にあてはめて、五七五字の定型に訳す。

（二）三五三、または三四三の定型に訳す。

（三）五言二句（つまり五言絶句の半分）の五五の定型に訳す。

（四）原作の内容、リズム、切字などに応じて多種多様に訳す。

（五）音数だけでなく、韻律にも配慮して、三七の定型に訳す。

（六）七言二句（つまり七言絶句の半分）の七七の定型に訳す。

このうち、（一）は、日本の俳句は五七五という定型だから、その漢訳である以上、その「形式美」を忠実に移すべきだとする羅興典(32)や、それに加えて、短長短という俳句特有の「回旋美」を訳出するべきだとする王樹藩(33)、さらには、五言や七言は中国詩歌の伝統のなかにはよくみるものであり、五七調と七五調はまさに中日共通の格調であるとする沈策(34)らの主張による。

語をその語が意味する表示義だけで漢訳すると、俳句の漢訳は何を言っているか分からないばあいが多い。文学作品として鑑賞に耐えうるものにはならないのである。たとえば、芭蕉の「秋深き隣は何をする人ぞ」を「秋深了、隣居是幹什麼?」と訳したのでは一般読者には何も伝わらない。そうであるならば、意味が伝わるように字を加え（加字）、文学作品として定着している五七五形式を使って、「秋意日深沈／思緒無端度彼隣／可是素心人」と訳したほうがいいというわけである。(35)

しかし、この考えはときに日本人としては首をかしげたくなる訳を生む。芭蕉の「古池や」の訳例を一つ。

悠悠古池畔
寂寞蛙児跳下岸
水声、――軽如幻（王樹藩訳）(36)

あらためて述べるまでもなく、これは翻訳というよりもむしろ創作といえよう。

成仿吾が六〇年ほど前に、表面的にせよ土居光知の二音一拍の四拍子という日本語のリズム論を参考に先鞭をつけたこの五七五字漢訳形式は、その形式だけをなぞるかたちで、現在にいたるまで根強く支持されてきている。土居の論点のなかの、漢語は日本語の約二倍の音量にあたるという視点はほとんど顧みられず、「音脚分解法」として、すなわち日本語の五音を「２２１」に分解できれば漢語も「２２１」に訳すのが俳句の「音楽美」を訳出することになるという考えである。(37) たとえば、芭蕉の一〇一句に漢訳をつけた『日本俳句与中国詩歌』(38)は、すべて五七五字形式を採用している。ここでの「古池や」の訳例をみてみる。

古池碧水深、
青蛙〝撲通〟躍其身、
突発一清音

〈深〉〈身〉〈音〉が韻をふむ。しかし、〈碧水深〉〈〝撲通〟〉〈其身〉〈突発〉〈一清〉は原文にはないばかりか、文字化されることで鑑賞者の想像に枷を加える作用をなす。また、現代俳句に漢訳をつけ、漢俳には俳句訳をふした『現代俳句・漢俳作品集』の俳句漢訳でも、五七五形式が最も多い。(39)

「古池や」の五七五漢訳は、極言すれば、俳句の精神――語と語のもつ表示義とそのイメージが切字「や」のもつ働きによって飛躍するといった――は言うまでもなく、ことばの指示的意味をも曖昧なものにする危険に満ちている。加字することによって外形美を写し取ろうとするあまり、王訳では〈悠悠〉〈寂寞〉〈軽如幻〉といった原文にはない語を加え、そうすることで原句のもつイメージの重層性をはぎ取り、指示的意味にさえ枷をはめる結果となっている。

さて、俳句を五七五や五言絶句に訳したさいに日本人なら当然気になるこうした意味の冗長性とイメージの単一化は、まず実藤恵秀によって指摘された。実藤の論は、漢字は一字一音一義であり日本語は二音のものが圧倒的に多いから、和歌が三一字だからといって漢字も三一字に訳したら内容過多になること、また音からいっても漢字一字の発音はかなのほぼ二倍の長さを有していること、をあげて、和歌を三一字の漢字に訳し俳句を一七字の漢字に訳すことは「かえって銘酒に水を混ぜたようになって」しまうと指摘した。(40)

これにさらに理論的な根拠をもって俳句漢訳五七五字説を否定したのは、当時日本語教師として北京外語学院に勤務していた高橋史雄だった。高橋の考えは、別宮貞徳『日本語のリズム』(講談社現代新書　一九七七年)に基づいていた。それによれば、日本語は基本的に二音節で一単位が構成されており、短歌と俳句の五音・七音は同じ四拍子で等時拍を刻んでいる(五音には三音分、七音には一音分の休みをいれる)から、短歌は四拍子五小節(漢字数でいうと四言五句の二〇字以内)となり、「区切れ」とリズム確保のために「三四三四四」の漢訳が最もよいと結論づけた。したがって、俳句の漢訳は四拍子三小節となり、「三四三」の漢訳がもっともよいということになる。上述の(二)である。基本的に別宮の考えは、土居光知の音歩説の延長上にあると考えられる。高橋はこの考えに正岡子規のいう「写生の説」すなわち「ことばの省略と、主観、感情の、表現における抑制」を重ねて、芭蕉の名句に対する数ある漢訳のなかでは、「古池塘、青蛙入水、水声響」[41]が最適と結論づけたのである。[42]

この高橋の主張をふまえ、リズム論の立場から詳細な分析を加え、積極的に俳句漢訳は三四三であるべしとの主張をおこなったのは、松浦友久だった。松浦の主張は、日本語は四音節一拍、漢語は二音節一拍とする考えから出発している。すなわち、基本的に、短歌・俳句のリズムは、かな五字句＝二拍(三字分すなわち四分の三拍の休拍をふくむ)、かな七字句＝二拍(一字分すなわち四分の一拍の休拍をふくむ)であり、一方、漢語の絶句・律詩のリズムは漢字五言句＝三拍(一字分すなわち二分の一拍の休拍をふくむ)、漢字七言句＝四拍(一字分すなわち二分の一拍の休拍をふくむ)、の繰り返しで生まれると考えられる。俳句のばあいでいえば、かなの五七五すなわち「二二二拍」は休拍効果の強弱の差を有しており、それに最も近似の漢訳は「三四三」ということになる。このリズムのとらえ方を根底に、俳句一七字が漢字一〇字に訳されることは内容的にも余分な要素を加える必要がなくなり、妥当性があると主張した。[43]

この三四三字漢訳説は、[44]その後、「古池や」の句でいえば、切れ字「や」のもつ意味まで考えにいれた次のような訳例をうんでいる。

古池畔　青蛙躍入　水声伝

もっとも、国語研究者のなかでは日本語を四音一拍ととらえるこの考え方はむしろ少数派で、土居や別宮のように二音一拍ととらえる者の方が多い。(45) しかし、どちらにせよ、理論にあてはまらない具体例の合理的説明や和歌俳句鑑賞の視点からは、双方とも一概に肯定できない側面がある、というのが実情のようだ。

次に、(三) の五五字漢訳および (六) の七七字漢訳は、俳句のもつリズムと切字を犠牲にしてまで、漢詩としての美しさを追求したものとみなすことができる。ここでは、五五字漢訳の例をみてみる。

古池蛙躍入、止水発清音（葛祖蘭訳(46)）

〈古池〉〈蛙〉〈止水〉〈清音〉とつらなる名詞は一連のイメージを生み、原文の静寂感を漢語に移すことに、比較的成功しているといえるかもしれない。少なくとも、簡潔と余韻を生命とする俳句の精神が、先にみた五七五字形式よりは宿っているといえよう。ただ、この漢訳は、事実を平面的に叙した（だけ）で、時の非連続性を訳出できていない感があるとおもう。これは多分、原文の切字の訳出を初めから放棄したことによりイメージの多重性が無くなったためとおもわれる。

(五) の三七定型漢訳方式は、俳句のリズムは漢詩のそれとは根本的に異なっているという認識から出発している。この方式の理論化を試みたのは、王勇である。王勇は、前述の高橋史雄の説すなわち三四三定型漢訳に加え、俳句の上五、中七、下五が等分かつ対等にリズムを刻んでいるわけではないことに着目した。つまり、五七調であれば下五に続く虚の七を、七五調であれば上五の前に虚の七をそれぞれ想定し、これが俳句独自の〈余韻美〉や〈回環美〉を構成して、読者をまきこんだ詩的律動を完成させている。したがって、漢訳するには三七定型がよいと結論づけたのである。[47]

王勇のこの見解によると、「古池や」の訳のなかでは、次の訳が比較的完全に俳句の漢訳たりえているという。

古池塘、青蛙跳入水声響[48]

これは傾聴に値する考えといえる。だが、七五調のばあいはこのように首尾よくこなせるが、五七調のばあいは理論的に七三字とせざるをえないのではなかろうか。そのばあいは、いかにも不安定な感じを免れない。だが、この考えは日本の俳諧がもつイメージの多重性に意を配っており、切字の働きを漢訳しようとする意図につながるものと評価できる。じっさい、「古池や」の三七字漢訳にはすぐれたものが多い。[49]

ここで、切字とならんで俳句漢訳のもつもう一つの問題点をあげれば、季語のあつかいがあろう。

季語は、作者もふくめた不特定多数の読者が共有する巨大な磁場である。一つの季語は、その国の風土と密接に結びついている。したがって、訳出できないものがあるのは自明のことだろう。たとえば、「校塔に鳩多き日や卒業す」（中村草田男）という句のばあい、日本では春しかありえないが、中国では夏を思うはずである。したがって、このばあいは訳出不能という前提にたたなければ作業はすすまない。

一方、切字の処理は、俳句漢訳の要諦であり、また厄介な点である。もちろん、漢訳の議論でもこの問題が等閑視されてきたわけではない。[50]漢訳三七字の一行形式や二行形式のばあい、ともに上五にあたる三字で切れる効果は期待できる。そのうえ、前出の例ではともに、〈塘〉〈響〉が押韻している。こうした隔句韻は、切字の働きを出すことができるという指摘がある。すなわち、漢詩の偶数句末における押韻字はリズムやイメージの流れに停頓を与え、それまでの二句部分を一聯化する働きがある。これは俳句における切字ときわめて近い働きであるので、一・三句末の押韻という隔句韻をふむことによって、「五・七五」という対比を生むことができるというものである。(51) 上の漢訳は二つとも意味上三四三であるので、いわゆる隔句韻をふんでおり、いっそう切字の効果をだしているといえるかもしれない。

しかし、それでもなお、これを俳句漢訳の方法として定式化することはできないだろう。切字はもともと俳諧の発句が俳句として独立するさいの必須のものだった。「や」「かな」「けり」などの切字一八字だけでなく、俳句を成立させている切字、芭蕉のいう「切字に用いる時は四十八字皆切字なり」の切字を考慮にいれると、なお困難な問題が残されているといわねばならない。

もっとも、日本の俳句は改行のないままで鑑賞するものである。二行や三行の漢訳において、第一、三句末に韻をふんだとしても、第一行末の字は第三行末まで読まなければ押韻とは判断がつかない。その意味でも、やはり切れ字のもつ意味の訳出は、きわめて困難な課題といえよう。

ともあれ、俳句漢訳はいまだ道半ばであり、より多くの試みがなされることを期待したい。

四　漢俳がなげかける問題

1　様々な漢俳

いかに理論的にその漢訳の整合性を武装しても、たとえば、「古池塘、青蛙跳入水音響」という漢語として表現されたとき、それは「古池や蛙飛びこむ水の音」ではなくなる。

翻訳という作業が一方の言語からもう一つの言語への等価性を保証してなされることを意味するなら、およそすべての翻訳は翻訳という名の再創造ということができるかもしれない。そして、等価から最も原初的なことばの指示義まで、翻訳には無数のレベルがあり、そのそれぞれに再創造という魅惑的な横道があると考えると、五七五音からなる俳句の漢訳は常に最もその横道に入り込む危険（可能性）をもっているといえるのかもしれない。

いままでみてきたように、日本の俳句一七音を五七五字で漢訳することは至難の業である。

いまここで、もう一度、漢俳が初めて作られたときの定義を思い出してみたい。それは、①五七五の一七字を用い、②脚韻をふみ、③ことばは文語でも口語でもよい、というものだった。やや下って、実際に漢俳創作がさまざまなかたちでおこなわれてくると、いくつものタイプがうまれた。漢字五七五字でつくられる漢俳は、李芒によれば、

（一）格律を厳しくし、押韻と平仄をもとめ、口にだして調子がよいもの。
（二）押韻はするが平仄にはこだわらず文語の格調をもつもの。
（三）押韻はせず、平仄もこだわらず、口語を用いるもの。
（四）押韻や平仄はこだわらず、字数にも増減があり、口語を用いるもの。

の四つがあるという[52]。

（三）や（四）の実例としては、日航財団主催で二年おきにおこなわれている「せかいこどもハイクコンテスト」がある。すでに八回までおこなわれたこの催しには、毎回多くの応募があり、第一回には一万首近い中国からの漢俳作品が寄せられたという[53]。

上述の条件をそなえた五七五字の詩歌形式としての漢俳は、中国詩詞史のながい文脈のなかでは馴染みのない

ものではないと、中国人はよく指摘する。〈十六字令〉については先にふれたが、五七五という形式はたとえば南唐の李煜の詞「喜遷鶯」にある。[54] また、宋人の韋荘の詞「荷葉杯」などにも出る。[55] 短詩形ということになれば、和声を除くと七言二句計十四字からなる詞である皇甫松の「竹枝詞」などがある。[56] なにやら、「古已有之：イニシエスデニコレアリ」といった中国人の情念を感じるところでもある。

いま、その五七五にも多少の増減を許容するとなると、漢俳を成立させるゆるやかな条件として適切な表現は、三行詩、ということになろう。

俳句漢訳と漢俳とはまったく異なった範疇であるという理解が先ず必要である。日本の俳句から五七五形式という影響をうけたという事実はあるにしても、漢俳という新しい文学形式が一九八〇年代初頭に始まったと理解するべきである。それは、中国詩詞史のなかに永く埋め込まれた五七五という遺産を使用しているということであり、従ってまた、三行に書かれなければならないのである。

ちなみに、日本の俳句は、かなと漢字の混ざった五七五音を一行でかくものである。（もちろん、高柳重信などのように意識的に多行型俳句を求める俳人もいるが）俳句は二〇世紀初めから世界的なひろがりをみせているが、俳句とＨＡＩＫＵを区別するものは、一行書きと三行書きにあるとおもう。[57] 俳句は一行でかかれることによって、その生命である切字の働きを生かす。三行で書かれたハイクには、切字の出番は極めて難しいといわねばならない。漢俳も三行詩であり、この点からも、日本の俳句とは異なったものと理解しなければならない。俳句は「句」で数えるが、漢俳は「首」で数える。このことについて、林林、袁鷹らは、三行詩として漢詩の詩体をとっているので「首」で数えるが、一行一七字の漢俳が作られたら「句」と数えることになるかもしれない、と語ったという。[58]

さて、漢俳は、生まれたときのいきさつもあって初めは応酬詩的な色合いが強かったが、徐々にその内容は広がりをみせ、また漢俳を発表する人も増えている。主なところでは、いままで名を出したひとを除いて、王辛笛、鄒荻帆、屠岸、鄭民欽、呉奔星、杜宣、王蒙、劉徳有、暁帆、紀鵬、林岫らがいる。漢俳のあさい歴史のなかで、大陸もふくめて初めての漢俳詩集は、香港の詩人、暁帆の『迷朦的港湾』(香港文学報社出版公司　一九九一年)だろう。続いて、林林、紀鵬、林岫などが漢俳集をだしている。入手できた作品集を簡単に紹介しておこう。

林林の『剪雲集』(北京大学出版社　一九九五年)は、先に述べた一九八〇年の第一回俳人訪中代表団を迎えて作った「迎俳人」の二首以下、「平山郁夫画賛」など日本人や日本にかかわることを題材にした八九首の上輯と、身辺の動植物や生活、行事などを題材にした七六首の下輯、さらに漢字五七五七七字からなる〈短歌〉を収めている。三行詩の漢俳の精神と意境は俳句と似ていると述べるように(「『剪雲集・自序』」)、林林の漢俳創作は、平仄にはあまりこだわらずできるだけ押韻を心がけ、文語でも口語でもいい、という姿勢で貫かれている。

紀鵬の『拾貝集』(四川文芸出版社　一九九六年)は、九〇年代になって漢俳の創作を本格的に始めて、わずか三年あまりに書かれた四〇〇首近くを収めている。「即興咏情——神州風采」は一テーマ数首からなる〈組曲〉で、たとえば「賀詩翁汪静之九二華誕」では湖畔詩社の詩人汪静之とそれにまつわることどもを漢俳七首に詠んでいる。さらに「有贈・懐人——春秋寄情」、「諷諧謡曲——読報偶感」で構成されている。

林岫の『林岫漢俳詩選』(青島出版社　一九九七年)は、主に文語を使用し、平仄や押韻にも気を配り、季語の使用にも神経を使った漢俳作品三〇〇首を収めている。後書きとして付した「和風起漢俳」では、五言と七言の漢詩(特に唐詩)に求められる形式上の約束ごと、特に平仄に関して細かな理論的指導をおこなっているが、漢俳は必ずしも格律にこだわるべきではないという。

2　暁帆の試み

漢俳詩人という語をあてはめてもいいのではないかと思われる暁帆の作品世界をみてみよう。暁帆はいう。「一草一木、一事一物、一情一景、みな詩の元素である。わたしは自分の芸術的感性で、これら生活のなかからくみ取った元素に想像上の羽をつけ、昇華し、ひろく伝わる日本の最短の詩歌形式である俳句を利用して、我が国の小令に類似した小詩（漢俳）を作り出す」(59)

ここにいう「日本の最短の詩歌形式である俳句」とは、五七五字一七文字形式のことだけをさしている。季語や切字については、あまり言及がないが、ここには「一地の情景や一時の情調を表現するには極めて優れている」ととらえた周作人の俳句観と通じるところがある。そして、『迷朦的港湾』に収められた二〇〇首以上を通読すると、漢字五七五形式の短詩形ジャンルは思いのほか多くの可能性をひめているかもしれないと思われる。

　　沙鷗
寒江浮軽舟
細雨空濛淡淡愁
天地一沙鷗

　　沙鷗（浜カモメ）
寒江　軽舟を浮かべ
細雨　空濛として淡々たる愁い
天地　一沙鷗

句末の〈舟〉〈愁〉〈鷗〉が韻をふむ。第三句の〈天地一沙鷗〉は、杜甫の五言律詩「旅夜書懐」の最終行にでる句で、〈書懐〉とは「思いを書き記す」こと。杜甫は七六五年に成都の草堂を家族とともに離れて岷江をくだり、渝州（重慶）、忠州を経て雲安県に居をかまえた。この年は杜甫の保護者であった厳武の死があった。「星垂れて平野闊く、月湧いて大江流る」るなか、それは心躍る舟旅ではなく、その漂白の身はまさに「天地のあいだに漂う一羽の浜カモメ」であった。暁帆の漢俳〈沙鷗〉[60]は、杜甫の「旅夜書懐」から一句を借りているだけではなく、その五言律詩の意象を下敷きにしているといえる。家を無くして帰れないのではなく、帰る家があってなお帰れない、その孤独感、ふと胸に去来する漂泊感を読みとることができよう。なお、この漢俳には、竹下流彩による「一軽舟煙雨へ放つ冬鷗」なる訳がある。[61]

漢俳の内容と形式に基づいたありようを、暁帆は『漢俳論』[62]のなかで五つに分類している。すなわち、五言や七言の古典句をそのまま用いて心情を吐露する典雅な「雅俳」、元人の小令や民歌の方式でかかれた「俗俳」、現代口語で諧謔や諷刺をねらった「諧俳」「諷俳」、それに散文のような「散俳」である。上掲の漢俳は、さしずめ典型的な「雅俳」といえる。

『漢俳論』は、おそらく初めて漢俳について本格的に論じたものである。暁帆はこのなかで、古典詩詞と現代小詩の融合のうえに新たな地平を切り開くものとして、漢俳をとらえている。「沙鷗」のように、人口に膾炙する杜甫の一句を借りて現在の心情を吐露する方法は、決して安易の一言では片づけられまい。暁帆のことばを借りれば、ここには、写景抒情と借景抒情による情と景の融合調和とでもいうべき「意象美」、さらには、主観的な情念と客観的な景物の交差する「意境美」があろう。つまりは、言外の言、弦外の音である「含蓄美」である。

つぎは、現代口語を使い、どこにでもありそうな町の現実生活の一場面を切り取った「俗俳」を一つ。

口叼「555」　　口には高級タバコ
乞丐[63]　　乞食《こつじき》
伸出手板要資助　　手を出して物を乞う

乞丐不知足　　　足るを知らぬ乞食

ここでも句末の〈5〉〈助〉〈足〉が韻をふむ。「555」は有名タバコのことだと『迷朦的港湾』の「注釈」にある。これは目の前の町の情景であり、有名タバコを銜えて物乞いする乞食を作者は一定の距離をおいてみている。非難や同情とは異質な、醒めた意識である。漢俳が五七五という形式をもちながら、文語でも口語でも描ける好例といえよう。超短詩形としての漢俳にはそれなりの沃土があるといえる。

ところで、上掲の二作品からもわかるとおり、作品にはそれぞれ表題がついている。表題の「沙鷗」「乞丐」は、ともに作品中に出る語であり、一作品としての冗長感は免れない。これも日本の俳句とは大きく異なる感覚である。

五　おわりに

イタリアで始まったソネット形式は、その発祥の地であるイタリア方式であれあるいはイギリス方式であれ、世界にひろくつたわりそれぞれの言語でソネット形式の詩歌がつくられている。行末の押韻というソネットのもつリズムの基礎は漢詩のもっとも得意とするところであり、あるいはまた、イタリア式ソネットの四四三三行が漢詩の起承転結と馴染みやすいためか、中国でも商籟体または十四行詩として、すでに多くの優れた作品を生んでいる。漢俳は俳句の影響を受けて成立したという意味で広義のとりあつかいをすれば、俳句の国際化の一環といえる。また、日中文学交流史としての観点からみれば、日本の伝統的な文学形式が、片隅であれ中国の詩壇に直接に影響を与えたともいえよう。また、すでにみてきたように、このことは短歌や俳句をどう漢訳するか、とりわけ俳句における切字をどう訳出するかという極めて微妙な刺激的な問題を含んでおり、その探究はまだ緒に就いたばかりといっていい。

ここで、台湾でおこなわれている漢文俳句、〈湾俳〉について簡単にふれておこう。

日本語で俳句を書く台湾人の黄霊芝については先にふれた。黄霊芝は自分の作品を漢語に訳すことなどを通して、①七字から一二字で書く、②季語を使う、③二句一章を基本とする、④天衣無縫の芸を求める、といった形で漢語による俳句創作を続けている。つまりこれは黄霊芝がいうごとく、大陸でおこなわれている漢俳とは別物である。湾俳は、このように押韻は尊重するものの、定型を捨てている。切字に相当する語が無いわけではないが、実感が湧き難いという。定型を捨てるということの潔さは、何よりも日本語による俳句実作の経験から導き出されたもののようにおもえる。(64)

漢語でかかれた五七五字形式の漢俳は、日本語の俳句とは全く異なった文学ジャンルであることを前提に考えていくべきだろう。台湾における湾俳の試みとともに、日本の俳句のもつすぐれて独自性のたかい短詩定型が直接影響を与えた漢語文学として、漢俳の今後の作品世界に期待したい。

(1) 金丸邦三監修・呉侃編著『改訂新版・中国語新語辞典』同学社、一九九三年、一〇一頁。また、長谷川泉・高橋新太郎編『文芸用語の基礎知識』八五増補版、至文堂、一九八五年、一四七—一四八頁にも〈漢俳〉の項がたてられている。

(2) 孫東元「千秋誼凝俳聖碑」、陸心「日本的俳句」、宜鵬「俳聖芭蕉喜愛的石蛙」、ともに『人民日報』一九八〇年四月二八日所載。

(3) 原裕「中国詩人の印象」(『俳句』角川書店、一九八〇年八月号)七三頁。

（4）趙樸初「俳句三首—送鑑真大師像返奈良併呈森本長老— 一九八〇年五月二八日於首都機場」（『人民日報』一九八〇年五月二九日所載）。
（5）訪中の様子は、俳人協会編『俳人協会訪中団報告書』（一九八〇年）に詳細な記録がある。
（6）沙蕾「俳句三章」（『人民文学』 一九八〇年八月号）七五頁。
（7）『中国文学大辞典』天津人民出版社 一九九一年、三五八頁。
（8）毛沢東「十六字令三首 一九三四年到一九三五年」（『毛主席詩詞』人民文学出版社、一九七六年）一六—一七頁。邦訳は、武田泰淳・竹内実『毛沢東 その詩と人生』文芸春秋、一九六五年、一七〇頁—一七三頁。
（9）宮脇昌三「漢俳について—中国近代詩と短詩形—」（『アジア研究所紀要』亜細亜大学アジア研究所、第九号、一九八二年）二五頁。
（10）一八八一—一九〇二年。大清公使館通事の羅庚齢を父に、日本人を母に生まれた。一九〇二年（明治三五年）に弱冠二一歳で没したが、正岡子規や高浜虚子の知遇を得て活躍した。日本近代文学館編『日本近代文学大事典第五巻』講談社、一九七七年。中村忠行「辮髪の俳人羅蘇山人一」「同二」（『天理大学学報』四五輯、四六輯、一九六四年）所載。王勇「俳句と漢俳の間・上—蘇山人ら中国人俳人の系譜」（『東京新聞』一九九二年一一月二四日）所載など参照。
（11）浙江省寧波の人。一九〇八年に日本に留学、早稲田大学に学び、一九三九年から俳句を研究し始め、句誌『ホトトギス』や『九年母』に投稿して俳句の腕をみがき、一九七九年にはホトトギス同人に推挙された。同年には、句集『祖蘭俳存』を私家版として出版。（葛祖蘭「俳句十首」＝『日語学習与研究』一九八〇年第二期）など参照。
（12）一九二六— 一九七九年に来日し神戸学院大学や二松学舎大学、岐阜経済大学で教鞭をとった。漢俳の実作と紹介に多大な貢献がある。（「朱実教授 略歴・著作目録」『岐阜経済大学論集』第三四巻一号、二〇〇〇年）など参照。
（13）一九二八— 俳句だけでなく、短歌、小説、演劇など多方面で活躍。漢字俳句〈湾俳〉もつくる。

（14）鮑耀明「周豊一氏との往復書簡」（『野草』二六号、一九八〇年）に、「しんみりと一夜に積る春の雪」など計三句の周豊一（一九一二—一九九七）の俳句が掲載されている。
（15）上海では、郭炤烈や劉杭生といった人たちが日本語で俳句を作るという。瞿麦「〈漢俳〉のことなど」（『冬野』一九八二年六月、一五頁）など参照。
（16）胡適「白話詩八首」（『新青年』第二巻第六号、一九一七年二月一日）。
（17）兪平伯「憶遊雑詩」（『詩』創刊号、一九二二年）。
（18）周作人「論小詩」（『晨報副鐫』一九二二年六月二一日）。『自己的園地』岳麓書社、一九八七年、四三頁。
（19）郭沫若「鳴蟬」の原文は以下の通り。「声声不遠的鳴蟬呀！／秋喲、時浪的波音喲！／一声声長逝了……」（『時事新報・学灯』一九二〇年一〇月一七日　のち『女神』所収）。
（20）注(18)に同じ。
（21）朱自清「短詩与長詩」（『詩』創刊号、一九二二年）。
（22）「法国的俳諧詩」（『詩』第一巻第三号、一九二二年）。
（23）周作人「日本的詩歌」（『小説月報』第一二巻第五号、一九二一年）。
（24）注(23)に同じ。
（25）初版は、周作人『芸術与生活』上海群益書社、一九三一年。いま、『欧洲文学史　芸術与生活　児童文学小論　中国新文学的源流』岳麓書社、一九八九年による。
（26）成仿吾「詩之防御戦」（『創造週報』第一号、一九二三年五月一三日）。
（27）土居光知「詩形論」（『文学序説』岩波書店、一九四一年）二三九—三三九頁。この本の初版は一九二二年。成仿吾は「詩之防御戦」で土居の『文学序説』からの文を引用している。
（28）英語、独語、仏語、露語などのＨＡＩＫＵのあり様は、日本文体論学会編『俳句とハイク』花神社、一九九四年。佐藤和夫『俳句からＨＡＩＫＵへ』南雲堂、一九八八年などを参照。

(29)『日語学習与研究』北京対外貿易学院、一九七九年第一期、三七—四〇頁。邦訳は、さねとう　けいしゅう訳で『周辺』第九巻第一号、一九八〇年、二—七頁。なお、中国における俳句受容をいち早く系統的に紹介したものに、中田伸一「中国における俳句の受容について」(『小山工業高等専門学校研究紀要』一九九二年第二四号)がある。
(30)『日語学習与研究』一九八〇年第一期、一—一六頁。邦訳は、田口暢穂訳で『古代研究』早稲田古代研究会、第一二号、一九八〇年、七一—八二頁。
(31)李芒「和歌　俳句　漢詩　漢訳」原載『日本研究』一九八六年第三—四期(未見)。『投石集』(海峡文芸出版社、一九八七年)一一九—一四三頁。邦訳は、鈴木義昭訳で、『和漢比較文学叢書　第八巻　和漢比較文学研究の諸問題』汲古書院、一九八八年、二三五—二六〇頁。
(32)羅興典「和歌漢訳要有独特的形式美——兼与李芒同志商榷」(『日語学習与研究』一九八一年第一期)四〇—四一頁。
(33)王樹藩「《古池》翻訳研究」(『日語学習与研究』一九八一年第四期)四五—四九頁。
(34)沈策「也談談和歌漢訳問題」(『日語学習与研究』一九八一年第三期)二八—三二頁。
(35)王樹藩「《日本古典詩歌漢訳問題》読後的問題」(『日語学習与研究』一九八三年第三期)二七—三一頁。
(36)注の(33)に同じ。
(37)王樹藩「訳俳研究」(『日語学習与研究』一九八四年第二期)。王治一「対俳句漢訳格式之拙見」(『日語知識』一九九二年第一期)。佟君「俳句漢訳的形式美」(『内蒙古大学学報　人文社会科学版』二〇〇〇年第三期)など。
(38)関本勝男・陸堅『日本俳句与中国詩歌—関於松尾芭蕉文学比較研究』杭州大学出版社、一九九六年、七一頁。
(39)金子兜太・林林監修、現代俳句協会、一九九三年。この本の出版は、日中の文学(俳句・漢俳)交流史のうえでは貴重な価値をもっている。俳句二〇〇句以上に逐一漢訳が添えられているが、五七五字漢訳は全体の四分の一、五五字漢訳は全体の五分の一をしめる。(第二集)が一九九六年に出版されているが、俳句漢訳の傾向はほぼ同じである。

(40) 実藤恵秀「横あいから——羅興典氏の和歌漢訳論について——」(『日語学習与研究』一九八一年第四期)二—五頁。同趣旨の論に、実藤「俳句の漢訳について」(『日語学習与研究』一九八三年第四期)一—三頁。

(41) この漢訳は、一海知義『漢詩の散歩道』日中出版社、一九七四年、二二一頁にみえる。

(42) 高橋史雄「和歌和俳句的漢訳也要有独特的音楽美——兼与李芒先生和羅興典先生商権」(『日語学習与研究』一九八一年第四期)一〇—一四頁。

(43) 松浦友久「和歌・俳句の漢訳について——リズム論の観点から——」(『日語学習与研究』一九八四年第六期)一—六頁。のち、「リズム論からみた「中国古典詩」と「和歌・俳句」」(『中国詩歌原論』大修館書店 一九八六年)一八〇—二三〇頁。なお、「音節」や「拍」の用法は原文のままとした。

(44) 王鴻賓「「古池」句学習、理解及新訳案」(『日語知識』一九九九年一〇月期)五五—五八頁。

(45) 川本皓嗣「七と五の音韻論」(『日本詩歌の伝統』岩波書店、一九九一年)二一五—三五三頁。

(46) 葛祖蘭訳。姜晩成「俳句瑣談」(『日語学習与研究』一九八〇年第三期)五一頁。

(47) 王勇「俳句我観」(『澪』二四七号—二五〇号、一九八七年)。王勇「和歌格律探源」(『日語学習与研究』一九九〇年第三期)一一—四一頁。

(48) 注(30)にでる訳例。

(49) たとえば、林林訳「古池塘／青蛙跳入水音響」(／は改行を示す)「芭蕉俳句選」(『世界文学』一九八一年第四期)二四八頁。また、李芒訳「古池塘、青蛙入水発清響」注(30)にでる訳例、など。

(50) 注(30)参照。

(51) 松浦友久「詩型としての「俳句」・付「漢俳」考」(『リズムの美学』明治書院 一九九一年)八九—一二三頁。また、同「俳句の「切字」と漢俳の「押韻」」(『万葉集』という名の双関語 日中詩学ノート』大修館書店 一九九五年)。

(52) 李芒「俳句漢訳漢詩漢俳」(『日本学研究』外語教学与研究出版社、一九九二年第二号)七九—八八頁。邦訳は、鈴木義昭訳「俳句と漢訳・漢詩・漢俳」(『和漢比較文学叢書第一八巻　和漢比較文学の周辺』汲古書院、一九九四年)一六一―一八四頁。

(53)日航財団編『地球歳時記'90』日航財団、一九九一年、二三三頁。

(54)注(52)における指摘、八六―八七頁。李煜の詞「喜遷鶯」は、「暁月墜／宿雲微／無語枕頻欹／夢回芳草思依依／天遠雁聲稀」だから、三三五七五というべきである。

(55)暁帆『漢俳論』新天出版社　一九九三年、一二頁における指摘。『花間集』におさめる「荷葉杯」の前半は「記得那年花下／深夜／初識謝娘時／水堂西面画簾垂／携手暗相期」であり、六二五七五である(後半も同じ)。

(56)李芒「壮遊佳句多――日本俳句家訪華佳作訳介」(『日語学習与研究』一九八一年第三期)二四―二七頁における指摘。邦訳は、野口まり子訳「豪遊佳句多し(壮遊佳句多)」(『俳句』角川書店、一九八二年九月号)一三〇―一三五頁。

(57)大岡信「ハイクと俳句」(日本文体論学会編『俳句とハイク』花神社、一九九四年)一五―四二頁。

(58)村井隆「漢俳」(『俳句』角川書店、一九八一年一二月号)一九八―一九九頁。

(59)暁帆「我写漢俳」(暁帆『漢俳論』新天出版社、一九九三年)二五頁。

(60)杜甫の「旅夜書懐」については、黒川洋一『杜甫　上』岩波書店、中国詩人選集九、一九七〇年)一三一―一三三頁を参照した。なお「旅夜書懐」の全文は、「細草微風岸／危檣独夜舟／星垂平野闊／月湧大江流／名豈文章著／官応老病休／飄飄何所似／天地一沙鷗」

(61)日中合同刊行委員会編輯『対訳　現代俳句・漢俳作品選集(第二集)』現代俳句協会、一九九七年、三一八頁。

(62)注(55)参照。

(63)暁帆『暁帆漢俳選集』香港文学出版社、二〇〇一年、六三頁には、今辻和典訳がある。

(64)黄霊芝「戦後の台湾俳句―日本語と漢語での―」(『台湾俳句歳時記』言叢社　二〇〇三年)二九二―二九四頁。

長尾雨山と蘇軾

池澤滋子

一　はじめに

蘇軾は、中国の文人の中でも最も多くの日本人に慕われてきた人物の一人ではなかろうか。早くも室町時代には、五山僧を中心として蘇軾の詩文の研究、刊行が盛んに行われた。一五三四年に成立した蘇軾の詩注『四河入海』はその最大の成果である。また五山の時代には蘇軾の故事を題材にした「題画詩」が盛んであった。『翰林五鳳集』の中には「赤壁賦図」、「蘇公堤図」、「東坡笠屐図」、「東坡肖像画」、「東坡愛海棠図」、「東坡銭塘観潮図」、「風水洞図」、「東坡賜金蓮燭帰翰林院図」等多数の画題詩が見える。(1)

江戸時代の文化、文政年間（一八〇四―一八三〇年）には、山本北山（一七五二―一八一二年）、江村北海（一七一三―八八年）らが、それまでの唐詩崇拝の潮流に反対したことなどをきっかけにして、宋詩が流行した。この時期、文人達を中心として、蘇軾の赤壁遊にならって雅遊が盛んに行われた。寛政・享和年間には、柴野栗山を中心に古賀精里、尾藤二洲、倉成善卿、赤崎海門、辛島塩井、万波俊忠、樺島石梁、頼杏坪、頼春水らが蘇軾の『赤壁の賦』を懐古して日本の水辺の景勝地で赤壁遊をおこなった。柴野栗山以外にも、安積艮齋（一七九〇―

一八六〇年)、龜田鵬齋(一七五二—一八二六年)らが、また幕末には池内陶所(一八一四—六三年)らが赤壁遊を行い、詩文を残している。

明治、大正時代に蘇軾を尊崇した人物として最も著名なのは、長尾雨山(一八六四—一九四二年)と富岡鉄斎(一八三六—一九二四年)であろう。富岡鉄斎は自らを「東坡癖」と称し、蘇軾と同日の一二月一九日に生まれたのを喜んで平素「東坡同日生」「東坡癖」と刻した印章を使用した。また蘇軾を題材とした絵画を多く描いている。一方長尾雨山は、富岡鉄斎とその子富岡謙蔵(字は君撝、号は桃華)と親交があり、彼らと共に京都で寿蘇会と赤壁会を主催し、詩文集『寿蘇集』を刊行した。この『寿蘇集』は、日本の近代人が蘇軾を詠じた作品集としては最もまとまったものであり、作者は長尾雨山をはじめ、当時の著名な文人が多く名を連ねており、質量ともに水準の高い漢詩文集と考えられる。『寿蘇集』については、米田彌太郎氏の「日本における東坡赤壁」(2)、長尾正和氏の「長尾雨山」、「京都の寿蘇会」(3)、「寿蘇会と赤壁会(上)(下)」(4)、等の研究の中ですでに触れられているが、個々の詩文についての詳細な分析はまだなされていない。

本論文では、『寿蘇集』に収録された詩文のうち、長尾雨山の作品を中心に取り上げ、その分析を通じて彼の蘇軾観とその意味を考えてみたい。

二 長尾雨山と「寿蘇会」、「赤壁会」

まず長尾雨山の子息長尾正和氏が『冊府』(5)に掲載した長尾雨山の伝記等を参考に、雨山の略歴を紹介する。

長尾雨山、名は甲、字は子生、雨山はその号である。父は讃岐の高松藩に仕えていたが、雨山が一五歳の時に亡くなった。家は貧しかったが、雨山は学問を志して二〇歳の時上京し、二松学舎に学んだ。明治一七年(一八八四年）に東京大学古典講習科の第一期生として入学し、明治二一年（一八八八年）卒業の後、同年九月学習院に就職、その後一二月には文部省専門学務局、東京美術学校兼任教授、第五高等学校教授、東京高等師範学校教授、東京大学講師等の職を歴任した。しかし明治三五年（一九〇二年）にすべての職を辞めて上海に移り、商務印書館で翻訳の仕事に従事した。

雨山が上海に渡った理由について、清末小説研究者樽本照雄氏によるとこの当時東京高等師範学校教官兼図書審査官であった長尾雨山は、一九〇二年に発生した小学校教科書をめぐる出版社と教育関系者との汚職に連座して停職を命じられ、「禁固二ヶ月、罰金七円、追徴金三百円」の判決を受けたということである[6]。雨山は判決を不服として控訴したが、斥けられ有罪が確定した。その後雨山は中国に渡るのである。

彼は一二年間中国に滞在した後、大正三年（一九一四年）末に帰国し京都に住んで講学や著述を中心とした生活を送り、多くの文人墨客と交流した。書では平安書道会、泰東書道院、絵画では日本南画院、日本美術協会等にかかわった。昭和一七年（一九四二年）四月一日京都西洞院丸太町寓所で病死した。享年七九歳であった。著述は豊富で『何遠楼詩文集』、『古今詩変』（『支那学』五号-十六号（漢文書院、一八九四年）上連載）、『儒学本論』、『楚辞講義』、『聖教序講義』、『碑帖研究』、『書法研究』、『南画概論』、『翰墨談叢』等があった。

帰国後の長尾雨山について、西村時彦（一八六五―一九二四年、号は天囚）は『乙卯寿蘇録序』の中で次のように紹介している。

讃岐の長尾子生、高明の資を負ひ、奇偉の才を挟み、而して困頓轗軻して、海外に流寓すること十余年、既に帰り、京都に僑居す。当世に志を絶ち、翰墨自ら娯む。生平深く蘇文忠の人と為りを慕ふ。大正丙辰一月二十三日、即ち陰暦十二月十九日は、文忠の生日為り。乃ち富岡君撝と与に、親しき朋友を招いて寿蘇の讌を東山の清風閣に設け、壁には画象を挂け、坐には遺墨法帖の属を陳べ、古を撫して今を論じ、竟日暢叙せんことを謀る、洵《まこと》に一時の勝会為り。〔讃岐長尾子生、負高明之資、挟奇偉之才、而困頓轗軻、流寓海外十余年、既帰、僑居京都。絶志当世、翰墨自娯。生平深慕蘇文忠為人。大正丙辰一月二十三日、即陰暦十二月十九日、為文忠生日。乃与富岡君撝、謀招親朋友設寿蘇之讌於東山清風閣、壁挂画象、坐陳遺墨法帖之属、撫古論今、暢叙竟日、洵為一時勝会。〕

長尾雨山が京都で行った寿蘇会と赤壁会のこの会の模様は、上述の長尾正和氏の文章に詳述されているので、正和氏の文章に拠って以下にあらましを紹介する。

1 寿蘇会

第一回・乙卯寿蘇会

大正五年（一九一六年）一月二三日（陰暦乙卯一二月一九日）・於円山春雲楼（清風閣）。参加者は、富岡鉄斎（百錬）、山本竟山（由定）、羅叔言（振玉）、王静庵（國維）、内藤湖南（虎次郎）、狩野君山（直喜）、上村閑堂（観光）、羅公楚（福萇）、磯野惟秋（秋渚）、西村天囚（時彦）、富岡桃華（謙蔵）、長尾雨山（甲）の十二名。席上には東坡に関連する書画・書籍・物品を陳列し、陳列目録と列席者の詩文とを収めた『乙卯寿蘇録』二巻を編纂した。

第二回・丙辰寿蘇会

大正六年（一九一七年）一月一二日（陰暦丙辰一二月一九日）於円山春雲楼。参加者は富岡鉄斎、山本竟山、榊原鉄硯（造逸）、江上瓊山（景逸）、高野竹隠（清雄）、桑名鉄城（箕）、羅雪堂、羅公楚（福萇）、上野有竹（理

一）、本山松隠（彦一）、籾山衣洲（逸也）、磯野惟秋、西村天囚、小川簡斎（為次郎）、富岡桃華、長尾雨山。上海の白石鹿叟、友永霞峰からは松江の鱸魚が贈られた。『丙辰寿蘇錄』を編纂。

第三回・丁巳寿蘇会

大正七年（一九一八年）一月三一日（陰暦丙辰一二月一九日）於円山春雲楼。参加者は籾山衣洲、磯野惟秋、江上瓊山、山本竟山、高野竹隠（清雄）、柚木玉邨（方啓）、内藤湖南、木内東洋（重四郎）、狩野君山、羅雪堂、羅公楚、長尾雨山。京都府知事の木内東洋は東坡肉を献上した。『丁巳寿蘇錄』を編纂。この年の一二月二三日、鉄斎の子息で、前二回の寿蘇会を雨山とともに主催した富岡桃華が四六歳で病死した。

第四回・己未寿蘇会

大正九年（一九二〇年）二月八日（陰暦一二月一九日）於円山春雲楼。参加者は田節堂（忠克）、江上瓊山、山本竟山、高野竹隠、上田丹厓（甕）、朽木研堂（義春）、内藤湖南、鈴木豹軒（虎雄）、奥村竹亭（直康）、長尾雨山、磯野惟秋、松本香洲（弘）、永田聴泉（淳）。『己未寿蘇錄』を編纂。上海の呉缶盧（昌石）、呉藏堪（涵）父子から詩を、王一亭から画が贈られ、銭塘の丁補之から雨山に「蘇文忠公笠屐象硯拓本」が寄贈された。また上海の白石鹿叟、友永霞峰から鱖魚が送られた。

第五回・丙子寿蘇会

昭和一二年（一九三七年）一月三一日（陰暦一二月一九日）於岡崎鶴屋。前四回の寿蘇会は比較的規模の小さいものであったが、この年の十二月十九日は東坡生誕九〇〇年に当たるため、全国から客を招き大規模な宴席を設けた。当日全国から収集して陳列された展示品は七六件に及んだ。その一部は、東坡行書真跡黄州寒食詩巻、同行草真跡李白仙詩巻、同大楷真跡中呂満庭芳詞巻、旧拓蘇東坡正書豊楽亭記拓本、同旧拓蘇東坡書柳州羅池廟迎送神辞碑未翦本、東坡自写小像拓本、東坡遺像拓本、東坡六榕榜書拓本、旧拓東坡撰書表忠観碑、旧拓元祐党籍碑、晩香堂蘇帖、成都西楼蘇帖、東坡手刻牙印、東坡書墨妙亭詩断碑硯、東坡三銭鶏毛筆、黄山谷真跡行書砥柱銘巻、米芾草書真跡虹県詩巻、米芾草書真跡行書研山銘巻、米芾草書真跡楽兄帖巻などであった。当日来賓には、蘇文忠公像拓本の複製と前四回の寿蘇会の詩文を収録して編纂した『寿蘇集』、および展示品目録が配られた。

2　赤　壁　会

大正一一年（一九二二年）九月七日（陰暦七月一六日）は蘇軾が元豊五年壬戌七月既望に「前赤壁の賦」を詠じてから一四回目の壬戌七月既望に当たるのを記念し、雨山は宇治に全国の文人墨客を集め、蘇軾の赤壁遊に関する書画を展示し、さらに宇治の川べりで赤壁を模して舟遊びを行うことを計画した。八月二八日の「京都日日新聞」にはこの赤壁会に関連して長尾雨山の次のような談話が掲載されている。

あの一編は単なる記事文ではなく、東坡の人生観もあり、詩的詠嘆もありして、後世の文学者をして憧憬せしめた所以である。…赤壁会雅集は旨として文芸にあこがれる私たちが、古人の風格とその名文ができた所以を追走してあまりに名利に走り過ぎる現代に対して一服の清涼剤たらんことを期したに過ぎない。夫れ天地の間、物各主有り、苟も吾の有する所に非ずんば、一毫と雖も取ると莫けん。惟だ江上の清風と山間の明月とは、耳之を得て声と為し、目之に遇うて色を成す。之を取るも禁ぜられず、之を用ひるも竭きず。是れ造物者の無尽蔵なり。といった故人の高風を追懐欽仰することが、この会の唯一の精神でありたいとおもふ。

当日は全国から三〇〇人あまりが参加するという大規模なものであった。会場の設えも以下のように大変凝ったものであった。

会場は京都菊屋（万碧楼）等。本部の菊屋には、明代河南窯東坡像を飾って蘇東坡を祭った。また明陳老蓮の蘇長公像軸、明曾波臣の東坡笨芝図軸等が掛けられ、さらに明の唐伯虎の前後赤壁図賦合璧巻・明戴文進赤壁図軸・元銭舜挙赤壁図軸・明銭叔宝赤壁図軸・明祝枝山前後赤壁草書巻・清王椒畦赤壁図扇面・端溪赤壁硯・東坡像硯・明文衡山前後赤壁賦巻・東坡雪浪盤銘・同雙鉤本・明董玄宰草書赤壁懐古詞巻・唐伯虎赤壁図軸・明張瑞図後赤壁図賦巻・張瑞図後赤壁巻・祝枝山草書赤壁賦巻・東坡書断碑硯・明帰元恭草書前赤壁賦巻等が陳列された。

第二席の茶席では龍井茶と松仁玉帯糕が供された。ここには富岡鉄斎の東坡春夢婆図が掛けられ、奥村竹亭赤壁賦印六九顆並印譜が陳列された。

第三席の宴席では室内には富岡鉄斎の山水東坡之一・赤壁前游図・赤壁四面図・呉缶廬の前後赤壁図軸がかけられた。

第四席の茶席は万碧楼裏の河畔の画舫に設けられた。画舫には田能村竹田、帆足杏雨、村瀬秋水らが癸巳既望に舟中で合作した扇面が飾られた。茶器は木米、買茶翁、竹雲等の作品で、点心も赤壁賦にちなんで「飛仙」、「白露」等と命名された。

第五席は平等院の花宅邸登杖亭に設けられ石川丈山の石壁画讃等が掛けられた。

第六席は同、翠雲居に設けられ山陽書咏鶴詩軸、貫名菘翁画赤壁賦二曲一雙の屏風が飾られた。

また塔ヶ島の小酌亭では紹興酒と中華料理が供された。このほか、興聖寺畔東禅精舎に日本の著名人による書画が飾られた。陳列されたのは、谷文晁赤壁図及び石壁詩文・柴野栗山赤壁雅集詩文巻・本阿弥光悦書前後赤壁

巻、服部南郭東坡像・福原五岳東坡像・僧佚山篆書赤壁賦・木村蒹葭堂赤壁前游図・田能村直入前赤壁図・山陽夜読老蘇審敵策七絶詩書・谷文晁前後赤壁図双幅・貫名菘翁前赤壁賦屏風一双・日根対山前後赤壁図双幅・菅原白龍後赤壁書画・菘翁前後赤壁賦二帖・山陽書前後赤壁賦二巻・菘翁後赤壁画讃・池田云樵東坡図・菘翁前赤壁賦・鉄斎東坡載笠図・山陽赤壁図賦軸・皆川淇園赤壁図・菘翁石壁賦草書などである。

三　「寿蘇集」について

長尾正和氏は、雨山の「赤壁会」について、会のあまりの規模の大きさから生じた混乱と、雨山の凝りに凝ったしつらえを批判する者もいた、と述べるが、雨山自身が談話に述べたように、彼が会を開いた目的はあくまで「故人の高風を追懐欽仰する」ことであった。その精神は、「寿蘇集」に収められた長尾雨山の詩文に強く表現されていると思われる。「寿蘇集」中には以下のような詩文が収録されているが、このうち長尾雨山の作品は、詩八首と序三編である。

◎詩

（碩園）西村時彦「乙卯坡公生日、長尾子生富岡君撝二君招飲東山左阿弥楼、賦二小詩、以志敬仰。第二首贈羅叔言」

（秋渚）磯野惟秋「坡公生日、雨山桃華二君招同諸友、集東山春雲楼」

（衣洲）籾山逸「陰暦乙卯十二月十九日坡公生辰、長尾子生富岡君撝両君招飲同人於東山春雲楼為寿蘇会。予病不能到、賦此志憾」

（岐山）木蘇牧「読東坡集三首」
（柳村）古川清「読秋渚先生東坡生日詩次其原韻」
（雨山）長尾甲「東坡生日次韻」
以上「乙卯寿蘇会」

（衣洲）籾山逸「丙辰寿蘇会、予忝陪席末、賦此志感、即請雨山君撝両君教正」
（碩園）西村時彦「東坡生日子生君撝二君招飲見徴文詩、因賦呈乞正」
（竹隠）高野清雄「東坡生日長尾雨山富岡桃華招同東山清風閣同諸君作」
（秋渚）磯野惟秋「東坡先生生日雨山桃華二君依例招同友于春雲楼、席上観陳老蓮坡公笠屐図、図係雨山插架」
（邑盦）神田喜「夏正丙辰十二月十九日坡公生辰、長尾雨山富岡桃華二先生招飲一時名流于東山清風閣為寿蘇会。喜側聞盛事賦此、即請二先生誨政」
（雨山）長尾甲「東坡生日邀諸友、讌於東山酒楼、予以陳老蓮画公笠屐象、元祐党碑、柳侯廟碑及自所摂逍遥堂百歩洪照片陳列座上、敬為公寿賦此、以求同座諸大吟壇正和」、「丙辰寿蘇録題詩」四首
以上「丙辰寿蘇会」

（湖南）内藤虎「丁巳寿蘇録題詩」
（竹隠）高野清雄「陳章侯画東坡先生笠屐図歌」、「此日洞簫吹鶴巣曲以代鶴南飛」
（秋渚）磯野惟秋「丁巳東坡先生生日長尾子生招諸同人集清風閣酒間用蘇家故実、作五首小詩奉呈」
（檜谷）久保雅友「詠蘇絶句」
（千溪）藤波鏊「雨山先生恵贈寿蘇集、因次韻集中所載高什、以酬謝并請大政」
（雨山）長尾甲「東坡生日」、「又次公所作子由生日原韻」

以上「丁巳寿蘇会」

（竹隠）高野清雄「大正九年庚申二月八日即夏暦己未十二月十九日東坡先生生日、雨山先生招同名流於清風閣以為寿。按元豊二年己未八月十八日東坡先生赴招獄、十二月二十三日奉旨、二十八日出獄。次年庚申二月一日至黄州。因作此詩即請諸吟壇慈正」

（豹軒）鈴木虎雄「大正庚申二月八日初東山清風閣、陪雨山詩伯寿蘇筵」

（節堂）柴田忠克「庚申二月八日即夏正己未十二月十九日東坡生日、雨山長尾先生招諸同人於東山春雲楼。予亦与焉賦此志感。」

（檜谷）久保雅友「庚申二月初八日拜寄雨山長尾先生於東山寿蘇筵」

（缶盧）呉昌碩「長尾先生索賦寿蘇詞」

（臧堪）呉涵「雨山先生為蘇長公寿属詩、乞正之」

（一亭）王震「東坡抱硯図題詩」

（杜峰）庄司乙吉「東坡生日」

（鬼山）人見祐「東坡生日」

（雨山）長尾甲「己未東坡生日、邀飲諸名流于東山酒楼。是日聴泉逸史从浪華抱琴来、操古調曲。鹿叟霞峰二君遠従淞浜餉鱖魚。顧前年会友今不可復見者数人、能無離合存没之感乎。乃席間賦此以示諸君」、「東坡先生次其次劉景文詩韻」

以上「己未寿蘇会」

◎文
富岡謙藏、長尾甲同訂「公啓」
（碩園）西村時彦「乙卯寿蘇録序」
（静斎）牧野謙「読乙卯寿蘇録」
（雨山）長尾甲「乙卯寿蘇録序」
（湖南）内藤虎「丙辰寿蘇録序」
（雨山）長尾甲「丁巳寿蘇録序」、「己未寿蘇録序」

では、次章に具体的な作品について考えてみたい。

四　長尾雨山の作品について（一）

雨山の詩の中で、「東坡生日次韻」、「又次公所作子由生日原韻」、「東坡先生次其次劉景文詩韻」の三首は、雨山が蘇軾の原詩に次韻した詩である。蘇軾は陶淵明を敬慕し、特に晩年恵州から海南島に流されていた時代に淵明の詩に次韻した多くの作品を残した。古人の詩に次韻することは蘇軾以前には例をみないことであり、「和陶詩」とよばれるこの作品群は、古人に私淑する気持ちの表れである。雨山が蘇軾に次韻したのも同様に、古人を敬慕する気持ちの表れと考えられよう。

「東坡生日次韻」は第一回の「乙卯寿蘇会」において作られた作品である。次にその詩を挙げる。

東坡集無生日詩、叔党斜川集載次大人生日詩。蓋紹聖中従父在恵州時作其原詩。東坡集佚之耳。乃次叔党詩韻、用申景慕。

東坡集に生日の詩無し。叔党の斜川集に「大人の生日詩に次す」を載す。蓋し紹聖中父に従って恵州に在りし時、其の原詩を作る。東坡集之を佚する耳。乃ち叔党の詩韻に次して、用て景慕を申ぶ。

1皇天胡為忌完人　　皇天　胡為《なん》すれぞ完人を忌む
2抱璞見刖古所聞　　璞《はく》を抱いて刖《あし》きらるるは古より聞く所
3叔世既非無懐民　　叔世　既に無懐の民に非ざれば、
4抗心抵得往哲親　　心を抗《あ》げ　抵だ往哲と親しむを得《う》るのみ
5死生遑問蜉蝣身　　死生問うに遑《いとま》あらんや蜉蝣《ふゆう》の身
6徇俗煗飽非我仁　　俗に徇《したが》って煗飽《だんほう》するは我が仁に非らず
7文章報国志劬辛　　文章報国　志　劬辛し
8詩書梗腹吐不貧　　詩書腹を梗ぎて　吐きて貧ならず
9痛飲読騒靡霊均　　痛飲して騒を読み霊均を靡《さしまねく》く
10此心耿耿指蒼旻　　此の心　耿耿として蒼旻《そうびん》を指す
11志士溝壑事憂勤　　志士溝壑にありて　憂勤を事とし
12蹭蹬生毛胆輪囷　　蹭蹬　毛を生ずるも胆　輪囷たり
13眼前擾擾困蠅蚊　　眼前　擾擾《じょうじょう》　蠅蚊《ようぶん》に困《くる》しみ、
14一身雖黜道乃伸　　一身　黜《しりぞ》けらると雖も道は乃ち伸ぶ
15党籍碑前芳草新　　党籍碑前　芳草　新たなり

16陽羨未卜烟霞鄰
17讜論動触天子嗔
18七年往来瘴海浜
19百錬骨堅倍精神
20一生豈容委焚輪
21神仙回首廊廟珍
22牢騒搗薬隠荊榛
23笠屐逍遙鹿豕馴
24談禅時作僧舎賓
25夜雨対床空有云
26惜与阿弟難一醺
27瀛洲自存風気純
28後八百年話峨岷

陽羨 未だトせず烟霞の鄰
讜論 動《やや》もすれば天子の嗔《いか》りに触れ
七年往来す瘴海の浜
百錬の骨堅く精神倍《ま》し、
一生 豈に容《ゆる》さんや焚輪に委《ゆだ》ぬるを
神仙 首を回らす廊廟の珍
牢騒 薬を搗《つ》いて荊榛に隠る
笠屐《りゅうげき》逍遙して鹿豕《ろくし》と馴れ、
禅を談じて時に作《な》る僧舎の賓
夜雨対床 空しく云う有り
惜しむらくは阿弟と一醺すること難きを
瀛洲 自《おのずか》ら存す風気の純なるを
八百年後れて峨岷《がびん》を話《かた》る

雨山の序文にあるように、この詩は蘇軾の三男である蘇過（字叔党）『斜川集』巻一に収められる「次大人生日詩」(7)に次韻したものである。(8)蘇過の原詩は毎句ごとに押韻しており、雨山もすべて同一の字で押韻している。

熙寧元年（一〇六九年、蘇軾三四歳）蘇軾が中央政界に復帰した当時、神宗の治世下では王安石の改革が断行されていた。王安石ら新法派と意見が対立していた蘇軾は、王安石一派に憎まれ煩忙な職を命ぜられるなどし、熙寧四年には杭州への外任を願い出て中央政界を去る。しかし元豊二年（一〇七八年）、その作品中に政治への風諭があるとして拘留され（「烏臺詩案」）、一時は死を覚悟したが、百日の拘禁の後、許されて配所の黄州（湖北省）へ向かった。黄州では食事にも事欠くような苦しい生活を送り、五年後汝州（河南省）の団練副使に移されると常州（江蘇省）の陽羨に買った土地で隠居生活を送ることを願い出た。しかし元豊八年に神宗が崩じて哲宗が即位すると、神宗の母宣仁太后の摂政政権下で新法が廃止され、蘇軾は中央に召還されて元祐元年（一〇八六年）から三年半翰林学士を勤めた。

しかし紹聖元年（一〇九四年）哲宗が親政し章惇らが任用されると新法党が復活し、蘇軾ら旧法党は徹底的に追放された。蘇軾も翰林学士の職から英州（広東省）知事に左遷され、さらに恵州（広東省恵陽県）の司馬に流された。蘇軾は家族を常州へ送り、三男の蘇過と愛妾朝雲だけをともなって恵州へ赴任した。恵州へ来て三年目の紹聖三年に朝雲は亡くなる。章惇は蘇軾が恵州で作った詩に「報道す先生春睡の美なるを　道人軽く打つ五更の鐘」（「縦筆」）という句があるのを知り、蘇軾が恵州で安穏に暮らしているとして紹聖四年にさらに海南島州に配流したという。

雨山の詩は蘇軾が罪を受けて黄州に流されてから後の人生を中心に詠じたものである。

詩の前半（第一～第一四句）では、蘇軾が真の才能を抱きながら用いられず、いわれの無い迫害を受けるが、配所の苦しい生活の中でも士大夫として志を忘れず、常に泰然自若としていたことを詠じる。

詩の第二句の「抱璞見刖」は『韓非子』の和氏之璧（和氏は厲王、武王に璞玉を捧げたがいずれの王にも本物と信じられずに足を切られた）の故事を用い、真に才能があってもその価値を見出されることの困難を説く（『韓非子』第十三「和氏」）。

第三句の「叔世」は政治が衰えた世の中（『左伝』「昭公六年」）、「無懐民」は陶淵明『五柳先生伝』「賛」に「酣觴して詩を賦し、以て其の志を楽しましむ。無懐氏の民か、葛天氏の民か。」とあるように上古の理想的時代に生きた人々である。「煖飽」は煖衣飽食すること（『孟子・滕文公』）第九句の「騒」は『離騒』、「霊均」は屈原である。第十句の「蒼旻」はあおぞら。陶淵明『士不遇に感ずの賦』に「蒼旻は遐緬にして、人事は已むこと無し。」とある。ここでは世に隠れた日々を送ってはいても、経世済民の志を常に忘れずにいたことをいおう。

第十一句の「志士溝壑」は『孟子・滕文公下』に「志士は溝壑に在るを忘れず、勇士はその元《こうべ》を喪うことを忘れず。」とあるのに拠る。「溝壑」は谷底の意である。第十二句の「蹭蹬」は韓愈「南山の詩」に「攀縁すれば手足を脱して、蹭蹬として積甃に抵る。」とあり、よろめくさま。「生毛」は蘇軾の「李公恕闕に赴くを送る」詩に「君が才切玉の刀の如き有り、これを見れば凛凛として寒に毛を生ず。」とあるように、背筋がぞくっとするようなありさまである。ここでは前句の「溝壑」と対応して、一歩足を滑らせれば墜落するような危険な高みを指そう。「溝壑」、「蹭蹬生毛」は、蘇軾が死と隣り合わせの危険な立場に置かれていたことを象徴すると考えられる。

以下に前半部の訳を示す。

（訳）

天は完全な徳を備えた偉人を嫌ったのであろうか。本物の璞玉を捧げたのに、偽物と疑われ足を切られた和氏のように、なまじ優れた能力があるばかりに却って災難に遭うということは昔から聞くことだ。

末世の民はもはや無懐氏（神話上の太古の帝王）の民ではないので、志を高く保ち、ただ先哲とだけ親しく交わっていた。

かげろうのように儚いこの命をどうして惜しむことがあろうか、世間におもねって安逸な暮らしをするのは我が道ではない。

文章を著すことによって国に恩を返し、どんな苦労も厭わない。学問は腹一杯に詰まり、いくら吐いても尽きることはない。

大いに酒を飲み、『離騒』を読んで屈原の霊を招き寄せ、この心は一点の曇りも無く常に天に向かっている。

志士は困窮の谷底に陥っても国のために憂え力を尽くそうとし、〔切立った崖の淵のように〕よろめくと足をすべらせて落下しそうな〔危険な〕場所に在っても肝はどっしりと坐っている。

いつも蠅や蚊のような小人達に煩わされ、陥れられようとも志を捨てることは無かった。


詩の後半では烏臺詩案以降、蘇軾が海南島に流されるまでの事実や関連する故事を織り込みながら詠じる。第十五句「党籍碑」は徽宗の崇寧元年（一一〇二年）に新法を復活させた蔡京が、元祐党の司馬光以下三〇九人の名前と罪状を彫った碑であるが、元祐党の人々の子孫はこれを栄誉とした。「芳草新」であるが、前野直彬氏は「春草考」（『春草考　中国古典詩文論叢』秋山書店、平成六年）の中で、淮南小山の作と伝えられる楚辞招隠士の一節を踏まえ、六朝以降の詩において、春の若草を眺めつつ去って帰らぬ人を思う心を詠じた例が多く見られることを指摘する。ここでも雨山は亡き蘇公に思いをはせて発した語と考えられよう。第十七句に「讜論動触天子嗔」とあるが、『斜川集』の原詩にも「直言便ち天子の嗔に触れる」の語が見える。『斜川集校注』では注として『宋史』「蘇軾伝」に「紹聖の初め、御史、軾の内外制を掌るを論じて曰わく、作る所の詞命、以て先朝を譏刺すると爲す。遂に本官を以て英州に知たらしめ、尋いで一官を降だす、未だ至らざるに、寧遠軍節度副使、恵州安置に貶す。」とあるのを引く。蘇軾は紹聖元年（一〇九四年）六月に恵州に流され、元符三年（一一〇〇年）までの七年間海南島の儋にあった。

「廊廟の材」「廊廟の器」は国家の重責を担う才能のあるものを指す語であり、第二一句の「廊廟珍」というのは蘇軾のことを言おう。ここでは「神仙」と関連させて、韻字の「珍」を「珍羞」（お供え物）の意に用いたと考えられる。

第二二句の「搗薬」は『斜川集』原詩に「羅浮今に至るまで怪珍を余し、稚川（葛洪）の薬竈荆榛に隠る」とあり、このころの蘇軾の作品中にも養生や道術に関するものが散見する。「笠屐逍遙鹿豕馴」は『斜川集』巻一「大人の羅浮山に遊ぶに和す」に「茅を結んで麋鹿の友爲るを願い、無心に坐して豹虎の獰に伏す。」とある。

また第二五句の「夜雨対床空有云」は、蘇轍「逍遙堂に會宿す二首　并びに引」に、「轍幼にして子瞻に従いて讀書し、未だ嘗つて一日も相い捨てず。既に壮にして、將に四方に游宦し、韋蘇州の詩「安んぞ知らん風雨の夜、復た此に対床して眠るを」を讀み、惻然として之に感し、乃ち早く退きて、閑居の樂しみを爲すことを相い約す。」とあるのに拠る。雨山がこの時期の蘇軾にかかわりのある詩文を踏まえて詠じていることがわかろう。

後半部の訳を示す。

（訳）

元祐党の碑前には春草が萌え出で〔てもそこに蘇公の姿は無い〕、陽羨に住居を定めて煙霞の郷に良き隣人を得ないまま終わった。

しばしば諫言を行ったことによって天子の怒りに触れ、七年の間瘴気ただよう南方の地を往来した。

しかし鍛えぬかれた肉体に精神はますます壮健で、人生をうちひしがれたままに過ごすことは決してなかった。

神仙も廊廟に御供えしたご馳走にふりむくように、天子が国家の重臣を思い出してくれたこともあったが、蘇公は〔不平不満をかこちながら〕葛稚川にならって丹を練りながら藪の中に隠れ住んでいた。

隠者姿で散歩しては鹿やいのししを友とし、しばしば寺を訪れては禅を談じる。

早く官界を退いて雨の夜弟と枕を並べて語り明かそうという誓いは儚い夢となり、心残りはその弟と一献酌み交わすことができなかったことであろう。
わが国では今でも純粋な気風が損われず、〔蘇公の誕生後〕八百年を経た今日、蘇公の故郷を語りつつ誕生日をお祝いしている。

この詩は蘇軾の不遇な後半生を中心として詠じられている。この詩の主眼は、「志士溝壑事憂勤、蹭蹬生毛胆輪囷」、「百錬骨堅倍精神、一生豈容委焚輪」等とあるように、逆境にあっても常に万民のことを思い、運命に翻弄されることがなかった蘇軾の毅然とした人生態度を詠じることにあったのだろう。このような蘇軾の姿は、次にあげる「又次公所作子由生日原韻」（「丁巳寿蘇会」）ではよりいっそう強調されている。

五　長尾雨山の作品について（二）

「又次公所作子由生日原韻」又公の作る所の子由の生日の原韻に次す

1知命彭殤斉　忘己用舎一　　命を知れば彭殤斉しく　己を忘るれば用舎一なり
3独往復奚疑（9）　否泰信天騭　　独往　復た奚ぞ疑はん　否泰　天の騭《さだ》むるに信《まか》す
5孰測趙孟意　栄辱難可必　　孰《たれ》か測らん趙孟の意　栄辱必《かぎ》る可きことは難し
7観人観其心　毀誉或失実　　人を観るには其の心を観るべし　毀誉或ひは実を失せん。
9肚皮反時宜　直道柳下黜　　肚皮時宜に反し　直道　柳下黜けらる
11詩案徒射影　党碑謗未畢　　詩案　徒らに影を射て　党碑　謗ること未だ畢らず
13乃見公之大　苟合非其吉　　乃ち見る公の大　苟合は其れ吉に非ず。

15自古高明士　未免鬼覗室　古え自り高明の士　未だ鬼の室を覗くを免れず
17惟有文章留　雨粟畏其筆　惟だ文章の留る有りて　粟を雨らせ其の筆を畏る
19景淑公風節　洗觴酹生日　公の風節を景淑して　觴を洗ひて生日に酹《そそ》がん

詩の第一句から第八句では、蘇軾がその一生のうちに毀誉褒貶の激しい変化にさらされながら、人事を尽くして天命を待つという態度を堅持したことを詠じる。「彭殤」の「彭」は長命の仙人「彭祖」、「殤」は若死。王羲之の『蘭亭集序』には「固に知る死生を一にするは虚誕為り、彭殤を斉くするは妄作為るを〔固知一死生為虚誕、斉彭殤為妄作。〕」とある。「独往」は、『荘子』「在宥」に見える語で、[10]外物に役されず自由な様である。「否泰」は運命が塞がることと通じること。[11]「天隲」は天の定め[12]「趙孟」は春秋晋国趙盾（字孟）およびその子孫で、晋国の権力者であった。『孟子』「告子上」に「他人によって与えられた爵位の尊さはほんとうの尊さではない。趙孟がその権勢で与えた権力はまた趙孟の心ひとつで奪われる。〔人之所貴者、非良貴也。趙孟之所貴、趙孟能賎之。〕」とあるのに拠る。

第九句から第一八句は、蘇軾が才徳兼ね備えた人物であったにもかかわらず、その剛直な性質のためにしばしば小人に陥れられたがその名は蔽い難く、文章は後世に伝わり、後々まで人々に讃えられた、と述べる。[13]「柳下」は春秋時代魯の国の柳下恵で、直道を守って君主に仕えたがたびたび斥けられた。[14]「射影」は水中から人に向かって砂を射掛ける怪虫で、他人を中傷するものに喩えられた。「雨粟畏其筆」は『淮南子』「本経訓」に「昔蒼頡書を作る。而して天粟を雨せ、鬼夜に哭く。〔昔蒼頡作書而天雨粟、鬼夜哭。〕」とあるのによる。

以下に訳を示す。

（訳）


天命を悟れば長寿も夭逝も斉しく、己を虚しくすれば君主に用いられようとうち捨てられようと同じことだ。

何物にも役せられない自由自在な生き方に迷いはなく、出処進退は天の定めに従う。

趙孟のような時の権力者の好悪を推し量ることができようか。栄達と恥辱は思い通りにはならない。

人を見るときにはその人の心を見なければわからない。世間の毀誉褒貶は真実とは違うかもしれないのだから。

考え方が時流に反していたので、正しい道を行っても春秋時代の柳下恵のように度々退けられ、
烏臺詩案では無辜の中傷を受け、元祐党籍碑に名を列ねた人々への誹謗は止まない。

そこに蘇公の偉大さが表れている。いいかげんに人に合わせるのは幸いとはならない。

古より高明の士であっても、小人達に隙を狙われるのを免れ難かった。

しかしその文章は世に留まり、（昔倉頡が書を著した時のように）天は穀物を降らせてその文章を懼れ敬った。

蘇公の気概と節操を敬慕して、盃を清めて誕生日をお祭りしよう。


『蘇文忠公詩編注集成総案』（巻四二）によると、原詩の「子由生日」(15)は元符二年二月海南島での作である。蘇軾の詩は、この時期兄同様に左遷されていた弟の蘇轍の誕生日に送ったもの(16)である。雨山の詩では蘇軾が轍を詠じて「端として柳下恵の如し　焉ぞ往《かつ》て三たび黜けられざるや。〔端如柳下恵　焉往不三黜〕」とあるのと同様に「柳下恵」の故事を使用しているほかは、原詩と内容的な関わりはみられない。しかし西村時彦が先の文に続けて「然れども文忠の文忠為る所以は、履び貶斥に遭へども、終始忠愛渝はらざるに在り。」と述べるが如く、雨山は先の「東坡生日次韻」詩同様、世俗の毀誉褒貶からは超越し、心は何者にも束縛されない蘇軾の強靭さ、文章によって後世に名を残した蘇軾の偉大さを強調したかったのであろう。

「東坡生日次韻」と「又次公所作子由生日原韻」の二首で、雨山は蘇軾が最も困難な時期である海南島で詠じた作品に次韻している。このことは雨山にとって重要な意味があったと考えられる。次章で述べるように、寿蘇集を編纂した晩年の雨山は、彼自身も不遇をかこって隠居生活を送っていた。その境遇はしばしば蘇軾の境遇と重なるところがあり、雨山は自らの人生の感慨を蘇軾の人生に寄託して詩を詠じているように感じられる。この「又次公所作子由生日原韻」の詩の前半部分も、蘇軾の処世態度を詠じると同時に、雨山自らの心の有りようを詠じているとも考えられるのである。

六　長尾雨山の蘇軾観

以上の二首に明らかなように雨山は蘇軾を非常に尊崇していた。そのことは寿蘇集中の雨山のどの作品からもうかがうことができる。雨山はまず、蘇軾の国家に対する変わらぬ忠義を詠じる。

志節凜秋霜、風義挙朝卻　　志節 凜として秋霜、風義 挙朝卻ぞく
為君披腹心、[17]不敢負館閣　　君が為に腹心を披き、敢へて館閣に負かず
正言弁忠奸、博喩[18]窮美悪　　正言忠奸を弁じ、博喩美悪を窮む
群小相妬忌、搆陥何錯愕　　群小相妬忌し、搆陥《こうかん》何ぞ錯愕せん

〈東坡生日次其次劉景文詩韻〉

そして、名誉や爵位を塵芥のようにみなし、時流に合わなければさっと身を引いて隠遁生活に楽しみを見出す

という、潔い態度に共感を覚えている。

澹澹春夢中、浮雲視名爵　　澹澹春夢の中、浮雲のごとく名爵を視る
昂然麾松喬、揭来鄙衛霍　　昂然として松喬を麾き、揭来して衛霍を鄙しむ

（〈東坡生日次其次劉景文詩韻〉）

また、寿蘇会の参加者であった内藤湖南も、「丙辰寿蘇録の序」の中で、「世間の人々は蘇軾の風流ばかりを賞賛し、筆禍事件に遭った不幸を憤るぐらいだが、蘇軾の真の価値は、栄辱に恬淡として天命に安んじたことである」とし、次のように述べる。

東坡居士は少年中に科連に上り、人主に知らる、亦た嘗て才を以て当世に奮はんことを思へども、屢しば更に蹉跌憂讒に及び、禍を畏れ動もすれば要地を避く。亦た素より内典を喜み、名利に拘拘とせず。作る所の詩文は分に安んずるの語多くして、退之の輩の躁進して干求する者の比に非ず。…其の弟の子由、公事に臨むに必ず正を以てし、俯仰して俗に随ふ能はずと謂ふは、蓋し其れ自ら命を天に愛惜する者至って深く、人間の栄辱を以て之に易へるに忍びざるなり。挫敗竭蹶を取ると雖も敢へて恤《うれ》えざるなり。後の東坡を称する者は、多く其風流世に絶へたるを慕ひ、而して其の不遇を悲しむ者は、亦た詩案竄謫の酷《はなは》だ毒あるを憤るに過ぎざるのみ。彼は命を天に徇ふ者にして世の趨く所に徇わざるの隠、衷《まこと》に之を知る或るは鮮し。（〈東坡居士少年中上科連、見知於人主、亦嘗思以才奮当世。及屢更蹉跌憂讒、畏禍動避要地、亦素喜内典、不拘拘名利。所作詩文多安分語、非退之輩躁進干求者比。…其弟子由謂公臨事必以正、不能俯仰随俗、蓋其自愛惜命於天者至深、不忍以人間栄辱易之。雖取挫敗竭蹶不敢恤也。後之称東坡者、多慕

其風流絶世、而悲其不遇者、亦不過憤詩案竄謫之酷毒耳。彼徇命於天者而不徇世之所趨之隠衷鮮或之知矣。」

さきに赤壁会前の談話で雨山が「故人の高風を追懐欽仰することが、この会の唯一の精神でありたい。」と述べたのと同様、雨山が寿蘇会を開く目的も自らの尊崇の意を標榜することであった。「両辰寿蘇録題詩四首」では、自らの寿蘇会について、雨山は次のように詠じている。

有宋名称蘇玉局、至今風節凛如生　有宋に名は称さる蘇玉局、今に至るまで風節凛として生けるが如し
碑伝党籍偏寰宇、難掩千秋貫日誠　碑は党籍を伝えて寰宇に偏し、千秋掩い難し日を貫ぬくの誠　（其一）

寿蘇遺韻鶴南飛、故事流伝我亦依　寿蘇の遺韻鶴南飛し、故事流伝して我れ亦た依る
豈是尋常徴逐意、瓣香聊擬継風徽　豈に是れ尋常の徴逐の意ならんや、瓣香聊か擬す風徽を継ぐに　（其二）

其一では、蘇軾の高潔な人格やその忠義の心が今に至るまで人々に賞賛されているということを述べる。そして、其二では自分が寿蘇会を開く目的は、友達同士集まって懇親する（「徴逐意」）ためでは無く、彼の地の美風を継承し、蘇公を欽仰する（「瓣香」）ことである、と述べる。

先に挙げた西村時彦の「乙卯寿蘇録の序」の後半では、雨山についてさらに次のように述べる。

昔者柴野栗山幕府講官為り、毎歳後赤壁の夕に、客を邀いて酒を置く。享和壬戌は、干支適たま同じくして、因りて盛讌を張り、楽翁源公、贈るに鱸魚を以てし、時人之を栄とす。今、子生と栗山とは其の郷を同じくし、亦た其の

尚ぶ所の友を同じくす、而して其遇は則ち窮達懸かに殊なれり、悲まざる可けん哉。蓋し文忠の才の美は、学問文章政事自り、以て翰墨禅悟嬉笑怒罵の末に至るまで、伝う可からざる者莫し。是を以て、後世の人人其の一端を取りて、迭ひに相い傾慕す焉。然れども文忠の文忠為る所以は、屢貶斥に遭へども、終始忠愛渝《か》わらざるに在り。而して当時神宗、特に其の奇才を称す、固より言を知るに非ざれども、洛蜀の争に至り、則ち門下標榜の過、以て相ひ詬罵するを致すのみ。其迹を略《はか》りて而して其心を論ず可き也。顧るに栗山風流文采、蘇子に私淑し、而して子生の拳拳として已まざる所以の者は、蓋し此に在らずして、彼に在り。故に常に文忠生に屈し、而して死を伸ばすと称するは、其の志を知る可きのみ。嗚呼、子生の才の学を以て、斂迹発憤して、志を著書に専らにす。亦た其の古人と寿を同じうせざるを患えず。後世と与に則ち用舎通塞、豈に子生の為に言うに足らんや。〔昔者柴野栗山為幕府講官、毎歳後赤壁之夕、邀客置酒。享和壬戌、干支適同、因張盛讌、楽翁源公、贈以鱸魚、時人栄之。今子生与栗山同其郷、亦同其所尚友、而其遇則窮達懸殊、可不悲哉。蓋文忠之才之美、自学問文章政事、以至翰墨禅悟嬉笑怒罵之末、莫不可伝者。是以、後世人人取其一端、迭相傾慕焉。然文忠之所以為文忠、在于屢遭貶斥、終始忠愛不渝。而当時神宗特称其奇才、固非知言、至于洛蜀之争、則門下標榜之過、以致相詬罵耳。略其迹而論其心可也。顧栗山風流文采、私淑蘇子。而子生之所以拳拳不已者、蓋不在于此、而在于彼。故常称、文忠屈于生、而伸于死、其志可知已。嗚呼、以子生之才之学、而斂迹発憤、専志著書。亦不患其不与古人同寿。与後世則用舎通塞、豈足為子生言哉。〕

西村はここで雨山の同郷の先輩として、やはり蘇軾を崇拝していた柴野栗山について触れている。先に述べたように柴野栗山は、享和二年（一八〇二年）壬戌十月望夕に赤壁会を催した。その様子を辛島塩井は『駿台雅集記』に次のように記している。

享和壬戌十月之望、栗山柴山先生、招飲于駿台之邸、蓋継後赤壁游也。…主人先生開対嶽楼、捲画簾、施華席、及階庭皆布筵設几、酒器茗具、往往星陳于巽卉美竹之間矣。而及客至也、置旨酒、供珍羞、坐不必序、促膝把臂、劇談懽笑、且酔且飽、或踞石吟詩者有之、或俯欄望遠者有之。青矜妙齢、風姿瀟洒、舐筆和墨、山水花鳥、縦横揮洒者為文一。披鶴氅戴烏巾、隠几握麈、完爾観画者為主人先生、其高風清度、真神仙中人也。

このように、栗山の会では、烏巾鶴氅といういでたちの栗山を中心として、参加者が酒肴を楽しみ、こころゆくまで歓談していた様がわかる。この文章の後半では、この会で行われた様々な遊びについて記されている。例えば即興で山水画を描いたり、『後赤壁図』を観賞したり、『後赤壁賦』の句を用いて参加者が詩を作り互いに酬唱をしたり、[19]奇石を「小赤壁」と名づけて観賞したり、平家物語の演奏を聴いたり、鱸魚を味わったり、などである。柴野栗山のこの会は、まさに蘇東坡の『赤壁賦』の趣きを味わうための会であり、このような赤壁会は江戸人一流の雅な楽しみであったと思われる。彼らは『赤壁賦』の世界を取り入れながらも、そればかりには拘泥せず、時には日本流の風雅も取り入れて楽しんでいる。すべてにおいて蘇軾と赤壁に集中し、設えも徹底して中国風にこだわった雨山の「赤壁会」とはいささか趣が異なるといえよう。

雨山の「寿蘇会」「赤壁会」は、実際に中国に滞在した経験を活かし、雨山が当時の日中の文化の粋を集めようと企図していた。また第一回の「寿蘇会」には、羅振玉、王國維が名を連ねたり、雨山と交流のあった浙江の著名な文人、呉昌碩（一八四四―一九二七年）[20]が会に詩を寄せる、など実際に日中の文人の交流の場という意義もあった。このように、江戸時代に生きた栗山と、実際に中国の地で活躍した雨山とは、個人的経歴も時代背景も異なり、両者の蘇軾に対する感覚も異なって当然であるが、やはり会を開いた両者の目指す方向に差異があったと考えられる。両者の「赤壁会」を比較すると、雨山の会では栗山らが追求したような風雅な遊び心は第一の目的ではなく、蘇軾個人への崇拝の念がより強く表現されている。蘇軾の生日を祝った「寿蘇会」ならば尚さら尊敬の念は強調されたことであろう。(21)

さきの文章で西村は栗山と雨山の経歴を比べ、「其遇則窮達懸殊、可不悲哉」と述べる。早くから才能を見出され、三二歳で阿波藩の儒臣となり五三歳で昌平黌の教官という要職にあった柴野栗山野と異なり、長尾雨山は充分に才能を発揮する機会がないまま、東京高等師範学校教官等の職を辞して渡航し、帰国後も京都で隠居生活を送らざるをえなかったとして、西村は彼の不幸を嘆いているのであろう。

杉村邦彦氏は「有関長尾雨山的研究資料及其韵事若干」(22)の中で雨山の人生の蹉跌について次のように述べる。

(雨山は)生前に自らの専著を刊行することもなく、正式に彼の学問、芸術を継承する弟子もなかった。晩年は在野の処士としての生活を送り、その生涯を終えた。明治三十五年に教科書汚職事件に連座し、官位と職とを奪われると、曾て雨山が東京高等師范学校の教授を務めたという事実も抹殺され、除名された。また中国においては、商務印書館に十二年間奉職したにもかかわらず、商務印書館が日本軍に破壊されたという理由によって彼の名は商務印書館の正式な歴史から消された。雨山は才能に溢れ、学問も淵博でありながら、日中双方で彼の真の価値を知る者はほとんど無い。雨山は人生の足跡を埋没させたまま、その悲劇的生涯を終えたのである。

寿蘇集の雨山の詩は主として、蘇軾の晩年の不遇な時期に詠じている。雨山は蘇軾が挫折の多い人生を送りながら、世俗の毀誉褒貶に煩わされず、人事を尽して天命を待つという人生態度を貫いたことに強く共鳴していた。雨山の以上のような経歴を考え合わせると、これらの詩は彼が晩年ますます蘇軾への敬愛を深め、蘇軾の人生に自らの人生を重ね合わせ、その感慨を寄託したものと理解できよう。蘇軾を敬慕しその人生を詠じることが、晩年の雨山にとって大きな心の支えであったことは、他の文章からもうかがうことができる。

雨山は大正七年（一九一八年）に行われた第三回の「丁巳寿蘇会」の後、共に会を開催した富岡桃華の夭折に遭い、桃華を追悼するため第四回の開催を一年見送っている。「丁巳寿蘇会」の後に編纂された『丁巳寿蘇録』の「序」で、雨山は友を悼んで次のように記している。

烏乎、天の人に賦す所の豊嗇は、一生の寿夭のみならず、身の窮通も固より人力を以て之を如何ともす可からず。即ち蘇公の如き、素より英偉絶特の資を抱くとも、詩案の禍艱阨相に当って天下を尋ぬるは、後世の共に惜む所となる。是を以て其の生日を寿ぐ者は、今に至るまで已まず。其の身は死すと雖も、其の人は猶お生けるがごとし。君撝は俊敏篤学にして、出て大学講師と為るも、未だ甚しくは顕達せず。君撝を識る者は、僉《ことごと》く其の才を伸ばすを得ず、齢少甲八歳にして先に逝くを惜しむ、天の賦する所、何ぞ其れ嗇《やぶさ》かならんや。然りと雖も生は栄寿を享するも、一たび死して木石と同に朽ちる者何ぞ限あらんや。而して君撝の著述世に行われ、其名は必ず後に伝はらん。夫れ天の賦する所の者は、生前の事のみ。身後の顕晦は人の自ら致す所にして、天亦た之を能く奪ふべけんや。君撝命短しと雖ども、将に名を顕らかにせん歟。〔烏乎天之所賦於人豊嗇、不一生之寿夭、身之窮通固不可以人力如之何。即如蘇公、素抱英偉絶特之資、而詩案当禍艱阨相尋天下、後世之所共惜焉。是以寿其生日者、至今不已。其身雖死、其人猶生也。君撝俊敏篤学、出為大学講師、未甚顕達、識君撝者、僉惜不得伸其才、齢少甲八歳而先逝、天之所賦、何其嗇矣。雖然生享栄寿、一死与木石同朽者何限。而君撝著述行世、其名必伝於後。夫天之所賦者、生前之事而已。身後顕晦人所自致、天亦不能奪之矣。君撝雖短於命、将顕於名歟。〕

ここで雨山は、たとえ天が君撝に与えた寿命は短く、現世では十分に才能を発揮できなくとも、蘇軾がその文章によって後世に不滅の名を残したように、その名声は著述によって永遠に後世に伝わるであろうと述べる。雨山の晩年もまた、「子生の才の学を以て、而斂迹発憤して、志を著書に専らにす。」（西村・上述の文）であった。雨山がこのように著述に情熱を注いだのは、著述を残すことこそが不幸な運命に自らの力で対抗できる方法であると考えていたからであることがわかろう。そして蘇軾を自らの偉大な先達として、常に心に置いていたことが窺われる。雨山は寿蘇集の詩において、蘇軾を景仰してその人生を称えると同時に、自らを励まし、その生きる道を世間に表明していたと考えられるのだ。

（1）これらの作品の多くは詩文のみが残るが、メトロポリタン美術館所蔵の『東坡笠屐図』など、国内外に絵画が現存するものもある。（島田修二郎、入矢義高『禅林画賛　中世水墨画を読む』毎日新聞社、一九八七年参照。）その他、救仁郷秀明氏「日本における蘇軾像――東京国立博物館保管の模本を中心とする資料紹介――」（『MUSEUM』四九四号、東京国立博物館美術誌、一九九二年五月）等の論文の中で、蘇軾の肖像画や、蘇軾の詩文・故事を題材として描かれた絵画が紹介されている。『翰林五鳳集』については蔭木英雄氏に「『翰林五鳳集』について――近世初期漢文学管見――」（『相愛大学研究論集』第四巻、一九八八年）等の研究がある。

（2）『書論』書論研究会、第二〇号、一九八二年。

（3）『書論』書論研究会、第五号、一九七四年。

（4）『墨美』墨美社、第二五二、二五三号、一九七五年七月、八月。

（5）『冊府』彙文堂、第一〇号―第二一号（昭和三四年五月―昭和四〇年正月）

（6）「金港堂、商務印書館、繍像小説」（『清末小説閑話』法律文化社、一九八三年）。

（7）趙懐玉は蘇過のこの詩を「蓋紹聖元年在恵州時作」としているが、王文誥『蘇文忠公詩編注集成総案』には紹聖二年蘇過の作としてこの詩を引く。舒大剛等『斜川集校注』（巴蜀書社、一九九六年）も王説に従う。

（8）「次大人生日」（蘇過『斜川集』巻二）

陰功若以物假人　陰功 物を以て人に假すが若く
酬而不酢非所聞　酬いて酢《むくい》いざるは聞く所に非ず
丙吉于公徳在民　丙吉于公 徳 民に在り
皇天祐善初無親　皇天 善を祐く初めより親しむ無し
自我高曾逮公身　我が高曾自り公の身に逮ぶまで
奕世戴徳一於仁　奕世徳を戴いて仁を一にす
遇苦即救志劬辛　苦しみに遇へば即はち救い劬辛を志し
豈択富貴与賤貧　豈に富貴と賤貧とを択ばんや
久推是心誠而均　久しく推す是の心 誠にして均し
可貴白日照蒼旻　貴ぶ可し白日蒼旻を照らすを
譬如農夫耘耘勤　譬ふれば農夫の耘耘に勤め
自有豊年穫千囷　自ら豊年有りて千囷を穫るが如し
公何屢困縄与蚊　公 何ぞ屢しば縄と蚊に困しめらる
身雖厄窮道益信　身は厄窮すと雖も 道 益々信なり
天不俾之爵祿新　天之を俾《し》て爵祿新たならしめず
琢磨功行真人鄰　功行を琢磨す真人の鄰
直言便触天子嗔　直言 便はち天子の嗔りに触れ
万里遠謫南海浜　万里 遠謫す南海の浜
朝夕導引存吾神　朝夕導引して吾神を存し
両儀入腹如車輪　両儀腹に入りて車輪の如し

羅浮至今余怪珍　羅浮今に至るまで怪珍を余し
稚川薬竈隠荊榛　稚川の薬竈 荊榛に隠る
飛騰澗谷不可馴　飛騰 澗谷 馴れる可からず
有道或肯来相賓　有道或は肯ぜん来りて相い賓となるを
区区功名安足云　区区たる功名 安んぞ云ふに足らんや
幸此不為世俗醺　幸いに此に 世俗に醺《そ》められず
丹砂儻結道力純　丹砂 儻《も》し結すれば道力 純たり
冷然御風帰峨岷　冷然として風を御して峨岷に帰らん

(9) 陶淵明「歸去來辞」聊乘化以帰尽、楽夫天命復奚疑。

(10) 出入六合、遊乎九州、独往独來、是謂独有。

(11) 易の卦で否塞と通泰。

(12) 『書経』「洪範」惟天陰隲下民。「傳」隲、定也。

(13) 晋袁宏『三国名臣序讃』於是君臣離而名教薄、世多乱而時不治。故蘧、甯以之巻舒、柳下以之三黜。

(14) 『詩経』「小雅・何人斯」「鄭箋」一名射工、俗呼之水弩。在水中含沙射人、一云射人影。

(15) 蘇軾「子由生日」

上天不難知　好悪與我一　上天知るは難からず　好悪我と一なり
方其未定間　人力破隠隲　方に其の未だ定らざるの間　人力 隠隲《いんしつ》を破る
小忍待其定　報応真可必　小らく忍びて其の定まるを待ち　報応 真に必《かぎ》る可し
季氏生而仁　観過見其実　季氏生れてより仁　過を観れば其の実見はる
端如柳下恵　焉往不三黜　端として柳下恵の如し　焉ぞ往《かつ》て三たび黜けられざるや
天有時而定　寿考未易畢　天時有りて定まり　寿考未だ易くは畢らず

児孫七男子　次第皆逢吉　児孫七男子　次第皆 吉に逢ふ
遙知設羅門　独掩懸磬室　遙かに知る羅を設くるの門　独り掩《とざ》す磬を懸くるの室
回思十年事　無愧篋中筆　回思す十年の事　篋中の筆に愧づる無し
但願白髪兄　年年作生日　但だ願ふ白髪の兄　年年生日を作さんことを

(16)『欒城後集』巻之二には、蘇轍が次韻した「次韻子瞻寄賀生日」詩が見える。

(17)『史記』「淮陰侯傳」臣願披腹心輸肝膽、效愚計。

(18)『礼記』「学記」君子知至学之難易、而知其美惡、然後能博喩、能博喩、然後能為師。

(19)この時彼らが作った詩文は『与楽園叢書』巻十五「赤壁会詩歌」に収められている。

(20)雨山と呉昌碩の交際については杉村邦彦氏「有関長尾雨山的研究資料及其韵事若干」の中に詳く論じられている。雨山は『缶廬詩函』を監修し、『缶廬墨戯』（一九二二年、高島屋呉服店美朮部）、『缶廬墨戯二集』（一九二六年同上）、『缶廬遺墨集』（一九二八年同上）に序文を書いている。

(21)雨山の「己未寿蘇録の序」によると、栗山は蘇軾の生日を祝ったと見えるが具体的な内容は不明。

(22)『西冷印社建設九十年紀年論文集　印学論談』西湖西冷印社、一九九三年三一三頁—。原文は中国語。池澤訳。

中国における茶文化の復活

彭　浩

一　はじめに

洋の東西を問わず茶ほど日常的なものはない。だが、「茶の道」は深くて広い。茶文化は中国から日本に伝わったが、日本では唐代と宋代の茶文化が「茶の湯」となり、明代の文人の茶文化が「煎茶道」となり今日に至っている。世界で「茶道」といえば日本の文化だと思われている。しかし、中国にはその文化の源があり、茶道は中国にある。ただ、茶文化のかたちと伝承が日本と異なる。茶を通して求めているものも違う。

特定の文化現象は必ず特定の社会集団に根付く。歴史を見ると日本の社会構造のなかで上流社会が茶文化を育んだ。茶道は茶の文化的な機能を重んじて、俗世界から離れる審美的な宗教の意味合いがあり、武士道に通ずる禅の精神がある。日本の茶道は中国の禅宗の茶の系統を伝承して、茶を「非茶」にするところに意味がある。ここで言う「非茶」とは、茶そのもののみではなく、精神的、美的な面を重んじる茶道である。

これに対して中国の茶文化は儒教、道教と仏教から大きな影響を受けながら発展してきた。特に現実を重んじる中国の主流文化である儒教と道教が茶文化に大きな影響を与えて、茶文化の世俗化に一役かった。衆生をあまねく済度する仏教は中国に入ってから現実的な「見性成仏」、「頓悟」と主張する禅宗になった。仏教寺院の茶は禅宗の影響が強い。最初は座禅の時に眠気を覚ますことが目的であったが、しだいに制度化された儀式となり、喫茶は禅の修業と同時に行われるようになった。寺院から民間に伝わってきた茶文化は貴族、文人と庶民の間に普及するや宗教的な意味合いが薄くなり、世俗社会の文化の一つになってきた。中国の茶文化は精神性よりも茶の実用的な機能を重んじている。即ち渇きを癒す効果、健康に良い効果など茶の効用に重きを置くのである。「喫茶」そのものが目的である。中国の茶文化が世俗的になったもう一つの理由としては社会階層の不安定性にある。日本の天皇制下の社会構造と異なり、中国の歴代王朝の交代と近・現代社会の激変は社会階層に大きな変化をもたらした。上流階層の人が庶民に下がることもあるし、庶民あるいは下層の人が新しい上流社会の一員に上ることもある。それ故、特定の社会階層の文化はそのまま社会集団の中で伝承されなくなる。現代中国の革命により伝統文化は世俗化(大衆化)されていった。喫茶文化も世俗的な大衆文化になったのである。

しかし、今中国では喫茶文化のルネサンスとでも言える新しい動きが出てきたことは注目に値する。一九八〇年代に改革開放政策がとられて以来、中国社会は大きく変化している。経済の発展により社会階層が大きく分化して、文化的素養と消費能力を持つ新しい中間階層(中産階級)が誕生した。彼らは庶民的な生活感が溢れる昔の茶館と異なった、また革命時代になかった新しい社会空間を求めるようになった。人間の内面的なものを求めはじめた知識人の間で「文化」ブームが起こり、伝統文化を再評価しようという動きが出てきた。この社会背景の下で茶文化ブームが盛んになる。

「茶芸」という言葉が一九七〇年代に台湾で生まれた。台湾の茶芸が一九八〇年代に大陸に入って、しだいに人々の生活に取り込まれてきた。新しい中間階層の趣向に合わせて、全国では茶館・茶芸館などが次から次へと現れた。また、インターネット茶館も人気を集めだした。上海人民ラジオ放送局と上海茶葉学会が協力して一九九二年から「空中茶館」の放送を始めた。それはラジオを通して茶館と同じように自由自在に話ができ、人々に愛されている。一方、日本や韓国との茶文化交流も盛んになり、中国では茶文化を逆輸入している。日本の裏千家の一五代家元鵬雲斎宗室は一九八〇年に茶道里帰りをして以来、北京外国語大学や天津裏千家茶道短期大学で茶の湯をはじめ日本の伝統文化を教えている。一方、裏千家の北京支部は中国の寺院で僧侶たちに日本の茶道を伝えている。

このような状況の下で中国茶文化に関する研究が盛んに行われるようになった。一九九〇年代後半から浩耕・梅重編集の『中国茶文化叢書』（一〇巻）と余悦編集の『中国茶文化叢書』（一〇巻）などが刊行されたのをはじめ、関連の辞典類十数冊、茶全般に関する百科・便覧類十数冊、茶文化・喫茶法などに関する概説書は一〇〇冊に近い。茶書を中心とした資料集・茶書の注釈と解題や民間故事を含む資料などの資料類数一〇冊、時代や地域別の茶史類三〇冊近くが刊行された。茶道具・茶品と技術的な方面からの研究も多い。茶文化研究論著も続々出版されている。茶関連の業界もあらゆる面から研究を進めているが、茶業界が経済的に発展したことと無縁ではない。また、茶の産地である浙江省、四川省、安徽省、福建省などでも研究が盛んになっている。はじめは総論のような論著が多かったが、一九九〇年代後半から緻密で学術的な研究が増している。そのほか、「国際茶文化研究学会」をはじめ、様々な茶文化研究の学会が定期的に開催されている。また、「国際茶博覧会交易会」も定期的に開催されるようになった。

茶は中国で生まれ、中国・アジア、そして、世界が育てた嗜好品である。古代から茶が媒体となって地域間や漢民族と少数民族の間の文化・経済交流と発展をもたらした。茶聖と言われた唐代の陸羽（七三三？〜八〇三年）は茶についての世界で最初の専門書である『茶経』を七六五年に著わした。その後、茶文化が僧侶、貴族、文人の間で盛んになり、やがて一般庶民まで普及した。唐代の茶は今の葉茶と異なった固形の餅茶が代表的な茶であり、これを粉末にして飲んでいた。宋代になると、茶文化がさらに進んで製茶法が変わり、末茶（茶採みした茶を加熱して製茶された粉末の茶）が普及して、末茶の文化が絶頂期を迎えた。点てられた茶の味を賞味するだけではなく、闘茶・闘試・茗戦などとよばれ、宋代では一つの遊技となっていた。また、この時代に茶書、茶に関する詩文が数多く残されている。この茶文化が日本の「茶の湯」に大きな影響を与えた。布目潮渢が『中国喫茶文化史』において、日本の「茶の湯」に用いられている抹茶は「末茶」としてすでに『茶経』に見え、また日本で現在生産されている緑茶は製法上から言えば、蒸し茶でこれも『茶経』に見える茶の製法であると指摘した。(1) 明代になって、茶文化が再び開花した。葉茶が普及して現在のような葉茶が喫茶の主流となる。明代の文人趣味の喫茶が日本の「煎茶道」の形成に大きな影響を与えた。

唐代から宋、明にかけて、茶文化が僧侶や文人たちによって中国から日本に伝わり、日本では「茶道」――「茶の湯」の「和敬清寂」の世界が生まれた。また、日本人は「煎茶道」の道を開いた。こうして、「茶道」は日本の伝統文化の一つに見られている。

歴史から見ると、茶は文化の形成と交流、経済の発展と社会の変化に大きなインパクトを与えてきた。ところが、中国では『辞海』、『詞源』、『新華辞典』などの辞書類に「茶道」という言葉が載っていない。日本のような壮大な組織と管理の仕組みである家元制度による「型」を重んじる諸流派もない。しかし、中国では三国時代から現代まで喫茶の文化が製茶法や喫茶法などを変えながら、寺院から宮廷、文人、庶民にまで普及し、愛されているのである。

本論文では喫茶の歴史と一九八〇年代以降の中国の茶文化ブームを踏まえ、茶館・茶芸館を通して、改革開放以後の多様化する現代中国の社会階層と茶文化復活の関連性を明らかにしたい。また、中国人が求めている茶道を日本の茶の湯・煎茶道と比較しながら日中文化の特質の考察を試みる。

二　茶文化の起源と発展

喫茶が中国起源であることは周知のことである。「茶」の聖典といわれる『茶経』によれば、喫茶習慣は「神農」氏の時代から始まり、周公旦も「茶」を楽しんだことがある。喫茶二〇〇〇年の歴史は漢字文献によって確かめることができる。しかも喫茶については、一部上流階級の嗜好品から一般に普及し発展するまでのことを文献記録によって確認することができる。中国の喫茶の起源について、文化人類学者たちは照葉樹林文化の下、あるいは東アジア半月弧にあると考えている。

「茶」の字は喫茶が普及してから作られた漢字であり、唐代の『開元文字音義』に初めて現れた。六朝・隋唐の時代では宗教的な雰囲気が濃くなり、「入世」の儒教、「出世」の仏教、「出世」と「入世」の間にある道教が喫茶文化を育んだ。また禅宗が茶文化に大きな影響を与え、「茶禅一味」の精神が生まれた。唐代では朝廷から僧侶・文人まで茶を愛し、王室宮廷の貴族の茶、士大夫の茶と僧侶の茶があった。士大夫と僧侶の茶には儒・道・仏の中庸・調和・淡泊の精神性が見られ、彼らは道徳の修養を重んじて茶学の形成と茶文化の普及に大きな影響を与えた。茶を嗜むことによって、道教の理想に繋がる仙境に憧れた詩人たちが数多くの茶詩を残した。唐代の名画「唐後従行図」に美しい則天武后の周りに茶托を手にした一人の宮女が描かれていたことから茶の流行が窺える。中国の辞書に「茶道」という言葉が記載されていないが、中国の茶道が古代に既にあったことは陸羽の『茶経』から明らかである。『茶経』には唐代の茶についての知識がすべて凝集されている。『茶経』一之源は「茶は南方の嘉木なり」で始まる。千利休の高弟の南坊宗啓が利休から聞いた事をまとめた『南方録』の書名はこれに基づく。南方とは中国南方の亜熱帯地域を指す。

詩僧であり、茶人でもある皎然は陸羽の「忘年の友」である。彼の詩「飲茶歌誚崔石使君」「飲茶の歌崔石使君を誚《そし》る」には、「一飲滌昏寐、情思爽朗満天地。再飲清我神、忽如飛雨灑軽塵。三飲便得道、何須苦心破煩悩」、「孰知茶道全尓真、唯有丹丘得如此」とある。「一飲すれば昏寐を滌き、情来りて朗爽天地に満つ。再飲すれば我が神を清め、忽ち飛雨の軽塵に灑ぐが如し。三飲すれば便ち道を得、何ぞ須ひん苦心して煩悩を破るを。」「孰か知る茶道の爾が眞を全するを、唯だ丹丘の得ること此の如き有るのみ」（佐藤保先生の書き下しを借用させていただいた。）。これは「茶道」という言葉を初めて用いた詩であり、茶を飲む作法と茶によって修行する二つの意味があると思われる。陸羽とほぼ同時代の封演は『封氏見聞記』巻六の飲茶の項において、以下のように記述している。「楚の人、陸鴻漸（字・羽）が茶論を作り、茶の功効ならびに煎茶・炙茶（しゃちゃ）の法を説き、茶具の二四事を造り、都統篭（茶器篭）を以て貯え、遠近傾慕し、好事の者、家に一副を蔵す。常伯熊なるものあり、また鴻漸の論に因り、広く潤色す。ここにおいて、茶道大いに行われ、王公朝士飲まざる者無し」とある。「茶道」の文字が初めて書物に登場した。ここで言う「茶道大いに行われる」の「茶道」とは「飲茶の道」であり、飲茶の作法を通して精神的な豊かさを求める「飲茶の芸術」であると言えよう。布目潮渢は、これを陸羽式の茶道が流行したことを示していると解している。[2]『茶経』では、茶は「最も精行倹徳の人に宜し」「茶の性は倹」と述べている。つまり茶は行いの優れた人、素朴な精神を持っている人の飲料にふさわしいと言う。陸羽式茶道の精神としての倹は、千利休の侘び茶の精神に通ずるものである。しかし、陸羽の茶道には手前の様式化がないばかりか彼は家元でもない。その地位の世襲者・後継者もいない。ここが中国の茶道と日本の茶道の根本的な違いである。

『封氏見聞記』では茶道の普及について「人自ら懐挟し、至る処煮飲す。これより転じあい倣効し、遂に風俗となる」とある。また「道俗を問わず、銭を投じて取りて飲む」と記している。封演の記述では飲茶が唐の玄宗の開元年間に泰山の霊巌寺という禅寺より広まり、ついに喫茶が風俗とまでなった。さらに塞外の遊牧民族にまで広がったことを明らかにしているのである。唐代末期の楊曄の『膳夫経』においても茶について同様のことを記している。この二冊の記載から飲茶は唐代の開元・天宝の時期、つまり八世紀前半に広く一般に普及するようになり、以後急速に飲茶が一般庶民にまで浸透したことがわかる。それが漢民族だけではなくウイグルとチベットにも伝わった。『新唐書・隠逸伝・陸羽』では、中唐の時、「回紇入朝し、始めて馬を駆って茶を買う」と記述された。また、『封氏聞見記』の飲茶のところにも同様の記述が見える。中原と契丹、党項、蒙古など少数民族の間の茶馬貿易が唐代から始まったのである。一方、日本の遣唐使たちが茶の種を日本に持ち帰って、茶文化が日本に伝わってきた。

中国茶は「唐に興り宋に盛んとなる」と言われている。中国喫茶文化史において、宋代は輝かしい時代であった。茶の世界において質、量、それに内容の多彩さで飛躍的な広がりを示している。茶碗の改良発展に目覚しいものがある。喫茶文化が栄えて茶書や詩文が多く残された。貢茶は唐代から始まったものだが、宋代にそれが多様化されていった。竜や鳳凰の型に入れた皇帝用の新しい「龍鳳団茶」が発表された。宋代は隋唐の時代にあった「煮茶や煎茶」を伝承した上、新しい「点茶」も生み、点茶、分茶と闘茶に関する記録が多く残っている。唐からあったと言われる茶のよし悪しを競いあう「闘茶」が宋で非常に盛んに行われた。宋代の茶書では蔡襄（一〇一二―六七年）の『茶録』が現存する最古のものである。日本では鎌倉時代の末に「茶の同異を知る」闘茶会が流行したが、これは中国から伝わってきたものだと思われる。北宋末の徽宗皇帝は『大観茶論』を書き上げ、その中でもっとも注目されるのが、今も日本の茶道で用いられている茶筅が初めて文献に登場したことである。日本の茶の湯は茶筅があって初めて成立しているが、この茶筅は中国の宋代に起源する。宋代の史料には茶書のほかに、唐代よりはるかに膨大な詩文の史料がある。それだけ茶道が盛んであったのであろう。ただし、茶書による叙述は皇帝を中心とした上流階層の喫茶に限られたものである。

日本の平安時代に僧侶たちが再び中国に入り、茶文化をはじめ宋代の文化を日本に持ち帰っている。聖一国師（当時円爾弁円と呼ばれ）（一二〇二―八〇年）が栄西より四〇年ほど後の嘉禎元年に宋へ留学した。明州の阿育王寺、天童寺、杭州の霊隠寺、径山などで修行を積み、径山萬寿寺の名僧無準師範（仏鑑円照禅師）から法嗣の印可を受け仁治二年帰国した。茶の種子と共に『禅苑清規』という禅院の礼式作法を定めた書を持ち帰りこれに基づいて東福寺規制を作った。その中には禅寺の喫茶喫飯の儀礼・様式が定められている。一定の決まりによって行う作法は日本の茶礼の創始として、茶の湯の原型となるものである。

元朝では宋朝に続いて喫茶が行われ、「団茶」と「餅茶」は宮廷への献上や上流階級の為にあり、民間では散茶、末茶が主であった。また、新しく武夷山に御茶園が開創されている。元代の茶に関する史料は少ないが、王禎の『農書』（北京農業出版社　一九八一年）に百穀譜集の一〇に茶の項目がある。その中の末茶製法をみると、今の中国緑茶の製法との違いは蒸製と炒製の違いであり、元代の製法は日本の現在の緑茶製法である蒸し緑茶と同じである。これは日本の抹茶の起源を考える上での重要な史料だと布目潮渢が指摘した。[3] しかし、この末茶は明代ではほとんど姿を消してしまうが、その前の段階に末茶が存在していたこと、そして製茶法も記されていたことは重要な意味を持っている。『農書』の末茶の点て方は宋代の竜団鳳餅の粉末の点て方と同様の内容を述べている。『農書』は元代の茶を対象として、唐代の『茶経』以後初めて茶全般にわたって記述したきわめて重要な史料である。

明代は茶の製造方法から飲用方法まで全てが変革された。煩雑極まる宋と以前の製茶と飲用法に対する反動から明代の茶は簡単明瞭で実用的であった。葉茶が普及して、現在のような葉茶が喫茶の主流となった。中国茶の性格は明・清代に完成されたと言われている。文献としては『茶経』に粗茶・散茶・末茶・餅茶の四分類の一つとして見えた末茶が明代の中葉に至ってほとんどなくなった。このことは丘濬の『大学衍義補』巻二九に記録されている。その頃の日本では足利義政によって東山山荘（銀閣）の造営が始まり、村田珠光が抹茶を用いた茶の湯の創始者として活躍した時代であった。

明代の茶に関する本は朱元璋の第一七番目の息子である朱権の『茶譜』がある。その中では蒸青散葉茶の楽しみ方、茶の保管、水質などについて述べられている。明代の茶書として最もすぐれたものとされているのが許次紓の『茶疏』であり、明代の喫茶について記述している。茶のいれ方（烹点）は日本の煎茶・玉露のいれ方と似ている。しかし明代の茶は日本のように、家元による流儀が確立していないため、決まったお手前がなく、人によって入れ方は色々ある。明代の茶で使われた茶器が日本に伝わり煎茶道の茶器となった。ここで言う明代の喫茶は嘉靖年間から万暦年間にかけて盛んになった文人趣味の喫茶である。その文人趣味は以前のような官界中心のものではなく、在野の人たちも文人趣味を楽しむようになったことがこの時代の特徴である。この背景には商業の発達に伴う商人社会の台頭がある。この時代で最も重要とされた出来事は「小茶壺」の誕生だという。中国で初めての紫砂壺に関する専門書である「陽羨茗壺系」が周高起によって書き残された。一方、日本では鎌倉・室町時代に五山の禅僧による漢詩文を中心とする文人趣味が盛行した。その余韻の中に持ち込まれたのが明代の文人趣味の喫茶である。その延長線上に、日本の煎茶道が形成された。

清代に入っても明代の葉茶はほとんどそのまま受け継がれた。貢茶の産地が更に広がり、皇帝が自ら貢茶を指名したという記録も残っている。杭州にある西湖龍井村の一八本の「御茶」は清代高宗乾隆帝から賜った名前で、茶好きな皇帝として有名な乾隆皇帝が数々の茶に関する詩や逸話を残している。咸豊三年に「茶葉通関税」が導入され、水路と陸路に設けた税関に国の規定した税金を払えば、茶商人は自由に茶の取引ができるようになった。長い間、国によって統制されてきた茶の貿易と経営は再び民間の手に委ねられるようになった。この「茶葉通関税」の導入と海外貿易の奨励により、伝統的な陸路に加え水路を使った茶貿易が始まった。中国茶の輸出先はポルトガル、オランダ、イギリスなどであった。一七世紀の半ば頃からヨーロッパでは、まず上流社会で中国茶を飲むようになり、一八世紀にはイギリスを中心に喫茶が大流行した。茶の需要の増大に伴って、イギリスから中国に大量の銀が流出したため、イギリス政府は銀貨の海外持ち出し禁止令を打ち出したほどであった。

清代に福建省や広東省では烏龍茶の「功夫（工夫）茶」が流行り、「小壺泡烏龍」という言葉からも分かるように、茶だけではなく、茶器に対しても大変な拘りを見せている。紫砂壺が茶人の間では人気を集めていた。茶書としては『茶馬政要』、『茶書』、『茶史』、『続茶経』、『枕山楼茶略』などがある。『紅楼夢』などの小説や文学作品の中に茶を楽しむ場面が多く登場する。日本の長崎奉行の中川忠英が乾隆帝の治世の最晩年にあたる寛政年間に監修した『清俗紀聞』からも清代の「茶」のことが窺われる。清代に「今日の喫茶」の完成が見られると共に、「宜興紫砂」を代表とする茶器も現代の形に発展した。更に欧米、特に英国での喫茶習慣も一般化し、紅茶文化が確立したのも清朝の影響であろう。清朝は「現代茶の時代」を創ったともいえよう。

中国の茶文化が日本に伝わって、日本では中国の茶文化の時代の流れに合わせて、茶の湯と煎茶道へと独自の発展を遂げてきた。茶の湯は、長い間日本人の心と文化に深く根をおろし大きな影響を与えてきた。平安時代に最澄、空海ら唐に行った留学僧によってもたらされた茶が、嵯峨天皇を中心とする宮廷貴族に愛好された。栄西禅師は平安時代二度宋に学び、日本で禅宗の定着に努め、また茶種をもたらして栽培し『喫茶養生記』を著わした。高山寺の明恵上人は栄西から贈られた茶種を京都栂尾に栽培し宇治に移植し、今日の宇治茶のもとを開いた(4)。曹洞宗を伝えた道元によれば、当時修道生活における日常行儀の一つとして、喫茶、行茶、大座茶湯といった儀式化した茶があったことが窺われる。茶の普及は僧侶たち、特に禅宗の僧侶との深い関わりの中で行なわれてきたのである。室町時代末期に、今日の茶道や華道などの伝統芸術の源になっている。それが銀閣を中心とする東山文化である。この頃の茶の主流は宋伝来の唐物を中心に寺院の茶礼から生まれた格式のある殿中茶湯と呼ばれるものであった。村田珠光は茶の湯を道具茶からとき放って、町衆の間に広め精進を求めた。ここに「道」としての茶の歴史が始まったのである。珠光は京都紫野の大徳寺・真珠庵で一休禅師について参禅して、「茶禅一味」の境地を見いだし、茶を行なう者の心に重きをおいた。足利義政が「茶とは何か」と聞いた時、珠光は「茶とは遊に非ず芸に非ず、一味清浄、法喜禅悦の境地にあり」と答えたといわれている。珠光は広い書院では心の落つきが得られないとして座敷を四畳半に区切り、それを屏風で囲い、茶室を誕生させた。茶道は珠光に始まり、千利休によって大成されたといわれるが、この二人をつなぐのが武野紹鷗である。彼が珠光の侘び草庵の茶をさらに進めて、茶の湯の中に初めて「侘び」の理念を打ちたてた。「茶の湯とは、ただ湯をわかし、茶を点てて、飲むばかりなることと知るべし」という利休の言葉があるが、この言葉もきびしい修行の道の裏づけがあってはじめて言えることなのである。こうして千利休は茶道の理念を大成した。江戸時代になると、中国明代の文人茶が隠元法師によって黄檗文化と同時に日本に伝わり煎茶道が誕生した。

三　茶館から茶芸館へ

1　茶館の盛衰

中国の茶館は喫茶文化とともに発展し変化してきた。それは歴史と時代を反映している。茶館は中国社会の縮図であり、民俗文化の現れでもある。唐代の人の豪放、宋代の人の繊細、明代の人の優雅、清代の人の冷静が茶館文化から窺える。茶館は人々にとっては息抜き、娯楽の場所であり、儒教の「和」、道教の無為自然と仏教の慈悲のこころが西洋社会には見られない東洋的な雰囲気を作り出している。しかし、同じ東洋でも中国と日本は茶を共有しながらも異なった形の茶文化を生み出した。日本では茶が茶の湯と煎茶道の軌道に乗り、そこで精神的なものが重んじられてきた。茶室、茶道具などを時代に応じて少しずつ変えながら始終ダイナミックに文化を生み出し、茶道は上流社会の文化の一つになり支えられてきた。これに対して中国では茶が茶館に入るとその物質的な面が重視され、庶民的な世俗文化になり、新たな文化の起動力とはならなかった。

茶館が喫茶の普及とともに誕生し、西晋・晋元帝の時代に芽生え、唐代に茶館の原型が形成された。唐宋の時代に茶館にあたるものは多くあり、茶坊、茶肆、茶寮、茶店、茶社、茶園、茶鋪、茶室、茶楼と呼ばれた。唐代の茶館は茶の販売を主とし、設備も簡単で庶民のための喫茶場所であった。宋代では都市の経済が発展するとともに人口が増加した。各階層の人々の趣向に応じて大通りにも路地にも茶坊・茶楼があり、店内の装飾、経営方式とサービス内容などが唐代より充実するようになった。宋代の茶館は清潔で優雅な士大夫・文人の茶坊もあれば、飲食・談話・団欒・娯楽の役割をする庶民的な茶坊もあった。南宋になってから士大夫嗜好の格調の高い茶館が増え、彼らも茶館で喫茶するようになった。士大夫たちが禅宗の影響を受けて、飲茶の目的は「茶」そのものというより、茶を媒体にして清・静・幽の精神性を求めた。これに対して庶民の茶坊は喫茶と娯楽を目的として、「茶」の実用的な効用に重きを置いた。宋代の庶民的で実用的な茶坊が明代になると「茶館」の名称として初めて現れ、飲茶と娯楽の場所になっていた。清代は茶館が一番盛んになった時代で、北京には三〇軒以上、上海には六〇軒以上の茶館があった。茶館の中には堵博場もできた。茶館は宋元明清にかけて発展し完成したが、清末には滅びた。民国時代に再び繁栄したが、退廃的な場所になっていた。

新中国の初期には全国で数えるほどの茶館しか残っていなかった。一九五〇年代から七〇年代の後期にかけて相次いだ政治運動と社会の動乱によって（四川省成都などの地域を除いて）、茶館は全国からほとんど姿を消した。

上流社会の文化はブルジョア的なものであると批判され、世俗的な庶民文化も革命の対象になった。喫茶文化は封建的なものと見なされ、公共空間としての茶館は禁止されるようになった。

2　一九八〇年代以降の茶ブーム

(1)　老舗の茶館の復活

一九七八年に改革開放政策が実施されて以来、茶館文化が再開され。老舗の茶館が再開され、台湾から入ってきた茶芸館が急速に普及し新しい茶文化が生まれたのである。一九八〇年代は茶文化の回復期であり、政治環境の緩和が回復の前提であった。文化大革命の一〇年間に茶館はブルジョア的と批判されたが、改革開放以来、娯楽が正当な権利として認められ、茶館が娯楽と休閑の理想的な場所になった。例えば一八八七年に創立された北京の「呉裕泰茶道館」は一九八五年に老舗の店として再開され、北京市民に限らず、国内外の客に人気があった。そこでは喫茶のほかに現代茶芸の実演も披露される。台湾の工夫茶、北京の庶民情緒が溢れる大碗茶、四川風の蓋付きの蓋碗茶など種類が多い。茶文化シンポジュウムも催される。土曜日の夜は民族音楽が鑑賞できる茶席も用意されている。最低料金は一人四〇元から五〇元で、茶一杯は一五元から八〇元までである。急須に入れた茶は三八〇元までである。朝九時から夜九時まで営業する。本店が一九〇八年に創立された北京の「元長厚建元茶芸館」は十数年前から四軒の茶芸館を開き、「五福茶芸館」はその第一号になった。大学の近くに開いた本館では大学関係者やホワイトカラーが主な顧客である。一人最低二〇から三〇元の料金から、個室は一時間四〇〇から五〇〇元までである。ちなみに、中産階級の平均年収をあげると、一二万元である。茶芸館は朝一〇時半から夜二時まで営業する。老舗の茶館が新しい茶芸ブームに合せて、懐古の雰囲気を出しながら現代茶芸の実演などを取り入れることで客を集めている。また成都では封鎖されていた茶館が一九八〇年代から再び開業して、公園や寺院の中の茶館が再開するようになった。このような茶館は一般大衆を対象にしており、茶道具、テーブル、椅子、環境、サービス、茶芸などは「文化大革命」前とあまり変わらなかった。そこは一般庶民の喫茶と休閑の場所になっている。

中国経済の市場化がもたらした二つの結果は私有権の出現と国有以外の非国有部門つまり私有企業の誕生である。この社会分業は新しい中間階層に職業選択の自由と流動空間とを与えた(5)。中国の新型社会の職業の構造は一九八〇年代末から一九九〇年代初めに現れた。計画経済時期の企業内の分化、市場経済体制の下での分化――独立した弁護士、会計士、コンピュータソフト設計士、金融資産業者など、また世界的新しい技術革命によるIT産業、生命科学者、環境学者が増えた。更に、一九九〇年代以降海外留学から帰国した「海帰派」もある。こうして中国では新しい市民社会が生まれ、それが新しい中間階層になっている。彼らの消費能力は一般庶民に比べて高い(6)。新中間階層に見合った社会空間を望み出したことがこの新茶館ブームを起こした一つの原因になっている。高収入者を対象にする高級茶楼や茶館は西洋文化を憧れる心理にあわせて、建築や室内の装飾には洋風の要素を取り入れた。しかし、ここ数年、人々の伝統的古風茶館を想う気運にあわせて、古式茶館風の高級茶楼が登場した。成都の「老順興茶館」はその代表の一つである。装飾から道具、従業員の服装まですべて伝統的な雰囲気を出すようにしている。こうして、西洋式や古風の茶館、茶楼がそれぞれの客層の趣向にあわせて多様な茶館文化を作り出した。古風茶館の客層は中・老年層であるが、洋式の茶館は若者に人気がある。

一九九〇年代後半から茶芸の形式と内容も変化し始め、単純な喫茶はパフォーマンス性の強い見せ物に取って代わった。例えば、長さ一メートルもある急須の長い口から湯を注ぎ客の歓声を買う。茶館の機能が広がり、飲食も兼ねる茶館が増えて、料理店も同時に経営するようになる。一方、茶芸を楽しめる空間と時間を提供する料理店も増えている。またテーマパークのようなテーマ茶館もある。北京の「老舎茶館」は京劇ファンの集う場所であり、浙江省の金庸茶館には金庸の武侠小説のファンが集まる。まず北京の茶館と茶芸館を見てみよう。

北京の茶文化は国際的にも知られるようになり、清茶館、書茶館、野茶館など様々な様式の茶館がある。現在四百以上の茶館と茶芸館がある。北京の清茶館の多くは「茶芸館」と呼ばれる。茶芸館は茶を味わうと同時に、中国茶道の作法を見ることができる。茶芸館は各店とも非常に凝った内装が施され、店の名前や店員の服装にまで店主の思い入れが窺える。店内では、係りの女性が中国茶道のお点前を披露してくれる。ゆったりとした空間で点前を眺め、店内に流れる中国の古典楽器の調べに耳を傾ける。香り高い茶を楽しめる安らぎの空間である。「碧露軒茶芸」は一九九六年に創立され北京オリンピック村近くの高級マンション群の中にあり、高収入者・ホワイトカラーや外国人のための最高級の茶芸館である。個室と公共の茶室があり、禅宗風、文人風、江南の船の形をとる素朴な民俗風、日本の和室風、西洋風など色々ある。二四時間営業で、茶道具を専有できる会員制で、会費が一万八、八八八元である。

「書茶館」は最も北京的な茶館といえる。書茶館は茶を飲みながら演芸を楽しむところで、京劇や漫才、奇術などが演じられる。北京情緒を楽しむのに最も相応しい茶館である。その中で「老舎茶館」は一九八八年一二月に創立され、老舎の作品『茶館』で有名になった。ここでは茶のほかに酒や料理も出しており、毎晩有名な芸人の出演がある。老舎茶館は北京の庶民文化が凝縮されている。五福茶芸館は北京で最初の茶芸館であり、茶芸実演がある。福を享受する、福を惜しむ、幸福、福を知る、福を造るという「五福」で人気を集めている。五福茶芸館は茶芸館をリードするような存在であり、北京市最初の企業茶芸模範演技チームを育て、最初の茶芸研修班を設け、最初の茶芸支店を実現し、最初のインターネット茶芸館を開設し、茶道具も実演販売する最初の茶芸館である。「野茶館」は春夏の行楽シーズンに、観光地や季節の花の名所になっている公園などが野外に設けられている。一九九七年に創立された「明慧茶院」は北京西郊外の大覚寺にある茶道の名所であり、絶品の茶と最高級の水を揃えている。毎年の春に木蓮の茶会、秋に月見の茶会を催す。茶会は「茶禅一味」の心が伝わる寺院の茶、素朴な郷土味の農家茶、環境・道具・入れ方に凝っている優雅な文人茶の三種類がある。ここでは茶芸、曲芸、民族音楽蘇州評弾などがある。知識人や実業界の客が多い。茶院の横にレストランと寺院風のホテルがある。また、二〇〇〇年九月に開街式を行った「馬蓮道京城茶葉第一街」は華北地域で最大の茶葉市場である。六つの大型茶葉の問屋があり、全国各茶産地の茶商六〇〇社以上が集まり、年間の売り上げは一〇億元にのぼる。二〇〇一年から政府が資金を出して緑茶祭りや茶芸模範実演競演大会などを開催し、振興を計っている。

次に中国茶の発祥地四川省の成都を見てみよう。成都では茶館が多いことで有名であり、現在数千軒の茶館がある。茶館は現代人の息抜きの一番良い空間である。伝統的な茶館は竹のテーブルと椅子を用意して、蓋をした茶碗を用いる。茶館に入ると、椅子の音、西瓜の種や向日葵の種を食べる音とお喋りの声が耳に入ってくる。茶は安価な花茶が多い。一九八〇年代に入り、茶館ブームになった。高級な新しい茶坊や茶楼が増え、西洋式の雰囲気が漂い、内装が豪華で造るには数千万元もかかる。ソファー、ピアノ・軽音楽の曲が流れて、茶の種類も全国から集められて一〇〇種類に近い。一九九〇年代末になると、二度目のブーム——多機能茶館が登場した。茶館では茶だけではなく美味しい点心や料理も出る。内部には麻雀・将棋・トランプなどを楽しめるだけではなく、種々の器械が備えられ、足のマッサージなどの健康サービスも始まった。茶館の種類は様々あるが主な目的は寛ぐことである。

（2） 新しい茶館——茶芸館の誕生

茶芸館はまず台湾で誕生した。一九七〇年代後半、台湾の文学界において、「郷土に戻る」動きが起こり、この運動が台湾人の生活に大きな影響を与えた。彼らは西洋文化に憧れる生活習慣を変えて、伝統的な生活風習に興味を持ち始めた。こういう社会背景の下で一九七〇年代後期から八〇年代の初めに、品茶（茶を楽しむ）ブームが興った。台湾民俗学会の理事長婁子匡をはじめとする茶文化研究者が飲茶の民俗を復活させようとして、伝統的な「品茶芸術」という言葉を略して「茶芸」という新しい言葉を作った。(7) 一九七七年最初の茶芸館が台湾の台北市で誕生した。それは中国画・陶磁器の展示を主な経営内容にして、飲茶も提供する現代風の茶館である。茶館の経営者はフランスでファッションデザインを専攻した管寿齢である。彼女の理念は画廊を生活の空間にして、茶と芸術を楽しめる場所を提供することである。西洋風を取り入れた例といえる。その後、都市では現代茶館――茶芸館が急速に普及しだした。一九七八年、台北市に「茶芸協会」が成立した。翌年茶芸館が続々と開業した。一九八二年「中華茶芸協会」が成立し、一九八三年、台湾当局が正式に茶芸館の開店を許可した。(8) 台湾で茶芸館は茶文化の新しい天地を開き、喫茶行為に審美的な要素を取り入れた。

一九八〇年代に、このブームは中国大陸に広がり老舗の茶館が復活し、また新しい茶芸館が次から次へと誕生した。一九八二年、大陸で最初の茶芸館――杭州の「茶人の家」が誕生し、同年九月、同人誌『茶人の家』が創刊された。「茶人の家」の主旨は茶文化を復活させ、台湾と香港と茶学の学術交流を行い、中華の茶文化を発展させることである。一九八八年から台湾、日本、韓国から招いた茶界の同人と茶事の行事を行い、茶道・茶芸の交流を行うようになった。店内に「径山茶宴」の軸が掛けられていて、宋代の径山茶宴を復活させようとする動きが窺える。一九九〇年二月大陸で最初に「茶芸」という言葉を用いた茶芸館「福建茶芸館」が福州市にできた。福建の茶芸は歴史が長く、唐宋時代の闘茶に遡ることができる。闘茶は清代に「工夫茶」に発展して、現在の茶芸の原型になっている。一九九〇年代に福建、上海、杭州、北京、広州、厦門などの都市で茶芸館が次から次へと誕生した。一九九七年に北京だけで二〇軒以上あった。一九九八年以降更にブームになり、一九九九年から経営理念を変えて、文化的要素と経営管理両方に重きを置き、茶芸館が新しい業界になったのである。その経営理念は「茶文化を用いて舞台を作り、市場経済を用いて芝居をやる」と喩えている。つまり茶文化を商品にして、文化と経済をうまく協調して商売するということである。これこそ中国の新しい茶文化の特徴とも言える。このため、茶芸館は昔の茶館と違い、単なる休憩・娯楽の場所ではなく新しい文化の象徴となっている。茶芸館は文化的な組織であり、現代商業の組織でもある。今までの茶館は一般庶民を対象にするところが多く、賑やかで世俗的な雰囲気が濃い。茶芸館は昔の茶館とは雰囲気が違う。「芸」という文字を加えただけで意味合いが異なり、歴史と伝統文化の継承と反省があり、茶文化の芸術性・精神性を追求する姿勢が窺える。しかし、その精神性は日本の茶道の禅の精神とは違い、それは老荘の無為自然の思想や儒教の調和の精神と通ずるものである。

茶芸館の目的は品茶であるが、地域特色のある軽食も楽しめる。とりわけ文化的な雰囲気を強調する。日本の茶室は主人が客をもてなすが、中国の茶芸館では、茶芸を実演する若い女性がいて、古代の詩人の詩などを引用しながら茶法や動作を説明し茶をたて客をもてなす。茶芸館に民族音楽が流れて客が文化的な雰囲気の中で茶を楽しむことができ、精神的に満足することができる。

『中国茶葉大辞典』の「茶芸」という項目は次のように定義している。茶芸は茶を淹れ、楽しむ技術と芸術である。文人茶芸・禅師茶芸・貴族茶芸・工夫茶芸・庶民茶芸などがある。茶芸の形式は二通りある。見せ物としての茶芸と生活の中の茶芸がある。現代茶芸は茶を淹れるパフォーマンスと生活感を持ち合わせている。茶芸館の「芸」は文化活動の中でも現れている。茶芸館によっては茶芸講座を設けたり、書画茶会を催したりすることもある。「老舎茶館」では舞台があり、伝統的な舞台芸術を楽しみながら茶を飲んで西瓜の種や向日葵の種と北京菓子を口にするのが北京人の大きな楽しみである。茶芸館の経営は様々な内容を持つため、昔の茶館よりはるかに良い。菓子軽食・点心茶食とミニ芝居などのサービスを提供する以外に茶道と茶芸の研修や茶葉・茶道具・掛け軸の販売も提供している。茶芸館は支店経営や経営規模を拡大することで競争している。茶館と茶芸館の経営から次のように分けられる。茶を用いて調理する特色のある中華料理を提供する店、流行の健康茶飲料の店、音楽を楽しめる茶席や卡拉ＯＫ（カラオケ）のような休閑ＯＫ茶吧（茶バー）、自分で陶芸などを作れる趣味茶屋、インターネットができるネット茶屋、古風が漂う老舗の茶館などが挙げられる。現在、中国の茶芸館は伝統的な喫茶だけの茶館と異なり、台湾から伝わってきた潮州工夫茶をもとにした茶芸文化が主流である。復活した老舗の茶館は新しい茶芸館と同様に実演・パフォーマンスに重きを置き、付加価値の方が本来の茶を楽しむことより大きくなっている。これは日本の茶道に見られる自己の内面修行の意義などとは全く異なるのである。

今日、中国の都市社会における新中間階層は息抜きと商談ができる文化的な環境を望み、今までにない社会空間を必要としている。この特殊な社会集団が新しい茶文化を作り出して、またこの新しい文化によって他の社会階層との区別をつけた。では、この新しい文化はどういう性格を持っているのだろうか。

四 「茶道」と「茶芸」

1 「茶道」と「茶芸」について

「茶芸」という言葉は一九七〇年代後半に、台湾の茶人が使い始めた用語で、今日、すでに台湾と大陸の茶文化界に認められるようになった。しかし、茶芸概念は統一されていない。

台湾中華茶文化学会理事長、中華茶芸協会秘書長である範増平が一九八五年に『台湾茶文化論』（台湾碧山出版公司）で中国の茶芸の基本精神は「和、倹、静、潔」であると主張した。浙江農業大学の茶の専門家である庄晩芳は一九九〇年二期の『文化交流』雑誌において、「茶文化について」という論文を発表して、中国の茶徳は

「廉美和敬」にすべきだと主張した。広東潮州韓山師範学院の陳香白は『中国の茶文化』(山西人民出版社)の中で中国の茶道の精神性は「和」にあり、それが天・地・人の和であり、宇宙万物の有機的な統一と調和を意味して、「天人合一」が実現できた時の調和の美であると指摘している。中国の茶道は茶事を通して自己の品徳の修養を完成させ、人類の調和と安楽を実現する道である。中国農業科学院茶研究所所長である程啓坤と研究員姚国坤は一九九〇年六期の『中国茶葉』雑誌で「伝統的な飲茶風俗から見る中国の茶徳」という論文を発表し、中国の茶徳を「理敬清融」という四つの文字でまとめた。香港の葉恵民は『茶芸報』(香港茶芸センター出版)で「和睦清心」が中国茶文化の本質であり、茶道のキーワードであると主張した。陝西省の作家である丁文は、茶道は日本にあり中国にないと一般的に思われやすいが、それは事実ではないと述べている。彼は「中国には茶道があり、茶道は中国にある」と主張した。丁文は茶道が一種の文化芸能であり、茶事と文化の完璧な結合であり、修養と教化の手段であると指摘した。また、茶芸は茶の造り方、淹れ方、飲み方の技術であり、成熟すれば芸術になると言う。江西省中国茶文化研究センター主任である陳文華と安徽大学茶文化研究所所長である丁以寿が茶芸を狭義的にとらえ、茶の淹れ方と飲み方の範疇に限定すべきであると主張する。

中国では昔から「道」があるが、宗教的な意味合いが薄いとはいえ、儒教・道教・仏教の思想が混合している。人々に選択の余地があり、自分の好みにあわせて飲茶の方式と思想内容を選ぶことができる。そのためか厳しい組織や形式がない。日本文化を理解している作家である周作人は中国において茶道が成立しなかった理由として、中国人の宗教情緒が欠けている、あるいは「道」にこだわらないことを指摘した。中国の喫茶文化と茶館文化は儒・仏・道三教の影響の下で発展したと言われるが、中国人は茶文化を通して天・地・人という大きな宇宙の中で自由な精神世界を求めているのである。また、この世の現実的な生活に重きをおいて、自分の需要に合わせて人生を存分に享受する人生観を持っていると思われる。では、中国から日本に伝わってきた茶文化はいかにして茶道（茶の湯・煎茶道）のかたちになり、今日まで続いてきたのだろうか。

2　日本の「茶道」

一九〇六年、日露戦争後、岡倉天心が英語で「The Book of Tea」（『茶の本』）を著わして、茶道を通じて、日本文化の真髄を強調した。岡倉天心によると、中国では八世紀になって、茶は洗練された娯楽のひとつとして詩の領域に入ったが、一五世紀になると日本では審美主義の宗教である茶道として仰がれたと言う。(9)岡倉天心は茶道が日常生活の煩雑な中にも見出せる美を崇拝することを根底とする儀式であると述べている。また日本人の住居と習慣、着物と料理、陶磁器、漆物、絵画、――文学ですら――あらゆるものが茶道の心の影響を免れないと指摘した。(10)それだけ茶道は日本人の生活に密着してきた。天心は茶道の「美を生きる」ことで、日本文化の特徴、日本人としてのアイデンティティーをアピールした。

新渡戸稲造は『武士道』の中で、「茶の湯は礼法以上のものである――それは芸術である。それは律動的なる動作をば韻律〔リズム〕となす詩である。それは精神修養の実行方式である。茶の湯の最大の価値はこの最後に挙げた点に存する」(11)と述べた。彼は茶道を精神的に重要なものとして評価している。わび茶成立の過程で、最も重要にして最初の茶道論はわび茶の祖である村田珠光の「心の文」である。初めて茶の湯を「道」としてとらえたのが珠光である。彼は茶の道にとって一番大切なことは人間としての素直なありかたであるという。日本文化を考えるとき、「道」という言葉が浮かぶ。茶道、花道、書道、剣道、柔道、空手道などがある。中国の場合、茶道・茶芸、插花芸術、書法、剣術、太極拳などになる。日本文化におけるこの「道」にどういう意味合いがあるだろうか。村井康彦は『茶の文化史』で次のように説明している。すべてに道をつけて呼ぶ「道」の思想は日本独特のものである。「道」をつけるだけで、ある種の精神性が付与される不思議な機能を持つことになり、道理とか教養といった概念では把握しきれないものがある。その理由はそれが生活化された宗教とでもいえるものであろうと指摘した。また「紹鷗と利休の侘びに認められる倫理性・宗教性は生活（文化）の宗教化といえるし、宗教の生活（文化）化といってもよい」[12]と述べている。更に芸能の思想の視点から考えると、このような美意識をこえる倫理や宗教の導入は、日本の芸能に顕著な特徴であると村井康彦は指摘している。

千利休の侘び・寂び茶は日本のこころを現しているといわれる。それは陸羽の「倹」に通ずるものがある。利休が目指そうとした茶道の根底には、日本人が本来持っていた宗教観が反映されている。利休が茶道の基礎を作り上げた当時、日本で最も力のあった宗教は仏教であった。しかし、利休の侘び寂びのこころには仏教的思想というよりも仏教伝来以前の、自然を畏怖し崇拝するという考えの方が強く滲んでいるように思える。「かむさびる」という言葉は「神寂びる」と書くが、これは仏教伝来以前の、米づくりを根幹とし自然と一体化した生活様式の中で作物の収穫への感謝の念を捧げる日本古来の文化の中から生まれた言葉である。『万葉集』には「神ながら神さびせすと」とある。飾らない、自然（「かんながら＝神ながら」）のままに生きて行く、という姿勢が利休の目指した侘び寂びの根底にあるように思われる。茶室という「聖域」を設けてそこで人が自然と向き合うという行為、それを天地自然の理に身を任す行為のように利休とその弟子たちは受け取っていたのではなかろうか。利休の自然観が日本文化を理解するためのヒントとなる。

日本では、茶の湯は唐宋の茶道の伝統を守り発展させ、煎茶道は明代の文人の茶の趣味を受け継いできた。これらは始終禅宗の精神から離れることがないまま家元というカリスマの下で守られ今日に至っている。茶は嗜好品とは言え、大衆的な喫茶店やスターバックス STAR BUCKS CAFÉ SHOP のような大衆に普及するものにはなりえなかった。

しかし、中国では茶道が寺院から朝廷・貴族階級、文人の社会に伝わり、次第に庶民的なものに普及していた。

公共的なかつ自由な空間としての茶館・茶楼などが唐宋に始まり、戦乱と革命の時代を経て、一九八〇年代に復活し、今や大ブームになっている。社会階層の変化による新中間階層の出現と中国人の儒教的な現世を享受する考え方から茶文化は復活したと筆者は認識している。

岡倉天心は『茶の本』の「茶室」という章で次のように述べた。茶室の素朴と純粋主義は禅林の競争から起こった。茶の湯の基礎となったのは菩提達磨の像の前で一つの碗を廻して次々に茶を飲むという禅僧たちがはじめた儀式であった。日本の偉大な茶人は、みな禅の修行者であった。そして禅の精神を生活の現場へ導入しようとした。茶室は茶の湯の他の設備と同様、禅の教義を多く反映している。正統の茶室の広さは四畳半、十尺四方で、『維摩経』の一節によって定められている。維摩が文殊師利菩薩と八万四、〇〇〇の仏陀の弟子をこの四畳半の部屋へ迎え入れる。真に悟りを得たものにとって空間は存在しないという論理にもとづく喩え話である。また、待合から茶室に通じる庭の小路である露地は黙想の最初の段階――自己啓示への通路を意味する。露地は外界とのつながりを断ち、茶室そのものの中で美的趣味を充分に味わうのに役立つ新鮮な感興を呼び覚ますためのものであった。(13)

着物を着て露地から茶室に入り、床の間に飾っている掛軸と一輪の花を拝見する。主人と客に挨拶してから正座して、回ってきた茶碗をまわして茶をいただく。最後に茶碗と茶道具を鑑賞して返す。すべての動作が静かで神秘的な雰囲気の中で完成する。審美的な時間と空間のなかで、貴族の風情が漂い、格調の高い上流社会の文化的な息吹が感じられる。日本の社会は時代とともに大きく変化したが、この上流社会の文化の形が伝承されてきたと思われる。ただ、明治時代以降、女性が茶道に加わり、戦後はほとんど女性の教養としてまた花嫁修業の一つとみられている。

五　おわりに

中国の茶文化は儒・仏・道の影響の下で発展してきた故、現実を重んじる傾向がある。それ故、中国の茶道は寺院から離れて早くから庶民的なものになり、世俗的な現実と結びついた。茶館の歴史からわかるように、茶館は庶民が集まる小社会であり、世俗文化の象徴である。一九八〇年代から中国社会は大きく変化している。社会階層の分化により、新中間階層が誕生して、茶文化ブームをもたらした。新しい茶文化の象徴である茶芸館にしろ、昔のような一般庶民を対象とする茶館にしろ、俗世界のこと――商談、食事、芝居、トランプ、麻雀、碁などをすることができる。これは現世の人生を存分に享受する中国人の人生観の現れである。これは日本の茶室や茶会では絶対見られない風景である。中国では歴代の王朝の交替と社会の動乱によって安定した社会階層が形成できない。それ故特定の社会階層の文化がその特定の社会集団の中で伝承されることが難しい。上流階級の文化は激動の社会変化の過程で姿が変わっていく。隋代から官吏登用試験制度――科挙制度が始まり、この科挙制度を背景にして、隋代から清末まで中国社会では士大夫・官僚知識層が形成され、士大夫文化が生まれた。「士は道を志す」というのは孔子が規定した「士」の目標であり、この「道」が価値観の体系であり、実践を通して社会で実現しなければならないものである。それ故、「士」は「天下を治める」ことを志している。中国の伝統文化は徹底的に宗教化されることがなく、儒教が終始中国の主流文化であった。仏教も道教も組織化されることがなかった。仏教は仏教美術や仏教建築の数多くの傑作が残されているが、皇帝をはじめ貴族により守られ保護されてきた宗教だけに組織の土台が弱かった。清末一九〇五年に科挙制度が廃止され、士大夫階層が次第に消えていった。また中国の歴代の農民蜂起による王朝交代は社会階層に変動を起こし、上流階級の崩壊は文化変容を起こした。茶道は唐代からすでに庶民層の日常的な生活に入り、中国人は日常の時間と空間の中で茶を楽しむことを追求してきたのである。茶館から茶芸館になり、その空間の雰囲気・茶の飲み方・茶の立て方を変えても、目的はやはり「茶」そのものである。この点から究極的な宗教精神が欠けて、俗世界に入るという「入世」的な儒教思想が中国人の精神の根底となったのである。茶道に向き合う姿勢からも日本人と中国人の精神構造の違いがわかる。中国の茶文化は日本のような狭い空間のなかで精神性を求める文化に発展しえない。いま、茶芸は日本のような形式を重んじる儀式も流行しだしたが、それでもやはり形式の決まったものにはならないだろう。マックス・ウェーバーは『儒教と道教』のなかで儒教は俗世を重視する「入世」の教えであると指摘した。現実を重んじる儒教、そして宇宙とつながる天人合一の道教の思想が中国文化の根底にある。茶文化の中でも「品茶」が第一の目的であり、あくまでも茶の実用性に重きをおき、飲茶を楽しむ。

これに対して日本の社会構造は天皇制の下にあった故、社会階層の変化が激しくなかった。武家社会で生まれた茶の湯はずっと上流社会のなかで伝承されてきた。茶の湯と煎茶道が日本の文化になり、家元制度の下で発展して今日に至っている。日本の茶道は非日常的な時間と空間のなかで茶そのものより茶以外の精神世界――「非茶」に審美的な精神を求めてきた。茶の湯と煎茶道のどちらも形式を重んじて「茶」そのものより俗世界から離れる「出世」的な「非茶」の審美的かつ宗教的な雰囲気が感じられる。日本の茶室は脱日常、世俗離れの「出世」の空間であり、精進の場であり、心を清める場所である。

「茶」と「非茶」、「日常」と「非日常」性を求める中国人と日本人の文化心理と精神構造が茶文化から窺える。

（1）布目潮渢『中国喫茶文化史』岩波現代文庫、二〇〇一年、五―六頁。
（2）前掲書、一八九頁。

(3) 前掲書、二五四頁。
(4) 布目潮渢『中国喫茶文化と日本』汲古選書21、一九九八年、二五〇頁。
(5) 陸学芸主編『当代中国社会流動』社会科学文献出版社、二七三頁。
(6) 前掲書、二七五頁。
(7) 呉旭霞『茶飲閑情』光明日報出版社、一九九九年、一五一頁。
(8) 連振娟『中国茶館』中央民族大学出版社、二〇〇二年、一四〇頁。
(9) 岡倉天心『茶の本』講談社学術文庫、二〇〇〇年、一三頁。
(10) 前掲書、一四頁。
(11) 新渡戸稲造、矢内原忠雄訳『武士道』岩波文庫、一九三八年、六二頁。
(12) 村井康彦『茶の文化史』岩波新書、一九八三年、二〇二頁。
(13) 岡倉天心前掲書、五三―五四頁。

小説のセンテンス
——洪峰の文体——

山本　明

一　はじめに

「その一瞬」に、洪峰は二〇年間執着している。その瞬間とは、生命の根源的衝動がたち現れる瞬間である。性衝動が、暴力衝動が、死への衝動が奔出する一瞬。洪峰は活動期を通じて、さまざまな素材を用い、その瞬間の造形を試み続けている。

猟師が狼をなぶり殺す瞬間、土地改革や文革中、人間をつるしあげ、集団リンチをし、虐殺する瞬間、テロリストが破壊衝動を解き放つ瞬間、都市の中年男女が不倫相手に抑圧してきた官能を解放する瞬間。短編から長編、歴史小説から現代小説、辺境から都市、歴史空間から共時的空間へと、ジャンルや舞台、素材を越え、その一瞬はきまって現れる。

吕亚兰知道这个春天将决定她的一生，无论生活在哪里，这个春天都只能是生命的核心了。／吕亚兰站起身。(1)

土地改革は多くの暴力と死と愛を生む。その春、六、七〇名の地主が一斉に粛清される。呂亜兰なる少女は村を出る決意をする。生命の中心に刻印された暴力と死は、原初的体験となり、その後の生き方を決定づけずにはおかないとの直覚を抱いて。洪峰もまた、そうした刻印を身にうけることで作家として立ち、山中から、文革から、現代の都市へ降りてきた原始的野性といえよう。

洪峰は小説における語りの実験を喧伝されてきた。彼が作品を発表し始めた翌年一九八五年は「探索年」と呼ばれる。小説の方法的模索の流行によってである。洪峰も「先鋒派（アバンギャルド）」と称された。「新潮小説」に分類され、ナラトロジーの観点から価値付けられた。そして探索が時代に見捨てられた後も、二〇〇四年まで九編の長編小説と、五〇篇を越える中短編小説を、洪峰は発表し続けている。

八〇年代の中短編小説から九〇年代の長編歴史小説へと移行した際、洪峰は実験性の希薄化において論じられるようになる。(2)しかし、九〇年代以降の小説を「先鋒派」からはずして「新写実長編小説」とみることに異をとなえるものにしろ、極端な形式実験からの撤退を先鋒性の喪失ではなく純粋な技術主義から脱した芸術的成熟と見るものにしろ、(3)依然として実験性が洪峰評価の基準となっている。

一方で洪峰自身は、「語り方とは、作家が小説の中で世界を解釈する角度とその本質に他ならないのであり、語り方の意義はストーリーとそれがもたらす一切を越えさえもする。」(4)として、語りの実験が方法的実験に止まらないことを主張する。実際、「その一瞬」が洪峰に要請したものは、作家の個人文体と言いうる個性的文体であった。そしてセンテンス操作に文体的特色はとりわけ浮出する。

本稿は、センテンス操作が小説の表現にどのような可能性を開拓したか、そのモデルを提出する一連の作業に属する。これまでに、長いセンテンスの可能性については莫言を、短いセンテンスの可能性については馬原を、その典型としてとりあげてきた。(5)洪峰を含め三者ともに八〇年代に生じた小説改革の中で、文体革新の可能性を見定める恰好の観測点である。実験のための実験ではない、新たな表現内容が要請した文体革新が、そこにあるからである。

馬原と洪峰は、短いセンテンスが有する可能性の可変域の両端を示す、との仮説を筆者は有している。それが検証されれば、小説のセンテンスを測る物差を今一つ、手に入れることになろう。

二　センテンスの「短さ」について

「洪峰は主として小説を書こうとしているのではない。人のおかれた境遇を見極め、馴染み深いが不滅の問題、つまり生の意義をはっきりさせるため、生死を理解しようとしている」(6)。洪峰に関する先行研究でしばしば引用される史鉄生の言説である。洪峰の作品テーマが生命の意義にあることを指摘する必要にせまられ、研究者が根拠づけに利用するのである。更には洪峰の性愛表現が性愛そのものの描出を目的としないことも、史鉄生を始め論者の一致するところである。ところが、洪峰の性愛が表現しようとするものの呼称は、論者により異なる。金瓶梅と比較して前者を「原始情欲」と呼び、洪峰のそれを「生命意識の覚醒」と呼び差別化を図るもの(7)、ベルクソンの生命哲学との比較から、「生命衝動」という補助線を持ち出すもの(8)、「生命本能への燃えるような崇拝」(9)や「原始生命力の謳歌と崇拝」(10)、「生命の根源的欲求（原欲）の再生」(11)等さまざまである。「生命」という言葉では一致しながら、それぞれが言葉を付加し、生命の本質としての欲望を表現しようとしている。

洪峰自身も「それ」を名づけようとする。「生命の深い場所」に潜在する「渇望」は、荒原で孤独に生きてきた女の歌声に溢れ出し（『荒原牧歌』）、山中で狼と死闘を繰り広げる犬の内面に涌き上がる（『模糊的時代』）。封建道徳で抑圧されていた「生命の潜在エネルギー（生命潜能）」の解放が、ストーリー展開の原動力となっていく（『模糊的時代』）。初期の作品で「生気（生杌）」と「活力（活力）」は、原野や森林の中でこそ回復された。都市生活に小説の舞台を移すと、不倫や暴力において欲望を解き放つ瞬間、ようやく「天然」を、「原始的野性」を回復し（『革命革命啦』）、「活力」を取り戻すであろう。

こうしてみると、洪峰の語彙に実験的意図や特色があるとはいえない。つまり、生命衝動自体をどのような語彙で表現しているかという点に価値があるのではなく、衝動が湧出するありさまを造形する文体にこそ洪峰の価値があるといえよう。先行研究では洪峰の主題をさまざまに名づける営為はあっても、主題がいかなる文体を要請し、可能としたかは論じられていない。

もちろん、洪峰の視座や錯時法の特色に言及した先行研究は多い。そうした実験性こそが先鋒派に分類される根拠となっているからである。一方、センテンスへの言及は少ない。

洪峰の言葉使いに関する力点は、ほぼその多くが字句の選択や文型の構築におかれている。しかし、と同時に彼は一、二種類の文形を偏愛する（『湮滅』、『生命之覓』のように）。これでは単調になってしまう。(12)

洪峰のやや以前の小説では、切迫したリズムで決して間延びしない大量の肯定文を読むことができるが、この特色はやがて次第に別のくだくだしい、懐疑的で、乱れた、しつこく繰り返す長いセンテンスにとって変わられた。(13)

両者ともに一九八八年に発表された論文である。二点が確認できよう。一つは、この時期すでに短いセンテンス操作が着目され、それに対する前者の否定的評価と後者の肯定的評価が並存していたことである。『生命之覓』

など初期の短編作品は、主語と動詞のみの短いセンテンス操作が顕著だが、読者に「単調」と映るほど度を越していたといえよう。今一つは、この時期はやくも長文化が読者の目につき始めていたことである。加えて後者の論は文型も単純から複雑へ変化したと主張する。つまり長いセンテンス操作と単文以外のセンテンス操作が見られるとしている。確かに、長文化の傾向は九十年代になると一層強まる。しかし筆者は、センテンスが量的に肥大しても構造に変化はなく、そこにこそ洪峰の個人文体を規定する契機があるとの仮説を有している。

そこでこの章ではまず、従来印象批評の域をでなかったセンテンスの短さを、確かに短いのか、どの程度短いのかを計量的に検証する。更には短さの質的意味を文の構造や連結原理から明らかにしたい。それをふまえて次章では、センテンスが量的に肥大した作品においても、おなじ構造が見られることを指摘したい。

センテンスの長さの計測といっても、あくまで目処を示す意図を出ない。全作品、全センテンスに対する調査ではない。抽出調査である以上、一定の傾向を示唆しうるに過ぎない。ただ、短いセンテンス操作が表現性の開拓において有する意義を検証するため後に本稿で取りあげる具体例が、偶然的現象ではないことを事前に示す必要はあろう。

センテンスの長さを計量するには、文字数、単語数、音節数等の基準が考えられるが、今回は文字数を単位とした。短いセンテンス操作の代表例としては『生命之流』（一九八五年）[14]と『生命之覓』（一九八六年）[15]を取り上げる。後者は前述のとおり、史鉄生が洪峰の初期の文体特徴に言及して例示した作品である。それらの対照例としては、以前筆者が長いセンテンス操作の典型として提出した莫言の『紅高粱』（一九八五—八七年）[16]をとりあげる。更に、洪峰の『東八時区』（一九九四年）[17]をも取り上げる。この作品は長いセンテンス操作が顕著で、八〇年代の初期短編小説とは対照的である。しかし構造的には一貫した部分があると考えられ、その証明材料に使用することを企図しているからである。

表1　センテンスの「短さ」

	莫言『紅高粱』	洪峰『生命之流』	洪峰『生命之覓』	洪峰『東八時区』
①総字数	3365	1254	1112	3260
②センテンスあたりの平均字数	33.65	12.54	11.12	32.6
③平均錯差	16.18	5.99	4.66	14.42
④総句数	302	171	196	254
⑤センテンスあたりの平均句数	3.02	1.71	1.96	2.54
⑥句あたりの平均字数	11.14	7.33	5.72	12.83

計測に当たっては、作品の冒頭と最後からそれぞれ五〇センテンス、計一〇〇センテンスを抽出する。なお、会話の文はセンテンス操作が顕在化しづらいため対象とせず、地の文のみを抽出することとした。調査項目は以下のとおりである。①総字数、②センテンスあたりの平均字数、③センテンスあたりの平均字数からの平均錯差、④総句数、⑤センテンスあたりの平均句数、⑥句あたりの平均字数である。

①と②は、センテンスの長さの差異に目処を示そうとするものである。③は、平均字数から個々のセンテンスが平均何字程度ずれているか偏差を示したものであり、偏差が少ないほど長短の混在が少ない、単調なセンテンス操作ということを意味する。『文章心理学』で波多野完治氏が示した指標にならったものである。④から⑥は、センテンスがいかなる句によって構成されているかを示す。センテンスの構造を考えるにあたり、大まかな予想を提供するはずである。

表1から洪峰の「短さ」の内容が見て取れる。②のセンテンスあたりの平均字数は、『紅高粱』と比べると『生命之流』、『生命之覓』は三分の一に近い。

そうした短いセンテンスの中身だが、⑤のセンテンスあた

表2　センテンスあたり句数分布

	莫言『紅高粱』	洪峰『生命之流』	洪峰『生命之覓』	洪峰『東八時区』
1	22	54	35	22
2	25	27	42	39
3	22	16	18	17
4	12	2	3	13
5	8	0	1	5
6	6	0	1	3
7	3	1	0	0
8	0	0	0	0
9	1	0	0	0
10	1	0	0	0

りの句数が『生命之流』、『生命之覓』ともに二をきっている。しかも⑥句の平均字数を見ると『生命之覓』は六字に達していない。主語、動詞、目的語の骨格だけでも最低三文字を必要とする。つまり、前置詞句、連用連体修飾語、複文を示す語がほとんど添加され得ない事態が予想される。

表1はあくまで平均を示すものであるから、分布表により実数を明らかにする必要がある。表2を見ると『生命之流』は半分以上が複数の句を持たないセンテンスであり、『生命之覓』も一句または二句で構成されるセンテンスがほぼ八割を占める。『紅高粱』ではその比率が五割に及ばない。逆に、四から七句で構成されるセンテンスは『生命之流』、『生命之覓』がそれぞれ三と五個であるのに対し、『紅高粱』は二九個存在し、一〇句からなるセンテンスも存在する。『東八時区』に至り、一句、二句のセンテンスは六割へと減少する代わりに肥大したのが四句の一三個である。

これらを考えあわせると初期の洪峰の作品は、修飾語が添加できないほど短い句が一個、ないしは二個からな

表3　センテンスあたり字数分布

	莫言『紅高粱』	洪峰『生命之流』	洪峰『生命之覓』	洪峰『東八時区』
1から10	5	51	55	8
11から20	24	37	39	16
21から30	27	10	5	31
31から40	19	0	1	18
41から50	7	1	0	14
51から60	6	1	0	2
61から70	4	0	0	5
71から80	3	0	0	4
81から90	2	0	0	1
91から100	2	0	0	0
101から110	1	0	0	0

るセンテンスを中心として作られていることがみてとれる。

表3からセンテンスあたりの字数を見ると、『生命之流』、『生命之覓』共に一〇文字までが半数を占めており、二〇文字までいれると九割となる。莫言の場合、一〇文字までが五個、二〇文字まであわせても三割であるのと対照的である。『東八時区』にいたると洪峰も二一字から三〇字のセンテンスが中心へと変化していく。

以上のことから、洪峰は初期の作品において、字数が短く、句数が少ない、修飾語が乏しいセンテンス操作をしていたことが確認されよう。しかも平均錯差からはそうした操作のゆらぎが少ないことも看取できる。表1の平均錯差を見ると、莫言が一六文字程度であるのに対し、洪峰の初期両作品は五・六文字である。これらはセンテンスあたりの平均字数から各センテンスがどの程度、長短の揺らぎを持つかを示したものである。パーセンテージから言えばそれほどの相違はないが、実数から言えば極端な長短のばらつきが存在せず、むしろ「単調」という先行研究で指摘された印象が裏付けられる結果となっている。

さて、以前筆者は、馬原の短いセンテンス操作の核が文法要素を欠落させる省略文にあることを指摘した。馬原は、ひとつの名詞をセンテンスとして独立させる。日常化された世界が始原の相をもって立ち現われる際、見慣れないモノへと変容する。モノはモノとしてなんの修飾語も述語もないまま、センテンスとして放り出される。異化される瞬間を表現するため、短文化が要請されたのである。では洪峰の場合、センテンスの短さとは、いかなる原因によって引き起こされているのか、以下実例をあげて明らかにしていきたい。

1雪依然把山盖得严、但那风却是湿湿的。2有一回、他摔倒了、脸沾了雪。3他看见一朵水黄的花从雪里挺出来。

4他盯着那花看不够、脸上露出笑。5他的脸冻坏了、几块黑的冻疮上鼓出水泡、流着水。

6他费劲地爬起来。7又盯一会儿给他笑的花、继续朝前走。8他觉得有了些力气。9好象花给了他力气。10春天一到、就要转。11不愁找不着那虎。

12他又摔了。13头插进雪里。14坐起来、摘下破烂的皮帽拍雪。15他看见一缕白白的头发垂下来。16他愣一下、把手伸进头发、揉一会儿、闭起眼、一扯、一撮头发扯下来。17他睁开眼、那撮头发雪一样闪光。18他又扯一撮、雪一样闪光、他的心狠疼一下。19老了?20他问自己。21他扬起难看的脸、看山、看林、又看天。22他就唱

23苞米开花胡子拉碴、
24谷子开花扭扭搭搭、
25豆子开花喊哩喀嚓地响呀、
26要属那女人开花最喇差—血赤呼拉。

27那歌唱得很长、转来转去、不愿意落下。28戛地止住。29柱子似地立在那、闭住眼睛。30他认真听、想听自己的歌。

31那回声早落了。

32他嘴上挂着笑、突然捂住黑黑的脸。33捂一会儿、用力一搓。34脸又象石头一样。35继续朝前走、雪不那么深、他走得很难。

36他好象听见地底下有轰隆隆的声音。37就站住听。38脸上露出很惊讶的神情、黑黑的脸变得很生动。39他叫一声「开江了！武开江！」。40就朝那白色的山沟跑、跌跌撞撞的。41绊倒了、树桩那样滚一阵。42岩石把他拦住、挣扎了一会儿、就趴在那块石后面。

43那隆隆声越响了、象地下滚的沉雷。44他等着、盯着白色的山沟。45那里有一条白色河、是松花江的脉。46他听见江里咔咔咔咔的声音、一串串响。47他紧张起来、有点儿喘不上气。48胸膛和那滚雷一样、隆隆响。49抠住岩石、雪混着土、从指缝簌簌落下。50他等着。51咔咔咔咔咔！。52开裂声更响、放枪那样尖利。53他忽然有些怕、想闭上眼睛、他反而更瞪大眼睛、眼珠冷冷的。

54「轰！——」55白色的江爆炸起来。56山沟里都是那爆炸。57他看见白色的、安静的江飞起来。58他看见一块块亮闪闪的冰、朝四处扬去。59有呼呼的湿气冲开、轰隆隆一片响、山沟罩上了浓浓的雾。60好一会儿、好一会儿、那雾才散。61他看见、山坡上铺满屋顶大的冰块。62碎冰和江水还在从天上不停地落、发出劈劈叭叭的响声。63他脸上手上落了江水、很暖和。64他吭一口、挺甜。65他咂咂嘴、又看那江。66江静了、哗哗地淌。67冰块在江里相互撞来撞去、一沉一浮地跟江水走。

68他耳朵里好象还有爆炸声传来。69他知道这是震的。70就在他瞪起眼的一刹那、整条江水就开了。（センテンス番号は山本に[18]よる。以下同様。）

猟師は死にかけている息子を救うため、薬となる伝説の虎を探している。引用部は、山中をさまよううちに遭遇した凍河が一気にはじけ飛ぶ瞬間である。尚、便宜上、センテンスの前に番号を付した。

ここに見られる短いセンテンス操作は、スローモーション、コマ送りとも言うべき、センテンス切断である。そしてその結果、動詞がオブジェのように前景化するところに特色があろう。

洪峰の短いセンテンス操作を大きく分けると二つに分類できる。第一は、センテンス中の句を独立させ、センテンスとするもので主語、述語がいずれも存在するもの。第二は同じく句を独立させた結果、主語が欠落した省略文である。

第一の例として、第二センテンス中の、「倒れる」動作を描く句と、その結果生じた描写の句が、第一二、第一三センテンスに至り、それぞれがセンテンスへと独立している。第三〇から第三七センテンスに至り、「聞く」という動作が、句からセンテンスへと独立し、第四四から第五〇センテンスに至り、「待つ」という動作が、句からセンテンスへと独立している。これらはいずれも主人公の動作を、反復させる過程で、句からセンテンスへと独立させる操作を示している。結果、奇妙に短いセンテンスが出現する。その異常さは、前後のセンテンスとの間の非連続性を誇示するとともに、切断された動作そのものを焦点化する働きをしている。第一二センテンスが四文字、第一三が五文字、第三七が四文字、第五〇が三文字であることをみると、一〇〇センテンスの抽出調査で、量的に半数をこえ、文体の中枢を担っていた一〇文字以下のセンテンスの内実が明らかとなろう。

第二の例の起文語が述語である省略文は更に二種類に分類される。省略された主語が前のセンテンスと一致するものと、主語が一致せず、ねじれが生じているものがある。

第七、二八、三三、三七、四〇、四一センテンスは主語が変化していない。つまり、同一主語のもと、重文構造にある句を単に切断してセンテンス化したものと考えてよい。それに対し、第一一、一四、二九、三五、四九センテンスなどは、主語が変化しているにもかかわらず、新たな主語を立てることさえせず、述語から文を始めている。

前者のような操作は、句点による断層がスムーズな読みを阻害し、視覚的・聴覚的切断が、述語を前景化させるであろう。まして後者は、同一主語の想定のもと、読み進めて意味が通じず、立ち止まらざるを得ない。より一層切断効果が強いといえよう。その結果、述語が更に前景化すると言わざるをえない。そこで前景化されるのは、いずれもその瞬間に湧出した主人公の動作である。

実際、先ほどの一〇〇センテンスの抽出調査によっても第二の例が多い傾向は確認できる。主語が無い省略文は、『生命之流』が一〇個、『生命之覓』が一八個に及んでいる。一方、『東八時区』には存在しない。

センテンス操作という言葉を用いてきたが、句ではなくセンテンスに着目したのは、句点の利用法にこそ洪峰の特色があると考えたからである。第四、七センテンスは、雪中に倒れた登場人物が花を見ているうち、内面に変化が起り、絶望の中から死と抗う動作が生成する、その過程を二句からなる一センテンスで表現したものである。前半の句は花を見ている動作の時間的推移を時量補語やアスペクトで表現し、後半の句で新たな動作の生成を描写している。その間に生じた内面の変化は叙述されない。読点がその飛躍を表している。さて、第三七センテンスと第三八センテンスにいたると、音を聞いているうち内面に変化が生じた瞬間が、二つのセンテンスへ分割することで生じた断層により表現されている。第四センテンスの読点の後に置かれていた表情の変化を表す存現文の句が、ここでは起文の句に採用されている。つまり、読点によって内面変化の生成を表現していたものが、句点でその飛躍を示していることになる。又、第三五センテンスでは、第七センテンスで読点の後に置かれていた再び歩き始める動作が、起文の句に採用されている。このように、句をセンテンスへ独立させることで句点の断層を利用する手法がみてとれよう。

なお、動詞への執着は、短いセンテンス操作に限られた現象ではない。反復される過程で動詞が前景化され、立ち上がってくる数種類の操作を、以下に指摘したい。その結果、動作の異化が洪峰の作品の構造ともいえる特色であり、短いセンテンス操作もその露頭であることを示したい。

第一は同一動詞の反復過程で、従属節中の動詞が、文の述語へと変化する操作である。第七センテンスから第九センテンスに至り、動詞「給」は目的語の花にかかる修飾句から文の述語へと変化し、前景化している。動詞「開」も第三九センテンス「『开江了！武开江！』」、第五二センテンス「开裂声」を経て、第七〇センテンスで「整条江水就开了。」と文の述語へと変化している。他作品では、同一語が反復過程で動詞へと品詞変化をする例も見られる。

第二は同一動詞の反復過程で、修飾語を変化させることにより、動詞をより強調する操作である。ある「響き」を感受し、それが巨大化し、ついには凍河がはじけるクレッシェンドで、響きを表現するのは以下の五センテンスである。第三六「他好象听见地底下有轰隆隆的声音。」、第四三「那隆隆声越响了。」、第四六「他听见江里咔咔咔咔的声音、一串串响。」、第四八「胸膛和那滚雷一样、隆隆响。」、第五二「开裂声更响、放枪那样尖利。」。当初、第三六センテンスで「轰隆隆」は連体修飾語であった。第四三センテンスにおいて「隆隆」は依然として連体修飾語であるが、目的節から自立した主語を修飾し、「響く」という動詞と結びつく。第四六センテンスでは目的節内の動詞であった「響く」が第四八センテンスに至り文の述語として自立する。その際、連用修飾語へと変化した「隆隆」と結びつく。最後は「響く」という動詞を修飾する語「隆隆」は消失し、「銃声のように鋭い」と具体的表現へと変化する。そして第五四センテンスの「『轰！』」と擬音語が独立する瞬間を迎えるのである。

第三は、反復過程で動詞を切り離す操作である。センテンスとして切り離す例は前述の通りであるが、第一七から第一八センテンスのように句として切り離す例も見受けられる。

以上、一つのセンテンスに対する操作ではなく、反復されるセンテンス間での変化により一定の意味をもたせる操作を見た。それらがいずれも動詞の前景化を示していることが確認された。

三　文体の「変化」について

洪峰の文体は「変化」したという論を先に紹介した。実際、長文化現象が数量的にも検証できることを既に指摘した。では短いセンテンス操作は一時的実験に過ぎず、個人文体とはいえないのか。ここでは、類似した場面を描く異なる時期の文体同士を専ら比較し、長文化の原因となっている「変化」の類型分析を行う。その作業は「変化」と同時に、ある種の同質性をも浮出させるはずである。

1　反復によるセンテンスの吸収

前章で、ある動作が反復過程で句からセンテンスへと独立する操作を確認した。ここでは、それとは逆の操作が長文化の原因となっている例を指摘したい。

1盼盼慢慢走过去。2转运站的招待所里安静如水。3援朝没有换一身新军装，他没有枪枝和皮带，他更像一个穿黄制服的学生。4盼盼慢慢走过去，她伸出胳膊抱住援朝的脖子，她踮起脚，她把自己贴在援朝身上。5援朝轻轻搂住盼盼的腰。6他马上感受到了少女的身体。7他们轻轻地吻了一下，然后长时间地接吻。(19)

一九九三年発表の歴史長編小説『和平年代』である。長年抑圧してきた性衝動に身を任す瞬間までの過程が描かれている。第一センテンスは、第四センテンスに至り、句としてセンテンス内に吸収されてしまっている。前章では、句をセンテンスとして切断し、コマ送り、スローモーション化することでクライマックスに向けての緊迫感を高める操作がなされていた。しかし、第四センテンスでは、反復された句の後の読点が、初めての愛の告白となる行為が生ずる飛躍を準備している。一線を越える瞬間表現が句点から読点へと変化し、更に続いて湧出する行為が読点で列挙されることで、切断というより加速したあげくの長文化が見て取れる。

同年に発表された『苦界』のやはり性衝動に身を任せる過程を描いた場面である。

1女郎一动不动站着，她的手楼着林育华的头。2林育华把女郎最后一件衣服脱掉，然后脱去自己的衣服。3女郎一动不动站在林育华面前，小腹在林育华的脸前一起一伏。4林育华的一只手楼着女郎柔软有非常结实的臀部，另一只手探进女郎绒绒的区域，女郎一动不动地站着，也没有任何声响。5林育华整个头颅几乎埋入女郎的双腿。6女郎的腿开始抖动和弯曲，她终于跪倒在地毯上。[20]

毅然として立つ女性の描写が第一、三、四センテンスと三度にわたり出現する。同一表現の反復は、性的衝動が自己抑制を突破するクライマックスに向け、緊迫感を高めていく。第一センテンスは女性の描写、第二センテンスは男性の描写、第三センテンスは女性の描写である。それが第四センテンスに至ると、男性と女性の描写が融合し、文が肥大している。二つのセンテンスで行っていた男性と女性の動作描写を一センテンスに取り込む操作といえよう。ここにも反復による切断ではなく、加速とも言うべき操作が見て取れよう。

2　時間的推移の吸収

お互いに見つめ合う。見つめ合ううち内面に変化が起きる。そして動作が生ずる。三つの時間層を連結することで、生命衝動の湧出する瞬間を造形する場面が洪峰には多く存在する。

A、一九八六年『勃尔支金荒原牧歌』

她一直看他。他也盯着她。他一件一件脱衣服。最后，他站起来，火光里，他感到自己强壮和高大。(21)

B、一九八九年『第六日下午或晚上』

说完我们两个人就面站面站着。过一会小郭说别站在这看让人碰上。我们就钻进林子里。(22)

C、二〇〇一年『模糊的時代』

女人从上向下看，男人从下向上看，他们互相看了足有五分钟。—中略—那女人在和吕海相互观察了那段时间之后才开始产生羞耻感，但中间伴随的兴奋和冲动更使她浑身颤抖。(23)

三者ともに男女が一線を越える瞬間を描いたものである。Aでは、女性と男性が相手を見つめる行為は二つのセンテンスで描かれ、時間的推移は副詞やアスペクトで表現され、決定的行為が生ずる断層は句点で表現されている。Bでは女性と男性が相手を見つめる行為は複数形の主語により一つのセンテンスに吸収されている。しかし時間的推移は、新たにセンテンスを立ちあげ、時量補語によって表現されている。こうした初期の表現と比べ、Cでは、見つめ合う行為が二つの句として一センテンスに吸収されるばかりか、時間的推移までが同一センテンス内に吸収されている。つまり、A、Bをいずれも吸収し一文化したものがCと言えよう。

更に多くの時間の相を吸収したものもある。突然死により生命の物質性を表す場面が洪峰には多く存在する。

A、一九九八年『夏天的故事』

这时候地雷响了。硝烟散去那棵小树和李民的下半身荡然无存。这时候、他手里边攥着半条牛皮腰带。腰带上缠着一节蠕动的肠子。[24]

B、一九九三年『和平年代』

大家看见强烈的闪光、爆炸的冲击波把附近的士兵撞得连滚带爬。待大家镇静下来之后、政委已经没了踪迹。一个很深的弹坑旁边有一些粘稠的液体。[25]

C、一九九四年『東八時区』

炸药很均匀地与姑娘的身体同时爆破、响声过后、硝烟散去、闻声而来的人试图从仓库废墟中寻找王路敏的尸体、他们只看见了血痕和零星的肉块还有王路敏一缕凝血长发、还有事先放在外边儿的一个海螺壳。[26]

三者ともに爆発による不条理な死の一瞬を描いたものである。Cにはいくつかの時間の層が内包されている。爆発の瞬間、硝煙が薄くなるまでの時間的経過、人々が遺体探す時間的推移、そして見つかった遺体の痕跡描写二つである。それらが一センテンス内に吸収されている。初期のAでは、爆発の瞬間が一センテンス、硝煙が去った後を一センテンス、遺体の痕跡の描写二つを二センテンスと計四センテンスで表現していた。しかも「この時」を二回繰り返すことで叙述の流れを断ち切り、以下に続く文がその瞬間の描写であることを誇示している。時間的推移は句点によって表現されている。Bは爆発を一センテンス、硝煙が去る過程を一センテンス、描写を一センテンスと三センテンスで表現している。しかも、硝煙が去る内容の句が、孤立して等位に連結されるのではなく、条件節として後の句と有機的関係を結んでいる。

このように時間的推移をとりこむ長文化とは、静止画像を複数並べる態度から、動画へと叙述態度が変化していることを示しているのではないか。

3　動作生成の吸収

時間的推移のみならず、その後に生ずる決定的動作の生成までを一センテンスにとりこむ操作もみられる。洪峰には自傷の衝動に身を任せる瞬間を、逆に強い生命力の顕現として造形する場面が複数存在する。

A、一九八六年『生命之覓』

「老兄！」领队的叫。汉子们抬头。抽出刀、一剁、血喷开。一甩、右手四个手指齐斩斩落了一截。(27)

B、一九八九年『一只蝴蝶飛進我的窓口』

她没有再犹豫、拿起水果刀摁在手腕上、诗人抬起头看看锁好的房门又看看墙壁上的壁挂。她用力一拉。她看见血涌出来。在此之前割裂处洁白如雪像一瓣故乡的杏花那样绽开。(28)

C、二〇〇一年『模糊的時代』

吕贤明坐回到太师椅上、把长枪筒顶住下巴、手一拉细绳、细绳绕过一条椅腿牵动了扳机、当一枪就打穿了他的后脑。长枪倒在地上、吕贤明头仰在椅背上、坐在那里死了。(29)

三者ともに自傷行為へ踏み切る瞬間を描いたものである。

Aで山中に生きる猟師は、都市文明を象徴する調査隊の男の頬を撃ち、その引き金を引いた指を自ら切り落とす。引用部は猟師生命を自ら絶つ場面である。調査隊員の台詞と描写の後、転換された主語である猟師さえ省略され、突然の行為が立ち上がっている。刀を取り出す動作、刃を走らすだけでは切れなかった指を、ふりまわすようにして断ち切る動作が、それぞれセンテンスとして独立している。

Bの詩人が自殺を試みる場面も同様である。手首に押し当てた果物ナイフを、力をこめてひく動作がセンテンスとして独立している。しかも「一＋動詞」はその後に結果をあらわす内容を、句として吸着するはずであり、Aもそうしている。しかし、この例ではセンテンスとして独立させている。

A、B共に、その短いセンテンス操作において初期文体の特色と一致している。

それがCに至り、引き金に結びつけたひもを引く動作がセンテンス内に吸収されている。いすに座り、銃口をあごにあてる動作に続いて、もったいぶった時間の推移や断層もなく連結されている。そして縄を引いた結果の描写も、Bのようにセンテンスとして独立してはいない。死への決定的動作は、章回小説の流水帳的動作描写さながらの動詞連結の中に埋没し、それが長文化の原因となっている。

4　副詞による複数句の吸収

不条理な暴力にさらされ、過剰な暴力の応酬の後、突然和解が成立する瞬間を描いた場面が洪峰には複数存在する。

A、一九八七年『小説』

她抬起头看我、我也看她、然后她就笑了一下、我也咧咧嘴。接着她就大声笑起来、我们就这样笑了好长时间。后来

她说：上班来不及了。我说我也是。后来我们就推着自行车往回走。(30)

B、一九九三年『和平年代』

中苏两国的边防军人都朝对方看了看、然后他们都笑了。苏联人笑得很响亮、中国人笑得含蓄些。此后的一段路上、双方不再较量、都很随意地驱打蚊虫。(31)

C、一九九四年『東八時区』

两个人相互看了看、都笑了。然后站起身、拍掉身上的土、往城里走。(32)

見つめ合い、何らかの内面的変化がおき、突然笑い出して和解が生ずる過程を一センテンスの中に収めている点で、三者に違いはない。ただ、Aはそれを四句、BとCは二句で表現している。彼女と私の個々の静止画像を四枚並べる描写的態度から、三人称複数を主語とし「都」や「相互」という副詞を用いた叙述的態度へと変化したのである。当該センテンスに続き、笑う動作が和解の生成という特権的意味をもつことを確認する笑いの描写が、Cにはもはや無い。しかもCでは第二句目の主語さえ消失し、加速が増している。更に、和解が生ずる飛躍を、A、Bでは読点と「然后」による時間的推移で表現していたが、Cに至ると読点のみとなり、「然后」によるもったいぶった断層が消失し、飛躍は滑らかな連続の中に埋没する。「然后」は、むしろ和解後の動作にかかっているのである。

引用例は必ずしも量的肥大を示していないが、短い単文を単純反復する切断可能なスタッカートのようなリズムから、副詞によりスラーのように切断不能な文章へと変化していることが見て取れよう。

5　心理描写の添加

以上、単文や句を吸収することで文が肥大化する類型を示してきた。一方、新たな要素を挿入することで長文化する現象もみられる。

生命衝動の湧出により、ある動作が生成する、その飛躍は時間的推移を表す言葉や句点による断層によって表現されてきた。つまりは時間的推移や断層の間に生じた内面の変化を黙説化することこそが、洪峰の文体のハードボイルドな匂いを醸成していた。しかし、それと齟齬する操作が見られるようになる。

洪峰には生命衝動としての暴力が突然噴出する場面が多く存在する。殴打し、刃を突き刺し、銃の引き金をひき、集団狂気が暴発する。その場面は、動作描写のみによって表現されてきた。

たとえば刀を取り出し、ふり上げるまでの行為は、三―3で引用した初期短編『生命之覓』の例に照らせば二句か単文二つで事足りる。ところが以下に引用する二〇〇一年の『模糊的年代』の例では中略を含め、一六のセンテンスで構成されている。しかも、長いセンテンスが含まれている。

杨翠花等吕宗保媳妇站起来，一把揪住头发拖到胸前，杨翠花的手里不知怎么就多出了一把菜刀。―中略―杨翠花原本是魂不附体的，现在看到敌人们的样子，突然悟到了什么，她觉得自己根本用不着跟谁道歉求情，她还是应该坚信自己的实力。愣的怕横的，横的怕不要命的！我今天就要给她们来一个不要命的看看。「听着你们这群驴操的！我今天就是要来杀人的！刀早就揣在怀里，老娘故意连跑带叫就是要引你们来。我要先杀一个两个给你们看，这叫杀鸡给猴子看！」说着举起刀来。(33)

ここで造形されているのは、動作ではなく、内面に生じた変化である。三人称の心理描写から、一人称の直接話法の心内語へとねじれたあげく、地の文から会話文へとスライドする。ここまでが刀を取り出し、それを振り上げる二つの動作の間に挿入された部分である。長文化の原因は、相手を見ているうちに生じた内面の変化を句点と「突然」という副詞で一センテンスに吸収している点、更に変化の内容を「她觉得」により目的節としてセンテンス内に吸収しているためである。

初期の作品は対象を見ているうちに決定的動作が生成した。ここでは内面の変化が生成しているのである。つまり、生命衝動の湧出を行為ではなく、従来黙説化してきた内面の表現によって造形しようとする態度がみられ、そのために主語や話法のねじれが試みられているといえよう。

これは暴力の生成場面にとどまる現象ではない。

1颖慧一动也不动，她把眼睛闭上了，也只能这样。2男人的手就那样上来滑动就把颖慧滑得头晕目眩了。3她甚至听见自己呼哧呼哧的喘息声。

4她不知不觉发现自己的短裤已经没了，人也顺着坐椅躺下了，一条腿很听话地搭在靠背上。5她等待着那个时刻，但顾志新还在很亲切地摸这里捏那里亲这里碰那里。6颖慧觉得自己快烧起来了，这种感觉真是太陌生太快乐了，她觉得等不及了，身体里似乎都有手伸出来去抓志新了。7她想放松自己，但做不到，她的小腹一抽一抽的。

8志新是突然撞进的，汽车也在他猛力一击中上下颤动了几下。

9颖慧啊地叫了一声。10「你疼了吗？」志新没有继续，他小声问。11颖慧那里比火焰还热烈，她一边用力收紧，一边摇头，「不—不—」

12志新说「那就好那就好。」13他更猛烈地撞进去，颖慧啊地又叫啊地又叫，她的每一个毛孔似乎都张开了，细细的汗珠似乎带着响声冲出来、颖慧真想大声说「上帝！真好真好！」

14很热的液体在她的身体里扩散开来、颖慧依旧不肯放他离开、她欠起屁股伸出双臂把志新的腰抱住、拼命贴紧、她不肯让志新退出去、似乎一旦男人离开、她马上就会死掉。(34)

女性が「一动也不动」と男の前に立ち、しかし下腹部は別の生き物のように動いている例を三―1の『苦界』で取り上げた。その際、二つの動作は読点によって一センテンスに吸収されていた。右の引用は八年後、二〇〇三年に同一場面を描いた『革命革命啦』のものである。読点によって黙説化されていた内容は上記の引用に至り、大部の記述となって露出する。露出したもののうち、とりわけ長い第六センテンスに着目する。肥大化の原因は、センテンス中二回現われる「觉得」を用いた心理描写である。また、内面に生成した感覚を「太阳生太快乐了」と形容詞で直叙するだけでなく、「似乎」と比喩によっても造形しようとしている点である。ついに不倫への一線を越える瞬間を、動作のみによって表現するのではなく、内面に生じた変化により執拗に造形しようとしている。こうした傾向は、第一三、第一四センテンスにみられる長文化の原因ともなっている。第一三センテンスでは「似乎」が二回にわたり反復され、第一四センテンスでは「不肯」が二回にわたり反復され、「似乎」による感覚造形がなされている。

実は、毅然と身じろぎもしない女性と、意思を裏切ってうごめく彼女の下腹部の間には、このような内面のドラマがあった。初期のセンテンス操作の句点や読点という氷山の下にはこれだけの内容が隠れていた。それを顕在化させる方向に動き始めたといえよう。

これまでの引用例は多くが眼を見開き、対象と対峙することで衝動が湧出していた。しかし、この引用部の冒頭で主人公は目をつぶってしまう。そうせざるを得ないとある。眼をつぶることは内面の注視へとつながり、身体感覚の造形へと向かわざるを得ない理屈である。

ところで、一九八七年には洪峰作品における心理描写の少なさが既に言及されている。「作品は生活の表層で行為を連ねるだけで、精緻な性格や心理描写に欠けている。登場人物の人生経歴に対する深刻な哲学思想にも欠ける。」[35]として批判される。一方、翌年には別の研究者が心理独白の増加を指摘する。「前期小説の三人称は動作描写に適しており心理描写に至らないことが多い。動作性が強い小説は心理分析型ではない。一人称小説になると自己分析に便利で、自伝的小説が多い。」[36]と一九八八年当時からみた変化を総括している。

このように心理描写の増加は八〇年代の活動初期から既に指摘されている。ただ、問題は心理描写が添加される位置である。動作描写が消失して心理描写がそれにとってかわる構造的転換が生じたのではなく、動作の生成の前に心理描写が添加されている。それが長文化の原因となっていることに意味がある。

四　文体の同質性について

「変化」により、「短い」センテンスがもはや量的には減少したことを確認した。では、「短い」センテンス操作が有していたリズム、句や文の連結原理はどうなったのか。類似場面を比較する作業は、作家が同一素材を扱う手つき、つまりそこに現われるリズム、句や文の構成、まとまりの単位における変化と同質性を明らかにする作業でもあった。

洪峰には家を燃やすプロットが複数存在する。家を燃やす行為は、それまでの生活との決別のみならず、それまでの価値観や世界観との決別をも意味する。古い殻を破るため、それに見合ったエネルギーと生命力が顕在化する場面である。

以下、初期の短編と九〇年代の長編から四つの類似場面を列挙する。

A、一九八五年『生命之流』

黎明前。墨黑的天空突然升腾起两团熊熊烈火。长白山脉那条小山腿下、小山腿上、两间草房劈劈叭叭地燃烧着。一个中年妇女和一个毛头孩子、一直站在那、看着那烈火。他们等到只剩下一堆灰烬一片烟、便朝山下走去。(37)

B、一九九三年『苦界』

林育华找了一把铁铲、在屋子里掘了一个墓穴、他把玛尔塔埋葬妥当、用煤油点燃了木屋、又点然另一间木屋、当他走到河边时、木屋的火燃烧成两只大火球。(38)

C、一九九四年『東八時区』

卢振庭抱一捆又抱一捆柴草一直把屋子围住、然后小心点燃、他看着火焰借着轻风越烧越旺、这时候卢振庭俯身抱起昏迷的姑娘消失在黑暗中。(39)

D、二〇〇一年『模糊的時代』

屋子里面吕贤明也在做最后的准备。他把煤油筒提在手里、往木制家具和被褥服装上泼洒、然后用镐在地中央刨了一个深坑、把一包东西放进去埋好、再把淋了煤油的几床被褥扔在上面。吕贤明划着火柴从东厢房开始点火、看见东西都很旺盛地蹿起火焰、又去烧西厢房、西厢房也燃烧起来。吕贤明回到正房放火、屋里的东西呼啦啦起了火焰。(40)

AからBに至り、一気に長文化する。原因は、時間的推移を一文中に取り込んだことと、Aにおいて黙説化された火をつける動作描写の添加である。Cも時間的推移の吸収と火をつけるまでの動作描写添加による長文化という点でBと類似している。Dに至ると、B前半部の穴を掘り、物を埋め、火をつける準備をするまでが一センテンスとして独立している。が、分量はBと同程度である。更にBの後半部にある複数の部屋に火をつけて回る内容も一センテンスに独立している。が、分量はやはり時間的推移をも含むB、Cとそれほど変わらない。

AからDへの過程で、火をつけるまでの行為が次第に焦点化し、更には微分化することで動作描写が肥大していく。Aは放火前、火の手があがった直後、燃え上がる二つの家屋を見ている時間、焼け落ちた後の描写が、それぞれセンテンスに切断された上で連結されている。一方でBからDへの過程で、「堀」は「刨」へ、「埋葬妥当」は「埋好」へとより口語的に変化しつつ、微分化の結果、「放进去」という行為が更に加えられ、動作はよりなめらかに連続する。さらにDに至り放火箇所の増加とともに、火をつける動詞が三種類あらわれ、「起」が三度にわたり反復される。つまり、決定的瞬間が深い断絶のある一つの句点や読点によるのではなく、なめらかな波のような動作描写の繰り返しで表現されることとなった。

確かに、Dの章回小説を思わせる流水帳的動作描写の速度をみると文体変化を言いたくなる。しかし、微分化の進展にともない、いくらその曲線がなめらかに見えようと、あくまで非連続体である点の集合にすぎないように、洪峰の文体も短い単文の、重文的連結という点で本質的に変化していない。量的肥大が、因果関係や、後がかりの説明等、複文的構造によるものではない、つまり言葉をつなぐ原理、発想に質的転換がないことがみてとれよう。

センテンスとよばれる持続体は、大きさをもっている以上、便宜的に計測は可能であろう。長短を云々することも。実際、ジャンル（科学文体、新聞文体、事務文体）によるセンテンスの平均的長さを、抽出調査から示す研究さえある。[41] ただ、量的には同程度の長文であっても、莫言のように異なる時空の湧出や老舎の後がかり的説明を原因とするものと、洪峰のそれは質的に異なる。

そこで、洪峰の句や文がどのような原理に基づいて連結されているのか、上記の引用例が偶然的現象ではないことを示すため抽出調査を行う。洪峰は生命衝動湧出の瞬間をまさに創造的瞬間としていることを再三例示してきたが、そうした場面を活動期にわたり一定数抽出する。一九八五年から二〇〇四年までの作品を三期に分け、一四一場面をとりあげる。第一期は八四年から九一年まで、初期の中短編から一六作品三四場面を、九〇年代長編へシフトした第二期のものとして四作品三七場面を、第三期の二〇〇〇年代の長編小説からは二作品七〇場面をとりあげた。類似場面を抽出し、文構造の質的変化の有無を確認する企図である。

結果、句点や読点以外に、非連続性を誇示するため使用される語彙に一定の傾向がみられた。使用頻度に随って示すと以下のようになる。「起来」二九例（第一期六例：第二期八例：第三期一五例―以下同様）、「突然」二七例（六：一〇：一一）、「然后」二〇例（五：七：八）、「开始」一〇例（三：三：四）、「这时候」九例（二：二：五）、「不再」七例（〇：二：五）。

性や死、暴力などの衝動が湧出する瞬間を特権化するにはいくつかの手が考えられる。「然后」、「后来」等の副詞により、連続性を強調することで逆に非連続性を示唆する方法である。ヘミングウェイが多用した and then に近い手法といえよう。重文ではありながら、実質は単純平叙文を羅列し、等位接続詞で連結する。and による行為の羅列により感情や大きな飛躍を表現しようとするハードボイルド調の指標ともなる。洪峰の「然后」も同様の働きをしていることをこれまでの引用部で確認してきたが、彼の活動期を通じて使用されていることがわかる。

一方で、非連続性を強調する方法がある。新たなものの出現を直叙してしまうことである。たとえば「突然」、「不再」は、衝動湧出の瞬間性、非連続性を副詞で表現する方法であり、使用頻度は落ちるが「一下子」（四例）、「一下」（四例）、「一瞬间」（一例）、「顿时」（一例）、「猛然間」（一例）も同様の表現意図によるものである。また動詞の「开始」や様態補語を利用した「変得」、方向補語の「起来」も、動詞あるいはそれに付随した補語により、変化を誇示したものである。また、「这时候」により、流れを切断してその瞬間を異化する手法も活動期を通じ用いられている。

ところで、「然后」であれ「突然」であれ継起的に句あるいはセンテンスを繋ぐ語彙である。しかも同時使用は一例だけである以上、のべ四六例にいずれかが出現しているということになる。また、両者と「开始」や「不再」の同時使用もない。

以上のことからセンテンスあたりの分量は肥大しても構造的には同質性がみとめられる。複文でいたずらに論理化、観念化することなく、句点や読点以外にも連続、あるいは非連続を示す語彙を用いて継起的に文を連結していく操作である。長文に見えながら実質、短文連結で非連続性を誇示する事により詩的瞬間を造形する操作である。

五　おわりに

馬原は、日常化された世界が見慣れぬ始原の相をもって立ち現われる瞬間を静態的に描いた。その象徴が、見慣れぬモノへと異化される過程を、名詞が一つのセンテンスとして立ち現われることで表現する手法であった。短いセンテンス操作の典型として以前提出した。一方洪峰は、生命衝動が湧出する力感を動態において描いた。その象徴が動詞を一つのセンテンスとして独立させる操作である。瞬間の造形は句点のみならず、読点や特定の副詞等によりなされたが、それらは切断、つまりためを作ることで噴出の量感を増す手法であった。いわば間の文体ともいえよう。確かに、動詞の列挙で生ずる流動感やダイナミズムを享受できる点で章回小説の流水帳的動作描写と似ている。ジェットコースターにのっているような展開の速さやリズムの快楽に身を任せられる点である。しかし、洪峰の表現意図はリーダビリティーや動作のための動作にはない。動作が生成する瞬間とは、まさしくその決心が生ずる内面変化の瞬間であり、生命衝動を表現するためのものである点で章回小説のそれとは截然と区別されなければならない。

洪峰の小説には獣性を顕現させる人物典型が、彼の活動期を通じ登場する。初期の中短編では、過剰な生命力を有し、性や暴力、破壊衝動の肉体化ともいうべきキャラクターである。山中に住み、牛のように喘ぎ、狼のような目を見開き、虎のように飛び上がるであろう（『生命之流』）。「小熊」と呼ばれ、自らを人ではなく「牲口」と規定し、原始的野生を喪失した都市の人間たちを蟻と睥睨する男である（『生命之覓』）。八〇年代の尋根ブームが終わり、獣性はやがて革命、土地改革、文革の中で暴力に感染する人物群やテロリストに受け継がれる。しかし、作品冒頭から獣性のキャラクターとして現れるのではなく、内なる獣性に目覚める人物典型へと変化している。更に二〇〇三年の『革命革命啦』に至ると登場人物はもはや歴史的人物や異能の人物でさえなくなる。市場経済の中で平凡に生きる彼らに当初、獣性は見当たらない。獣性は、衝動に身を任せる行為を描写する際、用いられる動物比喩の中でようやく顕現する。彼らの間で「野獣」、「原始的野生」といった言葉はもはや羨望と称賛を表すため用いられる。一方で「革命」や「解放」、「翻身」は、本来の意味を失い、性衝動に覚醒しそこに投企する意味で用いられる。歴史的、政治的、社会的意義よりも、生命衝動を上に置く価値転換が生じている。

「洪峰」は、解き放たれた河のエネルギーが最高潮に達する瞬間を自らの名のうちに持つ。作家洪峰の目的が暴力や性、死への衝動を「解放」する法悦であり、その詩的瞬間の造形であったとすれば、ビルディングスロマンのように内面が変化していくキャラクターへ、そしてその心理描写へとシフトしていくのは避けがたい行程であったといえよう。

ところで、これまで論じてきた短いセンテンス操作と矛盾する現象が洪峰には存在する。たとえば一九八六年発表の『湮没』に一三八文字にわたり読点が一切存在しない長文が見られる。[42]しかし、長さの内実とは、「我说」、「她说」の主語と伝達動詞が一一回交互に出現したものである。会話を間接話法で、句点と読点を排除して繋げたに過ぎない。最短四字から最長一八字までの短文を継起的に連結しているのと変わらない。つまり短いセンテンス操作とは対極にみえる実験こそが、逆説的に洪峰の文体を露出させているといえよう。

また、三―2で引用した作品『一只蝴蝶飛進我的窓口』は、詩人の女性が手首を切り、画家がそれを見つけて病院に運ぶまでを、フィルムを逆さ回しにする手法で書かれている。従って結末から発端へと叙述が遡っていく。引用部の注にも示したとおり、二つの段落を本来の時間の順にそって並べなおさざるをえなかったのもそのためである。確かにここでは、センテンスが継起的に連結されていない。しかし、逆さ回しが可能であること自体、全体が継起的構成であることを逆説的に示している。カットバックや先説法が錯綜していては読み取りが困難となるため、逆回しは不可能となる。

更にこの作品からは、なにが逆さ回しをするフィルムのコマとなるか、つまり洪峰がなにを分割不可能な最少単位と見ているかが見て取れる。ナイフを押し当て、手首を切り、血が噴き出すまで四つのセンテンスがある以上、逆さ回しの構成原理にのっとるならば、四つの文が四つの段落として錯時的に並べられたはずである。そうした構成原理に打ち勝ったのが、ナイフを押し当ててから切るまでの二センテンスである。心理的変化から自傷行為までを継起的に連結しなければならなかったのは、その連続性の中にこそ生ずる飛躍による。そしてその断層は読点ではなく句点で表されている。つまり衝動が湧出する瞬間の連続と非連続性を同時に満たすのがセンテンスであったといえよう。

小説の文体を分析する単位としてセンテンスに着目した論考の第三篇目に本稿が位置することは前述の通りで

ある。センテンスは計測が一見容易であり、しかもある意味、世界認識のありかたの最小単位であることを理由として始めた作業であった。センテンスの長短が作品構造の露頭となっている例をとりあげ、小説の表現を開拓する三つの典型を提出してきた。

しかし、センテンスはその持続的外見にもかかわらず、本当に長短で計測できるものなのか。中国の小説におけるセンテンスの問題とは、中国語独自の句点の断層の深さを、表現目的の実現のためどのように利用するかという問題でもあった。センテンスの長短を考えることは、言葉の「まとまり」がその連続性と非連続性により小説作品において果たしうる可能性を考察することでもあった。

三篇の小説のセンテンス論ではいずれも、当該作家の個人文体が露出する場面をとりあげ、句点と読点という非連続をいかに連続させて一つのリズムを形成しているかを考察した。ならば、文体におけるリズム単位を考える時、作家によっては一センテンスの長短ではなく、センテンスの集合体のレベルで考察することが必要になる場合もあろう。

次の段階では、センテンスより上の「まとまり」のレベルで小説の文体分析の単位を提出することとなろう。

（1）洪峰『模糊的年代』時代文芸出版社、二〇〇一年、三八一頁。
（2）施戦軍「欲望話語与恐惧分布」（『小説評論』一九九八年第二期）一八頁。
（3）呉義勤「夢魘与激情」（『蘇州大学学報』一九九五年第一期）六二頁。
（4）鍾本康「洪峰小説的個体意識」（『当代作家評論』一九九六年第二期）九八頁。
（5）山本明「小説のセンテンス—莫言の文体」（『文体論研究第四一号』日本文体論学会、一九九五年）及び「小説のセンテンス（二）—馬原の文体」（『人文研紀要』中央大学人文科学研究所第四四号、二〇〇二年）。

(6) 史鉄生「読洪峰小説有感」(『当代作家評論』一九八八年第一期、『複印報刊資料』一九八八年)一七二頁引。
(7) 艾雲「洪峰的罪与罰」(『当代作家評論』一九九四年第五期)二一頁。
(8) 姜錚「洪峰小説与現代西方人本主義哲学」(『文芸争鳴』一九八七年第一期、『徘徊的青春』青島出版社、一九九四年)五一四頁引。
(9) 呉亮「関于洪峰的提綱」(『当代作家評論一九八八年第一期』、『複印報刊資料』一九八八年)一六六頁引。
(10) 王又平『新時期文学転型中的小説創作潮流』華中師範大学出版社、二〇〇一年、五二頁。
(11) 呉義勤「性愛和死亡対于生命的両種闡釈」(『小説評論』一九九五年第五期)三九頁。
(12) 史鉄生　前掲書、一七四頁。
(13) 呉亮　前掲書、一六六頁。
(14) 洪峰『瀚海』作家出版社、一九八八年、七四頁。
(15) 前掲書、九四頁。
(16) 莫言『莫言文集巻一　紅高粱』作家出版社、一九九五年。
(17) 洪峰『東八時区』浙江文芸出版社、一九九四年。
(18) 『生命之覓』、『瀚海』一〇九頁—一一〇頁。
(19) 洪峰『和平年代』(『花城』一九九三年第五期)三〇頁。
(20) 洪峰『苦界』華夏出版社、二八九頁。
(21) 『瀚海』一二一頁。
(22) 洪峰『重返家園』長江文芸出版社、一九九三年、四四四頁。
(23) 『模糊的年代』三八頁。
(24) 『重返家園』二九七頁。
(25) 『和平年代』四頁。

(26)『東八時区』四頁。
(27)『瀚海』一一三頁。
(28)『重返家園』二〇三頁。尚、結語で述べる理由により引用部の段落の順序を入れ替えた。
(29)『模糊的年代』二九頁。
(30)『重返家園』一五四頁。
(31)『和平年代』三〇頁。
(32)『東八時区』一九五頁。
(33)『模糊的年代』一〇三頁。
(34)洪峰『革命革命啦』春風文芸出版社、二〇〇三年、一六五頁。
(35)徳耘「歴史感：歴時性与共時性的統一」(『文芸争鳴』一九八七年第一〇期)一六九頁。
(36)呉亮　前掲書、一六七頁。
(37)『瀚海』九三頁。
(38)『苦界』三四八頁。
(39)『東八時区』一六頁。
(40)『模糊的年代』二九頁。
(41)王徳春『語体学』広西教育出版社、二〇〇〇年。
(42)『瀚海』二〇八頁。

中国の現代文学とつきあうための略年表（一九七六―八六年）

井口　晃

記

文学の「年表」というと、なんとなく〝刺身のつま〟を連想してしまいます。なくてもかまわないが、あればなんとなく形は落ち着く――よく「○○文学史」あるいは「××研究」といった類の書物の巻末に〝おまけ〟みたいにくっつけてある「年表」に与えられている役割はそんなところではないか、という気がするのです。そんな影の薄い「年表」を少しは明るい場所に出してやってもいいのではないか。そう考えたのが、この『略年表』作りにとりかかった私の動機でした。本叢書に収録されるのはその作業結果の一部です。

現代中国の文学に格別の興味があるわけではないが、きっかけがあれば少し覗いてみようかと思っておられる方は、このところ右肩上がりに増えつづけているらしい中国語学習者の数ほどではないにしても、その何百分の一か何千分の一くらいはおられるのではないか、と私は勝手に想像しています。この『略年表』は、そういう方がたに目をとおしていただけることを想定して作成しました。

表中にあげた項目は大部分が小説（多くは日本語訳があります）です。小説以外のジャンル――詩、記録文学、散文随筆、戯曲、評論や文芸理論などはほとんどありません。ですから表題もほんとうは「現代中国の小説と……」とすべきなのかもしれませんが、その点は少し大目に見ていただきたいと思っています。なにしろ、この『略年表』は〝試作品〟なのですから。

なお、表中★印・ゴシック体の部分には、それぞれの時期の政治・社会の動向を示す事柄を略記しました。この種の関連事項は少なければ少ないほどいいと考えて、文学界の動向や項目にあげた作品の内容とじかにかかわるものだけに絞りました。だが、それでも〝略〟ではなく〝煩〟に過ぎたかと感じているところです。

一九七六年

一月　『人民文学』復刊。蔣子龍（一九四一―　）の小説《機電局長の一日〈机电局长的一天〉》を掲載。

『詩刊』復刊。

黎汝清（一九二八―　）の長篇小説《万山紅遍》上巻刊行、人民文学出版社。

★周恩来死去（八日）。

三月　『人民戯劇』、『人民電影』、『人民音楽』、『美術』、『舞踏』復刊。

映画《春苗》劇本刊行、上海人民出版社。

四月　**★周恩来追悼に端を発した「四五」運動全国規模で広がる。反革命の騒乱として弾圧される→第一次天安門事件**（五日前後）。

天津・小靳庄の民衆詩歌選《嵐にもめげず〔十二级台风刮不倒〕》刊行、人民文学出版社。
※小靳庄の民衆詩歌運動は大衆の芸術的創造力の高さを示すものだと喧伝されたが、後にその内容の粗雑さや運動そのものの虚偽が揶揄、批判を浴びる。

九月　**★毛沢東死去**（九日）。

十月　**★中共中央政治局の成員・華国鋒、葉剣英、李先念らによる政変。江青、張春橋、姚文元、王洪文（「四人組〔四人帮〕」）を「反革命集団」として逮捕**（六日）。

十一月　映画《決裂》劇本刊行、人民文学出版社。
『詩刊』一一期、賀敬之（一九二四— ）の長詩《中国の十月》を掲載。

十二月　姚雪垠（一九一〇— ）の長篇歴史小説《李自成》第二巻刊行、中国青年出版社。
※明末農民蜂起の首領・李自成、皇帝・崇禎を中心に当時の歴史状況を描く。第一巻は六三年、第三巻は八一年刊。

一九七七年

二月　**★『人民日報』、『紅旗』、『解放軍報』社論《文件をしっかりと学習し、要をつかもう**〔学好文件抓住纲〕**》を掲載。毛沢東がおこなったあらゆる決定はあくまでも擁護し、毛沢東のあらゆる指示は一貫して遵守しなければならぬとする方針**〔两个凡是〕**を、華国鋒談話の伝達という形で公表→文化大革命の終息を六六年以前への回帰とするか、新たな段階へ展開する契機とみなすか、中共党内の抗争へ。**

六月　柳青（一九一六―七八）の長篇小説《創業史》第二部（上）刊行、中国青年出版社。
※農民・梁生宝を中心に農業集団化の過程を描く。第一巻は六一年、第二巻（下）は七九年刊。

八月　児童向け文芸雑誌『児童文学』復刊。
★中共党、第一一回全国代表大会を開催。華国鋒、文化大革命の収束を宣言すると同時に「階級闘争を要とし」、「プロレタリア階級独裁下での革命を継続する」と述べる。これに先立つ七月、鄧小平が党政治局常任委員、軍事委員会副主席、国務院副総理等の職務に復帰（一二―一八日）。

十月　外国文学紹介誌『世界文学』、上海作協機関誌『上海文芸（七九年《上海文学》と改題）』復刊。

十一月　『人民文学』一一期、劉心武（一九四二―　）の《クラス担任（班主任）》を掲載。
※中学教師・張俊石とその担任クラスの生徒をとおして、「四人組（四人帮）」支配によってもたらされた精神の荒廃から子供たちを救えと声を上げる。後に文革が残した傷痕を告発する「傷痕文学」の最初の作品とされる。
『人民文学』、短篇小説創作座談会を開催。
※茅盾、馬烽、周立波らが百花斉放の促進を呼びかける。
『人民日報』、『人民文学』が文芸界の人士を招いて座談会を開催。
※文革前の中国文芸界は「（ブルジョア）文芸の黒い路線に独裁されていた」とする文革派の主張を批判。

十二月　**★中共中央組織部（部長・胡耀邦）文革期の冤罪誤判事件の調査に着手。七九―八二年に約三〇〇万人が復権**（＝平反）。

一九七八年

一月　『人民文学』一期、徐遅（一九一四―九六）の報告文学《ゴールドバッハの予測〔歌德巴赫猜想〕》を掲載。

※世界の数学界で難問とされてきた「ゴールドバッハの予測」についての研究を進め、「陳氏の定理」を確立した数学者・陳景潤の伝奇的経歴を通して、中国における知識人の苦闘を描く。

二月　中国社会科学院文芸理論機関誌『文学評論』復刊。

三月　江蘇省作家協会機関誌『鍾山』（南京）創刊。

四月　**★中共統一戦線部、公安部、右派分子の処分取消し〔摘帽〕と復権〔改正〕に着手。八〇年代初までに右派分子約五五万人のほとんどが復権。**

五月　中国文学芸術界聯合会、第三期全国委員会拡大会議を開催（北京）。文聯および中国作家協会など五つの傘下協会の復活を宣言（五月二七日―六月五日）。

中国作家協会中央機関紙『文芸報』復刊。

八月　上海『文匯報』、盧新華（一九五四―　）の短篇小説《傷痕》を掲載（一一日）。

※文革のなかで訣別を強いられた中学生・王暁華とその母親の悲劇を描く。文革（四人組支配）が当時の若者に与えた創傷を被害者の立場から告発。社会主義文学が社会主義の社会である現代中国の「暗黒面」を暴くことの可否、「悲劇」的な出来事を描くことの可否、母子の情を肯定するのは「ブルジョアヒューマニズム（＝人性论）」ではないか等々についての激しい論議がかわさ

れた。プロレタリア階級文化大革命中の惨事を被害者の立場で暴露、告発した「**傷痕文学**〔伤痕文学〕」という言葉が生まれるきっかけともなった作品。

九月　文学雑誌『十月』（北京、十月文芸出版社）創刊。

『人民文学』九期、王亜平（一九〇五―八三）の短篇小説《神聖な使命〔神圣的使命〕》を掲載。

※一九七五年、八年間の強制労働を終えて復職した老警官・王公伯は、徒刑一五年の判決を受けて服役中の囚人・白舜の強姦未遂事件に疑問をいだき、白の冤罪をはらすために奔走するが、口封じのため殺害されそうになった証人を救うために殉職する。

十月　上海『文匯報』、宗福先（一九四七―　）の話劇《声なきところに〔于无声处〕》を連載（二八―三〇日）。

※文革中に冤罪を背負わされた老幹部・梅林、息子・欧陽平一家と梅林を誣告することでのし上がった何是非一家との対比をとおして、文革後も続く卑劣、不正を暴く。劇中に七六年四月の第一次天安門事件が織りこまれており、反響を呼んだ。

★全国知識青年上山下郷工作会議が開催される（北京、一〇月三一日―一二月一〇日）。**六〇年代後半に始まった大規模な都市青年の僻地農山村への下放**〔上山下乡〕**運動の終結を宣言。総数千五百万人にのぼったとされる下放青年が出身都市へ**〔回城潮〕。

十二月　『新文学史料』創刊。

※それまで未公開だった文学史関連の史料、個別作家・文学者の回想録等の公刊が始まる。

民刊雑誌『今天』創刊。

※七八年末から七九年末にかけて北京・西単の街壁に大量の**壁新聞**〔大字报〕張り出され、**「北京**

の春」ともいわれる民主化要求の運動が展開された。運動は北京市当局の弾圧により七九年末に消滅した。『今天』は、その運動のなかで誕生。同誌編集部、《読者へ》と題する一文で「五四」、「四五」運動の精神を継承し、新たな開放の時代を反映する文学芸術創造の任務を担うと宣言。当時、定期刊行物は文芸誌を含めてすべて中共党の管理統制下におかれていた。「民刊」は非合法の出版。

★中共党、第一一期中央委員会第三回会議を開催。「階級闘争を要とし」、「プロレタリア階級独裁のもとで革命を継続する」とした〝文革路線〟とその路線を継承する華国鋒らの方針は誤りだと否定。「思想を解放し、頭を働かせ、事実にもとづいて是非を判断し、一致団結して前進する」方針を確定（会期は一二月一八―二二日）。

★安徽省鳳陽県梨園人民公社小崗生産隊十八戸の農民が、秘密裏に家畜、農地を各農戸に配分して個別農戸の生産請負制（包产到户）**を実施、翌年の農業生産に大きな成果をあげる→農村における〝改革〟はじまる。人民公社制の崩壊へ。**

一九七九年

一月　巴金（一九〇四―　）主編の文学雑誌『収穫』（上海）復刊。

★中共中央、《地主、富農分子の処分取消し問題および地主富農子女の出身階級区分の問題につい

ての決定〈关于地主、富农分子摘帽问题和地富子女成分问题的决定〉》（一一日）。**「地主、富農、反革命分子、反社会分子**〈地主、富农、反革命分子、坏分子。四类分子〉**のうち、反動的立場をとりつづけているごく少数の者以外は審査のうえ人民公社員の処遇を与える、またその子女も同様に処遇し進学、学生募集、解放軍への参軍、共産主義青年団入団、共産党入党や就職等で差別してはならないと指示。八四年末までに約八万人の処分が取り消された。**

二月

戯劇協会機関誌『劇本』復刊。

上海『文匯報』、鄭義（一九四七―　）の短篇小説《楓》を掲載（一一日）。

※文革初期、対立する紅衛兵間の武装抗争のなかで起こった若い一組の男女の悲劇。

『収穫』二期、従維熙（一九三三―　）の中篇小説《獄壁の下の紅木蓮〈大墙下的红玉兰〉》を掲載。

※文革末期の監獄を舞台に、冤罪で投獄された元労働改造局の幹部・葛翎が迎えた悲劇的な死までの獄中生活の模様を描く。強制労働キャンプの囚人、とくに政治囚たちがおかれた状況の一端をはじめて作品化、反響をよぶ。

★中越国境紛争。一四日、中越国境地域で中国軍は「自衛反撃、辺境防衛」のためベトナムに侵攻（―三月一六日）。

三月

『北京文芸』三期、方之（一九三〇―七九）の短篇小説《奸物〈内奸〉》を掲載。

※革命の時期、新四軍幹部の命を救った商人・田玉堂は、文革のなかで交際のあった軍幹部を裏切ることを拒み、「内通者」とされて残酷な迫害を受け、その援助を受けた党幹部・田有信は逆に時流にのって迫害する側に立つ。現代中国の「政治」と「人間」のあり方を衝いた作品。

四月
『広州日報』など、黄安思《文芸よ、前を向け！〔向前看阿！文艺〕》など「前向き」を主張する文章を掲載。
雑誌『花城』（広州）創刊。
『上海文学』四期、評論員論文《文芸の大義のために――〝文芸は階級闘争の道具〟説に反論する〔为文艺正名――驳〝文艺是阶级斗争的工具〟说〕》を掲載。

五月
作品集《花ふたたび〔重放的鲜花〕》刊行、上海文芸出版社。
※一九五六、七年ごろデビューした「青年作家」で、右派分子などと処断され、文革後に復権した王蒙（一九三四―　）、陸文夫（一九二八―　）、鄧友梅（一九三一―　）、宗璞（一九二八―　）らの旧作を収録。人民共和国建国から一九六〇年初までの中国文学の復権を示す〝標識〟の一つだったと見ることができる。

六月
書評誌『読書』創刊（北京、三聯書店）。
『河北文芸』六期、李剣《〝礼賛〟か〝暴露〟か〔〝歌德〟还是〝缺德〟〕》を掲載。
※李剣は一部の作家が社会主義社会の暗黒面の暴露にばかりこだわって、「四つの現代化」に冷水を浴びせるようなことをしているが、それは社会主義文芸の任務ではないと主張。それに対して文革後中国の文芸ははじめて繁栄への道を歩みはじめている、礼賛と暴露は二者択一の対立する問題ではなく、まずは現実とどう向き合うかということが大切なのだ、と多くの反対意見が起こる。

七月
『人民文学』七期、蔣子龍（一九四一―　）の短篇小説《喬工場長就任記》〔乔厂长上任记〕》を掲載。
※文革の後遺症で疲弊しきった工場の建て直しに奮闘する新任工場長の物語。当時の建設的な側面

を肯定的に描く「改革の文学〔改革文学〕」の作品の一つ。

文学雑誌『当代』（北京、人民文学出版社）創刊。

文学雑誌『清明』（安徽省合肥、安徽人民出版社）創刊。

『清明』創刊号、魯彦周（一九二八―　）の中篇小説《天雲山伝奇》を掲載。

※一九五七年の反右派闘争から文革後の政治状況の変転を背景に、天雲山山区の二組の党幹部夫婦（羅群と馮晴嵐／呉遙と宋薇）の愛憎、葛藤を描いた作品。

『雨花』（江蘇・南京）七期、高暁声（一九二八―九九）の短篇小説《李順大家を建てる〔李顺大造屋〕》を掲載。

※「薄粥三年、牛一頭」の百姓魂で人並みの住まいを建てようと決意した農民・李順大の汗と涙の奮闘物語。土地改革から文革後までの数十年にわたる農村と農民の暮らしのありようを苦いユーモアをまじえて描く。

八月　柳青（一九一六―七八）の長篇小説《創業史》第二部刊行、中国青年出版社。

九月　『十月』三期、劉克（一九二八―　）の中篇小説《飛天》を掲載。

※農村の娘・飛天とその恋人の悲恋物語。飛天は権力をほしいままにする解放軍政治委員に強姦されて精神に異常をきたし、転落の道をたどる。一九六〇年代初から文革期にかけて農村を襲った災厄を描く。醜悪な権力者の実態を個別の人物の行為としてとらえ、告発した最初の作品。

同誌、白樺（一九三〇―　）、彭寧の映画劇本《苦恋》を掲載。

※貧しい陶器の絵付師出身の画家・凌辰光が、祖国を愛するがゆえにたどらざるをえなかった悲惨な運命。祖国を愛する者に、祖国は誠実に報いたのだろうか、ときびしく問いかけた。この劇本

をもとに作られた映画《太陽と人〔太阳和人〕》は、公開を禁じられた。

十月

『人民文学』九期、劉賓雁（一九二五―　）のルポ〔特写〕《人か化け物か〔人妖之间〕》を掲載。

※東北・黒竜江省賓県で起こった大規模な汚職事件に取材。文革の混乱に乗じて権力の座にのし上がった女・王守信の犯罪行為を描く。中国の社会・政治システムの腐敗堕落を鋭くえぐった。

北京『光明日報』、王蒙（一九三四―　）の短篇小説《夜の目〔夜的眼〕》を掲載（二一日）

※二〇年にわたる辺境での暮らしを経て、ある文芸座談会に出席するため大都会に来た作家・陳杲は、明るく灯るネオンサイン、一変した人びとの身なり、民主を語る若者たちの声、座談会での活発な論議や平然と付け届けを要求する幹部の息子に驚きと同時に違和感をおぼえる。作中人物・陳杲は作者の分身であり、その驚きや違和感も当時作者が感じたものだと読める。

中国文学芸術工作者第四回全国代表大会開催（北京、会期は一〇月三〇日―一一月一六日）。

※中共党副主席・鄧小平、「祝辞」のなかで、毛沢東文芸路線の堅持を前提として、「芸術創作の面では異なる形式や風格の自由な発展、芸術理論の面では異なる観点や学派の自由な討論を提唱すべきだと述べる。また「党の文芸工作に対する指導は、一方的に号令をかけることではないし、文学芸術に目先の、具体的かつ直接的な政治的任務に従えと要求することではなく、文学芸術の特性と発展の法則にもとづいて文芸工作者が条件を獲得し、文学芸術事業を絶え間なく繁栄させ、文学芸術の水準を高めるのを援助すること」であって、「文芸創作、文芸批評の領域における行政命令は廃止されなければならない」と宣言。

『電影創作』一〇期、王靖の映画シナリオ《記録文書には〔在社会的档案里〕》を掲載。

※解放軍高級幹部付元看護婦・李麗芳は幹部の息子・王海南と恋仲になるが、海南の弟に犯され自

殺しようとする。李は復員後の結婚に失敗して離婚、ならず者の仲間に加わり王海南を殺害して捕らえられる。捜査に当たった公安局幹部・尚琪は事件の背景に気づいて真相を追求しようとするが、逆に公安局駐在の軍代表に逮捕されてしまう。いわゆる高級幹部層の権力をかさにきた無法、非行を衝いた作品。映画化は実現せず。

詩雑誌『星星』（四川省成都）復刊。

※この詩雑誌は一時、文革後の詩運動の中心となった。

十一月　『北京文芸』一一期、張潔（一九三七—　）の短篇小説《愛、忘れえぬもの〔爱，是不能忘记的〕》を掲載。

※夫と別れた女作家・鍾雨は娘・珊珊と暮らしているが、妻も家庭もある老幹部と互いに強く惹かれあうようになる。二人は結ばれぬまま、老幹部は文革中に迫害されて死ぬが、鍾雨は老幹部への想いを抱きつづける。今日からすればやや〝古典的〟に過ぎるテーマだが、男女の愛、婚姻、家庭とはなにか、その基盤となるモラルとはなにかを問いかけ、大きな反響をよんだ作品。

十二月　『中国現代文学研究叢刊』（中国現代文学研究会、北京出版社共同編集）創刊。

※中国現代（人民共和国以前）の作家、作品や文学運動等についての研究論文を掲載。

一九八〇年

一月　『小説月報』〔百花文芸出版社・天津〕創刊。

※全国の文芸誌から選抜した作品を収録する月刊誌。

『収穫』一期、諶容（一九三六―　）の中篇小説《人中年にいたるや〔人到中年〕》と張一弓（一九三四―　）の中篇小説《囚人李銅鐘の物語〔犯人李铜钟的故事〕》を掲載。

※《中年》は女医・陸文婷の日常の労働、生活をとおして、「知識分子」といわれる人びとが強いられている劣悪な日常の生活状況に疑問の声をあげた作品。

※《李銅鐘》は、一九六〇年飢饉のときに国の食糧倉庫に備蓄されていた食糧を独断で放出し、住民を餓死から救った党支部書記・李銅鐘の物語。李は国家の食糧倉庫を略奪した首謀者として処罰され、名誉を回復されぬまま死ぬ。「十年の災厄」ともいわれる文化大革命の根源を一九五、六〇年代までさかのぼって考察、文学作品化しようと試みた「**内省の文学**〔反思文学〕」といわれる作品群の一つ。

『当代』一期、礼平（一九四八―　）の中篇小説《夕焼けが消える頃〔晚霞消失的时候〕》を掲載。

※「紅衛兵」世代の一組の青年男女、紅衛兵運動の先頭に立った李淮平と運動の標的とされた元国民党将軍の孫・南珊の文革期とその後の十余年を描き、当時の若者らが経た思想の遍歴によせて文革や紅衛兵運動への反省、批判をこめる。

『上海文学』一期、張弦（一九三四―九七）の中篇小説《愛に忘れられた片隅〔被爱情遗忘的角落〕》を掲載。

※ある山村を舞台に、革命後のそれぞれの時代を生きた母親と二人の娘の愛と性のあり方を描き、革命後も貧困と因襲に支配されつづけている農村の現実を告発する。

『長江文芸』一期、熊召政（一九五三―　）の長詩《さあみんな、手を挙げてやめさせよう〔请举起森林般的手，制止！〕》

※農業の先進村とされた湖北省のある農村の人々が、政治権力の無法非道によってもたらされた惨状に苦しむ情況を歌う。

二月　文芸誌『芙蓉』〔湖南省長沙〕創刊。

『人民文学』二期、高暁声（一九三〇—七九）の短篇小説《陳奐生町へ行く〔陈奂生上城〕》を掲載。

※「底なし貧乏」と村でも一段下に見られている陳奐生は、町へ麻花児を売りに行くが、偶然のめぐり合わせから公営の宿泊所で〝豪勢〟な一夜を体験する。目の玉が飛び出るような宿賃を払わされた陳奐生は、心は痛むものの、これを自慢の種にしてやろうと思いながら村への道を帰っていく。村の暮らしの大きな変化にもかかわらず、旧い意識の重荷を背負ったまま、時の流れに取り残されそうな農民のありようをほろ苦いユーモアとペーソスまじりに描く。《〝底なし貧乏〟世帯主〔『漏斗户』主〕》（七八年）にはじまり《陳奐生外国へ〔陈奂生出国〕》（九一年）にいたる連作「陈奂生もの」を代表する作品。

三月　『人民文学』三期、李国文（一九三〇—　）の短篇小説《月食》を掲載。

※抗日戦争期からの党幹部・畢竟と伊汝。一九五七年右派分子として辺境の強制労働キャンプへ送られた二人の遍歴をとおして「天狗〔＝凶神〕が月を食い尽くして」しまった、文革にいたる中国社会の暗黒の根源に迫る。

五月　『人民文学』五期、王蒙（一九三四—　）の短篇小説《春の声〔春之声〕》を掲載。

※工程物理学者・岳之峰はX市からN地へ向かう。有蓋貨車のなかでの二時間余にその身辺で起こる出来事、脳裏に浮かぶさまざまな想念を、時空の構成を複雑に絡ませながら描く。いわゆる「**意識の流れ**〔意识流〕」の手法で書かれた作品であり、それまで平板なレアリズムに終始してい

た現代中国の文学に新たな手法上の多様さをもたらす端緒となった。

『十月』三期、劉紹棠（一九三六—九七）の中篇小説《故里の人々〔蒲柳人家〕》を掲載。

※北京にほど近い運河沿いの村、六歳のいたずら坊主・何満子を中心にその祖母・丈一青、博労・何大学問、童養媳・望日蓮や中学生・周檎らが織りなす「郷土色」ゆたかな抗日戦争期の人間絵巻物語。一九八〇年代「**郷土文学**〔乡土文学〕」の秀作とされている。

同誌・同期、劉心武（一九四二—　）の中篇小説《宝物〔如意〕》、宗璞（一九二八—　）の中篇小説《三生石》を掲載。

※《宝物》は〝私〟が勤務する学校の老校務員・石義海の生涯をとおして、平凡な市井の人々のなかにこそ存在する純で、まっとうな心のありようを描いた作品。

※《三生石》は文革初頭の混乱のなかで強く結ばれた三人の知識分子の友情と愛をめぐる悲劇の物語。

六月

老舎の長篇小説《正紅旗の下で〔正红旗下〕》刊行、人民文学出版社。

※一九二〇年代から《駱駝祥子》、《張さんの哲学》、《四世同堂》など数多くの作品を残し、文革初期に迫害を受けて自死したとされる満族の作家・老舎（一八九九—一九六六）の自伝小説。貧しい満州旗人の日々の暮らしをとおして、義和団事件など清朝末動乱期の社会状況の一端を見ることができる。初出は『人民文学』七九年三—五期。

『北京文芸』六期、王安憶（一九五四—　）の短篇小説《雨のささやき〔雨，沙沙沙〕》を掲載。

※文革中の下放先から上海に戻った若い娘・雯雯は、ある雨の夜一人の青年と出会う。変わり身の速い周囲となじめず、生きる目標を探しあぐねている雯雯は青年との再会を待つが、周りの者は

それを「夢想」だとしか見ない。作者自身の体験と心情を作中人物に託し、当時の青年男女がもった周囲への疎外感、生活面での喪失感を細やかな筆致で描いた一連の初期作品「雯雯もの」の一つ。

八月

『芙蓉』三期、叶蔚林（一九三五—　）の中篇小説《航路標識のない流れの中で〔在没有航标的河流上〕》を掲載。

※一九七〇年代初、省都の大学へ行くために瀟水を下る筏に便乗させてもらった〝私〟の体験をつづる。航路標識もない、激しい流れに抗いながら暮らす老若の船頭たちの荒々しい生き方のなかにある苦悩や悲哀、勇気や喜びを描く。

九月

『当代』三期、遇羅錦（一九四六—　）の**ノンフィクション**〔纪实小说〕《ある冬の童話〔一个冬天的童话〕》を掲載。

※作者は文革初期紅衛兵運動のなかで暴威をふるった血統主義＝出身論に公然と異議をとなえ、そうした「革命」のあり方を鋭く批判した青年・遇羅克（一九四二—七〇）の妹。羅克は反革命の罪を問われ、公開処刑された。《冬》は、兄の事件に連座した作者とその家族がたどった過酷な運命の記録を小説化。

『朔方』（甘粛省）九期、張賢亮（一九三六—　）の短篇小説《魂と肉体〔灵与肉〕》を掲載。

※資産家の家庭に出自をもつ許霊均は右派分子とされて教職を追われ、辺境の強制労働キャンプに追放される。霊均は素朴な農場の人びとに支えられて生命と大自然への愛に目覚め、文革後国外から戻ってきた父がすすめる国外への誘いを拒否して、妻・秀芝と祖国の大地に生きることを選ぶ。

十月　『北京文学』一〇期、汪曾祺（一九二〇―九七）の短篇小説《受戒》を掲載。
※十三歳で出家させられた少年僧・明海の仏寺での体験と、その周囲で起こる出来事、僧侶や俗人などさまざまな人と人とのかかわりをとおして、人間性の豊かさをこまやかに描く。

十一月　戴厚英（一九三八―九六）の長篇小説《人よ、人！〔人啊，人！〕》刊行、広東人民出版社。
※一九五七年に右派分子とされ大学を追われた何荊夫の二十余年にわたる苦難の半生を描く。文革後も中共党内にある非人間的な思想、行為を衝き、人道主義や個としての人間の尊厳を主張。

★中共党、中央政治局第九回会議を開催（一一月一〇日―一二月五日）。**華国鋒、文革後の活動について自己批判、党主席、軍事委員会主席を辞任。**

★江青ら「四人組」集団に対する裁判はじまる（二〇日）。**判決は翌八一年一月二五日。**

一九八一年

一月　『長江』（湖北省武漢）一期、趙振開（＝北島、詩人。一九四九―　）の中篇小説《波動》を掲載。
※一九六〇年代後半から七〇年代初にかけての動乱期に生きた青年群像をとおして、精神の空虚、孤独、絶望を描く。七四年に書かれ、書写本として当時の若者たちの間でひそかに読みつがれていた作品。伝統的なリアリズムを避け、心理描写に傾斜した手法をとっており、当時は「実存主義」の影響を見る評もあった。

★中共中央、《当面の新聞雑誌、ニュース配信、放送の宣伝方針についての決定〔关于当前报刊新闻广播宣传方针的决定〕**》を公布。「新聞雑誌、ニュース配信、ラジオ・テレビ放送は中共党が思想政治工作を行う重要な武器」であり、党が定めた「四つの基本原則**〔四项基本原则〕**（社会主義の道、プロレタリア階級［人民民主］独裁、共産党の指導、マルクス・レーニン主義と毛沢東思想の堅持）」を遵守して、「社会主義の高い精神文明建設に力を入れなければならず、党の路線、方針、政策に背く言論を発表することは許されない**（二九日）。

二月　『当代』一期、古華（一九四二―　）の長篇小説《芙蓉鎮》を掲載。

※娼妓の娘という出自による差別を受ける女・胡玉音と元教師で右派分子の秦書田夫婦がたどった運命を軸に、一九六〇年代初からのあいつぐ政治運動が湖南の小村にもたらした惨害とそれからの回復を描く。

四月　文芸週刊紙『文学報』（上海）創刊。

※「官報」風な当時の中央紙『文芸報』よりはいくらかソフトな文芸界の情報も提供されるようになる。

『解放軍報』、特約評論員論文《四つの基本原則に背くことは許されない――映画劇本〈苦恋〉を評す〔四项基本原则不容违反――评电影文学剧本《苦恋》〕》を掲載（一八日）。

※人民解放軍所属の作家・白樺の映画劇本『苦恋』は、「改革・開放」政策を採るにあたって中共党が定めた「社会主義の道、プロレタリア階級［人民民主］独裁、共産党の指導、マルクス・レーニン主義と毛沢東思想を堅持するという「四つの基本原則」に背き、「愛国主義」さえも否定している。このような「**ブルジョア自由化**〔资产阶级自由化〕」は許容できない、と激しく非難。

五月　李国文（一九三〇—　）の長篇小説《冬の中の春〔冬天里的春天〕》刊行、人民文学出版社。
※党の幹部・于而龍は、三十余年前に妻を殺害した犯人を求めて故郷の村へ帰ってくる。物語は于而龍の体験、回想等をまじえて展開され、一九三六年抗日戦の時代から六〇年代にかけてのさまざまな出来事の真相が明らかになっていく。

『小説界』（上海）創刊。

六月　**★中共党、第一一期中央委員会第六回全体会議を開催、《建国以来の党の若干の歴史問題についての決議〔关于建国以来党的若干历史问题的决议〕》を討議、採択。文化大革命および毛沢東の功罪評価について党としての結論を出す**（二七—二九日）。

七月　『十月』四・五期、張潔（一九三七—　）の長篇小説《重い翼〔沉重的翅膀〕》を掲載。
※一九七九—八〇年、重工業部とその管轄下にある工場を舞台に改革を推進しようとする副部長・鄭子雲、工場長・陳咏明らと守旧派の部長らとの対立を軸に、近代化のためのテイクオフ〔離陸〕の困難な状況を描く。初出のものは改革の先行きの暗さを暗示して終わっていたが、後に改筆。

楊絳（一九一一—　）の散文集《幹校六記》刊行、三聯書店。
※作者が夫・銭鍾書とともに、一九六七年から七二年にかけて河南の矯正労働キャンプ「五七幹部学校〔五七干校〕」へ下放した時の体験を記した文章六篇。当時の知識分子がおかれていた状況を知ると同時に中国知識人の精神のありかたを見ることができる。

十月　『文芸報』一九期、唐因、唐達成論文《〈苦恋〉の誤った傾向について〔论《苦恋》的错误倾向〕》を掲載。（八日）

※一部の人びとのなかにある党の指導、社会主義の道に背く誤った傾向を批判。作者白樺らに世界観、ものの考え方や創作方法について自己批判を求める。先行する『解放軍報』四月二〇日付特約評論員論文《四つの基本原則に背いてはならない——映画文学劇本〈苦恋〉を評する〔四项基本原则不容违反——评电影文学剧本〈苦恋〉〕》以後の論争を受けた文芸界の側からの総括。

『上海文学』一〇期、王安憶（一九五四— ）の短篇小説《終着駅〔本次列车终点〕》を掲載。

※文革中、家族の犠牲になって下放した知識青年・陳信は、上海へ戻ったものの自分の場を見出せずに苦悩する。先行の《雨のささやき》と同じく、一九六、七〇年代の「上山下郷」運動で僻地の農山村、農場などに下放した経験をもつ元知識青年を描いた初期作品の一つ。同世代の読者の共感をよぶ。

十二月　『解放軍報』、『文芸報』、『人民日報』の三紙、白樺の《〈苦恋〉についての通信——〈解放軍報〉、〈文芸報〉編集部へ〔关于《苦恋》的通信——致《解放军报》、《文艺报》编辑部〕》を掲載。（二三日）

※白樺、《苦恋》についての過ちを認め、批判を受け入れると表明。

一九八二年

一月　『青年文学』（北京）創刊。

二月　『当代』一期、韋君宜（一九一七—二〇〇二）の中篇小説《洗礼》を掲載。

※党の高級幹部王輝凡と劉麗文夫妻、劉は一九五八年大躍進運動の現場でその虚偽に気づいて夫に伝えるが、党に盲従する王は耳をかさず二人は離別。王は虚飾だけの妻・賈漪と、劉は誠実な記

者・祁原と結ばれる。祁は文革中に迫害されて死亡、王も「資本主義の道を歩む実権派」とされ買に捨てられて強制労働キャンプへ送られる。劉の援助もあって王は過去の過ちに気づき、劉とあらためて結ばれる。

三月　『収穫』二期、張潔（一九三七―　）の長篇小説《方舟》を掲載。

※それぞれに政治的迫害や離婚など不幸な過去をもつ三人の女、曹荊華（マルクス主義思想研究者）、柳泉（通訳）、梁倩（映画監督）が、周囲の偏見や男たちの卑劣さと闘いながらそれぞれに生活の道をきり拓いていく物語。「**フェミニズム**（女权主义、女性主义）」の色彩を読みとることができる。ただし、作者自身は当時訪米の際に自らはフェミニストではない、女性の解放はマルクス主義による革命の達成をとおしてしか実現せぬと発言。

四月　『特区文学』（深圳）創刊。

五月　『収穫』三期、路遙（一九四九―　）の中篇小説《人生》を掲載。

※進学に失敗、教師の職も追われた青年・高加林。高は貧しい農民の暮らしから逃れるために、恋人や家族を捨てて「出世」の道を求め官職に就くが、やがて解職されてもとの農民暮らしに戻る。貧しい黄土高原に生きる若者の脱出の願望と幻滅、悲哀を描く。

『青年文学』二期、鉄凝（一九五七―　）の短篇小説《香雪（哦，香雪）》を掲載。

※はじめて汽車の駅ができた山奥の村の娘・香雪。汽車は一日に一度、停車時間はわずか一分間。それでも、汽車は山外の世界――都会の空気を運んできて、村人たちの暮らしを揺り動かす。作者は村でただ一人の中学生・香雪の心の動きと行動をとおして、改革開放後の中国農村に生まれつつあった変化を捉えている。

八月　『上海文学』八期、「当代文学創作問題についての通信」を特集。
※高行健（一九四〇―、小説・劇作家。後にノーベル文学賞を受賞）の著作《現代小説技巧初探》について馮驥才（一九四二―、小説家、画家）、李陀（一九三九―、小説・評論家）、劉心武（一九四二―、小説家）が発言。これを受けて『文芸報』、『読書』、『人民日報』等の紙上で「**モダニズム**〔現代派〕」についての討論起こる。
高行健の《現代小説技巧初探》は西欧のモダニズムについて、その思想、技法等を紹介。現代小説のあり方に対して新たな視点を提示した。八一年、花城出版社刊。

『北方文学』（ハルピン）八期、梁暁声（一九四九―　）の短篇小説《奇妙な大地〔这是一片神奇的土地〕》を掲載。
※李暁燕ら四人の「知識青年」が北辺の荒蕪地――北大荒で、文革中の社会の歪み、自然の猛威、狼の襲撃などと闘いながら開墾に従事、つぎつぎに命を落としていく悲劇を描く。

九月　『十月』五期、高行健（一九四〇―　）、劉会遠の現代劇劇本《絶対信号》を掲載。
※恋人蜜蜂との結婚のために金を稼ごうとしている若い失業者・黒子は、列車強盗をたくらむ一味に加わるが、老列車長や恋人、友人らの生き方を見て反省、命がけで列車の安全を守る。新しい時代の若者たちのさまざまな人生観や希望をレアルに描いた戯曲。

十月　『十月』六期、李存葆（一九四二―　）の中篇小説《高山の下の花環〔高山下的花环〕》を掲載。
※高級幹部の子弟・趙蒙生は都会への異動をはかって戦闘部隊の政治指導員になるが、部隊は対ベトナム「自衛反撃戦」の最前線に出動。わが子を前線へ行かせまいとする蒙生の母親の策謀は、厳正な雷軍長に斥けられる。前線で勇敢な戦死をとげる同僚や部下、素朴なその家族たちの姿に

触れて、趙蒙生は自らの過ちに気づいていく。作中には兵士を送り出している農村の貧しさや軍内にはびこる人事の不正なども描かれており、従来の解放軍の英雄を礼賛する物語とは異なる局面を拓いた。

十一月　**★第五期全国人民代表大会第二回会議開催**（一一月二六日―一二月一〇日）。**憲法修正草案を討議、人民共和国成立後第四の『中華人民共和国憲法』を可決。農村人民公社の「政社合一（人民公社は五八年地方行政単位である郷と農業生産・生活の単位であった農業生産合作社とが一体化して誕生）の体制」を改めて、郷政権を設けるとし、農村人民公社制の解体が新憲法に明記された。八四年末までに全国九九％以上の農村人民公社で「政社分離」が実現。**

一九八三年

一月　『当代文芸思潮』（蘭州）一期、徐敬亜（一九四九―　）の論文《決起せる詩群――わが国詩歌の現代傾向を評す〔崛起的诗群――评我国诗歌的现代倾向〕》を掲載。

※一九八〇年以降の詩歌が、旧来のレアリズムの枠を突破し、詩人個人の美意識に基づく自己表現の傾向を強めているのは必然だと主張。

『青年文学』一期、史鉄生（一九五一―　）の短篇小説《わが遙かなる清平湾〔我的遥远的清平湾〕》を掲載。

※知識青年であった〝私〟が、かつて下放した陝西省北部黄土高原での「記憶」――清平湾の村人、放牛等々――が情感をこめてつづられている。

三月

『収穫』一期、陸文夫（一九二八―　）の中篇小説《美食家》を掲載。

※美食探求一筋の生涯をおくる朱自冶の数十年のわたる美食遍歴をとおして、人民共和国誕生から文革後にいたる市井の変遷を描く。

『十月』二期、鉄凝（一九五七―　）の中篇小説《赤いブラウス〔没有纽扣的红衬衫〕》を掲載。

※まだ子供っぽさのぬけきらない十六歳の少女・安然の日常をとおして、思春期にある少女の自我の芽生えと現実生活との葛藤を描く。

五月

『北京文学』五期、李杭育（一九五七―　）の短篇小説《沙灶遺風》を掲載。

※家屋外壁の装飾画を描く老絵師・施耀鑫の村では、生産責任制が実施されて住宅新築のブームが起こる。施はいよいよ腕がふるえるとはりきるが、新築の家は洋風のものが多く、息子夫婦までが流行になびく。あきらめた絵師は弟子に転職を勧め、最後の仕事として自分自身の住まいを昔どおりに建てようと決心する。時代の変遷とそれに乗れない伝統的な技芸者の苦しみを描く。

九月

『鍾山』（南京）五期、賈平凹（一九四二―　）の筆記文連作《商州初録》を掲載。

※作者出生の地商州の荒々しいが素朴な人々の暮らし、人情風俗などをスケッチ風に描く。「〝ルーツ〟**探求の文学**〔寻〝根〟文学〕」の前駆となる作品の一つ。

十月

中共党、第十一期中央委員会第二回全体会議を開催（一一―一二日）。

※鄧小平、《組織戦線と思想戦線における党の重要任務》と題して講話。理論、文芸界には少数だが「精神汚染」を実行している者がいる、「問題はこれら少数の者の言行に対する強力な批判とそれを押しとどめるための必要な措置に欠けている」ことだと指摘→党組織の点検〔整党〕、精神汚染防除のキャンペーンはじまる。

一九八四年

一月　胡喬木（一九一二―九二、中共中央政治局委員）、「人道主義と疎外の問題について」中共中央党学校で講演。（『理論月刊』）

※世界観、歴史観としての人道主義は観念論であり、人類社会の歴史を科学的に解釈するマルクス主義の史的唯物論とは対立する。我々は**ブルジョア階級の人道主義**を批判し、**社会主義の人道主義**を宣伝、実行しなければならない。人類の歴史を疎外と回復の歴史だとするのは唯心主義の歴史観であり、社会主義社会に内在するさまざまな消極的現象のすべてを疎外という公式に当てはめて考えるのは誤りだと述べる。一九八〇年代初、文芸・思想界で論議されていた**社会主義社会における疎外の問題**について、〝守旧派〟の側からの発言。『人民日報』（一月二七日）、『紅旗』一期に転載。

『収穫』一期、鄧友梅（一九三一―　）の中篇小説《烟壺》を掲載。

※満州八旗の子弟・烏世保の清朝末から八〇年間にわたる物語。烏世保は無実の罪で投獄され、獄中で工芸師・聶小軒と知り合い、かぎ煙草入れの小壺、烟壺の内側に絵を描く技を伝授され、小軒、その娘・柳娘や友人寿明に支えられて、民族の伝統を堅持する工芸師として生きる。

『十月』一期、張承志（一九四八―）の中篇小説《北方の河（北方的河）》を掲載。

※主人公である〝彼〟は、新疆大学中文系を卒業後、専攻を変えて人文地理の研究をめざす。彼は黄河、湟水、永定河に触れ、ゴビ砂漠を流れる額爾斉斯河を回想し、黒竜江を夢みるなかで、こ

れら北方の河が民族の精神、歴史の根源をなす偉大な力であることに気づいていく。作中には北方の河の畔で生きる人々の生活、〝彼〟がかつて下放した北大荒の農場やアルタイ草原の思い出、文革中の惨劇などが断片として配される。

三月

『人民日報』、徐敬亜の《社会主義文芸の方向を片時も忘れまい――〈決起せる詩群〉についての自己批判（时刻牢记社会主义文艺方向――关于〈崛起的诗群〉的自我批评）》を掲載（五日、『詩刊』四期に転載）。

※前年一月発表の論文は、文芸は社会主義に奉仕し、人民に奉仕するという大方針に背き、文芸理論、詩歌の領域に好ましくない事態を生じさせたと自己批判。

『十月』二期、張賢亮（一九三六―　）の中篇小説《緑化樹》を掲載。

※一九六〇年代初の大規模な飢餓の時期、右派分子とされ強制労働キャンプで服役する青年・章永璘の精神の遍歴。章は刑期満了後に出会った女・馬纓花の愛に支えられ、《資本論》を読むことで精神生活を取り戻していく。章はふたたび政治犯として強制労働処分を受け、六八年には農場に戻るが、そこに纓花の姿はない。八三年、復権して北京人民大会堂の会議に参加した章は、二十余年前に黄土高原で苦労をともにした平凡な人びとこそが祖国を緑で覆う〝緑化樹〟なのだと悟る。系列小説《唯物論者の啓示録（唯物论者的启示录）》第一部。

『花城』二期、張潔（一九三七―　）の中篇小説《祖母緑》を掲載。

※一九五七年の反右派闘争時から二〇年におよぶ、ある女性知識分子の苦難に満ちた物語。大学生・曾令児は恋人・左葳の身代わりとなって右派分子となり、未婚のまま子供をやどしたため不良分子として追放され、二〇年の歳月を田舎町で過ごす。左葳の妻である研究機関の副所長・盧

北河は夫の無能に気づき、曾令児に援助を請う。曾ははじめ拒否するが、社会的責任を果たすために仕事を引き受ける。

七月　『上海文学』七期、阿城（一九四九―　）の中篇小説《チャンピオン〔棋王〕》を掲載。

※将棋一筋の若者・王一生の一見風変わりだが周囲に惑わされぬ生き方を軸に、農山村へ下放した知識青年の生活や精神の変遷を描く。

十一月　『十月』六期、孔捷生（一九五二―　）の中篇小説《大林莽》を掲載。

※文革期、海南島の生産建設兵団に送られた五人の知識青年が密林の中で道に迷い、一人を残して死亡するという物語。神秘な熱帯の密林で猛々しい自然の非情さに抗う若者の姿をとおして、人と自然、人と人の間、またそれぞれの人に内在するさまざまな矛盾葛藤を描く。

一九八五年

一月　『収穫』、『上海文学』、『作家』、『鍾山』、『文学家』一期、張辛欣（一九五七―　）、桑曄の聞き書き取材によるノンフィクションシリーズ〔系列口述实录体〕《北京人》を掲載。

※米国のジャーナリスト・スタッズターケルの手法を借りて、張、桑がインタビュー取材した生活記録をもとに構成したノンフィクション。改革開放期に生きる人びとの心のあり方や暮らしの変貌を個別に記述、新旧がぶつかりあうなかでの矛盾葛藤などを含めた歴史的変化を捉えようという試み。八六年に一〇〇篇をまとめて単行本化、《普通の人びと一〇〇人の物語〔一百个普通人的自述〕》上海文芸出版社刊。

二月

『人民文学』二期、阿城（一九四九―　）の中篇小説《中学教師〔孩子王〕》を掲載。

※文革中、雲南辺境の山村に下放して村の中学の教師になった〝私〟とその周辺の日常をとおして、当時の知識青年がはじめて体験した農村の貧困とそのなかにある希望の芽を描く。

『現代人』（青海省）二期、史鉄生（一九五一―　）の短篇小説《琴の弦〔命若琴弦〕》を掲載。

※三弦琴を背に山中を流浪する盲目の老講釈師とその弟子。老講釈師はその師匠から琴の弦千本を弾き切って琴の胴を開けば、そこに目が見えるようになる処方を記した紙があると遺言される。千本の弦を弾き切った老人はその紙を手に町へ駆けつけるが、紙はただの白紙であることがわかる。山中へ戻った老人は、好きな娘との愛を果たせず山中で行き倒れていた弟子に、千二百本の琴弦を弾き切れば光明を取り戻せる薬方を手に入れることができると言いきかせ、二人はまた旅を続ける。宿命に抗いながら生きる人間の悲しさ、美しさを描く。

『上海文学』二期、馬原（一九五三―　）の中篇小説《ガンディスの誘惑〔冈底斯的诱惑〕》を掲載。

※チベットの魅力にとりつかれ仲間たちと狩猟や野人探検に熱中する漢族の老作家、美しいチベット族の娘の天葬を見に出かけて拒絶される二人の漢族の男、双子のチベット族の男と一人の女。話としてはほとんど繋がりのない三つの物語が人界遙かなチベット西南部のガンディス山を背景に展開される。作中の物語は因果関係が否定され、時空の混成など、手法的に従来の「小説」の枠を超えようと試みた**実験小説**の一つ。

三月

『人民文学』三期、劉索拉（一九五五―　）の中篇小説《選択〔你别无选择〕》を掲載。

※石白、戴斉、森森、孟野ら音楽大学の学生たちは、旧態依然たる音楽教育の枠組みを相手に騒がしく闘いを挑み、つぎつぎに不条理な「選択」を迫られていく。作中に設定された〝音楽〟とい

う世界をとおして、現代の若者たちが直面する不安を、いくらかシニカルなユーモアをまじえたタッチで描く。一九八〇年代後半、伝統回帰の色あいが濃かった「〝ルーツ〟探求の文学」とは異なり、伝統や共同体意識から離れて西欧に準ずる〝自我〟あるいは〝個〟を作品の核におこうと試みる一連の流れ——「**新潮小説**〔新潮小说〕」の先触れとされる作品の一つ。

四月

『中国作家』二期、王安憶（一九五四— ）の中篇小説《小鮑荘》を掲載。

※作品の舞台は、文革の波乱さえ届くことのない僻村。若い文化子と小翠子の恋、捨て子だった拾来と寡婦二嬸の結婚や不幸の塊のような鮑秉徳の家庭生活の崩壊と回復をとおして、外の世界に閉ざした寒村に生きる人びとの生活と心のあり方を描く。ラテンアメリカの「魔術的レアリズム〔魔幻现实主义〕」の影響を受け、伝統的な民族の精神世界に現代的な意味づけを試みた作品だともされている。

同誌同期、莫言（一九五五— ）の短篇小説《透明な赤い大根〔透明的红萝卜〕》を掲載。

※人民公社の水利工事現場。奇妙に鋭い感覚をもつ特異な子供・黒孩を描くことで、若い石工や老鍛冶工、手伝いの娘・菊子など、えたいの知れぬ不気味な力によっていつ果てるとも知れぬ苦役に狩り出された人びとの抑圧された状況が表出される。既存の日本語訳では表題は『透明な人参（または赤かぶ）』となっている。

『作家』（吉林省）四期、韓少功（一九五三— ）の論文《文学の根〔文学的根〕》を掲載。

※「文学には根がある、その根は民族文化の土壌に深く根ざさなければ」ならず、外国文学の単なる模倣や移入であってはならないと主張。鎖国状態を脱して内外の文化・思想的落差をあらためて思い知らされた若い作家・文学者たちの内省をともなう伝統回帰の志向を形成する→「**〝ルー**

ツ〟探求の文学〔寻〝根〟文学〕」。ほかに阿城（一九四九―　）《文化は人類を制約する〔文化制约着人类〕》（『文芸報』七月六日）、李杭育（一九五七―　）《われらのルーツを正そう〔理一理我们的根〕》、鄭万隆（一九四四―　）《わがルーツ〔我的根〕》などの文章がある。

五月　『文学評論』五期、黄子平（一九四九―　）、陳平原、銭理群の論文《〈二十世紀中国文学〉について〔论二十世纪中国文学〕》を掲載。

六月　『人民文学』六期、韓少功（一九五三―　）の中篇小説《爸爸爸》を掲載。

※異常、異様に形象化された子供・丙崽を柱に、古代戦いに敗れて湘西の山中に落ち延びてきた〝落人〟の集落・鶏頭寨をめぐる奇怪な習俗や出来事を描く。神話伝説的な物語に現代文化への寓意をこめた作品。作者による「ルーツ探求の文学」主唱後の第一作。

『上海文学』六期、劉索拉（一九五五―　）の短篇小説《青い空と緑の海〔蓝天绿海〕》を掲載。

※若い女性歌手である〝私〟の独白と回想。〝私〟と蛮子、陸升は、音楽に夢中になるなかで周囲には「俗悪」だと蔑まれ、生きることに疲れ果てていく。当時の若者たちの虚無的な心情を描く。

『人民文学』六期、残雪（一九五三―　）の短篇小説《山上の小屋〔山上的小屋〕》を掲載。

※すさまじい北風が吹きつけ、狼の咆哮が聞こえる杉皮ぶきの家。その家で毎日「引き出しをかたづけつづけ」ている私、その私にひそかな憎しみを抱いているらしい母親、隣室で大いびきをかいて眠る父親、ときどき近づいてきては告げ口めいたことを口にする妹。家の裏手にある山上の小屋では閉じこめられている何者かが怒り狂い、家の周りにはこそ泥が徘徊している。作者の意識をとおして思いきりデフォルメされた人物や状景を描出することによって、〝現実〟と既往の〝現実認識〟の虚妄に対する強い批判をこめた反現実の世界が提示される。発表後には〝難解〟

だと内外で異端視されることもあった作品。

七月　『文匯報』（上海）、劉再復（一九四一―　）の論文《文学研究は人を思惟の中心とすべきである〔文学研究应以人为思维中心〕》を掲載。（八日）

※文学理論や文学史研究は人間を思惟の中心とした思考にもとづき、新たな世界をきり拓くべきだと主張。

『人民文学』七期、劉心武（一九四二―　）のノンフィクション《五・一九ズームアップ〔五・一九长镜头〕》を掲載。

※一九八五年五月一九日、北京工人スタジアムの中国対香港サッカー試合をきっかけに発生した騒乱事件に取材。作中人物・滑志明の当日の行動と思惟をとおして鬱積する民衆の不満、心情に思考のメスをいれる。

九月　『収穫』五期、張賢亮（一九三六―　）の中篇小説《男の半分は女〔男人的一半是女人〕》を掲載。

※長期にわたる強制労働キャンプでの抑圧の末、性的不能者となった元政治囚・章永璘は服役中に出会った元女囚・黄香久と結婚するが、性機能は回復しない。黄は他の男と性交渉をもち、離婚をせまる章に黄は同意しない。暴風雨が村を襲う。「英雄的行為」で堤防決壊の危機を防いだのを契機に章は機能を回復して「半個人」から完全な男として立ち直るが、かつて受けた屈辱の記憶に耐えることができずに、黄のもとを去っていく。系列小説《唯物論者の啓示録》の第二部。

十一月　『文学評論』六期―八七年一期、劉再復（一九四一―　）の論文《文学の主体性について〔论文学的主体性〕》を掲載。

※八五年七月八日付『文匯報』所載の論文をうけ、文学観は旧来の機械的反映論の束縛を脱しなけ

ればならない。作品の作り手、作品に描かれる対象、作品の受け手、いずれの面でもこれまで単純に客体化されていた人の主体性を取り戻し、人を中心にすえ、人を目的とした観念の確立と創造のための実践を展開すべきである→自己表現としての文学に無制限の自由を認めよという主張。

『十月』六期、高行健（一九四〇―　）の現代劇劇本《野人》を掲載。

※野人を求めて森林にわけいった生態学者を舞台回しに、自然界の生態均衡とあわせて人間社会の生態均衡の失調を衝いた作品。舞台で演じられる劇は生態学者の意識の流れに沿って無限の時空への広がりをみせ、方法として舞踏、仮面、パントマイムや朗誦等を取り入れるなど、従来の現代劇の枠を超えようという作者の意図が見える。

一九八六年

三月

『当代』長篇小説号（人民文学出版社）、王蒙（一九三四―　）の長篇小説《着せ替え人形〔活动变人形〕》を掲載。

※一九八〇年訪欧した倪藻の回想を軸に、旧態依然たる家庭生活と近代意識のはざまで、いびつに変形していった父親・倪吾誠の生涯を、鋭い批判に辛口の諧謔をまじえながら描く。

『人民文学』三期、莫言（一九五五―　）の中篇小説《赤い高粱〔红高粱〕》を掲載。

※広大な高粱畑が広がる山東省高密県を舞台に、一組の男女――〝私〟の祖母・戴鳳蓮と盗賊あがりの抗日ゲリラ指導者・余占鰲の奔放かつ壮烈な生と死が展開される。八七年、後続の中篇小説《高粱の酒〔高粱酒〕》、《犬の道〔狗道〕》、《高粱の葬儀〔高粱殯〕》、《犬の皮〔狗皮〕》と併

せ、系列小説《赤い高粱一族〔紅高粱家族〕》として解放文芸出版社から単行本を刊行。

五月

『収穫』三期、馮驥才（一九四二—　）の中篇小説《三寸金蓮》を掲載。

※纏足＝金蓮の美を誇り、それを守ろうとする女・戈香蓮とそれに反対して母親のもとを脱出し、纏足反対の運動家となった娘・劉俊英との闘い。あわせて清朝末から民国初にかけての天津市井の精神風土、習俗を描く。

七月

『十月』四期、王安憶（一九五四—　）の中篇小説《荒山の恋〔荒山之恋〕》を掲載。

※旧習に縛られた家庭に育ち、暗い過去をもつ〝彼〟と、奔放で男出入りの絶えない母親のもとで育ち、自分も次々に恋の遊びをつづける〝彼女〟。それぞれに妻と夫や家庭をもつ二人は愛しあい、性の喜びにふけるが、その愛は周囲の非難を浴び、死の破局を迎える。いわゆる「婚外恋」と性愛というテーマを正面から描いた作品として論議をよぶ。

『上海文学』七期、李暁（一九五一—　）の短篇小説《トレーニング〔继续操练〕》を掲載。

※大学院生の「四つ目〔四眼〕」は、画期的な『紅楼夢』研究の業績を指導教授に横取りされ、友人で新聞記者の「黄魚」とあだ討ちにかかるが、抗議運動は大学の幹部らに圧殺され、論文面接試験は不合格となる。四つ目はあらためて無能な権威主義者どもの正体を知り、友人・黄魚とさらに「訓練を積もう」と決意する。

八月

『上海文学』八期、王安憶（一九五四—　）の中篇小説《ある町の恋〔小城之恋〕》を掲載。

※若者の性愛とそれをめぐる心の動きを描いた作品。同じ劇団で育った幼なじみの〝彼〟と〝彼女〟は互いに性の対象として惹かれあうようになるが、性に対する憧れと同時に激しい性衝動への嫌悪感に悩む。やがて〝彼女〟は妊娠する。〝彼女〟は胎内で新しい命を育てていく過程で生

命の意味、母親としての自覚に目覚めていくが、〝彼〟は新しい命に対する責任や愛を自覚できぬまま、二人の愛は終わりを告げる。

『当代』五期、張煒（一九五六—　）の長篇小説《古船》を掲載。

※膠東の小さな町・窪狸鎮が舞台。町の有力者・隋、趙両家族の間で繰りひろげられる陰惨な確執、抗争をとおして、土地改革から文革後、四十数年にわたる農村変貌の軌跡と現実とをないまぜに描く。

『上海文学』九期、陳村（一九五四—　）の短篇小説《死》を掲載。

※ロマン・ロラン等の翻訳者で、文革初期に自死した傅雷（一九〇八—六六）の「死の家」を訪れた「私」が文革期の歴史を追想し、傅雷の死をとおして生と死についての思いをめぐらせる。

『収穫』五期、鉄凝（一九五七—　）の短篇小説《麦藁こづみ〔麦秸垛〕》を掲載。

※積まれた麦藁の山に象徴される北の農村に生活圏をもつ幾人かの男女——妻の浮気を知った後も、相手の男から革靴をせしめることだけを考える男、自分を棄てた男に子供を生ませてくれと頼む女など——をめぐる生命の悲劇的な様相を描く。

『人民文学』九期、劉西鴻（一九六一—　）の中篇小説《人はそれぞれ〔你不可改変我〕》を掲載。

※「私」と男友達・劉亦東、年下の女友達・孔令凱。孔は大学に進学しろという〝私〟の勧めを無視してファッション・モデルになり、劉も自分だけの世界をもっていて〝私〟の思いどおりにはなってくれない。人はそれぞれに見合った生き方をするしかないのだということを、〝私〟は悟る。当時、若者たちの間で顕在化しつつあった自己主張の強まりを捉えている。

『中国』九期、劉恒（一九五四—　）の短篇小説《食糧のやろうめ〔狗日的粮食〕》を掲載。

九月

※楊天寛が食糧二百斤で買った嫁・曹杏花の首には瘤があり、村人たちからは「こぶ女」と呼ばれている。お人好しなだけの天寛と違って、気性の激しい杏花は、限られた食糧で一家八人が生きていくために集団の作業を怠け、食いものをため込み、盗みをやり、ラバの糞を洗って糞のなかに残った穀類を集めるなど、女夜叉もどきの働きをつづけた末に、一家の命綱である食糧購入切符を失くし、「狗日的糧食」という言葉を残して服毒自殺する。飢餓の時代、食糧の作り手でありながら飢えに苦しんだ農民、貧困と飢餓によって歪められる人間のあり方をとおして、貧困や飢餓が自然の災害などに起因するものではなかったことを衝く。

十二月　『花城』、『黄河』六期、路遙（一九四九—　）の長篇小説《平凡な世界〈平凡的世界〉・第一部》を掲載。
※一九七〇—八〇年代の陝西省の農村、都市。貧困からの脱出をめざして苦闘する貧農の息子・孫少安と孫少平兄弟の曲折に満ちた人生の行路を描く。三部作、第二部は八七年、第三部は八九年刊（文学芸術出版公司）。

執筆者紹介（執筆順）

讃《きぬ》 井《い》 唯《ただ》 允《よし》　中央大学文学部教授
飯《いい》 塚《づか》 容《ゆとり》　中央大学文学部教授
材木谷《ざいもくや》 敦《あつし》　中央大学文学部助教授
陳《ちん》 正《せい》 醍《だい》　中央大学文学部教授
渡《わた》 辺《なべ》 新《しん》 一《いち》　中央大学商学部教授
池《いけ》 澤《ざわ》 滋《しげ》 子《こ》　中央大学商学部助教授
彭《ほう》 浩《こう》　中央大学総合政策学部助教授
山《やま》 本《もと》 明《あきら》　中央大学商学部教授
井《いの》 口《くち》 晃《あきら》　中央大学名誉教授

現代中国文化の軌跡
中央大学人文科学研究所研究叢書 36

2005年3月31日　第1刷発行

編　者　中央大学人文科学研究所
発行者　中 央 大 学 出 版 部
代表者　辰 川 弘 敬

〒192-0393　東京都八王子市東中野 742-1
発行所　中 央 大 学 出 版 部
電話 0426（74）2351　FAX 0426（74）2354
http://www2.chuo-u.ac.jp/up/

十一房印刷工業㈱・東京製本

ISBN4-8057-5326-9

30　埋もれた風景たちの発見

―ヴィクトリア朝の文芸と文化―

A５判 660頁
定価 7,665円

ヴィクトリア朝の時代に大きな役割と影響力をもちながら，その後顧みられることの少くなった文学作品と芸術思潮を掘り起こし，新たな照明を当てる．

31　近代作家論

A５判 432頁
定価 4,935円

鷗外・茂吉・『荒地』等，近代日本文学を代表する作家や詩人，文学集団といった多彩な対象を懇到に検討，その実相に迫る．

32　ハプスブルク帝国のビーダーマイヤー

A５判 448頁
定価 5,250円

ハプスブルク神話の核であるビーダーマイヤー文化を多方面からあぶり出し，そこに生きたウィーン市民の日常生活を通して，彼らのしたたかな生き様に迫る．

33　芸術のイノヴェーション

モード，アイロニー，パロディ

A５判 528頁
定価 6,090円

技術革新が芸術におよぼす影響を，産業革命時代から現代まで，文学，絵画，音楽など，さまざまな角度からの研究・追求している。

34　剣と愛と

中世ロマニアの文学

A５判 288頁
定価 3,255円

十二世紀，南仏に叙情詩，十字軍から叙事詩，ケルトの森からロマンスが。ヨーロッパ文学の揺籃期をロマニアという視点から再構築する。

35　民国後期中国国民党政権の研究

A５判 656頁
定価 7,350円

中華民国後期（1928―49年）に中国を統治した国民党政権の支配構造，統治理念，国民統合，地域社会の対応，そして対外関係・辺疆問題を実証的に解明する。

定価は消費税５％を含みます。

23　アジア史における法と国家　　A5判 444頁 定価 5,355円

中国・朝鮮・チベット・インド・イスラム等アジア各地域における古代から近代に至る政治・法律・軍事などの諸制度を多角的に分析し，「国家」システムを検証解明した共同研究の成果．

24　イデオロギーとアメリカン・テクスト　　A5判 320頁 定価 3,885円

アメリカ・イデオロギーないしその方法を剔抉，検証，批判することによって，多様なアメリカン・テクストに新しい読みを与える試み．

25　ケルト復興　　A5判 576頁 定価 6,930円

19世紀後半から20世紀前半にかけての「ケルト復興」に社会史的観点と文学史的観点の双方からメスを入れ，その複雑多様な実相と歴史的な意味を考察する．

26　近代劇の変貌　　A5判 424頁 定価 4,935円

―「モダン」から「ポストモダン」へ―

ポストモダンの演劇とは？　その関心と表現法は？英米，ドイツ，ロシア，中国の近代劇の成立を論じた論者たちが，再度，近代劇以降の演劇状況を鋭く論じる．

27　喪失と覚醒　　A5判 480頁 定価 5,565円

―19世紀後半から20世紀への英文学―

伝統的価値の喪失を真摯に受けとめ，新たな価値の創造に目覚めた，文学活動の軌跡を探る．

28　民族問題とアイデンティティ　　A5判 348頁 定価 4,410円

冷戦の終結，ソ連社会主義体制の解体後に，再び歴史の表舞台に登場した民族の問題を，歴史・理論・現象等さまざまな側面から考察する．

29　ツァロートの道　　A5判 496頁 定価 5,985円

―ユダヤ歴史・文化研究―

18世紀ユダヤ解放令以降，ユダヤ人社会は西欧への同化と伝統の保持の間で動揺する．その葛藤の諸相を思想や歴史，文学や芸術の中に追究する．

16　ケルト　生と死の変容　　A５判 368頁　定価 3,885円

ケルトの死生観を，アイルランド古代／中世の航海・冒険譚や修道院文化，またウェールズの『マビノーギ』などから浮び上がらせる．

17　ヴィジョンと現実　　A５判 688頁　定価 7,140円

十九世紀英国の詩と批評

ロマン派詩人たちによって創出された生のヴィジョンはヴィクトリア時代の文化の中で多様な変貌を遂げる．英国19世紀文学精神の全体像に迫る試み．

18　英国ルネサンスの演劇と文化　　A５判 466頁　定価 5,250円

演劇を中心とする英国ルネサンスの豊饒な文化を，当時の思想・宗教・政治・市民生活その他の諸相において多角的に捉えた論文集．

19　ツェラーン研究の現在　　A５判 448頁　定価 4,935円

20世紀ヨーロッパを代表する詩人の一人パウル・ツェラーンの詩の，最新の研究成果に基づいた注釈の試み．研究史，研究・書簡紹介，年譜を含む．

20　近代ヨーロッパ芸術思潮　　A５判 320頁　定価 3,990円

価値転換の荒波にさらされた近代ヨーロッパの社会現象を文化・芸術面から読み解き，その内的構造を様々なカテゴリーへのアプローチを通して，多面的に解明．

21　民国前期中国と東アジアの変動　　A５判 600頁　定価 6,930円

近代国家形成への様々な模索が展開された中華民国前期(1912～28)を，日・中・台・韓の専門家が，未発掘の資料を駆使し検討した国際共同研究の成果．

22　ウィーン　その知られざる諸相　　A５判 424頁　定価 5,040円

―もうひとつのオーストリア―

二十世紀全般に亘るウィーン文化に，文学，哲学，民俗音楽，映画，歴史など多彩な面から新たな光を照射し，世紀末ウィーンと全く異質の文化世界を開示する．

9　近代日本の形成と宗教問題　〔改訂版〕　A５判 330頁 定価 3,150円

外圧の中で，国家の統一と独立を目指して西欧化をはかる近代日本と，宗教とのかかわりを，多方面から模索し，問題を提示する．

10　日中戦争　日本・中国・アメリカ　A５判 488頁 定価 4,410円

日中戦争の真実を上海事変・三光作戦・毒ガス・七三一細菌部隊・占領地経済・国民党訓政・パナイ号撃沈事件などについて検討する．

11　陽気な黙示録　オーストリア文化研究　A５判 596頁 定価 5,985円

世紀転換期の華麗なるウィーン文化を中心に20世紀末までのオーストリア文化の根底に新たな光を照射し，その特質を探る．巻末に詳細な文化史年表を付す．

12　批評理論とアメリカ文学　検証と読解　A５判 288頁 定価 3,045円

1970年代以降の批評理論の隆盛を踏まえた方法・問題意識によって，アメリカ文学のテキストと批評理論を，多彩に読み解き，かつ犀利に検証する．

13　風習喜劇の変容　王政復古期からジェイン・オースティンまで　A５判 268頁 定価 2,835円

王政復古期のイギリス風習喜劇の発生から，18世紀感傷喜劇との相克を経て，ジェイン・オースティンの小説に一つの集約を見る，もう一つのイギリス文学史．

14　演劇の「近代」　近代劇の成立と展開　A５判 536頁 定価 5,670円

イプセンから始まる近代劇は世界各国でどのように受容展開されていったか，イプセン，チェーホフの近代性を論じ，仏，独，英米，中国，日本の近代劇を検討する．

15　現代ヨーロッパ文学の動向　中心と周縁　A５判 396頁 定価 4,200円

際立って変貌しようとする20世紀末ヨーロッパ文学は，中心と周縁という視座を据えることで，特色が鮮明に浮かび上がってくる．

中央大学人文科学研究所研究叢書

1	五・四運動史像の再検討	A 5 判 564頁 (品切)
2	希望と幻滅の軌跡 ――反ファシズム文化運動―― 様ざまな軌跡を描き，歴史の襞に刻み込まれた抵抗運動の中から新たな抵抗と創造の可能性を探る.	A 5 判 434頁 定価 3,675円
3	英国十八世紀の詩人と文化	A 5 判 368頁 (品切)
4	イギリス・ルネサンスの諸相	A 5 判 514頁 (品切)
5	民衆文化の構成と展開 ――遠野物語から民衆的イベントへ―― 全国にわたって民衆社会のイベントを分析し，その源流を辿って遠野に至る. 巻末に子息が語る柳田國男像を紹介.	A 5 判 434頁 定価 3,670円
6	二〇世紀後半のヨーロッパ文学 第二次大戦直後から80年代に至る現代ヨーロッパ文学の個別作家と作品を論考しつつ，その全体像を探り今後の動向をも展望する.	A 5 判 478頁 定価 3,990円
7	近代日本文学論　――大正から昭和へ―― 時代の潮流の中でわが国の文学はいかに変容したか，詩歌論・作品論・作家論の視点から近代文学の実相に迫る.	A 5 判 360頁 定価 2,940円
8	ケルト　伝統と民俗の想像力 古代のドルイドから現代のシングにいたるまで，ケルト文化とその稟質を，文学・宗教・芸術などのさまざまな視野から説き語る.	A 5 判 496頁 定価 4,200円